Hauke Lindemann, geboren 1971 in Rendsburg, arbeitet als Berufsoffizier an der Führungsakademie der Bundeswehr in Hamburg. Er lebt zusammen mit seiner Frau und seinen beiden Töchtern im schleswig-holsteinischen Elmshorn.

Dieses Buch ist ein Roman. Handlungen und Personen sind frei erfunden. Ähnlichkeiten mit lebenden oder toten Personen sind rein zufällig.

Hauke Lindemann

Bote ins Jenseits

emons:fantasy

Umschlagzeichnung: Heribert Stragholz
Umschlaggestaltung: Weusthoff-Noël, Hamburg (www.wnkd.de)
Druck und Bindung: CPI – Clausen & Bosse, Leck
Printed in Germany 2008
ISBN 978-3-89705-600-8
emons: fantasy
Originalausgabe

Für Anja, mein Gewissen und Fixstern

Rituale

»Gott, der Gerechte!«

Hätte man ihn gefragt, hätte Thore Kamp von sich behauptet, ein Mensch zu sein, den nichts so leicht aus der Ruhe bringen kann. Arbeiten unter Zeitdruck oder gar unter Beobachtung und Zeitdruck war für ihn kein Problem. Er war zu gut ausgebildet und zu talentiert, um nicht zu wissen, was er in seinem Job leistete. Aber jeder Mensch hatte seine Grenze, und die war jetzt eindeutig erreicht.

»Das kann doch wohl nicht wahr sein! Roibuschtee mit Karamell ... Roibuschtee mit Vanille ...«, sagte er fassungslos. Er nahm die Packungen in die Hand und hielt beim Lesen einen Finger unter die Worte, um ganz sicherzugehen. Er hatte sich nicht verlesen.

»Wer um alles in der Welt kauft denn so einen Mist?«, fragte er die menschenleere Stille um sich herum. Mit »Und wie fertig muss man sein, das auch noch zu trinken?«, präzisierte er seine Frage.

In seinem Weltbild war Platz für grünen und schwarzen Tee. Ausnahmsweise, in absoluten Notfällen, durfte es auch mal ein Kamillentee sein. Hagebutten- oder gar Früchtetee driftete bereits ins Eklige ab. Aber das ... Wer kam bloß auf solche Ideen?

Thore Kamp liebte es, der Erste in der Firma, der AWB Abfallwirtschaftsbetriebe Köln GmbH & Co. KG, zu sein. Er erschien jeden Morgen mindestens eine halbe Stunde vor dem offiziellen Arbeitsbeginn, meistens noch früher. Sein erster Gang führte ihn dann direkt in eine der beiden kleinen Teeküchen, die sich auf jeder der drei Etagen befanden. Es war ihm eine lieb gewonnene Angewohnheit geworden, sich mit einem heißen schwarzen Tee – keine Milch, kein Kandis oder gar Zucker – an seinen Schreibtisch zu setzen und sich in aller Ruhe auf das vorzubereiten, was er an diesem Tag erledigen wollte. Auf diese Weise war er schon auf Betriebstemperatur, während die anderen erst nach und nach eintrudelten.

Er tat es nicht, um sich bei seinen Vorgesetzten beliebt zu machen. Dazu hätte er sie schon auf sein pünktliches Erscheinen hinweisen müssen, denn sie kamen regelmäßig eine halbe Stunde zu spät. Er fühlte sich einfach gut dabei, kam besser in den Tag und schaffte mehr. Außerdem war er bekennend ehrgeizig und empfand es als ganz selbstverständlich, sich sein Geld auch zu verdienen.

»Hier muss doch irgendwo ... Ah! ... Oh!«

Im Schrank über der Spüle entdeckte er eine Schachtel Kamillentee, die gerade noch einen Beutel enthielt. Das Regal direkt daneben, auf dem sich Kaffeepulver, Kondensmilch, Zucker, Kandis und die Teepackungen befanden, enthielt leider nur die beiden Schachteln für Geschmacksneurotiker.

Dies war also einer der seltenen Notfälle, er musste Kamillentee trinken.

Er würde den Azubi, der für das Auffüllen der Vorräte verantwortlich war, nachher erst mal zum Rapport bitten, um zu erfahren, wer ihn mit dem Kauf dieser Ungeheuerlichkeit beauftragt hatte. Und gnade ihm Gott, wenn es seine eigene Idee gewesen war!

Kamp goss das kochende Wasser in seine Tasse und schlenderte, immer noch den Kopf schüttelnd, in sein Büro. Es lag in der Mitte des Flurs, vier Türen von der Teeküche entfernt. Das bot genug Zeit und Gelegenheit, um durch eine falsche Bewegung – Kopfschütteln zum Beispiel – kochend heißes Wasser aus der bis zum Rand gefüllten Tasse über die Finger schwappen zu lassen.

»Sch...«

Er wischte sich die Hand an der Hose ab, fragte sich, was das wohl für ein Tag werden würde, der schon so unrund anlief, und setzte sich, jetzt ganz vorsichtig und unfallfrei, in seinen Drehstuhl.

»Aaahh.«

Mit den Ellenbogen auf den Tisch gestützt, warf er einen Blick auf den von seinem Fenster aus einsehbaren Firmenparkplatz und schlürfte vorsichtig den ersten Schluck heißen Tee.

Drei Autos konnte er sehen, seines, das vom Pförtner … und wem gehörte das dritte? Wer fuhr hier noch gleich einen VW-Touareg? Richtig, Frank Miller, der Leiter der Abteilung Materialwirtschaft. Aber dass der schon da sein sollte? Kamp erwog für einen kurzen Moment, zu ihm zu gehen, um vielleicht ein Schwätzchen zu halten, entschied sich aber dagegen. Er stand zwar gern früh auf, war dann aber meistens noch nicht besonders kommunikativ, und so sympathisch war ihm Herr Miller auch wieder nicht – sein Tee genoss Priorität.

Kamp ließ als bekennender Gesundheitsfanatiker keine Gelegenheit aus, bei seinen Mitmenschen den Finger in die Wunde zu legen. Wer es wagte, in seiner Gegenwart zu rauchen – wie zum Beispiel der Leiter Materialwirtschaft –, durfte mit einem Vortrag zum Thema »die Schädlichkeit des Rauchens« rechnen. Zwei seiner Kollegen, darunter sein bester Freund, der Mann, mit dem er sich das Büro teilte, hatte er so lange ins Gewissen geredet und subtil an ihren Selbsterhaltungstrieb appelliert, bis sie tatsächlich – freiwillig und aus Überzeugung – mit dem Rauchen aufhörten.

Kamp hörte eine Tür zufallen und Schritte auf dem Gang. Er sah auf seine Uhr. Es war erst Viertel vor sieben, noch fünfzehn Minuten bis zum offiziellen Arbeitsbeginn. Das war ungewöhnlich. Die meisten erschienen, trotz Gleitzeit, maximal fünf Minuten früher. Er wollte gerade einen weiteren Blick auf den Parkplatz werfen, als sich die Bürotür öffnete.

»Einen Wunderschönen!«

Kamp sah übertrieben entsetzt auf seine Uhr. »Morgen! Was ist denn mit dir los? Hast du am Wochenende versehentlich schon auf Sommerzeit umgestellt?«

»Welch erfrischender Humor! Nein, ich wollte einfach mal sehen, wie das ist, mitten in der Nacht aufzustehen. Außerdem hatte ich die Hoffnung, dich nackt vor dem PC zu erwischen. Irgendeinen Grund muss es ja haben, dass du diesen Wahnsinn jeden Morgen durchziehst.«

»Nackt vorm PC?«

»Na ja. Du rauchst nicht, trinkst nicht, bist Vegetarier und Hochleistungssportler. Deine einzigen Drogen sind schwarzer Tee und Insulin. Jeder Mensch hat normalerweise irgendein Laster. Oder bist du am Ende gar kein Mensch?«

»Ich bin zumindest kein Vegetarier, du Blödmann.«

Tibbe hielt inne und starrte seinen Kollegen aus zusammengekniffenen Augen an.

»Sie sind doch nicht etwa der Mistkerl, der Schweinchen Babe gefressen hat?«

Kamp grinste und rieb sich, begleitet von einem Seufzer, mit beiden Händen durchs Gesicht.

Peter Tibbe war seit sieben Jahren in der Marketingabteilung. Kennengelernt hatten sie sich bereits an der Uni, einige Jahre zuvor. Freunde waren sie allerdings erst geworden, nachdem Kamp sein Studium beendet hatte und ebenfalls den Weg zu den AWB fand.

Wie tief und intensiv die Freundschaft zwischen den beiden wurde, offenbarte sich unter anderem in der Tatsache, dass es nur ein Peter Tibbe wagen durfte, Witze auf Kosten von Kamps Krankheit zu machen.

Im zarten Alter von vierzehn Jahren diagnostizierten die Ärzte einen Typ-1-Diabetes bei Thore Kamp, eine Krankheit, die ihn zu etwas zwang, was er sonst nur mit Menschen eher zwielichtiger Gesinnung in Verbindung brachte und ihm dementsprechend unangenehm, sogar regelrecht peinlich war. Er musste sich regelmäßig eine Spritze setzen. Sie enthielt zwar nur einen Wirkstoff, dessen Produktion ihm die eigene Bauchspeicheldrüse kategorisch verweigerte, aber den Akt des Spritzens an sich verband Kamp mit etwas Verbotenem.

»Na, dann erzählen Sie mal, Herr Kamp, wie war das Wochenende mit der werten Schwester?«

Kamp blickte verträumt aus dem Fenster und drehte sich abrupt zu seinem Kollegen um. »Übrigens war ich heute gar nicht als Erster hier. Frank Millers Wagen stand schon da, als ich gekommen bin.«

Tibbe hängte seine Jacke an den Kleiderhaken, fischte eine

Packung Kaugummis aus der Jackentasche und warf sie zielsicher auf seinen Schreibtisch.

»Falsch, mein Lieber. Der ist gestern mit einem Dienstwagen Richtung München aufgebrochen, um da bis morgen an irgendeinem Seminar teilzunehmen. Beantwortest du meine Frage noch, oder sind die Informationen zu vertraulich, um sie preiszugeben?«

»Was für eine Frage?«

Tibbe starrte Kamp verständnislos an. »Na, wie das Wochenende bei deiner Schwester war!«

»Ach so. Sorry. Ich war gar nicht bei ihr. Als ich Freitag heimkam, hatte sie mir auf den AB gesprochen. Hat ganz hektisch irgendetwas von einem unaufschiebbaren Termin gefaselt, den sie total verschwitzt hat. Es täte ihr entsetzlich leid, und wir holen es bei nächster Gelegenheit nach. Bussi und Tschö. Hab dann noch versucht, sie zu erreichen, aber da war sie wohl schon weg. Ich denke, ich werde sie heute Abend noch mal anrufen.«

Tibbe steuerte die Tür an. »Ich hol mir mal eben 'nen Kaffee. Wir quatschen gleich weiter.«

Einige Minuten später kam er mit einer randvollen Tasse Kaffee ins Büro geschlichen und setzte sich, ohne gekleckert zu haben, an seinen Schreibtisch, direkt gegenüber von Kamps.

»Gekleckert?«

»Hättest du wohl gern!«

»Ich hab mir vorhin die Hand verbrüht. Daran ist nur der Azubi schuld!«

Tibbe zog die Augenbrauen hoch. »Wieso das?«

»Wusstest du, dass sie jetzt Teesorten wie Roibusch-Karamell oder Roibusch-Vanille herstellen?«

»Wie könnte ich? Ich hasse Tee!«

»Ich vergaß. Also jedenfalls wollte ich mir vorhin einen schönen schwarzen Tee machen. Da war aber keiner mehr. Stattdessen stand da nur dieser ...«, Kamp verzog angewidert das Gesicht, »... Dreck.«

Tibbe versuchte, seine Mimik anzupassen, und stellte dafür sogar die Kaffeetasse ab.

»Anarchie!«

»Ganz genau. Konnte grad noch einen letzten Beutel Kamillentee finden. Auf dem Weg hierher hab ich mich dann so geärgert, dass ich mir heißen Tee über die Hand gekleckert habe.«

Tibbe schüttelte den Kopf. »Ist die Hand denn noch zu retten?«

»Blödmann! Jedenfalls werd ich den Knaben ... wie heißt er noch mal?«

»Boris Bäcker.«

Kamp suchte in dem Gesicht seines Freundes nach Indizien dafür, dass er sich über ihn lustig machte, konnte jedoch keine entdecken.

»Der heißt wirklich Boris mit Vornamen?«

»Ja.«

»Boris Becker, wie der Tennisspieler?«

»Ja. Na ja, nicht ganz. Bäcker mit ä.«

Kamp kratzte sich am Kopf und fragte sich nicht zum ersten Mal, ob gewisse Eltern bei der Namenswahl tatsächlich so unbedarft oder womöglich sogar stolz auf ihre Einfälle waren. Als sei es ihnen egal, was sie ihrem Nachwuchs da für eine Hypothek aufbrummten.

»Ich werd den Herrn Bäcker nachher mal stramm stehen lassen. Ich will wissen, wer das von ihm verlangt hat. Von mir aus sollen sich die anderen ruhig damit vergiften. Aber es gibt hier immer noch Leute mit Geschmack.«

»Und die trinken schwarzen Tee?«

»Oder grünen, ja«, erwiderte Kamp, als sei das eine sehr überflüssige Frage gewesen.

Tibbe grinste seinen Freund breit an. »Du musst jetzt ein starker Thore sein«, sagte er mit aufmunterndem Tonfall. »Heute ist Montag. Da hat er Berufsschule. Das mit dem Anschiss wirst du auf morgen verschieben müssen.«

»Verdammt! Stimmt ja. Und wer besorgt mir meinen Tee?«

»Geht's denn nicht mal einen Tag ohne?«

Genauso gut hätte Tibbe fragen können, ob es nicht auch mal einen Tag ohne Insulin geht. Entsprechend ungläubig war der Blick, mit dem Kamp ihn bedachte.

»Machst du Witze? Auf keinen Fall! Ich werd gleich mal in der ersten Etage schnorren gehen. Die stehen hier auch alle Nase lang auf der Matte, um sich welchen zu leihen.«

»Mach das. Es ist jetzt übrigens genau halb acht. Darf ich dir noch eine rein private Frage stellen, oder ist es Zeit, mit der Arbeit zu beginnen?«

»Blödmann.«

»Gut! Wenn du am Wochenende gar nicht bei deiner Schwester warst, warum hast du dich dann nicht gemeldet? Wir hätten doch was zusammen machen können.«

»Ich hatte den Hörer schon in der Hand. Dann fiel mir aber ein, dass du dich mit irgendwelchen Kumpels aus der Uni-Zeit treffen wolltest. Da hab ich's gelassen.«

Kamp beugte sich nach vorn und setzte ein verschwörerisches Lächeln auf. »Hab mich stattdessen entschieden, Marita anzurufen, um das zarte Pflänzchen ihrer wachsenden Zuneigung ein wenig zu gießen.«

Tibbe ließ sich in seinem Stuhl zurückfallen und wirkte ernsthaft überrascht.

In Kamps bisherigem Leben spielten Beziehungen nur eine untergeordnete Rolle. Zwischendurch hatte es immer mal wieder kleinere Liebeleien gegeben, die aber, zumindest soweit es ihn betraf, nie wirklich ernst und schon nach kurzer Zeit wieder vorbei gewesen waren. Kamp begründete es in der Regel damit, dass er für eine ernsthafte, längere Beziehung weder den Kopf noch die Zeit habe. Sein Hauptaugenmerk galt seinem Beruf, in dem er voll aufging und der keinen Raum für Forderungen stellende Bindungen ließ.

Die einzige Frau in seinem Leben war seine jüngere Schwester, die er schon in der Kindheit unter seine Fittiche genommen hatte und die spätestens seit dem plötzlichen Verschwinden ihres tyrannischen Vaters mehr als einen Ersatz in ihm fand. Die Mutter, die es gewiss nicht an Liebe mangeln ließ, kam weder mit der Anwesenheit noch mit dem plötzlichen Verschwinden ihres Mannes zurecht und hatte zu viel mit sich selbst zu tun. So kannte Kamp es nicht anders, als für seine Schwester da sein zu müssen, und verstand sich auch als herausragend wichtiger Mensch in ihrem Leben. Seit einigen Monaten gab es jedoch eine zweite weibliche Größe in seinem Leben.

»Du warst mit Marita aus?«

»Ja, warum nicht? Hör mal, du hast gesagt, dein Wochenende ist verplant.«

»Das galt doch nur für Freitagabend«, nörgelte Tibbe, kurzzeitig beleidigt. »Freitagnachmittag hab ich sie übrigens auch noch angerufen und gefragt, ob sie Samstag mit mir was trinken gehen möchte«, sagte er mit gesenktem Kopf und spielte verlegen mit seinen Fingern. »Natürlich nur, um sie über deine Abwesenheit hinwegzutrösten. Das war doch okay?«, schob er kleinlaut hinterher.

Kamp sah ihn ernsthaft überrascht an. »Mach keine Witze! Kein Problem. Aber davon hat sie mir gar nichts erzählt. Wie hat sie reagiert?«

»Sie hat gesagt, dass es ihr nicht so besonders geht. Friert die ganze Zeit, laufende Nase, Kopfschmerzen, schlecht drauf.«

»Komisch, davon hat sie mir auch nichts erzählt. Sie schien mir auch nicht erkältet zu sein.«

Tibbe schnaubte und grinste seinen Freund an. »Dass du nachts noch ruhig schlafen kannst! Hast die arme Frau einfach so für alle anderen Männer verdorben. Ich will jedes noch so kleine dreckige Detail hören!«

Kamp setzte ein strahlendes Lächeln auf und verschränkte genüsslich die Arme hinter seinem Kopf. »Mit dreckigen Details kann ich nicht dienen. Wir waren essen, haben eine kleine Szene ihres verhaltensgestörten Exfreundes über uns ergehen lassen, waren im Kino, sind was trinken gegangen und anschließend nach Hause … getrennt wohlgemerkt. Ja, und Samstag war sie dann bei mir. Ich konnte sie davon überzeugen, dass sie dringend in die Geheimnisse wirklich guter Musik eingeweiht werden muss. Ich hab was gekocht, wir haben viel Musik gehört und noch mehr geredet.«

Stille. Tibbe starrte ihn mit offenem Mund an, neigte langsam den Kopf zur Seite und hob auffordernd seine Hände.

»Das war's? Sag jetzt nicht Ja!«, sagte er ungläubig.

»Doch, im Groben schon. Na gut, wir haben uns, als sie morgens um zwei dann langsam müde wurde, mit einem Kuss voneinander verabschiedet. Aber sonst war nichts. Du weißt doch, dass sie in der Beziehung eher konservativ eingestellt ist.

Ich respektiere das, ich finde es sogar gut. Nur nichts überstürzen.«

Tibbe tat, als würde er auf dem Schreibtisch zusammenbrechen, und schlug sich mit der Hand gegen den Kopf.

Kamp wusste, warum. Sein Freund kannte ihn als Mann, der lieber arbeiten ging, als mit einer Frau zusammen zu sein. Dass ausgerechnet er sich vor Monaten auf den ersten Blick verliebt hatte, war für sich betrachtet schon beinahe ein Skandal. Die Seelenruhe und Geduld, die Kamp bei seinem anschließenden – immer noch nicht beendeten – Eroberungsfeldzug an den Tag legte, machte Tibbe aber erst so richtig fertig. Der hätte das im Leben nicht hinbekommen.

Am späten Nachmittag saßen sie wieder mit einem Heißgetränk bewaffnet in ihrem Büro. Beide ließen rein optisch keinen Zweifel daran, dass es ihnen für den Tag reichte.

Tibbe gähnte herzhaft.

»Müde, Herr Kollege?«, fragte Kamp belustigt.

»Da kannst du …«, Tibbe unterbrach sich mit einem weiteren Gähnen, »… einen drauf lassen!«

Kamp rieb sich die Augen und blinzelte verschlafen. »Mein Bedarf ist für heute auch gedeckt. Ich glaube, ich kann mein Sofa schon rufen hören«, sagte er verschwörerisch und legte die Hand hinter sein Ohr, vorsichtig den Kopf hin und her drehend, um das Signal einzufangen.

»Ja … Magst du gleich noch was mit mir trinken gehen?«

»Nein, ich glaub, das steh ich heute nicht mehr durch. Außerdem muss ich noch mit meiner Schwester telefonieren. Ich will wissen, warum sie mich versetzt hat.«

Tibbe lächelte müde. »War doch eigentlich gar nicht so schlecht. Auf diese Weise hast du mal wieder richtig Zeit für Marita gehabt … ohne mich im Schlepptau. Nicht dass sie irgendwann noch denkt, du willst außer Freundschaft gar nichts von ihr.«

Kamp nickte. Er hatte Marita in den vergangenen Wochen tatsächlich ein wenig vernachlässigt, um seinem Freund in der harten Phase der Trennung von dessen langjähriger Freundin beizustehen.

»Ja, stimmt schon. Trotzdem. Ich werd irgendwie kribbelig, wenn ich nicht weiß, was bei ihr los ist. Macht der Gewohnheit.«

»Ich glaube, manchmal übertreibst du es. Deine Schwester ist fünfundzwanzig Jahre alt und kann auf sich selbst aufpassen.«

Kamp zog eine Grimasse und fuhr sich mit den Händen durch seine dunklen Locken.

»Ich weiß, ich weiß. Ich kann da aber nicht aus meiner Haut. Wenn ich denke, mit was für Typen sie sich manchmal einlässt, packt mich das Grauen. Der aktuelle hat Rastalocken, fragte mich letztens ganz mitleidig, ob ich wirklich in Sachen Marketing mache, und wollte mir dann doch glatt erzählen, dass nur Langweiler und Spießer so ein geregeltes Leben führen können. Ich begreif nicht, was sie immer an diesen Hohlladungen findet!«, sagte er ratlos.

Tibbe nickte ernst. »Ich sage dir das jetzt so diplomatisch wie möglich ... Du hast sie nicht alle! Das ist ihre Sache! Du bist nicht ihr Vater, sondern nur ihr Bruder.«

Kamp hob abwiegelnd die Hände. »Lass uns da jetzt bitte nicht drüber reden, ich bin müde und praktisch wehrlos. Was machst du gleich noch?«

Das war typisch für Kamp. Auf Kritik konnte er empfindlich reagieren, zumindest wenn es um sein Selbstverständnis als großer Bruder ging. Er versuchte dann immer so schnell wie möglich vom Thema abzulenken, um nicht noch mehr Argumente zu hören, die vielleicht sogar einen Sinn ergaben.

Tibbe kannte diese Eigenart natürlich nur zu gut und wollte es deswegen nicht auf einen Streit anlegen.

»Ich glaub, ich werd gleich noch ins ›Cave‹ gehen. Hab noch keinen Bock auf meine leere Wohnung.«

Kamp riss die Augen auf. »In den Schuppen willst du? Da hängen doch immer die Kaputten rum!«

Kamp sah seinen Freund mit den Augen rollen, bevor er sich mit dem Drehstuhl von ihm abwendete. Wie konnte der ihm so eine plumpe Steilvorlage geben? Tibbe wusste doch genau, wie er über das »Cave« und dessen Gäste dachte.

»Du neigst mal wieder zur Übertreibung. Das sind doch ganz

normale Leute! Die mögen sogar die gleiche Musik wie du«, nörgelte Tibbe und drehte sich ihm wieder zu.

»Die kiffen!«

»Einige rauchen vielleicht mal ‘nen Joint, aber das ist deren Problem. *Ich* geh da wegen der Musik hin. In der ganzen Stadt findest du keinen Laden, der bessere Mucke spielt.«

Das musste selbst Kamp eingestehen, die Musik dort war vom Feinsten. Wenn nur nicht so viele schräge Vögel zur Klientel gehören würden. Zwar hatte ihm dort nie jemand etwas getan, aber bei seinem bis dato einzigen Stelldichein im »Cave« hatte er in ein paar Gesichter geblickt, die dafür sorgten, dass sich ihm die Nackenhaare aufstellten.

Kamp wusste natürlich nur zu genau, woher seine generelle Abneigung gegenüber Kneipen rührte. Sein eigener Vater hätte eigentlich per Gesetz gezwungen werden müssen, seine Stammkneipe als Erstwohnsitz zu melden. Er hatte dort den Großteil seiner Zeit verbracht – in der Regel randvoll mit Amphetaminen oder Alkohol oder beidem – und bis zum Tag seines Verschwindens praktisch nichts unversucht gelassen, um Kamp und seiner Schwester die Kindheit zu versauen. Dafür hatte er ihn gehasst. Geschämt hatte er sich, sein Sohn zu sein.

Seit dessen Verschwinden hatte er niemandem die ganze Wahrheit über seinen Vater erzählt, und er hatte auch nicht vor, daran etwas zu ändern. Nicht mal Tibbe wusste Bescheid.

»Trotzdem würden mich da keine zehn Pferde mehr hinkriegen. Der Musiol aus dem Controlling ist da doch so was wie ein Stammgast, oder?«

Tibbe nickte. Er wirkte genervt.

»Er ist aber trotzdem ein netter Kerl.«

Kamp wurde ganz kribbelig. »Von ihm *weiß* ich, dass er kifft. Erinnerst du dich noch an das eine Mal, als wir beide zusammen dort waren? Da hat er mir sogar einen angeboten. Das muss man sich mal vorstellen! Bietet mir einfach so einen Joint an – als wäre es das Normalste der Welt.«

»Da kannte er dich eben noch nicht. Nach der Abfuhr, die du ihm erteilt hast, wird er das bestimmt nie wieder tun. Richtig ins Herz geschlossen hat er dich!«

Kamp machte ein überraschtes Gesicht und verschränkte die Arme.

»Er kann mich nicht leiden? Hat er das gesagt?«

Es wurde allerhöchste Zeit, dass sie Feierabend machten. Tibbe hatte innerhalb von fünf Minuten zweimal den gleichen Fehler begangen.

Kamp war zwar harmoniesüchtig, aber seine Art, die eigenen Überzeugungen mit manchmal missionarischem Eifer gegenüber den Fehlgeleiteten zu vertreten, stieß nicht immer auf Gegenliebe oder Verständnis. Eine Tatsache, die Kamp nicht so recht einleuchtete.

»Nein, hat er nicht. Zumindest nicht so direkt. Er hat es schon etwas netter verpackt, so mit drei bis vier Lagen Geschenkpapier. Das ändert aber nichts am Inhalt. Er mag dich nicht besonders. Und bevor du jetzt Luft holst, um das Thema auszuwalzen, entspann dich bitte. Ich bin auch müde!«

Kamp hob diplomatisch die Hände. »Einverstanden. Wir diskutieren das später mal aus.«

Tibbe nickte müde, stand auf und ging zu seiner Jacke.

»Machen wir. Schönen Gruß an deine Schwester und viel Spaß auf deiner Couch. Bis morgen.«

»Schönen Feierabend, Pit.«

In seinen eigenen vier Wänden angekommen, war Kamp völlig erschöpft. Behäbig stellte er eine Teekanne, eine Teetasse und eine Packung Butterkekse auf ein kleines Tablett, schlenderte damit ins Wohnzimmer und schaltete den Fernseher ein. Er würde den Rest des Tages damit verbringen, einfach mal nichts zu tun und sich von der Glotze berieseln zu lassen.

War da nicht noch irgendetwas Dringendes zu erledigen? Er schüttelte den Kopf. Was konnte jetzt wohl dringender sein als sein Tee und irgendeine sinnfreie TV-Serie? Er goss sich den Tee ein, machte sich auf der Couch lang und brachte die Fernbedienung in Anschlag.

»Verdammt!«

Es fiel ihm wieder ein. Er wollte seine Schwester noch anrufen.

Er hätte jetzt jeden anderen Termin Termin sein lassen. »Der

Versicherungsvertreter wartet« – »Berufsrisiko«. »Es ist nichts mehr zu essen im Haus« – »Hab keinen Hunger«. »Es brennt« – »Mir ist eh kalt«. Aber seine Schwester – nein, die konnte nicht warten. Auch wenn sie gar nicht mit seinem Anruf rechnete, er hatte es sich vorgenommen, und es ging hier nicht um irgendwen. Es ging um Heike.

Übertrieben stöhnend und sich selbst bemitleidend, stemmte er sich von der Couch hoch und holte sich sein Handy.

Etliche hartnäckige, aber erfolglose Versuche später kam er widerwillig zu der Einsicht, dass sie nicht zu Hause war, und sprach ihr auf die Mailbox.

»Thore hier. Sei doch so nett und ruf mich bei Gelegenheit zurück, ich würde gern wissen, wie dein Wochenende war und wie es dir geht. Bis denne.«

Wo ist die schon wieder?, dachte er, legte auf, schnappte sich die Fernbedienung und fing an zu zappen.

Kamp erwachte mit dem Blick auf eine übergewichtige nackte Frau, die ihn mit einer mäßigen schauspielerischen Leistung zu überzeugen versuchte, eine ganz bestimmte Nummer zu wählen, um mit ihr so richtig die Sau rauszulassen. Er fühlte sich nicht überzeugt und rieb sich die Augen. Vor dem Fernseher einzuschlafen passierte ihm eher selten. Warum um alles in der Welt war er nur so kaputt?

Er sah auf die Uhr und erschrak. Es war null Uhr dreißig! Das Letzte, an das er sich erinnern konnte, waren die Nachrichten. Das bedeutete, dass er über vier Stunden auf seiner Couch verpennt hatte. Es war mitten in der Nacht, und er hatte noch nicht mal was gegessen. Die paar Butterkekse konnten kaum als nahrhaft bezeichnet werden.

Kamp schaltete den Fernseher aus, steckte sich einen Keks in den Mund, räumte Kanne, Tasse und Kekse aufs Tablett und erhob sich wie in Zeitlupe. Er brachte das Tablett in die Küche und schaltete auf Autopilot. Lichter löschen, Tür abschließen, Zähne putzen, ausziehen, Bett! Seine letzten Gedanken galten der Hoffnung, am nächsten Tag wenn möglich nicht krank zu sein, und er schlief wieder ein.

zuckerschock

Als Kamp am nächsten Morgen in seinem Büro eintraf, war er immer noch erstaunt, wie gut es ihm ging. Er war eine Viertelstunde, bevor der Wecker geklingelt hätte, aufgewacht und hatte sich ganz ausgezeichnet gefühlt, frisch und regelrecht erholt. Damit hatte er am vergangenen Abend nicht gerechnet. Wahrscheinlich hatte er am Wochenende einfach nur zu wenig Schlaf bekommen. Immerhin war er an beiden Tagen nicht vor zwei Uhr ins Bett gekommen, und irgendwann musste sich das rächen.

Seine Laune war blendend. Der sternenklare Himmel versprach einen sonnigen Tag. Er war in seinem Büro und glücklicherweise doch nicht krank. Was konnte man mehr wollen? Richtig, einen schwarzen Tee. Ein Liedchen pfeifend, griff er nach seiner Tasse und spazierte zur Teeküche.

Am Vortag war er, ganz so wie er es angekündigt hatte, in die erste Etage gegangen und hatte eine der Damen aus dem Einkauf gefragt, ob er sich etwas Tee ausleihen könnte. Man gab ihm eine Schachtel mit zehn Beuteln, die er im Laufe des Tages um die Hälfte reduzierte. Es war zwar nicht seine Lieblingssorte, aber wenigstens war es schwarzer Tee.

Es waren also noch ganze fünf Beutel da. Das reichte für den Tag, der Azubi würde heute wieder anwesend sein und konnte somit Nachschub besorgen. Kamps Laune war sogar so gut, dass er großzügig über sein Ärgernis vom Vortag hinwegsehen konnte.

Kamp zog einen Beutel aus der Packung, seilte ihn in die Tasse ab und goss heißes Wasser darüber. Anschließend bewegte er den Beutel etwa anderthalb Minuten geduldig auf und ab, bevor er ihn in den Mülleimer warf. Manche fesselten den Beutel mit dem Bändchen um einen Löffel, um auch den letzten Rest Tee aus ihm herauszupressen, aber ein richtiger Teetrinker tat das nicht.

Ein richtiger Teetrinker hätte natürlich im Leben keinen Teebeutel angerührt, aber er war hier im Büro, und da musste man gewisse Kompromisse eingehen.

Mit einem seligen Lächeln im Gesicht trug er die Tasse in sein Büro und setzte sich.

»Aaaahh.«

Der Blick aus dem Fenster bot das gleiche Bild wie am Vortag. Drei Autos, seines, das vom Pförtner und der Touareg vom Einkaufsleiter. Für einen Moment glaubte er, einen sich schnell bewegenden Schatten über den in der Dunkelheit des frühen Morgens liegenden Parkplatz huschen gesehen zu haben, und er richtete den Blick starr nach draußen. Aber es war alles wie immer; er hatte es sich wohl nur eingebildet und entzog der Dunkelheit seine Aufmerksamkeit wieder.

Kamp schlürfte vorsichtig einen ersten Schluck Tee und verfiel sofort in sein Morgenritual. Ein Blick auf den Terminkalender, ein kurzes Studium einiger Dokumente, das Verfassen kleiner Notizen und zwischendurch immer wieder einen Schluck des herrlich heißen Tees.

Der schmeckte irgendwie anders als sonst, hatte einen Beigeschmack, den er nicht einordnen konnte. Das musste wohl an der Sorte liegen. Er hatte eine Vorliebe für Bünting. Guter schwarzer Assam-Tee. Die Damen aus dem Einkauf bevorzugten jedoch Meßmer. Es musste wohl am Mischungsverhältnis liegen. Schließlich wurden auch Teeblätter aus einigen anderen, weniger bekannten Anbaugebieten untergemischt.

»Ich bin nun mal ein Gewohnheitstier«, trällerte er und wackelte dabei fröhlich mit dem Kopf.

Einen Schluck Tee später sah er auf die Uhr. Es war kurz nach sieben. Fast eine halbe Stunde, bis es unruhig werden würde. Er entschied sich, das Protokoll vom gestrigen Meeting noch einmal durchzugehen.

Kamp schlug die Akte auf und fing an zu lesen. Zumindest versuchte er es. Er blinzelte mehrmals, schob seinen Kopf vor und zurück, aber die Schrift wollte sich nicht scharf stellen lassen. Anscheinend war er doch nicht so ausgeschlafen, wie er dachte. Er rieb sich die Augen und schüttelte leicht den Kopf. Beim nächsten Anlauf trat tatsächlich eine Veränderung ein, allerdings nicht so, wie er es erwartet hatte. Die Schrift war nach wie vor verschwommen, zusätzlich wurde ihm aber auch noch schwindelig.

»Was zum Teufel ...«

Er setzte sich kerzengerade auf, richtete seinen Blick auf die gegenüberliegende Wand und versuchte, das dort hängende Filmplakat zu fixieren. Die Buchstaben des Filmtitels schienen ineinanderzuverlaufen, als versuchten sie, sich neu zu ordnen, um zu schauen, ob man nicht ein nettes Anagramm aus »MARS ATTACKS!« zaubern könnte.

Der Kopf des Marsianers mit den großen bösen Augen und dem riesigen Gehirn wirkte erschreckend plastisch und hatte etwas Dreidimensionales, als würde er sich aus dem Plakat herauslehnen. Kamps Versuch, gerade zu sitzen, erwies sich ebenfalls als schwierig, da er das Gefühl hatte, kopfüber in einem Karussell zu hängen.

Er kniff die Augen zusammen und versuchte, seinen Gleichgewichtssinn wieder einzuschalten. Aber selbst mit geschlossenen Augen hatte er das Gefühl zu schwanken, und es fiel ihm zunehmend schwerer, sich zu konzentrieren.

Kamp riss die Augen auf und spürte, wie ihm ein Anflug von Panik sanft den Hinterkopf tätschelte. Zu allem Überfluss schossen ihm völlig absurde Gedanken durch den Kopf, die den Ernst der Situation eindeutig verkannten. Wie war es sonst zu erklären, dass er den Wunsch verspürte, dem Marsianer einen Kuss auf sein dickes Gehirn zu geben, um ihn zu besänftigen? Dessen böser Blick verhieß jedenfalls nichts Gutes. Eine unbestimmte Gefahr schien von ihm auszugehen. Bevor er jetzt wirklich aus dem Plakat klettern würde, um das Büro zu assimilieren, sollte Kamp versuchen, deeskalierend auf ihn einzuwirken und ...

»NEIN!!«

Die Panikattacke bearbeitete ihn jetzt mit Fäusten. Er spürte, wie er immer mehr die Kontrolle über sich verlor. Das war ein verdammter Zuckerschock! Am Vorabend hatte er außer ein paar Keksen nichts gegessen und daher auch nichts mehr gespritzt. Am Morgen hatte er sich eine normale Dosis verabreicht, aber wesentlich ausgiebiger als gewöhnlich gegessen. Er hätte das berücksichtigen müssen. Wie hatte er nur so nachlässig sein können?

Kamp drehte sich mit dem Stuhl der Eingangstür seines Büros zu und musste sich am Schreibtisch festhalten, um nicht vornüber zu fallen. Neben der Tür, unter den Kleiderhaken, stand sein Rucksack mit der Spritze und dem Insulin.

»Verdammt!«, lallte er.

Kamp klammerte sich am Schreibtisch fest, kniff die Augen wieder zusammen und bleckte die Zähne. Er war eigentlich nie unachtsam, wenn es um seine Krankheit ging, und so einen gewaltigen Zuckerschock hatte er ebenfalls noch nie gehabt. Er brauchte Insulin ... JETZT! Unter größter Anstrengung versuchte er, sich nur auf die Spritze zu konzentrieren, und erhob sich wankend aus seinem Stuhl.

Kamp torkelte und schwankte bedenklich. Die Tatsache, dass sein Rucksack ständig die Position zu verändern schien, war ihm nicht gerade eine große Hilfe. Er griff danach und bekam eben noch rechtzeitig eine Hand an die Wand, um einen Sturz zu verhindern. Er schleuderte herum, taxierte die ungefähre Richtung des Schreibtisches, schloss die Augen und stolperte los, bis er, »Gottseidank!« ausstoßend, gegen den Schreibtisch prallte.

Sein Monitor fing den überschüssigen Schwung des mit zu viel unkoordinierter Kraft hochgewuchteten Rucksacks ab, und ein besorgniserregendes Geräusch erklang. Hoffentlich waren das nicht die Spritzen! Er brauchte vier Versuche, bis er den Reißverschluss zu fassen bekam, öffnete hektisch den Rucksack und holte, sich nur auf seinen Tastsinn verlassend, mit geschlossenen Augen sein Spritzbesteck heraus.

Er hätte jetzt gern eine gewisse Erleichterung verspürt und hielt das eigentlich auch für angebracht. Stattdessen erfasste ihn eine neue Panikattacke. Er war eindeutig nicht mehr in der Lage, eine korrekte Dosis zu berechnen. Er war sich nicht mal sicher, ob seine motorischen Fähigkeiten noch ausreichten, um eine Spritze aufzuziehen, und ob er überhaupt noch so viel Zeit haben würde. Es half aber nichts, er musste es versuchen, bevor er das Bewusstsein verlor. Er konnte unmöglich noch so lange warten, bis Tibbe ins Büro kommen würde.

Vielleicht sollte er einfach um Hilfe rufen, möglicherweise war ja doch schon jemand im Gebäude.

»Häoouuuumm!«

Nicht mal mehr das konnte er! Er schloss die Augen, atmete tief durch und ging es an.

Das Öffnen des kleinen Lederetuis funktionierte erfreulich problemlos. Er nahm eine Durchstechflasche in die linke Hand und eine saubere Insulinspritze in die rechte. Beim ersten Versuch stach er sich mit der Nadel in den linken Daumen und fluchte leise.

»Schaahse.«

Der zweite Versuch traf sein Ziel, und er schob die Nadel, so vorsichtig er konnte, durch die dünne Kunststoffmembran in das Insulin. Jetzt nur nicht die Nadel abbrechen.

Am Rande des Bewusstseins bemerkte er, die Spritze bis zum Anschlag aufgezogen zu haben, so als würde jemand, den er noch nie ernst genommen hatte, neben ihm stehen und besserwisserisch darauf hinweisen. Für Klugscheißereien hatte er jetzt aber keinen Kopf!

Mit einem Ruck zog er die Spritze aus der Flasche und versuchte mit einem zugekniffenen Auge zu erkennen, ob noch alles an ihr dran war. Das schien der Fall zu sein. Die Luftblase schoss er, zusammen mit ein wenig Insulin – welches anschließend zielsicher in den Lüftungsschlitzen seines Flatscreens landete – in die Luft.

Wie ein Tango-Tänzer seine Rose, nahm er die fertig aufgezogene und entlüftete Spritze vorsichtig zwischen die Zähne und zog sich schwankend den rechten Ärmel seines Pullovers hoch.

Insulin gehörte eigentlich subkutan injiziert. Nur in Notfällen durfte man es direkt in die Vene spritzen, und auch dann nur unter Beteiligung von medizinischem Fachpersonal. So hatten es ihm all die Ärzte, mit denen er es im Laufe seines Lebens zu tun bekommen hatte, immer wieder eingebläut.

Dies war eindeutig ein Notfall, aber wo er auf die Schnelle einen Arzt oder zumindest einen Rettungssanitäter auftreiben sollte, war ihm schleierhaft. Wenn er jetzt nicht selbst handelte, würde er vielleicht nur noch einen Pathologen brauchen.

Wie eine geladene und entsicherte Waffe vor dem Warnschuss hielt er die Spritze in seiner rechten Hand, starrte seinen Arm an, an dessen Ende sich die Hand scheinbar wie von selbst öffnete und schloss, um die Blutbahn zum Herz aufzupumpen – und rammte sich die Spritze in die auf brauchbare Größe angeschwollene Vene.

Mit dem dankbaren Gefühl, es gerade noch geschafft zu haben, zog er die Nadel wieder raus und warf die Spritze achtlos beiseite.

Für einen endlos erscheinenden Moment stand er schwankend auf der Stelle und starrte aus dem Fenster. Schließlich ging er ruckartig zwei Schritte zurück, verdrehte die Augen und fiel zu Boden.

Aufwaerts

Kamp öffnete die Augen und sah die Decke seines Büros. Erleichterung durchströmte ihn, als er bemerkte, dass sie sich nicht bewegte, sondern so verhielt, wie er es von ihr erwartete. Große Erleichterung durchströmte ihn, als er, immer noch auf dem Boden liegend, die Schadensmeldungen aus allen Bereichen seines Körpers abrief, mit dem Ergebnis, dass er keine Schmerzen verspürte. Es ging ihm sogar ausgesprochen gut!

Er stand auf, drehte versuchsweise die Schultern und ließ seinen Kopf kreisen. Alles schien zu funktionieren. Er sah zu seinem Schreibtisch und bemerkte das offene Etui. Wo war die Spritze? Und wo war die Durchstechflasche?

Er blickte nach links.

Neben Tibbes Schreibtisch lag die Spritze auf dem Boden. Er musste sie, kurz bevor er gefallen war, weggeworfen haben, konnte sich jedoch nicht mehr daran erinnern. Er schnaubte und unterdrückte das Bedürfnis zu lachen. Irgendetwas war nicht richtig. Wo war die Durchstechflasche? Hatte er sie auch weggeworfen?

Er drehte sich um und sah den Körper eines Mannes auf dem Boden liegen. Kamp klappte das Kinn nach unten. Der Mann lag auf dem Rücken. Sein Kopf wirkte auf groteske Weise verdreht. Zumindest berührte die Stirn des Mannes fast die Schulter. Seltsamerweise hatte dieser Mann eine frappierende Ähnlichkeit mit ihm. Er trug sogar die gleiche Kleidung wie er!

Kamp ging in die Knie. Er hatte schon mal von Astralreisen gehört, hatte es sogar selbst versucht. Der Erfolg war allerdings ausgeblieben. War es möglich, dass die Wucht des Aufpralls, in Verbindung mit der vorausgehenden Extremsituation, ihn aus seinem Körper geschleudert hatte? Das war eine faszinierende Vorstellung und würde seine gute Verfassung erklären … wenn nur der Kopf nicht so unnatürlich verdreht gewesen wäre.

Anstatt erregt zu sein, war er jedoch erstaunlich ruhig. Er empfand sogar eine gewisse Freude, als er den Aufenthaltsort der vermissten Durchstechflasche ausmachen konnte. Sie befand sich, fest umklammert, in der rechten Hand … seines Körpers. So musste er wenigstens nicht danach suchen.

Ein weiteres Detail, welches darauf wartete, von ihm bemerkt zu werden, drang jetzt endlich in sein Bewusstsein vor. Etwa einen Meter hinter seinem Körper befand sich eine Tür. Er arbeitete jetzt schon fünf Jahre in diesem Büro und war von daher ganz sicher, diese Tür noch nie vorher gesehen, geschweige denn geöffnet zu haben. Erschwerend kam hinzu, dass sie mitten im Raum stand, was den eigentlichen Zweck einer solchen Vorrichtung ad absurdum führte.

Kamp stieg über sich selbst hinweg und ging auf die Tür zu.

Auf den ersten Blick war sie sehr schlicht. Erst auf den zweiten Blick fielen ihm ihre strahlend weiße Farbe und die beiden großen, hellblauen, perlmuttartig glänzenden Flügel auf, die sich im oberen Drittel befanden. Sie waren nicht einfach aufgemalt, sondern setzten sich richtig von der Türoberfläche ab und wirkten damit dreidimensional.

Ebenfalls bemerkenswert war der Schriftzug unter den Flügeln. Er hatte solche Buchstaben noch nie gesehen, da war er sicher. Selbst wenn es Kyrillisch gewesen wäre, was es nicht war, hätte es ihm also unmöglich sein müssen, sie zu entziffern. Trotzdem konnte er lesen, was dort stand.

BITTE KOMM HEREIN!

Was hatte das alles zu bedeuten?

Kamp hatte den Umstand, dass er sich nicht in seinem Körper befand, schon wieder vergessen. Es gab jetzt nur noch diese Tür, und seine Hand war schon auf dem Weg zur Klinke. Im letzten Moment zog er sie wieder zurück und ging um die Tür herum. Auf ihrer Rückseite war sie einfach nur weiß, nicht so strahlend und regelrecht den Raum erhellend wie die Vorderseite. Es befanden sich dort auch weder Flügel noch Schriftzeichen. Nicht mal eine lausige Klinke gab es. Was auch immer es mit dieser Tür auf sich hatte, sie funktionierte nur von einer Seite.

Kamp ging zurück zu ihrer Vorderseite. Der Glanz der Flügel faszinierte ihn, zog ihn regelrecht an. Er brachte sein Gesicht so nahe wie möglich heran, sodass seine Nasenspitze fast die Tür berührte. Aus dieser Nähe konnte er eine gewisse Struktur im Glanz der Flügel erkennen, die sich in einer langsam fließenden Bewegung befand.

Er hielt es nicht mehr aus, er musste wissen, was geschehen würde, wenn er sie öffnete. Diesmal drückte er die Klinke herunter und stieß die Tür auf. Seine Augen wurden groß, und er öffnete den Mund, um etwas zu sagen, schloss ihn jedoch gleich wieder, da ihm nichts Passendes einfiel.

Er sah in einen etwa drei mal drei Meter großen Raum, der vom gleichen strahlenden Weiß war, wie die Vorderseite der Tür. Von der gegenüberliegenden Wand nickte ihm ein junger, freundlich lächelnder Mann zu. Er trug eine Art Overall, dessen Farbe Kamp nicht definieren konnte. Er hätte auf Blau getippt, aber dafür war es zu orange. Für Orange wiederum war es eindeutig zu braun.

Auf den Oberarmen erkannte Kamp eine Art Abzeichen. Es waren die gleichen Flügel, wie sie auch auf der Tür zu sehen waren. Er kam sich fast lächerlich vor, aber er freute sich, dass er ihre Farbe identifizieren konnte. Sie waren von einem bodenständigen, kräftigen, dunklen Blau.

Da der Mann außer seinem netten Lächeln anscheinend nichts zu bieten hatte, fühlte Kamp sich genötigt, doch etwas zu sagen … irgendetwas. Er öffnete den Mund.

»Äh … hallo?«

Der Mann lächelte noch etwas breiter, und da war auch wieder dieses Nicken. Trotz des freundlichen Gebarens hüllte der Mann sich aber weiter in Schweigen. Kamp fühlte eine leichte Verunsicherung. Ob er einfach hineingehen sollte? Immerhin stand eine entsprechende Aufforderung an der Tür.

Er gab sich einen Ruck und durchschritt die Tür.

Sobald er über die Schwelle hinweg war, ertönte hinter ihm ein leises Geräusch, und er drehte sich abrupt um. Dort, wo sich gerade noch eine Tür befand, war jetzt, abgesehen von der strahlend weißen Wand, nichts. Kamp drehte sich langsam wieder zu dem Mann um und warf ihm einen argwöhnischen Blick zu.

»Was hat das zu bedeuten?«

Der Mann wirkte immer noch sehr freundlich und machte sogar Anstalten, endlich selbst etwas zu sagen.

»Ich darf dich in *seinem* Namen ganz herzlich willkommen heißen auf der anderen Seite. Mein Name ist Xaver, und ich werde für …«

»*Was* … hat das zu bedeuten?«

Kamp nagelte Xaver mit seinem Blick fest und hoffte, allein dadurch klarzumachen, dass es hier ohne eine adäquate Antwort nicht weitergehen würde. Mit Genugtuung bemerkte er, dass die Fassade der Freundlichkeit leichte Risse bekam.

»Weißt du denn nicht, was gerade mit dir passiert ist?«, fragte Xaver ihn behutsam.

Kamp sah ihn verständnislos an. Genau das wollte er ja von ihm erfahren.

»Ich meine, bevor diese Tür plötzlich aufgetaucht ist«, ergänzte der mysteriöse Overallträger.

Etwas an dessen Tonfall hielt die patzige Antwort zurück, die Kamp auf der Zunge lag. Es klang, als würden alle verstehen, was Sache ist, nur Klein Thore brauchte mal wieder etwas länger. Er befürchtete, sich zu blamieren, und dachte in Ruhe nach.

Was war denn mit ihm passiert?

Er hatte einen Zuckerschock und konnte sich gerade noch rechtzeitig eine Insulinspritze setzen. Anschließend wachte er auf dem Boden liegend auf und musste feststellen, dass er seinen Körper verlassen hatte. Dann war da diese Tür und …

Die Erkenntnis traf ihn mit der Wucht eines aus großer Höhe herabfallenden Ziegelsteins, und Kamp hatte keinen Helm auf.

»Ich bin … unmöglich! Bin ich etwa tot?«

Xaver nickte fröhlich.

»Das kann nicht sein! Absolut ausgeschlossen! Ich habe mir die Spritze noch rechtzeitig gesetzt. Okay, es war vielleicht ein bisschen viel, aber davon stirbt man nicht gleich.«

Der Mann sah ihn mit einer Mischung aus Geduld und Langeweile an. Sein Gesicht sagte: »Wenn du wüsstest, wie viele schon geglaubt haben, es besser zu wissen als ich.«

»Hören Sie, da liegt definitiv ein Irrtum vor. Sie müssen mich hier wieder rauslassen!«

Xaver seufzte. Auch das hatte er schon entschieden zu oft gehört.

»Junge Seele, ich fürchte, ich muss dich enttäuschen. Ein Irrtum ist ausgeschlossen. Du bist gerade gestorben, sonst würden wir uns jetzt nicht unterhalten können. Je schneller du dich damit abfindest, desto besser ist es für dich. Ich habe da eine gewisse Erfahrung, glaub mir.«

Kamp ließ den Kopf hängen und starrte ungläubig ins Leere.

»Aber ... wieso?«, stammelte er und fühlte sich plötzlich überhaupt nicht mehr wohl. War es überhaupt möglich, tot zu sein und sich trotzdem mies zu fühlen?

»Hab noch ein wenig Geduld. Wenn wir da sind, wird sich alles aufklären.«

Kamp lehnte sich einige Sekunden mit hängendem Kopf gegen die Wand. Der letzte Satz des Mannes hallte ihm durchs Bewusstsein.

Es gab da ein paar Fragen, die er dringend stellen musste.

»Äh ... und was machen wir jetzt in diesem Raum? Ich meine, worauf warten wir?«

»Wir warten, bis wir da sind. Dies ist nicht einfach nur ein Raum. Es ist eine Art Fahrstuhl, der dich an dein Ziel bringen wird.«

Kamp zögerte. Er traute sich kaum es auszusprechen, aber er brauchte Gewissheit.

»Und ... was genau ist mein Ziel?«

Xaver setzte wieder sein Sonntagslächeln auf und antwortete mit feierlicher Stimme.

»Wir sind auf dem Weg zur vierten Ebene des Jenseits.«

Kamp spürte das spirituelle Äquivalent einer Gänsehaut.

»Wow! Ähm ... wo genau liegt diese vierte Ebene, wenn ich fragen darf?«

Xaver sah ihn verdutzt an.

»Himmel oder Hölle?«, schob Kamp hinterher.

»Ah, verstehe. Geh ich recht in der Annahme, dass du einen christlichen Glauben praktiziert hast?«

»Na ja, praktizieren ist übertrieben.«

Kamp spürte jetzt sogar das spirituelle Äquivalent der Schamesröte.

»Wissen Sie, ich war da nie so wirklich aktiv. Irgendwie bin ich immer drüber weggekommen. So ein Tag hat nun mal nur vierundzwanzig Stunden und die reichen einem Mann in meiner ...«

»Evangelisch oder katholisch, oder was?«, unterbrach Xaver ungeduldig.

Kamp sackte in sich zusammen und wurde kleinlaut.

»Katholisch.«

Der Mann nickte. »Geht doch! Also, eine Hölle, wie du sie dir vorstellst, so mit Teufel, Feuer, stundenlangem Auspeitschen und ähnlichen Scherzen, gibt es gar nicht. Es gibt nur das Jenseits, einen Ort, der eurer Vorstellung eines Himmels relativ nahe kommt.«

»Ach?«

Kamp war erleichtert. Seine Mutter hatte immer versucht, ihn und seine Schwester zu regelmäßigen Kirchgängen zu überreden, wenigstens an den Feiertagen. Es gelang ihr jedoch nicht, dem Glauben im Leben ihrer Kinder eine größere Bedeutung zu verleihen. Aus Kamps Sicht war es früh genug, wenn er sich im hohen Alter der Frömmigkeit widmete, um sich noch seinen Platz im Himmel zu erschleichen. Er hatte schließlich nicht ahnen können, dass es ihn schon mit Anfang dreißig erwischen würde.

»Wird es noch lange dauern, bis wir da sind?«

Xaver warf ihm einen missbilligenden Blick zu. »Hör mal, es gibt keinen Grund zur Eile. Du glaubst ja gar nicht, wie viel Zeit du jetzt hast. Aber wenn du es unbedingt wissen willst, wir werden noch etwa zwei Tage ...«

»Zwei Tage?« Kamp sah sich in dem Raum um und wurde hektisch. »Aber ... ich sehe hier keine Betten, nicht mal einen Stuhl. Außerdem brauche ich mein Insulin, ich bin Diabetiker. Und was machen wir, wenn wir Hunger oder Durst haben? Oder mal müssen?«

Xaver ließ die letzten Reste seiner professionellen Freundlichkeit fallen. Er wusste, was man von ihm erwartete. Wieder und wieder war er nach der Zuteilung seiner Aufgabe darüber belehrt worden, dass Situationen wie diese keine Seltenheit sein würden. Damals fühlte er sich noch stark genug, um diese Verantwortung zu tragen, und war durchdrungen gewesen von guten Vorsätzen – wie das eben so läuft, wenn man noch nicht oft genug auf die Schnauze gefallen ist.

Über so viel Idealismus konnte Xaver inzwischen nur noch den Kopf schütteln und bedachte Kamp mit dem Blick eines Mannes, in dem schon vor langer Zeit die Erkenntnis gereift war, dass er doch den falschen Beruf gewählt hatte.

»Du ... bist ... tot! Diese Dinge, von denen du da redest, schlafen, essen, trinken, schwere Beine, volle Blase oder eine verkorkste Gesundheit, sind körperlich ... sind menschlich. Du bist aber kein Mensch mehr, du bist, um es mit der Terminologie deiner ehemaligen Konfession auszudrücken, die Seele eines Menschen, befreit von der Last ihrer sterblichen Hülle. Finde dich damit ab. Freu dich darüber! Wenn du die richtigen Entscheidungen triffst, kann es ab jetzt nur noch besser werden. Ich weiß um die Macht menschlicher Gewohnheiten, du bist beileibe nicht der Erste, den ich eskortiere. Ich weiß aber auch, wie unnütz diese Gewohnheiten sind, und es macht mich rasend, dass ihr Seelen das anscheinend nicht begreifen wollt!«

Kamp war eingeschüchtert. Er konnte sich nicht erinnern, wann es zuletzt jemandem gelungen war, ihn einzuschüchtern. Es musste an der Situation liegen, schließlich befand er sich auf neuem Terrain. Auch wenn er religiös nicht sehr aktiv war, hatte er doch eine ganz andere Vorstellung von Engeln ... wenn dieser Mann überhaupt ein Engel war. Nach seinen Umgangsformen zu urteilen, kam das eigentlich kaum in Betracht, und abgesehen von den Abzeichen auf seinem Overall, hatte er auch keine Flügel.

Er hätte ihn gern gefragt. Er hätte auch gern das Thema Bedürfnisse etwas ausführlicher behandelt, aber nach dieser Standpauke traute er sich nicht und zog sich schmollend in eine Ecke zurück.

So standen Kamp und Xaver eine ganze Weile schweigend nebeneinander und versuchten den Blick des jeweils anderen zu meiden.

Nach einer Weile bekam Xaver ein schlechtes Gewissen, weil er Kamp so grob behandelt hatte. Es bestand kein Zweifel, dass dies sein erster Aufenthalt auf Erden und damit auch sein erster Tod war. Bei diesen Seelen war Verwirrung normal, genau wie der Versuch, den eigenen Tod zu leugnen. Schließlich hatte auch Xaver vor gar nicht allzu langer Zeit seinen eigenen ersten Todestag zu überstehen gehabt und wusste nur zu gut, dass er sich dabei nicht erwähnenswert geschickter angestellt hatte.

»Hör mal, es tut mir leid. Ich weiß viele Dinge, die du noch nicht wissen kannst. Es ist nur, wenn man immer wieder das gleiche Gejammer zu hören bekommt, kann einem die Ewigkeit verdammt lang werden. Nimm es mir nicht übel. Wenn du noch Fragen hast, einfach raus damit. Wir sind ohnehin gleich da.«

In Gedanken fügte er hinzu: »Zum Glück.«

Kamp warf ihm einen misstrauischen Blick zu. Woher dieser plötzliche Sinneswandel? Und was meinte er mit »Wir sind gleich da«?

»Ich dachte, es dauert noch zwei Tage, bis wir da sind?«

»Ja, das stimmt auch. Ich wollte es dir vorhin schon erklären – bevor du mir ins Wort gefallen bist. Es ist etwas kompliziert, und eine detaillierte Erklärung dürfte auch den zeitlichen Rahmen sprengen ...«

Die erwartete Reaktion blieb aus. Kamp hatte den Witz nicht verstanden.

»... tja. Also, vereinfacht ausgedrückt, die Zeit in der Übergangsebene zwischen Erde und Jenseits unterliegt anderen Gesetzen. Zwei reale Tage kommen uns wie eine Stunde vor. Von dieser Gleichung aus kann dann entsprechend hoch- oder runtergerechnet werden. Wie lange eine Überfahrt dauert, ist letzten Endes nämlich variabel, von einer Minute bis hin zu zwölf Stunden ist alles möglich. Kommt aber eher selten vor, denn das wären immerhin vierundzwanzig Tage auf der Erde!«

Eigentlich hätte Kamp verwirrt sein müssen, aber er glaubte zu verstehen, was der Mann ihm sagen wollte. Das war faszinierend, ähnlich wie mit der unbekannten Schrift auf der Tür. Er wollte dies gerade zur nächsten Frage formulieren, als ein Ton erklang.

PING

Es folgte das gleiche Geräusch, das Kamp beim Verschwinden der Tür gehört hatte. Er drehte sich um und fand vor, womit er gerechnet hatte. Die Tür war wieder da.

»Wir sind angekommen. Endstation«, sagte Xaver mit einem Schuss zu viel Erleichterung.

Er ging zur Tür und öffnete sie.

»Noch mal, nichts für ungut. Vielleicht bist du ja mal wieder mein Gast.«

Kamp sah von Xaver zur offenen Tür und wieder zurück.

»Wo muss ich denn jetzt hin? Kommen Sie nicht mit?«

Xaver schüttelte den Kopf. »Nein, mein Wirkungsbereich ist hier. Gehe einfach durch die Tür auf das große Gebäude zu. Es ist die Anmeldung. An der Säule mit dem Anfangsbuchstaben deines Nachnamens geht es weiter.«

Kamp sah wieder zur offenen Tür und zögerte. »Darf ich Ihnen noch eine letzte Frage stellen?«

Xaver seufzte. »Na klar, nur zu.«

»Sind Sie ein Engel?«

Jetzt lächelte der Bote wieder. Es war ein ehrliches Lächeln.

»So etwas in der Art, ja. Aber wir nennen uns Boten. Man wird dich über all dies noch aufklären, mach dir keine Sorgen. Und jetzt ... viel Glück und alles Gute in der Ewigkeit.«

Kamp nickte Xaver zu und verließ den Fahrstuhl.

Die Anmeldung

Die ersten Schritte im Jenseits tat Kamp mit besonderer Vorsicht, nicht etwa weil er Angst hatte, sondern weil ihn ein dichter, weißer Nebel umgab, der alles verschluckte, was es möglicherweise um ihn herum zu sehen gab. Er wusste weder, wo er sich befand, noch in welche Richtung er gehen musste, und ging daher stumpf geradeaus. Mit jedem seiner Schritte lichtete sich der Nebel jedoch ein wenig, und nach und nach zeichneten sich in dem Nebelschleier erste Konturen ab.

Er hatte verstanden und ging jetzt etwas schneller, um die getrübte Sicht komplett hinter sich zu lassen. Einige Schritte später blieb er mit offenem Mund staunend stehen. »Das große Gebäude«, hatte der Mann gesagt. Diese Beschreibung gehörte in jedes Lexikon als Erläuterung zum Wort »Untertreibung«.

Als Kamp noch auf Erden wandelte, hatte er einmal eine Studienreise in die USA unternommen. Er wusste noch, wie beeindruckt er damals von der Größe der monumentalen Shopping-Mall war, in der er zusammen mit einem Kommilitonen einen ganzen Tag verbrachte … wohlgemerkt ohne alles gesehen zu haben. Der Kasten hatte das Zeug, eine ganze Kleinstadt in sich aufzunehmen.

Gegen das, was Kamp jetzt erblickte, war diese Mall jedoch vergleichsweise klein.

Riesige Säulen erhoben sich vor ihm. Sie mochten bestimmt einen Durchmesser von vier Metern haben, ragten schier endlos in die Höhe und verzierten die Front eines ebenso hohen Gebäudes. Auf jeder der Säulen thronte ein mannshoher, steinerner Buchstabe aus dem gleichen Schriftzeichensatz, den man bei der Beschriftung der Tür verwendet hatte. Die Säulen waren in einem Abstand von jeweils etwa zwanzig Metern entlang der Mitte des Gebäudes aufgereiht. Rechts und links von der Säulenreihe war es jeweils noch mal so breit. Alles war in Weiß und verschiedenen Grautönen gehalten. Nur die Buchstaben auf den Säulen waren pechschwarz.

Er kam sich entsetzlich klein und unbedeutend vor.

»Hallo!«

Kamp erschrak und drehte sich um. Er sah eine Frau in seinem Alter auf sich zukommen.

»Na, junger Mann, auch gerade gestorben?«

»Ich ... äh ... ja!«

»War wohl das erste Mal für Sie? Ihr Gesicht spricht Bände! Für mich war es schon meine dritte Zeit auf Erden. Hab die Tür mittlerweile richtig ins Herz geschlossen. Mit den Flügeln haben die sich wirklich Mühe gegeben«, plapperte die Frau drauflos.

Kamp starrte sie mit offenem Mund an und kam sich vor wie im falschen Film. Er hätte gern etwas erwidert, sah sich dazu jedoch außerstande.

»Hat man Ihnen denn gesagt, was Sie jetzt machen müssen? Ach, wissen Sie was, gehen Sie mir einfach nach. Es ist gar nicht so schwer.«

Die Frau setzte ihren Weg zielstrebig fort und achtete nicht darauf, ob Kamp ihr folgen würde. Nach etwa fünfzig Metern bemerkte sie, dass er nicht an ihrer Seite war, und blieb stehen.

»Na kommen Sie schon. Nur keine Angst!«, rief sie.

Kamp folgte ihrer Aufforderung wie ferngesteuert und schloss zu ihr auf. So langsam fing er an zu glauben, er träumte dies alles nur und würde gleich irgendwo in seinem Büro erwachen.

Vorsichtig beobachtete er die Frau von der Seite. Sie war völlig unbeeindruckt von dem, was gerade passierte, und schien genau zu wissen, was als Nächstes zu tun war. Er beneidete sie um diese Sicherheit.

Je näher sie der Anmeldung kamen, desto mehr Details konnte Kamp erkennen. Vor dem Gebäude herrschte reger Betrieb. Zwischen den Säulen waren jeweils zwei große Fenster eingelassen, vor denen jeweils eine von Buchstabe zu Buchstabe unterschiedlich große Warteschlange stand. Kamp drehte sich beim

Gehen um und sah, dass hinter ihnen schon wieder einige Personen eingetroffen waren und ihnen folgten.

»Wenn man es zum ersten Mal sieht, ist es ziemlich überwältigend, nicht wahr?«

Kamp sah die Frau an und rang sich ein stummes Lächeln ab.

Sie tätschelte ihm dafür die Schulter. »Machen Sie sich nichts draus, da sind Sie in guter Gesellschaft.«

Sie gelangten an einen breiten Abhang, in den mehrere Treppen eingelassen waren. Von den Enden der Treppen führten markierte, etwa zweihundert Meter lange Wege zu einem großen Platz, der das Vorfeld des Gebäudes einnahm.

Alles schien aus Marmor und Stein zu bestehen. Wäre es nach Kamp gegangen, hätten sie auf Wolken gehen müssen, ein leicht dunstiger Untergrund, sodass man seine Füße beim Gehen nicht sehen kann. Er konnte sich auch nicht erinnern, durch eine Pforte gegangen zu sein, an der ein gewisser Petrus den Türsteher spielte. Eine große Anmeldung im Himmel hatte er in seinen Vorstellungen natürlich überhaupt nicht auf der Rechnung. Wenn aber schon Gebäude, dann hätten sie reichlich mit Gold verziert sein müssen. Er erwartete Engel, die wie Vogelschwärme durch die Gegend flogen, auf der Suche nach einer Seele, der geholfen werden konnte. Er bedauerte jetzt, sich nicht ernsthafter mit seiner Religion befasst zu haben. Das hätte sicher vieles einfacher gemacht.

Schließlich erreichten sie den großen Platz. Die Frau blieb stehen und wandte sich Kamp zu.

»Wenn Ihr Nachname nicht mit einem B anfängt, trennen sich unsere Wege hier.«

Er bemerkte erst mit einiger Verzögerung, dass das als Frage gemeint war. »Äh, ja ... nein. Meiner fängt mit K an.«

»Na dann, alles Gute.«

Sie nickte freundlich und stapfte zielstrebig in Richtung der Säule mit dem B, ohne sich noch einmal umzudrehen. Kamp blickte ihr noch eine Zeit lang nach, zuckte schließlich mit den Schultern und machte sich auf den Weg zu seiner Säule. Sie zu finden war wenigstens leicht.

Er stellte sich an das Ende einer der beiden Warteschlangen

und verrenkte den Kopf, um zu sehen, was sich ganz vorn abspielte. In den Fenstern saßen ziemlich normal aussehende Gestalten, die ebenfalls nichts Engelhaftes an sich hatten. Sie schienen die gleiche Art Anzug zu tragen wie der Mann, der ihn hierher gebracht hatte. Sie trugen auch dieselbe professionelle Freundlichkeit in ihren Gesichtern, während sie sich mit den frisch eingetroffenen Seelen unterhielten.

Fünf Personen waren noch vor ihm dran. Das war auch etwas, das er nie und nimmer mit dem Himmel in Verbindung gebracht hätte: Schlange stehen. Es entbehrte nicht einer gewissen Komik und veranlasste ihn zum ersten, von Herzen kommenden Lächeln seit – technisch gesehen – zwei Tagen.

Kamp entspannte sich ein wenig und sah sich um. Erst jetzt bemerkte er, in welch multikultureller Gesellschaft er sich befand. Da waren Personen, die so mitteleuropäisch aussahen wie er. Er erkannte Asiaten und Afrikaner, Personen in pompös anmutenden Gewändern und auch solche von offensichtlich bettelarmer Herkunft. In seiner Reihe schien sogar ein Aborigine zu stehen, ein dunkelhäutiger Mann mit einem dichten Bart, nur bekleidet mit einem Lendenschurz und einem Kopftuch. Für ihn musste dies alles doch besonders verwirrend sein. Kamp hatte zwar keine Ahnung, welcher Art die Religion der Ureinwohner Australiens war, konnte sich aber nicht vorstellen, dass sie auch nur im Ansatz mit so etwas rechneten. Trotz allem stand der Mann sehr ruhig und geradezu aufreizend gelassen in der Reihe und wartete wie alle anderen.

Der direkt vor ihm stehende Mann drehte sich zu ihm um. Er trug eine Uniform mit dem Hoheitsabzeichen eines Landes, das Kamp nicht zuordnen konnte, und wirkte noch unsicherer, als Kamp sich fühlte.

»Ist das für Sie auch das erste Mal?«

Kamp nickte.

»Ziemlich beeindruckend, oder?«

Kamp nickte erneut. Aus irgendeinem Grund hatte er jetzt keine große Lust auf Smalltalk. Ihm war mehr daran gelegen, in Ruhe all die neuen Eindrücke zu verarbeiten.

Der Mann nickte ebenfalls.

»Hatten Sie auch einen Unfall? Ich hatte ausgerechnet auf einer Brücke einen Reifenplatzer. Bin mit dem Jeep durchs Geländer geschossen und dann … tja. War ganz schön tief.«

Dafür sah der Mann ausgesprochen gut aus. Erst jetzt fiel Kamp auf, dass niemand irgendwelche Verletzungen zu haben schien. Die streifte man anscheinend zusammen mit dem Körper ab.

»Ich bin mir nicht ganz sicher, was mich umgebracht hat. Auf jeden Fall war es auch eine Art Unfall … eher ein Missgeschick.«

»Oh!«

»Ja.«

Kamp gab sich kurz angebunden. Soweit es ihn betraf, war das Gespräch beendet. Der Soldat schien es, entgegen Kamps Vermutung, dass er ein wenig einfältig war, zu bemerken und drehte sich verlegen um.

Kurze Zeit später wandte er sich ihm doch wieder zu.

»Hören Sie, ich saß nicht allein in dem Jeep. Ein Kamerad, ein Freund von mir, hat mich begleitet. Ich würde gerne herausfinden, ob er auch hier ist. Würde es Ihnen etwas ausmachen, meinen Platz frei zu halten? Ich muss dafür nämlich ganz zum V rüber.«

Kamp nickte. »Na klar. Viel Erfolg.«

»Danke!«

Die Abwesenheit des Soldaten bescherte ihm die Ruhe, die er sich wünschte. Er sah sich interessiert um und versuchte, aus all den Eindrücken ein paar vorsichtige Schlüsse zu ziehen.

Nach einer Weile war die letzte vor ihm stehende Person an der Reihe. Von dem Soldaten war weit und breit nichts zu sehen. Wahrscheinlich hatte er seinen Freund gefunden und hielt es für angebracht, sich mit ihm ausgiebig über den Moment ihres Dahinscheidens auszutauschen. Das war dann natürlich Pech für ihn, denn er würde sich, wenn er nicht jeden Moment auftauchte, komplett neu anstellen müssen. Die Schlange war nicht gerade kleiner geworden, und Kamp war als Nächster dran. Wie es aussah, traf er zu einem günstigen Zeitpunkt ein, als gerade nicht allzu viel los war.

Er hörte die vor ihm stehende Frau sagen: »Alles klar, ich kenne mich aus.« Sie warf ihm ein flüchtiges Lächeln zu und ging fort. Der Bote in dem Fenster starrte mit glasigem Blick durch Kamp hindurch und rief: »Der Nächste bitte!«

Kamp trat vor und sah den Boten mit einer Mischung aus Neugierde und Unsicherheit an.

»Ähm ... mein Name ist Thore Kamp ... Tja, da wäre ich.«

Der Bote hatte tatsächlich die gleiche Art Overall an wie sein Kollege aus dem Fahrstuhl. Auch die Abzeichen auf seinen Oberarmen hatten die gleiche Farbe. Er fing an, zu tippen.

»Thore mit H oder ohne?«

»Äh, mit. Ihr habt hier Computer?«

Der Bote machte einen letzten Anschlag und sah zu Kamp.

»Na sicher! Wir beobachten den technologischen Fortschritt auf Erden sehr genau und passen uns an, soweit es sinnvoll erscheint.«

Der Bote blickte wieder zu seinem Bildschirm und hob die Augenbrauen.

»Du bist also Thore Kamp?«

»Ja.«

»Geboren am 5. Januar 1974?«

»Ja.«

»War das dein erster Aufenthalt auf Erden?«

»Äh, ja ... glaube ich. Kann mich an kein früheres Leben erinnern.«

Der Bote betätigte ein paar Tasten.

»Hast du Suizid begangen?«

Kamp kniff die Augen zusammen und schob das Kinn vor.

»Wie kommen Sie denn darauf? Natürlich nicht!«

Der Bote tippte mehrere Sätze in seinen Computer und schien nicht auf seine Frage reagieren zu wollen.

»Entschuldigen Sie bitte. Wie haben Sie das gerade gemeint?«

»Ist nur eine Standardfrage an alle Seelen, die vor ihrem geplanten Todestag im Jenseits eintreffen. Melde dich bitte –«

»Ich habe einen geplanten Todestag?«

Kamp spürte ein Kribbeln.

»Natürlich«, entgegnete der Bote ruhig.

»Wann wäre das gewesen?«

Der Bote blickte kurz zum Monitor.

»24. Dezember 2045.«

Thore stand, wie vom Blitz getroffen, mit offenem Mund vor dem Fenster. Das würde bedeuten, er wäre … einundsiebzig Jahre alt geworden. Er befürchtete das Schlimmste. Sie hatten ihn doch zu früh abgeholt! Er verfluchte sich für seine elende Neugierde. Hätte er nur nicht diese verdammte Tür geöffnet.

»Aber das macht doch keinen Sinn. Warum bin ich dann hier?«

Der Bote war jetzt leicht genervt, versuchte aber – mit mäßigem Erfolg – sich nichts anmerken zu lassen.

»Deswegen meine Frage nach dem Suizid. Wenn eine Seele vorzeitig bei uns eintrifft, wurde sie gewaltsam von ihrem Körper getrennt, entweder von sich selbst oder von jemand anderem. Es wird natürlich noch abschließend zu klären sein, ob du die Wahrheit gesagt hast. Melde dich also bitte bei Robard. Du findest ihn im Inneren des Gebäudes. Wenn du an der A-Säule vorbeigehst, kommst du auf einen großen Eingang zu. Du kannst die Fahrstühle benutzen, dritte Etage, Sektor A, Raum dreihundertsechs. Robard, Oberbote. Er wird das mit dir durchsprechen und dir auch alles Weitere erklären. Der Nächste bitte!«

Kamp hatte plötzlich wieder das Gefühl, in dem Nebel zu stehen, der ihn kurz nach dem Verlassen des Fahrstuhls umgeben hatte. Wie in Trance ging er zur Seite, um den Weg für die nächste Seele freizugeben. Was hatte das zu bedeuten? Hatte er sich tatsächlich ganz aus Versehen selbst das Leben genommen? Die Insulin-Dosis war bestimmt viel zu hoch gewesen, daran bestand kein Zweifel. Um aber daran zu sterben, brauchte es schon einige Zeit, und er war doch sofort tot gewesen. Es war zumindest niemand bei ihm im Büro gewesen, der sich in hektischer Verzweiflung abgemüht hatte, ihn zu reanimieren. Hilferufe hatte er auch keine hören können.

Vielleicht war es einem nach dem Tod nicht mehr möglich, die Lebenden wahrzunehmen? Kamp schüttelte den Kopf, das machte keinen Sinn. Es war einfach noch niemand da. Er sah schließlich alles so wie immer, das Büro, die Einrichtung, sogar seinen toten Körper. Fast hoffte er, dass es sich doch um einen Irrtum handelte und man ihn wirklich zu früh geholt hatte. Die Vorstellung, sich selbst das Leben genommen zu haben, auch wenn es nur ein Versehen war, behagte ihm überhaupt nicht. So könnte er wenigstens jemand anderem die Verantwortung dafür zuschieben und vielleicht sogar wieder zurückkehren. Ob das wohl möglich war? Er würde diesen Robard auf jeden Fall fragen, gleich als Erstes.

Neustart

Kamp ging zum Haupteingang und betrat das Gebäude. Er gelangte in ein, gemessen an der Größe des riesigen Kastens, relativ kleines Foyer. Zu seiner Rechten hing eine große Übersichtstafel für das Erdgeschoss. Geradeaus kam man in einen endlos erscheinenden Gang, in dem Betrieb herrschte wie kurz vor Weihnachten in einem Warenhaus. Zu seiner Linken befanden sich die Fahrstühle. Neben jedem Fahrstuhl war eine Hand auf der Wand abgebildet. Da er keine Knöpfe entdecken konnte, legte er seine Handfläche auf die Abbildung, und der Fahrstuhl öffnete sich. Er trat ein und suchte nach einer Vorrichtung, mit der er die Etage wählen konnte, fand aber keine. Stattdessen schloss sich die Tür von allein und ging kurze Zeit später wieder auf. Er streckte den Kopf heraus und stellte fest, dass der Haupteingang verschwunden war. Die Beschriftung »3. Etage« an der Übersichtstafel war ihm ein weiteres Indiz dafür, dass er schon am Ziel war.

Er verließ den Fahrstuhl und nahm die Übersichtstafel in Augenschein.

Das Gebäude war wirklich gewaltig. Es beherbergte eine Vielzahl an Räumen und Gängen. Wenn er die Übersicht richtig las, hatte das Gebäude anscheinend eine Art Innenhof. Zumindest befand sich in der Mitte ein großer Kreis, in dessen Zentrum ein weiterer, kleiner Kreis, aber keine Räume eingezeichnet waren. Sein derzeitiger Standpunkt war mit einem roten Punkt markiert. Er suchte nach dem Raum, in dem er Robard finden würde, stellte erleichtert fest, dass er nicht weit entfernt war, und setzte sich in Bewegung.

Die Türen hatten Ähnlichkeit mit der Tür, die er auf dem Weg ins Jenseits betreten hatte. Sie waren strahlend weiß. Nur die Flügel waren sehr viel kleiner, und es stand nicht »BITTE

KOMM HEREIN!« auf ihnen. Stattdessen eine Nummer und ein Name.

306
ROBARD OBERBOTE

Kamp hatte sein Ziel erreicht. Aus alter Gewohnheit klopfte er an und öffnete gleich die Tür, ohne eine Reaktion abzuwarten. Eine Angewohnheit, die vor allem seinen Vorgesetzten immer wieder sauer aufgestoßen war.

Hinter einem großen Tisch saß, ihm zugewandt, ein Mann mit verschränkten Armen und ausgestreckten Beinen, der ihn mit einem freundlichen Blick bedachte. Kamp hatte den Eindruck, dass er bereits erwartet wurde.

»Komm ruhig herein.«

Kamp schloss die Tür und setzte sich automatisch auf die andere Seite des Tisches. Auch dieser Bote sah eigentlich völlig normal aus, ein Mann, wie man ihn sich hinter dem Schalter in einer Bank vorstellen konnte. Der einzige Unterschied zu den anderen Boten, denen er bisher begegnet war, war die Farbe der Abzeichen auf dem Overall. Sie waren nicht blau, sondern gelb.

Der Bote gab seine legere Haltung auf und nahm eine professionellere Position ein.

»Sei doch so freundlich und sage mir deinen Namen.«

»Thore Kamp. Thore mit H.«

Robard grinste, gab den Namen ein und sah sich das Ergebnis auf dem Bildschirm an.

»Thore also. Gut, gut. Mein Name ist Robard, das weißt du ja bereits. Es ist meine Aufgabe, dir aufzuzeigen, welche Möglichkeiten sich dir im Jenseits bieten. Darf ich fragen, welcher Konfession du auf Erden angehört hast?«

Da war sie wieder, die gemeinste aller Fragen.

»Ich war zahlendes Mitglied in der römisch-katholischen Kirchengemeinschaft.«

Robard zeigte keine sichtbare Regung.

»Nun, viele der Seelen, die hierher kommen, haben eine bestimmte Vorstellung vom Leben nach dem Tod im Kopf. Es ist ganz erstaunlich, welch eine Vielfalt an theologischen Modellen die Menschen im Laufe der Zeit entwickelt haben, wie viele verschiedene Gottheiten sie anbeten und dass sich sogar innerhalb ein und derselben Religion noch voneinander unterschiedliche Strömungen entwickelten. Besonders bemerkenswert ist, zu was sie bereit sind, um einen Andersgläubigen zu bekehren, ganz zu schweigen von dem, was sie tun, wenn sich jemand nicht bekehren lässt.«

Er legte eine künstliche Pause ein und musterte Kamp, als würde er sich vergewissern wollen, dass er ihn nicht gleich zu Beginn seiner Ausführungen verloren hatte.

»Du warst nicht besonders gläubig, oder?«

Kamp senkte den Blick und schüttelte den Kopf.

»Kein Grund sich zu schämen. Es bringt also jeder seine persönliche Erwartungshaltung mit und findet hier dann schließlich etwas vollkommen anderes vor. Wir kennen natürlich alle Konfessionen, die es auf Erden gibt, und wissen um die Diskrepanzen, mit denen wir die Verstorbenen hier konfrontieren. Es gibt nicht wenige, die man nur schwer davon überzeugen kann, dass sie hier nicht in der Hölle oder in der Verdammnis gelandet sind, einfach weil sie hier so rein gar nichts von dem vorfinden, worauf ihre Religion sie vorbereitet hat. Dabei ist es ganz egal, um welche es sich handelt. Ausschlaggebend sind vielmehr Eifer und Hingabe im Umgang mit ihr. Der Erzkatholik steht dem fanatischen Muslim da in nichts nach, um nur ein Beispiel zu nennen. Bei den Ungläubigen und denen, die, so wie du, ihrer jeweiligen Religion eher weniger Beachtung schenkten, gibt es seltener Probleme.«

Er legte eine weitere Pause ein, um seine Worte wirken zu lassen, und beobachtete einen nachdenklichen Kamp.

»Was versuchen Sie mir da zu sagen?«

Der Bote lächelte herausfordernd. »Was glaubst du?«

Kamp zögerte. Nein, er war nie sehr religiös gewesen. Er wusste, dass es viele verschiedene Religionen gab, und wusste auch um ihr Konfliktpotenzial, sowohl in der Vergangenheit als auch heute noch. Er war in einem christlich geprägten Umfeld aufgewachsen. Seine Zugehörigkeit zur katholischen Kirche hatte Bestand, seit er ein Säugling war. Für ihn gehörte es einfach zu seinem Leben, ein Umstand, dem er nie viel Beachtung schenkte, von dem er aber wusste, dass es ihn gab. Es war ihm nie in den Sinn gekommen, sich Gedanken darüber zu machen, ob es vielleicht die Christen waren, die mit ihrer Vorstellung vom Theismus falsch lagen, und die Wahrheit stattdessen vielleicht im Islam zu finden wäre. Schon gar nicht war es ihm in den Sinn gekommen, darüber zu spekulieren, ob es überhaupt einen Gott gab. Ihm wäre im Traum nicht eingefallen zu hinterfragen, wie es eigentlich sein konnte, dass so viele verschiedene Konfessionen nebeneinander existierten, eine jede für sich in dem festen Glauben, das Richtige zu tun. Dabei lag es auf der Hand, dass nicht alle recht haben konnten.

Jetzt saß er einem vermeintlichen Engel gegenüber und kam sich unglaublich naiv und oberflächlich vor.

»Es gibt gar keinen Gott?«, sagte Kamp unsicher.

Die Enttäuschung war Robard deutlich anzusehen. Er hatte offensichtlich mehr von Kamp erwartet.

»Selbstverständlich gibt es einen Gott! Denkst du denn, dass dies alles hier einfach so von ganz allein entstanden ist? Ein evolutionärer Prozess, ähnlich dem auf Erden? Sei nicht albern. Es gibt *ihn*. *Er* ist nur nicht so, wie *ihn* sich alle vorstellen. So viele verschiedene Religionen, aber keine trifft ins Schwarze.«

Kamp kniff verwirrt die Augen zusammen und schüttelte entschuldigend den Kopf.

»Es ist doch eigentlich ganz einfach zu verstehen. Die meisten Menschen sind sich sicher, dass es *ihn* gibt. Damit haben sie auch recht. Aber ihre Vorstellung davon, was *er* ist, wie *er* ist, von der Rolle, die *er* im Leben der Menschen spielt, ist falsch. Ihr liegt alle daneben! Die heilige Dreifaltigkeit ist keine schlechte Idee, trifft aber nicht zu. *Er* weist es von sich, eine Art gespaltene Persönlichkeit zu sein, um es mal überspitzt auszudrücken. Und glaub mir, *er* kann sich beim besten Willen nicht erinnern, irgendeiner Jungfrau jemals ein Kind angedreht zu haben. Das ist gar nicht *sein* Stil. Den Namen YHWH kann *er* nicht mal richtig aussprechen, nicht weil *er* zu heilig ist, sondern weil man sich dabei den Kiefer ausrenkt. *Er* hat nie auch nur mit dem Gedanken gespielt, sich einem bestimmten Mann zu offenbaren, um ihm *seine* Lehren um die Ohren zu hauen, auf dass der dann *sein* Wort verkündend durch die Gegend zieht. Und diese Litanei lässt sich endlos fortsetzen.«

Kamp nickte zaghaft. Er fühlte sich wie von einem Bus angefahren, glaubte aber zu verstehen, was der Bote ihm sagen wollte.

»Das ganze Leben in Frömmigkeit, Kirchen, Moscheen, Synagogen, Opferstöcke, beten, nach religiösen Maßstäben leben, alles umsonst?«

»Nein!« Robard seufzte. »Es ist nicht umsonst. Es ist gut. Viele Menschen beziehen eine enorme Kraft aus ihrem Glauben. Es geschehen viele gute Dinge auf Erden, weil die Menschen glauben.«

Er zog eine Grimasse und rieb sich die Wangen. »Es könnte aber noch viel besser sein. Leider geschehen auch viele schlechte Dinge, weil die Menschen glauben. Dann nämlich, wenn sie es übertreiben. All die blutigen Auseinandersetzungen, vermeintlich in *seinem* Namen. *Er* hat es nie verstanden. Da haben sich die Menschen wirklich nicht mit Ruhm bekleckert.«

»Warum hat er nicht eingegriffen?«, wollte Kamp wissen.

Robard lachte humorlos.

»Weil das nicht *seine* Aufgabe ist. Auf diese Idee sind selbst die klügsten Köpfe nie gekommen! Es ist nicht so, dass *er* es nicht könnte, aber wohin soll das führen? Wo soll es beginnen und wo soll es enden? Die Menschen tragen die Gabe der Vernunft in sich. Sie sind die höchstentwickelten Wesen auf Erden. Gleichzeitig sind sie auch die faulsten, abgesehen vielleicht von einer Handvoll Tierarten. Sie verlassen sich viel zu sehr darauf, dass eine höhere Macht ihre Geschicke lenkt, anstatt für sich selbst Verantwortung zu übernehmen. Es ist *seine* große Hoffnung, dass sie ihre Fähigkeiten eines Tages richtig nutzen werden.«

Kamp war beeindruckt. Eine gewisse Logik ließ sich nicht leugnen.

»Was ist *seine* Aufgabe?«

Robard breitete die Arme aus.

»Das hier. Das Jenseits. Die Betreuung der Seelen verstorbener Menschen. *Sein* Hauptanliegen ist es, ihre Wünsche zu erfüllen. So etwas muss organisiert werden, sonst würde hier längst das Chaos herrschen. Und damit wären wir auch endlich wieder bei dem eigentlichen Grund unseres Gespräches. Was willst du?«

Da brauchte Kamp nicht lange zu überlegen. Fast hätte er vergessen, was er schon die ganze Zeit über sagen wollte.

»Ich will zurück! Ich dürfte gar nicht hier sein ... glaube ich zumindest.«

Robard sah auf seinen Bildschirm und nickte.

»Ich nehme an, du meinst deinen vorzeitigen Tod? Ich lese hier, dass du behauptest, dich nicht selbst getötet zu haben.«

»Nein, natürlich nicht! Ich bin Diabetiker. Wissen Sie, was das bedeutet?«

Robard nickte, und Kamp schilderte ihm ausführlich, was sich zugetragen hatte.

»Verstehen Sie, man kann nicht an einer Überdosis Insulin sterben, jedenfalls nicht in so kurzer Zeit. Niemals hätte ich Suizid begangen! Ich fand mein Leben großartig! Ich war kurz davor, die Frau meiner Träume für mich zu gewinnen. Ich hatte einen tollen Job, in dem ich sehr erfolgreich war. Ich war zufrieden! Glauben Sie mir, für so etwas hatte ich keinen Grund.«

Robard nickte erneut und holte zu einem verbalen Faustschlag aus.

»Wenn das stimmt, gibt es nur noch eine Möglichkeit. Jemand anders trägt dafür die Verantwortung.«

Kamp richtete sich langsam auf.

»Sie meinen ... Mord? Ausgeschlossen! Wer denn? Warum denn? Ich hatte keine Feinde. Nein, das glaube ich keine Sekunde.«

Der Bote trommelte mit den Fingern auf dem Schreibtisch und ließ einen abschätzenden Blick auf Kamp ruhen. Schließlich verschränkte er die Hände ineinander.

»Weißt du, es ist so. Ein Unfall, das, was du anscheinend vermutest, scheidet aus. Unfälle sind beim Todesdatum berücksichtigt. Wenn jemand aus Versehen sein Auto gegen einen Baum lenkt, weil er geträumt hat oder von irgendetwas abgelenkt war, ist das ein Unfall. Wenn jemand sich versehentlich vergiftet, weil er unaufmerksam war und statt Whisky Abflussreiniger in seine Cola gekippt hat, ist das ein Unfall. Wenn sich jemand zu viel Insulin in den Körper jagt, weil er – aus welchem Grund auch immer – nicht mehr Herr seiner Sinne ist und in Folge der Überdosis stirbt, ist das ein Unfall. Der Vorsatz ist der Knackpunkt. Du sagst, es war nicht deine Absicht zu sterben. Demnach kommt nur noch die Möglichkeit in Betracht, dass jemand es darauf angelegt hat. Du wurdest ermordet, mein Freund. Daran besteht kein Zweifel. Tut mir leid.«

Kamp war entsetzt. Er öffnete und schloss seinen Mund mehrmals, um dieses Entsetzen in Worte zu kleiden, aber es fiel ihm schwer.

»Aber ... wie? Wer?«

»Es gibt da eine Möglichkeit, dies herauszufinden. Ich würde aber vorschlagen, dass ich dir erst mal erzähle, welche Möglichkeiten du hier grundsätzlich hast. Es ist nämlich nicht einfach damit getan, dass du die Ewigkeit hier verbringst. Zumindest nicht, wenn du es nicht wünschst. Ich werde dir jetzt deine Optionen aufzeigen. Du solltest dir dann ein wenig Zeit nehmen, um darüber nachzudenken, was du wirklich willst. Einverstanden?«

Kamp nickte missmutig.

»Gut! Zuallererst hast du natürlich die Möglichkeit, die Ewigkeit hier zu verbringen. Das Jenseits hat vier Ebenen. Wir befinden uns hier auf der vierten, der Verwaltungsebene. Auf der zweiten Ebene, welche die größte ist, gibt es Städte. Sehr viele, sehr große Städte. Dort leben die Seelen, die sich gegen die anderen Möglichkeiten entschieden haben. Du wirst feststellen, dass das Leben dort einige Parallelen mit dem Leben auf Erden aufweist. Das wirst du schon sehr bald kennen ...«

Robard warf einen flüchtigen Blick auf den Monitor.

»... und als Kölner wohl auch schätzen lernen. Nur so viel, einige, die, ähnlich wie du, besessen waren von dem Wunsch, so schnell wie möglich zurückzukehren, verspürten diesen Wunsch nach wenigen Tagen auf der zweiten Ebene nicht mehr. Das trifft besonders auf euch Kölner zu – warum auch immer, das weißt du besser als ich. Okay?«

Kamp nickte und fragte sich, warum dieser Bote so auf seiner Herkunft rumritt.

»Fein! Die zweite Option ist die Reinkarnation. Vielleicht hast du während deines Aufenthaltes an der Anmeldung durch das eine oder andere Gespräch bereits herausgefunden, dass einige der Seelen zum wiederholten Male ein Leben auf Erden beendet haben. Dies sind Seelen, die sich in der Vergangenheit bereits für eine Wiedergeburt entschieden hatten. Sei es, um ihren Horizont zu erweitern, oder einfach, weil es ihnen dort unten besser gefällt als hier. Manche vertreten die Ansicht, dass es hier zu friedlich oder gar zu langweilig ist. Das ist natürlich Geschmacksache. Du könntest dir sogar aussuchen, als was du zurückkehrst. Tier, Pflanze, Mensch – die Wahl liegt bei dir. Ja?«

Erneutes Nicken.

»Wunderbar! Damit komme ich zur letzten Option. Eine große Anzahl Seelen trifft hier täglich ein. Viele entscheiden sich, für immer hier zu bleiben, einige möchten wieder zurück. Sie alle müssen aber betreut werden, denn auch wenn sie keine Menschen mehr sind, haben sie immer noch jede Menge Fragen und Bedürfnisse. Es ist wie auf der Erde, ohne Verwaltung geht es nicht. An dieser Stelle kommen *seine* Bediensteten ins Spiel, die Boten. Leute wie ich. Bedarf an Nachwuchs besteht, wie du dir sicher vorstellen kannst, ständig. Es ist nicht ganz einfach, den Eignungstest zu bestehen, aber einen Versuch ist es wert.«

Kamp hatte das unbestimmte Gefühl, die Pointe verpasst zu haben. Das, was er gerade verstanden hatte, konnte Robard unmöglich gesagt haben.

»Ich kann ein Engel werden?«

Wieder vergalt der Bote seine Frage mit einem enttäuschten Blick.

»Nein, es gibt keine Engel! Du musst dich von dieser Vorstellung trennen. Wir sind Boten, nehmen *seine* Interessen wahr und handeln in *seinem* Auftrag. Mag sein, dass es hier und da eine gewisse Ähnlichkeit zwischen eurer Vorstellung von einem Engel und uns gibt, aber das ist reiner Zufall. Einige von uns hielten es deswegen auch für keine gute Idee, Flügel als Rangabzeichen zu verwenden. Der Chef war von *seiner* Idee aber zu begeistert und ließ nicht mit sich reden. Ist jetzt schon ein paar hundert Jahre her, und ich habe mich daran gewöhnt. Letztlich wollte *er* damit nur der Tatsache Rechnung tragen, dass Engel gleich in mehreren Religionen ihren Platz haben.«

Sollte er doch dementieren, wie er wollte, genau das war Kamps Vorstellung von einem Engel. Na gut, sie konnten offenbar nicht fliegen und trugen keine weißen Nachthemden. Letzteres war aber eher von Vorteil. Der Overall gefiel ihm ziemlich gut.

»Ich denke, ich verstehe. Ich werde es mir überlegen. Was ist jetzt mit dieser Möglichkeit, meinen Tod aufzuklären, von der Sie vorhin gesprochen haben?«

Robard schüttelte seufzend den Kopf und wurde energischer.

»Nein! Jetzt noch nicht! Tu mir und vor allem dir selbst den Gefallen und komm erst mal zur Ruhe. Such dir eine Stadt aus, verbringe dort etwas Zeit. Ein bis zwei Wochen sollten reichen. Nutze sie, um dir über alles klar zu werden, überstürze nichts. Es ist alles noch viel zu frisch. Wenn du in zwei Wochen wieder zu mir kommst, werde ich dir helfen, egal, wofür du dich entschieden hast.«

Es gefiel Kamp ganz und gar nicht, aber er fügte sich. Nach seinem Zeitempfinden war es gerade erst ein paar Stunden her, dass sein Leben beendet wurde. Nach so kurzer Zeit durchaus weitreichende Entscheidungen zu treffen, war wahrscheinlich wirklich keine gute Idee.

Nachdem Robard ihn letztlich überzeugt hatte – Kamp gab sich größte Mühe genau das zu glauben –, galt es, den passenden Aufenthaltsort für zumindest zwei weitere Wochen zu finden.

»Ich habe, glaube ich, schon durchklingen lassen, dass ich mit Kölnern gewisse Erfahrungen habe«, tastete Robard sich behutsam vor. »Gehe ich recht in der Annahme, dass auch du zu jenen gehörst, die selbst im Jenseits nicht auf ihren Dom und ihren ... wie heißt der Fluss gleich? Rhein, oder? Die also darauf nicht verzichten möchten?«

Kamp konnte ein breites Grinsen nicht zurückhalten. Es gab tatsächlich einen Gott, so viel wusste er inzwischen, und er schien gütig zu sein.

»Ihr habt hier den Dom und den Rhein nachgebildet? Das ist ja fantastisch!«, platzte es aus Kamp heraus.

Der Bote drückte mit einem halb belustigten, halb verständnislosen Blick einige Tasten. Rein theoretisch hätte Kamp sich auch für eine Stadt asiatischer Prägung auf dem technischen Niveau des Mittelalters entscheiden können. Viele Seelen nahmen – aus purer Neugierde, und weil es so einfach war – die Möglichkeit wahr, einen von ihrem bisherigen Leben komplett unterschiedlichen Kulturkreis zu wählen. Sprachbarrieren würde es nicht geben, da sich im Jenseits alle derselben Sprache bedienten.

Aber Robard kannte seine Pappenheimer, speziell, wenn sie aus der vermeintlich großartigsten Stadt Deutschlands kamen.

»Dieser Dom ist natürlich nicht so groß, wie du ihn kennst. Er ist sogar bedeutend kleiner, lässt aber rein optisch keine Wünsche offen, wie ich mir habe berichten lassen. Ich brauche dir wohl kaum zu sagen, dass die Notwendigkeit von Gotteshäusern hier im Jenseits nicht wirklich gegeben ist. Aber in Tyndall, so heißt die Stadt, in der du dich wie zu Hause fühlen dürftest, hat sich vor geraumer Zeit eine Art Kölner Kolonie gebildet, die seitdem geradezu explosionsartig wächst. Lauter ehemalige Kölner. Das hatte dann irgendwann auch Auswirkungen auf das Erscheinungsbild einer Stadt. Was soll ich sagen, die wollten einen Dom. Natürlich auch so manch anderes, aber am dringendsten diesen Dom. Selbst die Pariser sind nicht auf die Idee gekommen, sich hier irgendwo ihr Notre-Dame oder gar diesen potthässlichen Sendemast hinstellen zu lassen. Tatsächlich ist es das einzige nachgebildete Gotteshaus im ganzen Jenseits, und das soll was heißen. Ihr Kölner seid verdammt sture Hunde, wenn ich das mal so sagen darf.«

Kamp war zu glücklich, um Einwände zu erheben. Er würde den Dom anstarren und am Rheinufer entlangspazieren können. Es war perfekt – fast.

»Ähm … eine bescheidene Frage. Ist es wohl möglich, dass ich auf der linken Seite des Rheines untergebracht werde?«

Robard maß Kamp mit einem verständnislosen, aber ruhigen Blick.

»Irgendwann, wenn ich glaube, die Antwort ertragen zu können, werde ich mal hinterfragen müssen, was es damit auf sich hat«, sagte er mehr zu sich selbst als zu Thore. »Kein Problem. Ich habe mit nichts anderem gerechnet ... das wollen sie alle. Dein Rhein heißt übrigens nicht Rhein, sondern Rombus.«

Robard sah das gelinde Entsetzen in Kamps Gesichtszügen.

»Keine Sorge, die Uferpromenade erfüllt die technischen Voraussetzungen einer perfekten Kopie.«

Kamp befand, dass dieser Makel akzeptabel war.

Schließlich bekam er die Anweisung, sich zurück ins Erdgeschoss und schließlich in den Innenhof zu begeben. Von dort konnte man auf die anderen drei Ebenen des Jenseits gelangen, vorausgesetzt natürlich, man hatte die entsprechende Berechtigung. Kamp war es zurzeit nur gestattet, die zweite Ebene zu betreten. Er bräuchte sich nur in einen der Paternoster stellen und würde automatisch zum Ziel gebracht. Kamp verabschiedete sich von Robard und ging los.

unbehagen

Der Innenhof hatte etwas von einem königlichen Lustgarten. Er enthielt Springbrunnen, Kieswege, Skulpturen, in Form geschnittene Bäume und Sträucher, sowie kleine Bänke, die aus Holz zu sein schienen. Alles war geschickt über das Rondell verteilt. Nur einen Fahrstuhl konnte er nicht entdecken.

In der Mitte des Innenhofes befand sich eine Art Pavillon. Erst auf den zweiten Blick bemerkte Kamp die merkwürdigen Dimensionen des Pavillons. Er schien noch über die Größe des Gebäudes hinauszuragen und wurde nach oben hin immer breiter, wie ein überdimensionaler Nagel, den man in den Boden gerammt hatte. Seine Fenster gaben zu Kamps gelinder Enttäuschung keinen Blick auf das frei, was sich in seinem Inneren befand. Man sah nur den gleichen nebligen Dunst, der ihn kurz nach seiner Ankunft im Jenseits umgeben hatte.

Eine merkwürdige Anziehungskraft ging von diesem Pavillon aus.

Kamp ging, nach oben starrend, langsam auf ihn zu, als ein bekanntes Geräusch erklang. Er drehte sich um und sah … eine Telefonzelle.

Abgesehen davon, dass sie bis vor wenigen Augenblicken noch nicht dort gestanden hatte, erregte ein konstanter, von ihr ausgehender Summton seine Neugierde. Er öffnete die Tür, steckte seinen Kopf hinein und konnte gerade noch dem ihm entgegenkommenden Boden der Zelle ausweichen. Erschrocken stolperte er zurück und fiel auf seinen Hintern. Er hatte seinen Fahrstuhl gefunden … beziehungsweise der Fahrstuhl ihn.

Kamp rappelte sich wieder auf und sah sich um, ob jemand seinen Auftritt verfolgt hatte. Trotz des regen Betriebs im Gebäude, war er im Innenhof zurzeit anscheinend die einzige Person. Nur bei dem Pavillon hatte er ein merkwürdiges Gefühl. Ohne zu wissen, warum, war er sicher, dass jemand oder etwas dort drin war und ihn beobachtete. Unter normalen Umständen hätte ihn das nicht gestört, aber seine Existenz wies seit kurzer Zeit einen erheblichen Mangel an Normalität auf.

Er drehte sich wieder dem Paternoster zu und überlegte, wie er damit wohl auf eine andere Ebene gelangen sollte. Da er es nicht besser wusste, stellte er sich unter den vier Ebenen ein Etagensystem vor. Warum sollte es auch sonst ein Fahrstuhl sein, der einen von Ebene zu Ebene brachte? Wenn dem aber so war, warum maß dieser Paternoster dann nur etwa zwei Meter? Und warum bewegten sich die Böden des Paternosters nach oben? Vorstellungen vom Zerquetschtwerden gingen ihm durch den Kopf, und er fragte sich, ob man im Jenseits wohl noch mal sterben konnte.

Er schüttelte den Kopf und entschied todesmutig, es drauf ankommen zu lassen, und wenn er es nur tat, um diesem vom Pavillon ausgehenden, unheimlichen Gefühl zu entkommen. Er taxierte die Frequenz des Erscheinens der Böden und sprang hinein.

Natürlich kam er sich dumm vor, aber er war trotzdem erleichtert, nicht zerquetscht zu werden. Der Transport führte ihn abermals durch eine dichte Nebelwand. Kamp war neugierig, ob er tatsächlich direkt zur zweiten Ebene gelangen würde, ohne dass er irgendwelche Knöpfe gedrückt oder zumindest, wie auf der guten alten Enterprise, sein Ziel verbal geäußert hatte.

Der Nebel lichtete sich, und Kamp wurde hektisch. Er wusste nicht genau, wann er wo aussteigen musste, und konnte sich nicht vorstellen, dass sein Transportmittel einfach anhalten würde. Die Paternoster, die er kannte, taten so etwas nicht.

Von einem Moment zum anderen stand er vor einem großen Tor. Der Nebel war, genau wie sein Beförderungsmittel, verschwunden. Er drehte sich verwirrt um. Erfahrungen dieser Art würde er in Zukunft wohl noch zu genüge sammeln, immerhin befand er sich jetzt im Jenseits. Er hoffte, sich darauf möglichst schnell einstellen zu können.

Das Tor stand weit offen und offenbarte einen Blick auf die

Stadt seiner Wahl. Links und rechts vom Tor befand sich eine Mauer aus dem ihm mittlerweile vertrauten Nebel, der immer dann ins Spiel zu kommen schien, wenn etwas verhüllt bleiben sollte.

Er ging durch das Tor und verspürte eine gewisse Freude angesichts der Tatsache, dass die Stadt ziemlich irdisch aussah. Gleichzeitig verspürte er auch so etwas wie Ernüchterung, denn der Blick, der sich ihm bot, erinnerte vorerst nicht an seine geliebte ehemalige Heimat.

Tyndall wäre, auf den ersten Blick, ohne Probleme als eine ganz normale Stadt mitteleuropäischer Prägung durchgegangen. Reihenhäuser mit Vorgärten und Hochhäuser säumten die von seinem Standpunkt aus einsehbare Straße. Es herrschte sogar Betrieb. Seelen gingen irgendwelchen Beschäftigungen nach, von denen Kamp noch keine Vorstellung hatte. Er konnte sogar, ein ganzes Stück entfernt, Geschäftsgebäude ausmachen. Zumindest erweckten die bunten Schriftzüge und Reklametafeln diesen Eindruck. Ein ziemlich vertrauter und daher beruhigender Anblick. Außer dem ersehnten Anblick eines aus dem Häusermeer herausragenden, gewissen Haupttturmes schien noch etwas zu fehlen, aber er kam vorerst nicht dahinter, was es war.

Zu seiner Rechten erblickte er ein Gebäude, das ihn sofort an die Pförtnerloge seiner Firma denken ließ. Ein Bote saß hinter einem großen, unverglasten Fenster und winkte ihn zu sich heran. Kamp kam der Aufforderung nach. Der Bote stellte sich als Luc, Mitarbeiter des Verwaltungsapparates von Tyndall vor. Er würde ihn später zu seinem neuen Domizil bringen. Zuvor musste er ihn jedoch über ein paar wichtige Dinge informieren.

Kamp wurde um das Gebäude herumgelotst und betrat eine Art Warteraum, in dem bereits vier weitere Seelen saßen. Er nickte zum Gruß, und während er sich auf den letzten freien Platz setzte, betrat auch der Bote den Raum.

»Guten Tag, liebe Seelen. Auch ich darf euch im Jenseits herzlich willkommen heißen. Ihr habt euch für einen Verbleib auf der zweiten Ebene entschieden, und es freut mich sehr, dass eure Wahl dabei auf Tyndall gefallen ist. Gegründet vor etwas mehr als hundert Jahren, sind wir eine der jüngeren, modernen Städte mit einem regen Geschäftsbetrieb, vielen Sehenswürdigkeiten und einer großen Auswahl an Freizeitmöglichkeiten. Ich bin mir sicher, dass ihr euch sehr schnell wohlfühlen werdet. Jedem von euch wird ein Beratungsbote zugewiesen. An ihn könnt ihr euch wenden, wenn ihr, was gerade in den ersten Tagen völlig normal ist, Fragen oder Probleme habt. Er ist natürlich den ganzen Tag über erreichbar. Man hat euch sicher schon darüber unterrichtet, dass es hier keine Nacht gibt und die Notwendigkeit des Schlafes nicht mehr besteht?«

Die Seelen sahen sich gegenseitig fragend an und zuckten mit den Schultern. Eine Frau stellte sich als Sprachrohr zur Verfügung.

»Wenn ich die Gesichter alle richtig deute, nein!«

»Ist doch immer dasselbe! Man kann drauf aufmerksam machen, wie man will, die ignorieren das einfach. Es gibt nichts Fauleres als die Boten aus der Anmeldung!«

Der Bote schüttelte den Kopf und seufzte herzhaft.

»Dann werde ich das mal wieder übernehmen. Also, wie gerade schon angedeutet, ihr benötigt keinen Schlaf mehr. Eure neuen Unterkünfte sind natürlich trotzdem mit Betten ausgestattet. Viele Seelen sehen in den Verhaltensweisen und Notwendigkeiten aus ihrem Leben auf Erden eine lieb gewonnene Angewohnheit, die sie einfach nicht aufgeben möchten. So ist es zum Beispiel auch mit der Nahrungsaufnahme. Ihr benötigt keine Speisen oder Getränke mehr. Hunger und Durst existieren hier nicht. Daher steht auch grundsätzlich keine Nahrung von Seiten der Verwaltung für euch bereit. Solltet ihr diesem irdischen Laster dennoch frönen wollen, könnt ihr jederzeit in einem der vielen Geschäfte alles käuflich erwerben, was euer Herz begehrt.«

Der Bote lächelte. Kamp merkte ihm sofort an, dass er diesen Vortrag nicht zum ersten Mal hielt, da er ihn wie auswendig gelernt aufsagte. Er blickte in die Runde und hob einen Arm.

»Äh, eine Frage. Wenn man sich etwas kaufen möchte, muss man es doch bestimmt auch bezahlen?«

»Selbstverständlich! Umsonst ist nur der Tod.«

Das breite Grinsen des Boten erstarb, als er bemerkte, dass er zur falschen Zeit den falschen Witz gerissen hatte.

»Selbstverständlich. Und womit?«, hakte Kamp trocken nach.

Der Bote nickte. »Ja, das ist ein weiterer Punkt. Vieles ist hier wie auf Erden, weil viele Seelen, wie ich bereits erwähnte, nicht von ihren alten Gewohnheiten loskommen. Selbst die, die mit dem festen Vorsatz, sich hier eine geruhsame Zeit machen zu wollen, herkommen, verlieren nach kurzer Zeit die Nerven, weil ihnen etwas fehlt. Sie brauchen eine Beschäftigung, zum Beispiel eine geregelte Arbeit. Ihr habt die Möglichkeit, euch einen Beruf zu erwählen. Es hat sich hier im Laufe der Zeit ein richtiger kleiner Wirtschaftskreislauf entwickelt. Die Beratungsboten sind euch da gerne behilflich. Das ist die einzige Möglichkeit, hier an Geld zu kommen. Und das werdet ihr, wie gesagt, brauchen, wenn ihr euch etwas Nutzloses anschaffen wollt.«

Kamp staunte nicht schlecht. Man konnte hier sogar arbeiten. Was für eine bizarre Vorstellung! Er kannte aus seinem bisherigen Leben einige Menschen, die es ganz eindeutig aus der Fassung bringen würde, wenn man ihnen erzählte, dass es nach dem Tod mit der Maloche weiterging.

Ihm gefiel, was er hörte. Zumindest die Möglichkeit bestand, und das hatte etwas Beruhigendes. Trotz allem würde er sich vorerst nicht um eine Beschäftigung bemühen. Er wollte die Zeit so nutzen, wie Robard es ihm empfohlen hatte. Zwei Wochen sollten reichen, um einiges klarer zu sehen.

Aus dem Kreis der anderen Seelen kamen noch weitere Fragen, die Kamp aber nicht interessierten. Der Bote verwies ohnehin in den meisten Fällen auf den Beratungsboten. Als schließlich keine Wortmeldungen mehr kamen, bat der Bote ihm zu folgen.

Sie gingen nach draußen und hielten auf etwas zu, das aussah wie eine Mischung aus einem Golfkarren und einem Bus. In diesem Moment fiel Kamp ein, was er vorhin vermisst hatte. Es fuhren keine Autos auf den Straßen! Es gab auch keinen Verkehrslärm. Dabei war er sicher, eine Ampel gesehen zu haben. Kamp schloss zum Boten auf.

»Autos gibt es hier wohl nicht?«

»Oh doch, die gibt es. Sie sind allerdings sehr kostspielig. Man muss sehr lange dafür arbeiten und ebenso lange auf allen anderen, wenn ich das mal so nennen darf, nutzlosen Luxus verzichten. Die Domestiken haben sich darauf verständigt, die Zahl der Automobile in den Straßen möglichst gering zu halten. Man will keine Zustände wie auf Erden.«

Kamp zog die Augenbrauen zusammen.

»Domestiken?«

»Ja. Boten des fünften und damit höchsten Ranges. Es sind *seine* engsten und mächtigsten Mitarbeiter, und es gibt nur sehr wenige von ihnen. Jeder Stadt auf der zweiten Ebene steht ein Domestik vor, so etwas wie ein Bürgermeister.«

Offensichtlich gab es noch sehr viel zu lernen und zu entdecken. Für den Moment hatte Kamp allerdings genug. Er brauchte dringend eine Pause, um alle Ereignisse der letzten Stunden, Tage oder was auch immer, sacken zu lassen und einfach mal wieder auf Durchzug zu schalten.

In seiner neuen Bleibe angekommen – Kamp war immer noch gerührt von dem Schal des 1. FC Köln, der an einer der Türen in seiner Etage hing – führte er als Erstes eine Bestandsaufnahme durch.

Er hatte ein Wohnzimmer, ein Schlafzimmer mit Bett und eine Art Küche. Er hatte, ein dicker Minuspunkt, kein Badezimmer. Fernseher gab es, in Ermangelung eines entsprechenden Programms, ebenfalls nicht. Dafür existierte ein von ein paar geschäftstüchtigen oder einfach nur gelangweilten Seelen betriebener Radiosender mit dem schönen Namen »Radio Otherside«, der ein Potpourri aus vierundzwanzig Stunden Kammermusik, Veranstaltungstipps, Familienzusammenführung und den endgültigen Beweis lieferte, dass sich Anglizismen durch nichts aufhalten ließen. Dummerweise hatte er noch keine Arbeit und konnte sich daher kein Radio leisten.

Dafür nahm ein prall gefülltes Bücherregal eine ganze Wand des Wohnzimmers ein. Ein flüchtiger Blick auf die ausgestellten Werke offenbarte ihm Titel und Autoren, die er kannte, und auch solche, von denen er noch nie gehört hatte. Jetzt würde er endlich mal Zeit zum Lesen finden. In seinem irdischen Dasein hatte er sich oft genug beklagt, nie dazu zu kommen.

Insgesamt machte die Wohnung einen recht gemütlichen Eindruck. Es sollte möglich sein, hier zwei Wochen verweilen zu können und sich in aller Ruhe Gedanken zu machen. Kamp hatte das Gefühl, in sich zu ruhen, und ging, ohne darüber nachzudenken, in die Küche, um die Schränke nach einem Wasserkocher und Teebeuteln zu durchsuchen. Sie waren alle leer.

Die Bemerkung des Boten Luc kehrte in sein Bewusstsein zurück, und er fühlte so etwas wie Panik in sich aufsteigen. »Hunger und Durst existieren hier nicht.«

»Verdammt!«

Er konnte sich keinen Tee machen. Er konnte nicht mal in ein Café gehen und sich einen bestellen! Frustriert ging er zurück ins Wohnzimmer und ließ sich in den Sessel fallen. Er klappte mit der Handfläche auf die Armlehne und sah sich um. Was sollte er jetzt machen? Kaum zu glauben, er war gerade mal eine Viertelstunde auf sich allein gestellt und fing schon an, sich ganz fürchterlich zu langweilen. Dabei erschien die Aussicht auf eine Pause noch vor wenigen Minuten geradezu verlockend.

Zum Lesen hatte er jetzt keine Lust. Er hätte lieber die Glotze angemacht, aber dafür musste er erst mal reinkarnieren. Er konnte auch niemanden anrufen, weil es im Jenseits keine Telefone gab. Er wusste nicht mal, wie spät es war. Uhren schien es im Jenseits ebenfalls nicht zu geben, zumindest hatte er noch keine gesehen.

»Moment mal«, murmelte er.

Er sah sein linkes Handgelenk an. Genau wie die Kleidung, die er zum Zeitpunkt seines Todes getragen hatte, war auch seine Uhr noch da. Und sie funktionierte! Zehnter Februar, zehn Uhr. Leider war es ihm unmöglich, festzustellen, ob morgens oder abends. Kamp bearbeitete die Armlehnen jetzt mit Fäusten. Er spürte das unwiderstehliche Bedürfnis, laut zu schreien.

Vielleicht war es das Beste, wenn er sich einfach hinlegen würde. Ein wenig schlafen, auch wenn er nicht mal ansatzweise müde war. Er spürte nur eine Art geistige Erschöpfung, die wohl auf die Reizüberflutung der letzten Stunden zurückzuführen war.

In seinem bisherigen Leben war es immer so gewesen, dass

sich gewisse Probleme im Laufe einer Nacht von allein erledigten. Wenn er morgens aufwachte, kam ihm alles, was noch am Vortag sehr kompliziert erschien, schon viel einfacher vor. Er hoffte, dass es auch hier funktionieren würde, ging ins Schlafzimmer, zog sich aus und legte sich ins Bett.

Seine Gedanken galten seinem Ableben. Wer konnte ihm wohl den Tod gewünscht haben? Hatte er jemanden verärgert, war er jemandem im Weg? Er hatte nicht den geringsten Verdacht und konnte sich nicht vorstellen, diese Ungewissheit jemals zu akzeptieren. Aber von seinem Bett aus würde er auf diese Frage wohl keine Antwort erhalten. Kamp schloss die Augen.

Kamp öffnete die Augen. Er konnte tatsächlich nicht schlafen. Dabei hatte er immer für sein Leben gern geschlafen. An den Wochenenden bis mittags im Bett liegen bleiben war keine Seltenheit bei ihm. Damit war es jetzt vorbei, für immer! Er würde die nächsten zwei Wochen, ohne einmal die Augen schließen zu können, mit Nachdenken verbringen müssen. Wie sollte ihm das helfen?

Er konnte sich selbst sehr gut einschätzen und wusste genau, dass es ihm niemals möglich sein würde, sich auf seine Zukunft im Jenseits zu konzentrieren, solange er nicht wusste, wer ihn auf dem Gewissen hatte. Außerdem fehlte ihm sein Job, seine Schwester, sein bester Freund und natürlich auch Marita. Er vermisste sein Auto. Er vermisste es, in Ruhe einen Tee zu trinken, oder es sich nach der Arbeit auf dem Sofa gemütlich zu machen und den Abend vor dem Fernseher zu verbringen. Er vermisste es sogar, Diabetiker zu sein. Über all die Jahre war es zu einem Teil von ihm geworden.

Nie wieder bei Sonnenschein mit offenem Verdeck und aufgedrehten Boxen durch die Innenstadt cruisen. Nie wieder als kreativer Vordenker seiner Abteilung im Mittelpunkt stehen und deren Geschicke lenken. Nie wieder traute Zweisamkeit, kein Austausch von Zärtlichkeiten und Körperflüssigkeiten, weder mit Marita noch mit irgendeiner anderen Frau. All das hatte ihm jemand genommen, und er musste einfach wissen, wer. Diese künstliche Warterei kam ihm jetzt höchst überflüssig vor. Es konnte eigentlich nur dazu führen, dass er verrückt wurde. Das versprachen die längsten zwei Wochen seines Lebens zu werden.

Kamp seufzte, setzte sich auf, nahm seine Uhr vom Nachttisch … und ihm wurde schwindelig. Gerade war es doch noch zehn Uhr? Jetzt sagten ihm die Zeiger, dass es acht Uhr war. Seine Augen fokussierten die Datumsanzeige, und Kamp ließ die Uhr fallen, als wäre sie glühend heiß. Das konnte nicht sein! Er hob sie wieder auf. Zwölfter Februar. Wenn diese Uhr noch so funktionierte, wie man es von ihr erwarten konnte, waren zwei Tage vergangen. Kamp zog sich eilig an und verließ die Wohnung.

ungeduld

Ein Stück die Straße herunter befand sich eine Bushaltestelle. Der Bote Luc hatte während der Fahrt zu Kamps neuem Domizil mehrfach auf die hervorragenden öffentlichen Verkehrsmittel in Tyndall hingewiesen. Alle zehn Minuten fuhr ein Bus, der einen zu jedem Ziel brachte, das man sich wünschte.

Kamp brauchte nicht lange zu warten. Ein Bus, ähnlich dem, mit dem er … wann auch immer hierher gekommen war, nur um einiges größer, kam, kurz nachdem er an der Haltestelle eingetroffen war, um die Ecke gefahren. Am Steuer saß zu seiner Überraschung kein Bote, sondern ein Mann mit einem dreckigen T-Shirt, dreckigen Jeans, schweren, dreckigen Arbeitsschuhen und einem blitzblank polierten gelben Helm – mit einem FC-Aufkleber! ‘ne kölsche Jung, der eine neue Beschäftigung gefunden hatte.

Reflexartig verfiel Kamp in den Straßenslang, mit dem man sich in Köln als Einheimischer zu erkennen gab, um es leichter zu haben. Eine Art auf Dialekt basierendes Statussymbol.

»Hallo, Kollege! Hör mal, ich muss dringend zu meinem Beratungsboten! Sein Name ist Toni. Mehr weiß ich leider nicht, aber die haben mir erzählt, das würde als Beschreibung reichen.«

Der Mann nickte. »Wohl frisch eingetroffen, hä? Setz dich, Junge.«

Sie fuhren los. Unterwegs hielt der Bus noch viermal, um Passagiere aufzunehmen oder herauszulassen. Nach kurzer Zeit hielt er erneut, und der Fahrer drehte sich zu Kamp um.

»So, Freund, wir sind da. Das rote Gebäude dort drüben.«

Er zeigte grob in die Richtung, aber das war überflüssig. Es war weit und breit das einzige rote Gebäude und damit nicht zu verfehlen. Kamp bedankte sich und verließ den Bus.

Er öffnete die Eingangstür, ohne sich mit Formalitäten wie Anklopfen oder Klingeln aufzuhalten, und gelangte in einen kleinen Gang mit fünf Türen. Alle Türen waren mit einer Beschriftung versehen.

Gleich auf der ersten Tür zu seiner Linken las er den Namen »Toni«. Erneut schenkte er sich das Anklopfen, drückte die Klinke herunter und betrat den Raum. Ohne eine Reaktion auf sein unhöfliches Verhalten abzuwarten, setzte er sich an die Stirnseite des Schreibtischs eines verdutzt dreinblickenden Boten.

»Ich muss zurück zur Anmeldung! Wie komme ich dorthin?«

Der Bote bedachte ihn mit einem unerschütterlichen, prüfenden Blick.

»Dir auch einen guten Tag. Ich bin Toni. Hat man dir gesagt, dass ich für dich zuständig bin?«

Kamp nickte ungeduldig. »Kannst du mir helfen, dort hinzukommen?«

»Natürlich kann ich das. Es ist übrigens nicht zu übersehen, dass du sehr aufgeregt bist. Damit haben wir sogar was gemeinsam, weil ich ein großer Fan von Umgangsformen bin, wenn du verstehst. Was hältst du davon, mir erst mal deinen Namen zu verraten und dich etwas zu beruhigen? Ich atme auch mal kurz durch, und dann schauen wir, wie ich dir helfen kann.«

»Thore Kamp. Thore mit H.«

Toni gab den Namen ein, las die Geschichte zu dem Namen und nickte.

»In Ordnung. Warum musst du so dringend zur Anmeldung? Du bist doch gerade erst zwei Tage hier«, sagte er ganz ruhig.

Kamp richtete sich auf. Es stimmte also, er war bereits zwei Tage hier. Er hatte geschlafen, ohne geschlafen zu haben. Er hätte zu gern gewusst, wie das sein konnte, zog es aber vor, dem Boten nichts davon zu erzählen, um seinem Vorhaben nicht den Wind aus den Segeln zu nehmen.

»Ich muss zu Robard, ein Oberbote, mit dem ich mich dort unterhalten habe. Er hat gesagt, er könnte mir helfen herauszufinden, wer mich umgebracht hat. Er bat mich, vorher zwei Wochen hier zu verbringen, um ein wenig zur Ruhe zu kommen. Seit ich hier bin, ist die Ungewissheit aber immer schlimmer geworden. Ich bekomme den Gedanken nicht aus meinem Kopf, dass es jemanden gibt, der meinen Tod wollte. Ich muss das abschließen, vorher ist an so etwas wie Ruhe nicht zu denken. Jeder weitere Tag, den ich auf diese Weise verbringen muss, ist einer zu viel!«

Toni nickte langsam. »Ich verstehe. Ich verstehe nur zu gut, glaub mir. Was ich jedoch nicht verstehe, ist, warum du unbedingt zu diesem Robard möchtest. Wie kommst du darauf, dass ausgerechnet er dir dabei helfen kann?«

Kamp sah ihn verständnislos an. Er fand die Frage dämlich und hatte außerdem mit so etwas wie Widerstand gerechnet.

»Na, weil er es gesagt hat!«

Toni sah auf seinen Bildschirm und nickte erneut. »Er hat dir gesagt, du müsstest zu ihm kommen, damit dir geholfen wird? Und er hat verlangt, dass du vorher zwei Wochen hier in Tyndall verbringst?«

Kamp befürchtete, dass Tonis Verständnis womöglich nur geheuchelt war, und ging vorsichtshalber erneut in die Offensive.

»Na ja, verlangt hat er es nicht gerade. Eher mit Nachdruck empfohlen. Aber bitte, ich kann nicht mehr so lange warten. Mag ja sein, dass zwei Wochen, gemessen an der Ewigkeit, ein lächerlich kleiner Zeitraum sind, aber ich entdecke keinen Sinn im Warten. Es macht mich nur verrückt! Ich bin es nicht gewohnt, die Ruhe zu verlieren. Ich muss diesen Zustand beenden! Ich brauche Hilfe!«

Toni hob beschwichtigend die Hände. »Jetzt beruhige dich doch endlich! Ich werde dir ja helfen.«

Kamp sackte in sich zusammen.

»Entschuldigung«, murmelte er mit gespielter Reue.

»Du brauchst dich nicht zu entschuldigen.« Toni schüttelte den Kopf und grummelte etwas, das Kamp nicht verstand. »Diese Boten in der Anmeldung nehmen sich gerne etwas wichtiger als sie sind. Hör mir genau zu, es ist überhaupt nicht notwendig, dass du mit deinem Anliegen zu Robard zurückkehrst. Seine Aufgabe war es, dir ganz unverbindlich aufzuzeigen, welche Möglichkeiten du hast. Nicht mehr, nicht weniger. Es geht ihn nichts an, wie du dich letztlich entscheidest. Und es liegt eindeutig nicht in seiner Kompetenz, dir Vorschriften zu machen, wie lange du wo zu warten hast, bevor du eine Entscheidung triffst. Sobald eine Seele aus der Anmeldung raus ist, sind andere Boten für sie zuständig. In deinem Fall bin ich das!«

Kamp blinzelte. »Ich muss nicht zu ihm zurück?«

Toni schüttelte den Kopf.

»Und jetzt?«

Der Bote lächelte ihn an. »Sag mir, was du willst.«

Kamp senkte den Kopf, jedoch nicht in Resignation. Es hatte vielmehr etwas von einem Stier, kurz bevor er losrennt, um mit seinen Hörnern irgendetwas oder irgendjemanden zu Kleinholz zu verarbeiten. Gedanken und Eindrücke wuselten durch seinen Kopf, und es fiel ihm schwer, Ordnung in dieses Durcheinander zu bringen. Ein Gedanke jedoch, ein Bedürfnis, das seit seinem Gespräch mit Robard wie ein Fels in der Brandung aus der Unordnung herausragte, bekam jetzt endlich die Beachtung, die er verdiente.

Kamp hob langsam den Kopf und sah dem Boten mit aufkeimender Hoffnung und Entschlossenheit fest in die Augen.

»Rache!«

»Junger Mann, dir kann geholfen werden.«

Gregor

So kam es, dass Kamp wieder in einem Bus saß, diesmal auf dem Weg zu einem Boten namens Gregor, ganz in der Nähe seiner Wohnung. Toni erwies sich, trotz Kamps anfänglicher Flegelhaftigkeit, als ausgesprochen hilfsbereit, ohne ihm irgendwelche Auflagen zu machen oder zu versuchen, ihn von etwas zu überzeugen, was er gar nicht wollte.

Wer sich mit einer schlechten Biografie ins Jenseits begab, musste damit rechnen, nicht so behandelt zu werden, wie es den meisten Seelen zustand. Jede Konfession hatte ihre eigenen Vorstellungen von Gut und Böse. Die Gläubigen unterwarfen sich, soweit sie es vermochten, den jeweiligen moralischen Verhaltensregeln, wie etwa in Kamps Fall den zehn Geboten.

In der Vorstellung der Menschen hing alles davon ab, wie eng man sein Leben mit diesen Regeln verknüpfte. Wer zu weit vom Pfad der Tugend abwich, lief Gefahr, den Zutritt zum Paradies verwehrt zu bekommen. Wer sich jedoch daran hielt, erhöhte dementsprechend seine Chancen, niemals auch nur in die Nähe einer Hölle zu gelangen.

Erdacht wurden all diese Regeln aber von Menschen.

Die Mächte des Jenseits hielten es nicht für nötig, sich in diese Dinge einzumischen. Wer seines Nächsten Mann oder Weib begehrte und damit den unwiderlegbaren Beweis seiner Menschlichkeit erbrachte, kam nicht automatisch als Sünder auf die andere Seite. Gewiss konnte man geteilter Meinung sein, ob es moralisch in Ordnung war, die Ehe zu brechen. Da aber auch sie nur eine Erfindung der Menschheit war, abermals ohne jede Beteiligung höherer Mächte, gab es an der betreffenden Seele nach Beendigung ihres Lebens im Prinzip nichts auszusetzen.

Eine Sache wurde jedoch auch im Jenseits als nicht akzeptabel betrachtet. Wer einem anderen Menschen, ohne Not und aus niederen Beweggründen, das Leben nahm, konnte sich auf etwas gefasst machen.

Alles, was man im Jenseits über die eingetroffenen Seelen wusste, war ihr Geburtsdatum, ihr geplanter Todestag und ob sie sich dieses schweren Vergehens schuldig gemacht hatten. Die Seele eines Mörders verdiente eine Extrabehandlung.

Es gab eine Zeit, in der man ernsthaft darüber nachdachte, eine Art Hölle zu generieren, in die man all die Seelen verbannen würde, die sich schuldig gemacht hatten. Da dies aber eine Strafe gewesen wäre, die einen eigenen Verwaltungsapparat benötigte und damit auch eine große Anzahl Boten getroffen hätte, sah man schließlich davon ab.

Stattdessen entschied man sich, diese Seelen zur Reinkarnation zu *zwingen*. Als eine Lebensform, die viel Zeit und Gelegenheit haben würde, über ihre Taten nachzudenken, ohne ihr die Möglichkeit einzuräumen, sich des gleichen Verbrechens wiederholt schuldig zu machen. Man kam schnell dahinter, dass die Wiedergeburt als Baum dafür eine geradezu perfekte Lösung war. Für viele Jahre stumm in der Gegend stehen, das bunte Treiben um sich herum mit ansehen müssen, ohne daran Teil zu haben, möglicherweise gefällt oder sogar brandgerodet zu werden ... eine überaus angemessene Strafe. Und auch nur ein kleines bisschen grausam. Die Erfolgsquote gab ihnen letztlich recht. Die meisten kamen geläutert wieder.

Angerechnet wurde bei der Wahl des Strafmaßes, ob und wie man während seines irdischen Lebens für die Tat büßen musste. Leider gab es immer wieder Fälle, in denen die Täter auf Erden unentdeckt blieben, ein Umstand, der bei den Seelen der Opfer oft Verbitterung auslöste. Es erschien nur gerecht, wenn man einer solchen Seele die Möglichkeit einräumte, ihren Peinigern bereits zu Lebzeiten einen Knüppel zwischen die Beine zu werfen.

Diese Aufgabe teilte man den sogenannten Vergeltungsboten zu. Mit ihrer Hilfe konnte man sich für ein erlittenes Unrecht revanchieren. Ihr Aufgabenspektrum umfasste natürlich nicht nur Rache. Man nahm ihre Dienste auch dann in Anspruch, wenn man zum Beispiel einem geliebten Menschen noch etwas mitzuteilen hatte oder eine wichtige Aufgabe beendet werden musste. Es stellte sich jedoch sehr schnell heraus, dass der Löwenanteil ihrer Arbeit aus Rache bestand.

Toni empfahl Kamp einen Vergeltungsboten namens Gregor. Bis vor Kurzem hatte er mit Roberto, einem der besten und anerkanntesten Vergeltungsboten der ganzen zweiten Ebene zusammengearbeitet und sein Handwerk von ihm erlernt. Robertos Beförderung in den vierten Rang sorgte dafür, dass Gregor seit einiger Zeit allein arbeitete und sich beweisen konnte. Es brachte einen in der Hierarchie der Boten gewaltig nach vorn, wenn man eine Vergangenheit als erfolgreicher Vergeltungsbote vorweisen konnte. Es war *das* Karrieresprungbrett. Die Mehrheit aller Domestiken konnten auf eine solche Vergangenheit zurückblicken, und das sprach für sich.

Der Busfahrer hielt und rief Kamp zu, dass er sein Ziel erreicht hatte. Kamp stieg aus und sah sich um. Wenn man die Straße fast bis zum Ende fuhr und die letzte Möglichkeit rechts nahm, war man bei seiner Wohnung. Eine Strecke, die er ohne Weiteres zu Fuß laufen konnte. Sehr praktisch.

Die Bushaltestelle war direkt vor dem Gebäude, in dem der Vergeltungsbote seiner Berufung nachging. Neben dem Eingang hing ein großes weißes Schild, wie Kamp es von Anwaltskanzleien oder Ärzten kannte:

GREGOR
VERGELTUNGSBOTE DES 3. RANGES
SCHÜLER VON ROBERTO

Das klang wie Reklame und sollte es wohl auch sein. Anscheinend wusste der gute Mann auf sich aufmerksam zu machen.

Kamp klopfte an die Tür. Gregor war der erste Bote dritten Ranges, mit dem er es zu tun bekommen sollte, und er verspürte so etwas wie Ehrfurcht. Dieser Bote hatte bereits etwas geleistet und schien in seinem Job gut zu sein.

Ein erstaunlich jung aussehender Mann, dem die blonden Locken tief in die Stirn hingen, öffnete ihm die Tür. Nach Kamps Einschätzung konnte er nicht älter als Mitte zwanzig sein. Besonders Ehrfurcht gebietend sah er auch nicht gerade aus.

»Was gibt's?«

Kamp mutmaßte kurz, dass es sich vielleicht um einen Gehilfen von diesem Gregor oder irgendeinen anderen Boten handeln könnte, aber dann fing sein Blick die tiefgrünen Schwingen auf dessen Schultern ein. Er musste es sein.

»Äh, hallo. Man hat Sie mir empfohlen. Ich habe da ein Problem zu lösen.«

Der Bote nickte. »Komm rein.«

Kamp folgte ihm in einen großen Büroraum, der ihn spontan an das Controllingbüro seiner Firma erinnerte. Es lag weniger an der Einrichtung, als vielmehr an der Unordnung. Drei zusammengeschobene Schreibtische standen in der Mitte des Raumes. Von ihrer Oberfläche war jedoch nichts zu erkennen. Alles lag voll mit Papieren, Büchern und Büroartikeln. Das reinste Chaos. An den Wänden hingen große Magnettafeln. Auch sie waren vollgestopft mit Zetteln, Bildern und Zeitungsartikeln. Auf dem Boden lagen, um den Schreibtisch herum drapiert, mehrere Papierstapel.

Kamp war bekennend pingelig, was die Ordnung am Arbeitsplatz anging. Für blöde Sprüche vom organisierten Chaos als Zeichen für Genialität hatte er eher wenig Verständnis.

»Setz dich doch.«

Kamp sah sich um. Auch die Stühle wurden als Ablagefläche benutzt, und außer dem, auf den der Bote gerade zuging, war sonst keiner frei. Der Bote bemerkte seinen verwirrten Blick.

»Oh, entschuldige bitte.«

Der Bote räumte einen Stuhl frei und legte den Stapel zu den anderen auf den Boden.

»Hier herrscht im Moment etwas Unordnung. Hab mir jetzt extra eine Praktikantin aus der Botenakademie zuteilen lassen, um hier mal wieder ein wenig Linie reinzubekommen. Ich frag mich nur, wo die Dame gerade steckt. Kann ich dir was anbieten, Kaffee, Tee?«

Kamps Ohren klingelten. »War das Ihr Ernst?«

Der Bote sah ihn überrascht an. »Was meinst du?«

»Sie haben Tee?«

»Ach so. Ja sicher. Du kannst aber auch einen Saft haben. Oder 'ne Cola, wenn dir das lieber ist.«

»NEIN! Tee wäre fantastisch. Schwarzen, wenn Sie haben. Ohne alles.«

»Kommt sofort!«

Der Bote verließ das Büro, und Kamp hörte etwas klappern. Kurze Zeit später kehrte er mit zwei Bechern in den Händen zurück und reichte Kamp – der vor Freude am liebsten geweint hätte – einen davon.

»Vielen Dank!«

»Kein Problem. Und jetzt raus mit der Sprache. Wie kann ich dir helfen? Nein, lass mich raten ... es geht um Rache.«

Kamp nahm einen vorsichtigen Schluck. Es war der köstlichste Tee, der jemals seine Geschmacksknospen berühren durfte. Wie konnte man von ihm verlangen, auf so etwas für alle Ewigkeit zu verzichten? Das war grausam, ein Fall von Hölle!

»Hab ich recht?«, hakte Gregor nach.

Kamp nickte und erzählte dem Boten, unterbrochen von genussvollem Schlürfen, seine Geschichte, angefangen bei seinen letzten Minuten auf Erden bis zu seinem Gespräch mit Toni dem Betreuungsboten. Der Bote hörte konzentriert, aber ohne sichtbare Gefühlsregung zu.

»Verstehe. Du möchtest mit meiner Hilfe herausfinden, wem du das zu verdanken hast, und den Mistkerl dafür büßen lassen. Wenn ich dich richtig verstanden habe, hast du keinen Verdacht, wer dahinterstecken könnte?«

»Leider nein. Nicht den leisesten.«

Der Bote nickte langsam.

»Das macht es natürlich etwas komplizierter. Weißt du, die meisten, die mit so einem Anliegen zu mir kommen, wissen bereits, wer es gewesen ist, oder haben zumindest eine ziemlich konkrete Vorstellung davon. Da hat man dann einen Ansatzpunkt, um in den Fall reinzukommen. Aber es wird auch so gehen. Noch einen Tee?«

Kamp dachte schon, er würde ihn nie fragen.

»Ja bitte, gerne. Wie kommt es eigentlich, dass Sie Tee und andere nutzlose Dinge haben?«

Der Bote lächelte. »Ah, nutzlose Dinge. Lass mich raten. Ein Kollege aus der Anmeldung? Diese kleinen Spießer.«

»Äh, nein. Es war der Pförtner. Ich glaube, Luc war sein Name.«

»Ach was? Der gute alte Luc? Sieht ihm gar nicht ähnlich. Es sind zum Glück nicht alle so. Viele von uns Boten wissen das menschliche Bedürfnis nach Genuss durchaus zu schätzen, auch wenn sie uns an der Akademie etwas anderes predigen. Leider verdienen wir kein Geld und sind auf Zuwendungen von ganz normalen Seelen angewiesen. Meine Vorräte werden von zufriedenen Kunden aufgefüllt, natürlich auf rein freiwilliger Basis.«

Der Bote verließ das Büro erneut, um Kamp noch einen Tee zu holen. Der fühlte, zum ersten Mal seit seinem Tod, echten inneren Frieden. Er konnte einen Tee trinken, man würde ihm helfen, und Gregor war von allen Boten, die er bisher kennengelernt hatte, der mit Abstand sympathischste ... abgesehen vielleicht von seinem Hang zur Unordnung.

Kamp betrachtete einige der Fotos, die an den Pinnwänden hingen. Es waren Bilder von Familien, Frauen, Männern und Kindern. Vereinzelt hingen auch Fotos von Hunden oder Katzen dazwischen. Er vermutete, dass es sich dabei um die Erdenbürger handelte, mit denen die Kunden des Vergeltungsboten noch eine, wie auch immer geartete, Rechnung offen hatten.

Gregor kehrte mit einem Tablett zurück. Es enthielt Kamps Tee, ein Schälchen Schokoladenkekse, eine Schachtel Zigaretten und einen Aschenbecher.

Kamps Kinnlade klappte auf. »Sie ... rauchen?«

»Na klar!«, antwortete der Bote fröhlich. »Du etwa nicht? Ich weiß, dass es für Menschen schädlich ist. Uns kann es aber nichts mehr anhaben, dafür bräuchten wir eine Lunge. Ich wäre dir übrigens sehr dankbar, wenn du aufhören würdest, mich zu siezen. Das tun wir hier nicht! Ich heiße Gregor.«

Gregor steckte sich wie selbstverständlich eine an. Kamp wollte gar nicht wissen, wie man ohne Lunge überhaupt rauchen konnte. Er hatte es zeit seines Lebens abgelehnt und würde jetzt nicht damit anfangen, nur weil er tot war. Zu gern hätte er mit ihm über Gesundheitsrisiken und die Gefahr des Passiv-Rauchens geredet. Er verstand etwas vom Bekehren. Zu dumm, dass seine über Jahre perfektionierte Argumentationskette hier auf sehr wackeligen Beinen stand.

»Sie … du kannst mir also helfen?«

»Oh, das will ich doch hoffen. Bisher hat es noch keinen Auftrag gegeben, mit dem ich nicht fertig geworden wäre.«

Das klang gut in Kamps Ohren.

»Und was passiert jetzt?«

Gregor drückte die Zigarette aus und blies einen blauen Ring in die Luft.

»Ich habe da noch einen Auftrag, der aber so gut wie erledigt ist. Spätestens morgen sollte er abgeschlossen sein. Ich würde sagen, du kommst in vier Tagen wieder zu mir. In der Zwischenzeit werde ich mir eine Strategie überlegen und sie dann mit dir besprechen. Einverstanden?«

Kamp nickte. Während er in aller Ruhe seinen Tee austrank, wühlte sich Gregor, ohne ihn weiter zu beachten, durch seine Unterlagen.

Kamp stand schließlich auf und hielt ihm die Hand hin. »Es freut mich sehr, dich kennengelernt zu haben. Das ist die reine Wahrheit!«

Gregor lächelte und erwiderte den Händedruck. »Ganz meinerseits. Bis in vier Tagen.«

Nach Ablauf der vier Tage wusste Kamp, wie zermürbend Langeweile sein konnte. Er hätte nicht für möglich gehalten, dass sich Sekunden wie Kaugummi ziehen konnten, wenn man keinen geregelten Tagesablauf mehr hatte. Wenige Minuten fühlten sich wie Stunden an. Kamp musste sich die ganze Zeit über zusammenreißen, um nicht einfach zu Gregor zu gehen.

Schon allein die Aussicht auf einen Tee machte ihn wahnsinnig!

Sie hatten aber vereinbart, seinen Fall in vier Tagen zu besprechen, und er würde sich nicht die Blöße geben, seine Existenz im Jenseits als ungeduldige Nervensäge zu beginnen.

Es war nicht so, dass es nichts zu tun gab. Er konnte jederzeit in den nächsten Bus steigen, um sich zu irgendwelchen Sehenswürdigkeiten fahren zu lassen. Da gab es den Licht-Vulkan im

Tyndall-Park. Der Park galt, nach Aussage seines Betreuungsboten, an dem er einen Teil seiner Langeweile abreagierte, als einer der schönsten auf der ganzen zweiten Ebene. Außerdem empfahl Toni nachdrücklich einen Musik-Pavillon, den man gerade erst eingeweiht hatte. Rund um die Uhr wurde dort musiziert, in gemütlichem Ambiente bei fantastischer Akustik – und auf der falschen Seite des Rombus. Na ja.

Er hätte auch in jede andere Stadt fahren können, alle dermaßen mit Attraktionen und Sehenswürdigkeiten vollgestopft – jenseitsspezifischen und von der Erde nachgebildeten – dass es ein ganzes Jahrzehnt brauchen würde, um sie alle zu sehen. Kamp kam sogar der Gedanke, dass er sich auf die Suche nach der Seele seiner Mutter machen konnte. Die Chancen, dass sie die Einwohnerzahl einer der vielen Jenseits-Städte hier bereicherte, standen nicht schlecht.

Aber ihm fehlte die Motivation. Er konnte und wollte sich jetzt auf nichts anderes konzentrieren. Er ertappte sich dabei, Angst zu haben. Angst, zu sehr abgelenkt zu werden und zu vergessen, Angst, sein Ziel aus den Augen zu verlieren. Daher vermied er es sogar, zum Dom zu gehen oder es sich an der Uferpromenade der Rheinimitation gemütlich zu machen. Wenn er erst anfangen würde, sich heimisch oder sogar wohlzufühlen, wäre es mit seinen Rachegelüsten womöglich vorbei. Es war ihm aber wichtig, sich zu rächen, und es fühlte sich richtig an, es zu wollen.

Das, was er seinem Betreuungsboten sagte, war sein voller Ernst. Er würde niemals in der Lage sein, diesen Gedanken einfach zu verdrängen. Nicht den Namen seines Mörders zu kennen, würde ihn innerlich auffressen.

Am dritten Tag musste er etwas unternehmen. Die Ungeduld zerriss ihn förmlich. Sein Betreuungsbote stand kurz davor, ihm Hausverbot zu erteilen, und die räumliche Nähe zu Gregors Büro wirkte wie Sirenengesang auf ihn.

Dann hatte er die rettende Idee. Es hatte schon einmal geklappt, warum sollte es nicht auch ein zweites Mal funktionieren? Er stellte an seiner Armbanduhr eine Weckzeit ein, legte sich aufs Bett, dachte ans Schlafen und schloss die Augen.

Der Piepton der Uhr erklang. Wie schon vor ein paar Tagen war er sicher, die Augen vor höchstens einer Sekunde geschlossen zu haben. Ein Blick auf die Uhr, und er schüttelte verblüfft den Kopf. Es funktionierte tatsächlich, er hatte den dritten Tag komplett verschlafen! Fast ärgerte er sich, dass ihm diese Idee nicht schon früher gekommen war. Er hätte sich eine Menge Langeweile und seinem Betreuungsboten eine Menge Ärger ersparen können.

Aber egal, sein Ziel war erreicht. Die vier Tage waren um, und er würde sich gleich auf den Weg zu Gregor machen. Da er überhaupt keine Vorstellung von der Arbeitsweise eines Vergeltungsboten hatte, platzte er vor Neugierde. Er musste sich regelrecht zwingen, den Weg zu Gregors Büro nicht zu rennen. Wie ein kleines Kind, kurz vor der Bescherung, empfand er eine ungeduldige Vorfreude. Endlich würde sein Verlangen nach Rache Formen annehmen.

Er ahnte nicht mal, wie konkret diese Formen sein würden.

Nachdem er zum dritten Mal an Gregors Tür geklopft hatte, ohne eine entsprechende Reaktion zu erhalten, wurde er nervös. Er wäre ohne zu zögern einfach hineingegangen, aber die Tür war verschlossen. Mit Mühe und Not gelang es ihm, diese vier Tage hinter sich zu bringen, und jetzt schien der Kerl nicht da zu sein!

Er spähte durch ein Fenster und sah nur ein unaufgeräumtes Büro. Kein Gregor und auch keine Praktikantin weit und breit. Wie es schien, musste er es später noch mal versuchen. Enttäuscht ging er zurück zum Fußweg, als er ein Klacken hörte und eine Frau ihren überwiegend aus dicken Sommersprossen und feuerroten Haaren bestehenden Kopf aus der Tür steckte.

»Hast du gerade geklopft?«

»Ja! Ich möchte zu Gregor. Wir waren für heute verabredet.«

Die Frau machte die Tür ganz auf und trat zur Seite. Sie trug auch einen Overall, hatte aber keine Abzeichen auf ihren Ärmeln. Sie schien, rein äußerlich, in etwa so alt wie er selbst zu sein.

Eine Erkenntnis suchte sich diesen Moment aus, um in sein Bewusstsein vorzudringen. Alle Seelen, denen er hier schon begegnet war, und auch alle Boten, mit denen er es zu tun bekam, schienen nie älter als Mitte dreißig zu sein. Er hatte noch niemanden gesehen, der älter aussah. Dabei war es doch eher die Regel, in einem stark fortgeschrittenen Alter zu sterben. Die plötzliche Erkenntnis ließ ihn einfach nur stumm dastehen und die Frau anstarren.

»Du kannst ruhig reinkommen. Gregor müsste gleich zurück sein. Bis dahin kannst du mit mir vorliebnehmen ... wenn es dir nichts ausmacht«, sagte die Frau ein wenig nervös. Kamps Starren war ihr nicht entgangen.

»Nein, nein. Kein Problem.«

Er ging an ihr vorbei, steuerte direkt das unverändert rummelige Büro an und setzte sich auf den einzigen freien Stuhl. Sie folgte ihm, räumte Papiere zur Seite und setzte sich ebenfalls. Zu Kamps Enttäuschung fragte sie nicht, ob sie ihm etwas anbieten könnte. Stattdessen saß sie einfach nur da und lächelte verlegen.

Auf Kamp war in dieser Beziehung Verlass. Ihm schwirrten genügend Fragen durch den Kopf, die einem peinlichen Schweigen keine Chance zur Entfaltung ließen.

»Mir ist da gerade etwas aufgefallen, vielleicht kannst du mir da weiterhelfen. Alle hier im Jenseits scheinen nicht älter als irgendwas um die dreißig zu sein. Ich habe noch keine äußerlich alten Seelen oder Boten gesehen. Woran liegt das?«

Die Frau sah ihn verblüfft an und schien ernsthaft über seine Frage nachzudenken.

»Du hast recht! Jetzt, wo du es sagst. Das ist mir noch gar nicht so richtig bewusst geworden.«

Sie blickte auf ihre Hände, öffnete den Klettverschluss ihrer Ärmel und schob sie hoch, um ihre bemerkenswert gesprenkelten Arme genauer zu inspizieren. Was sie sah, schien sie gleichermaßen zu erfreuen und zu verwirren.

»Sehe ich denn auch jung aus?«

»Ja. Mein Alter würde ich schätzen, Anfang dreißig.«

Sie betastete ihr Gesicht und wirkte jetzt ernsthaft entzückt.

»Das ist ja ein Ding. Ich war achtundsechzig, als ich hierherkam. Ich wusste gar nicht, dass ich wieder jung aussehe. Hier gibt es ja leider keine Spiegel.«

Kamp beobachtete sie genau. Er argwöhnte, dass sie sich einen Scherz mit ihm erlaubte, aber sie schien wirklich überrascht von dem, was er ihr gerade gesagt hatte.

»Wie lange bist du denn schon hier?«

»Seit dreißig Jahren«, antwortete sie, ohne den Blick von ihren Armen zu lösen.

»Und dir ist nie aufgefallen, dass hier keiner alt aussieht?«

»Nein, wirklich nicht! Erst jetzt, wo du davon gesprochen hast.«

Kamp schnaubte. Ausgerechnet einer Frau fiel das nicht auf. Wenn man sich auf Erden darauf einließ, das Alter einer Frau zu schätzen, und dabei auch nur ein Jahr zu hoch ansetzte, konnte man in ernsthafte Schwierigkeiten geraten. Die Abwesenheit von Spiegeln ließ offenbar die Eitelkeit sterben.

»Bist du die Praktikantin, von der Gregor mir erzählt hat?«

»Oh, entschuldige. Ja, das bin ich. Ich heiße Fiona ... noch zumindest.«

Sie fing an, ihm von ihrer Ausbildung an der Botenakademie und ihren Beweggründen zu diesem Schritt zu erzählen.

Kamp erfuhr einige interessante Dinge. So hatten nie zwei Boten den gleichen Namen. War der Wunsch- oder Geburtsname schon vergeben, musste man sich einen ausdenken. Seelen von Kindern oder gar Säuglingen wurden direkt in die Botenausbildung übernommen. Gregor zum Beispiel war noch nicht mal ein Jahr alt gewesen, als er im Jenseits eintraf.

Das Verlockende an einer Botenkarriere war nicht etwa eine hohe Bezahlung, die es, wie Kamp schon von Gregor erfuhr, nicht mal in geringen Ausmaßen gab, sondern die Ausstattung mit gewissen Fähigkeiten und Befugnissen, die mit steigendem Rang immer umfangreicher wurden. Kamp sollte schon in naher Zukunft einige davon kennen, schätzen und fürchten lernen.

Es entwickelte sich ein sehr angenehmes und aufschlussreiches Gespräch. Die Zeit verging wie im Flug, sodass er es nicht als schlimm empfand, schon seit zwei Stunden zu warten, als Gregor endlich eintraf. Der stapfte, beladen mit zwei prall gefüllten Beuteln, ins Büro und ließ sie, begleitet von einem Seufzer der Erleichterung, direkt im Eingang fallen.

»Ah, Thore. Ich grüße dich. Tut mir leid, dass du warten musstest, aber ich hatte noch etwas Dringendes zu erledigen. Fiona hast du ja sicher schon ausgiebig kennengelernt?«

Kamp nickte und lächelte sie an.

»Gut! Fein! Ich räum grad die Säcke leer und komme dann sofort zu dir.«

Ächzend hob er die Säcke wieder an und warf seiner Praktikantin einen strengen Blick zu.

»Ich sehe gar keine Tassen. Hast du unserem Klienten etwa nichts angeboten?«

»Oh ...«

»Thore trinkt schwarzen Tee ohne alles. Was bist du nur für eine Gastgeberin?«

Sie ging ihm nach. Kamp hörte, wie sich die beiden miteinander unterhielten, konnte aber nicht verstehen, worum es ging. Gregors Tonfall deutete jedoch nicht auf eine Standpauke hin.

Kurze Zeit später kam Fiona mit einem großen, verlockend dampfenden Becher in der Hand zurück und stellte ihn auf den Tisch.

»Tut mir leid. Wir haben so nett geredet. Ich hab einfach nicht daran gedacht.«

Er lächelte und schüttelte den Kopf.

»Das macht doch nichts. Ich wäre schon nicht verdurstet, selbst wenn ich gewollt hätte«, frotzelte Kamp.

»Das ist allerdings wahr.«

Gregor kam mit einer Zigarette im Mundwinkel dazu.

»Red dich nicht raus! Ich hab deinen gierigen Blick von neulich noch sehr gut in Erinnerung. Ich glaube, du brauchst dringend einen Job.«

»Hab ich auch schon dran gedacht. Aber bevor das hier nicht abschließend geklärt ist, werd ich mich nicht darum kümmern können. Ich hätte den Kopf nicht frei.«

Der Bote nickte und blies Rauch durch seine Nase.

»Kann ich verstehen.«

Er setzte sich an den Schreibtisch, griff zielstrebig nach einem der Papierstapel und fing an ihn durchzuwühlen. Er fand, was er suchte, las es und blickte schließlich zu Kamp.

»So, mein Freund. Du willst jetzt sicher hören, was ich mir für dich ausgedacht habe. Ich schlage vor, wir machen es folgendermaßen. Da du, wie du sagtest, nicht den kleinsten Verdacht hast, wäre es sinnvoll, wenn wir herausfinden, woran genau du eigentlich gestorben bist. Ich habe große Hoffnung, dass die zuständigen Polizeibehörden uns die entsprechenden Informationen überlassen werden. Dort gehen wir als Erstes hin. Wenn wir Glück haben, führt uns das schon auf eine Spur. Wenn wir ganz großes Glück haben, stellen wir sogar fest, dass dein Fall längst gelöst ist. Man kann nicht ausschließen, dass bei den Untersuchungen deines Leichnams ein Hinweis auf Fremdeinwirkung entdeckt wurde und zumindest schon Ermittlungen laufen. Was hältst du davon?«

Kamp starrte ihn an. Zwei Fragen lagen ihm auf der Zunge und stritten sich darum, wer zuerst an die frische Luft durfte.

»Du glaubst, sie haben meinen Mörder schon?«, fragte er ganz langsam.

»Es wäre zumindest möglich. Wie gesagt, Glück gehört dazu.«

Kamp holte mit erzwungener Ruhe zur zweiten Frage aus.

»Gut. Ähm … was bitte meinst du mit ›Dort gehen wir als Erstes hin‹? Wohin?«

»Na, zur Polizei.«

Von einem amüsierten Boten geduldig beobachtet, lehnte Kamp sich, ganz langsam, in seinem Stuhl zurück, nahm seinen Becher und trank ihn, Schluck für Schluck, mit versteinerter Miene aus. Er stellte den Becher zurück, kniff die Augen zusammen und verschränkte die Arme.

»Ganz … langsam. Wir beide, du und ich, gehen zur Polizei – auf die Erde – wandeln unter den Lebenden und stellen Fragen?«

»Das trifft es ziemlich genau. Ich werde mich dort als eine Art Privatermittler ausgeben, eine sehr praktische Rolle und im Grunde nicht mal gelogen. Es sei denn, du hast eine bessere Idee.«

Kamp verbot sich, die Augen wieder zu öffnen. Das, was er gerade hörte, musste er rein und unbeeinflusst von optischen Reizen verarbeiten.

»Es ist nicht, dass mir die Idee nicht gefällt. Ich habe nur irgendwo meinen Körper liegen lassen und finde ihn nicht wieder. Weißt du, die meisten Menschen neigen dazu, der Geisterwelt mit Argwohn zu begegnen.«

Gregor brach in Gelächter aus, was Kamp dazu bewog, die Augen wieder zu öffnen. Er wollte wissen, was für eine Art Lachen da gerade aus dem Boten herausbrach.

»Jetzt verstehe ich! Mach dir keine Sorgen, ich bin schon sehr oft auf Erden gewesen. Glaub mir, die Menschen merken nicht, dass ich eigentlich keiner von ihnen bin. Sie nehmen mich wie eine ganz normale Person wahr. Wir Boten sind mit gewissen Fähigkeiten ausgestattet, um Irritationen zu vermeiden. Als was sie dich wahrnehmen sollen, müssen wir allerdings noch bereden. Ich nehme doch an, dass du mich begleiten möchtest?«

»Na und ob ich das will! Und ich gehe natürlich auch als Mensch.«

Gregor presste die Lippen zusammen und schüttelte langsam den Kopf.

»Tut mir leid, mein Freund. Das wird nicht gehen. Du bist eine ganz normale Seele und hast keine Ausbildung als Bote. Es ist dir nicht erlaubt. Mit einer unbedachten Äußerung oder Handlung könntest du großen Schaden anrichten. Nein, für dich kommt leider nur alles andere in Frage. Tier, Pflanze oder sogar Gegenstand. Du könntest mich zum Beispiel als Diktiergerät begleiten. Es wäre aber …«

»Als Diktiergerät?«

»Ja! So könnte ich mit dir reden, ohne gleich irgendwo eingewiesen zu werden. Denk nur daran, wie du auf jemanden reagieren würdest, der sich mit seinem Koffer unterhält.«

Gregor bemerkte Kamps verwirrten Blick.

»Das Diktiergerät war doch nur ein Beispiel. Wichtig ist, dass ich in der Lage bin, mit dir zu kommunizieren. Mein Vorschlag wäre daher, dass du mich als Hund oder Katze begleitest. Sich mit seinem Haustier in der Öffentlichkeit sehen zu lassen erregt keinerlei Aufsehen. Mit den Biestern zu reden, gilt ebenfalls als normal. Maximal wirkt es ein wenig spleenig. Wenn du mir dann ganz normal antwortest, hören alle anderen nur ein Bellen oder Miauen. In seltenen Fällen können neben Tierlauten noch andere artgerechte Nebenwirkungen auftreten. Aber die verschwinden auch wieder, sobald wir zurück sind.«

Kamp blinzelte. Es klang absurd. Wenn er mit irgendetwas nicht gerechnet hatte, dann mit einer Rückkehr als Tier. Die Vorstellung war gleichermaßen verrückt wie faszinierend. Eine gewisse Logik in den Ausführungen des Boten ließ sich jedoch, trotz aller Absurdität, nicht bestreiten. Wichtig war nur, dass er seine alte Heimat wiedersehen und seinen Mörder finden würde.

»Okay, na gut. Dann möchte ich gerne als Hund gehen, wenn ich darf. Kann ich mir die Rasse aussuchen?«

Gregor nickte. »Klar.«

»Dann gehe ich als Norwich Terrier. Ich hatte schon immer ein Faible für kleine Schoßhunde, hätte mir fast mal einen angeschafft. Die großen stinken nur, sind laut und rennen den ganzen Tag durch die Gegend, um ihr Revier zu markieren. Ja, Norwich Terrier. Ist das in Ordnung?«

Gregor nickte erneut. »Überhaupt kein Problem.«

»Stark! Wann gehen wir?«

»Jetzt. Warum warten?«

Das war genau die Antwort, auf die er kaum zu hoffen gewagt hatte. Kamp strahlte übers ganze Gesicht. Er blickte zu Fiona, die im Laufe des Gesprächs angefangen hatte, sich mit den Papierstapeln zu befassen, und sah wieder zurück zu Gregor.

»Kommt sie mit?«

»Nein, sie ist noch nicht so weit. Dazu müsste sie im zwanzigsten Ausbildungsjahr sein, und sie hat grad mal das zehnte hinter sich. Vielleicht nehme ich sie nächsten Monat mal mit runter.«

Wieder war es dem Boten gelungen, Kamp zu verwirren. Gregor bemerkte seinen ungläubigen Blick, und er seufzte.

»Das erkläre ich dir später mal.«

Abwaerts

Gregor und Kamp ließen sich mit einem Bus zum Tor der Stadt fahren. Sie hatten es kaum durchschritten, als aus dem Nichts, zusammen mit dem Kamp inzwischen vertrauten Geräusch, die Telefonzelle vor ihnen materialisierte.

Gregor sagte nur »Folge mir« und sprang in den Paternoster. Wieder bewegten die Böden sich nach oben. Kamp fragte sich, ob sie überhaupt notwendig waren und ob es nicht auch ein einfaches Portal getan hätte. Da sie sich auf dem Weg zurück zur Anmeldung befanden, machte die Aufwärtsbewegung der Böden jedenfalls keinen Sinn. Kamp zuckte mit den Schultern und sprang hinterher.

Kurze Zeit später befand er sich wieder im Innenhof der Anmeldung. Er sah sich nach Gregor um, konnte ihn zuerst aber nicht entdecken. Dann hörte er Stimmen, die sich miteinander unterhielten, und drehte sich in ihre Richtung. Eine der Stimmen gehörte Gregor. Er stand am Pavillon. Aus einem der Fenster war der neblige Dunst verschwunden. Kamp ging etwas näher heran und sah Gregors Gesprächspartner darin sitzen, natürlich ebenfalls ein Bote.

Gregor redete auf den anderen Boten ein und zeigte mit dem Arm in Kamps Richtung, worauf der Bote seinen Kopf etwas aus dem Fenster streckte, um ihn genauer in Augenschein zu nehmen. Kamp wäre gern noch näher herangegangen, um zu erfahren, worüber sich die beiden unterhielten, wollte sich seine Neugierde aber nicht anmerken lassen. Außerdem traute er sich nicht. Er hatte schon wieder das Gefühl, dass sich noch etwas anderes in dem Pavillon befand und ihn beobachtete.

Schließlich verabschiedeten die beiden Boten sich voneinander, und Gregor kam zu ihm zurück.

»So, das wäre erledigt. Wenn ich in Begleitung einer normalen Seele auf die Erde möchte, muss ich das hier vorher anmelden. Hast du den Kerl gesehen, mit dem ich gerade geredet habe?«

Kamp nickte.

»Das war ein Domestik. Zu diesem Turm haben nur sie Zugang.«

Gregor ließ einen langen, prüfenden Blick auf Kamp ruhen, so lange, dass der begann sich unbehaglich zu fühlen.

»W... was ist?«

»Hat man dir gesagt, was es mit diesem Turm auf sich hat?«

Kamp wurde wieder von einer spirituellen Gänsehaut umwickelt.

»Nein, aber etwas stimmt nicht mit ihm. Ich fühle mich beobachtet. Direkt unheimlich ist er.«

Gregor lächelte, blickte kurz zum Turm und hielt seinen Mund direkt an Kamps Ohr.

»Von dort aus kontrolliert *er* alles.«

Kamps Mund stand weit offen. »Du meinst ... *er*?«

»Er!«

Die Ehrfurcht wirkte regelrecht erstickend auf Kamp. Gott wohnte in einem Pavillon, und er spazierte gerade durch *seinen* Vorgarten!

»Und warum hab ich dann so ein mieses Gefühl?«

Der Bote klopfte ihm auf die Schulter. »Anscheinend bist du einer von denen, die in der Lage sind, *seine* Präsenz zu spüren. Mach dir nichts draus, das ist ein gutes Zeichen. Du solltest ernsthaft in Betracht ziehen, irgendwann selbst mal ein Bote zu werden.«

Obwohl er Probleme bei der Vorstellung hatte, als ein kleines Schoßhündchen mit haariger Schnauze und dichteren Augenbrauen als so mancher deutsche Ex-Finanzminister auf die Erde zurückzukehren, fiel ihm das doch immer noch leichter, als sich in die Rolle eines Engels zu denken. Na gut, in die Rolle eines Boten.

Ein dermaßen unreligiöser Mensch wie er sollte es zum Boten bringen? Mangel an Selbstbewusstsein hatte zwar nie zu seinen Schwächen gezählt, aber in dieser Rolle wähnte er sich als Fehlbesetzung.

»Ich denk drüber nach. Wie geht es jetzt weiter?«

»Wir müssen raus in den Nebel, der Ort, an dem du hier im Jenseits angekommen bist.«

»Fahren wir dann auch wieder mit diesem Fahrstuhl?«

»Exakt!«

Kamp und Gregor gingen durch das Gebäude ins Freie. An der Anmeldung herrschte in etwa im gleichen Umfang Betrieb, wie zu der Zeit, als Kamp dort zum ersten Mal eingetroffen war. In vielen Gesichtern der durchweg jung erscheinenden Seelen, erkannte er die gleiche hilflose Verwirrung, wie er sie vor gerade mal einer Woche gespürt hatte. Kamp empfand Mitleid mit ihnen.

Sie ließen das Gebäude hinter sich und näherten sich der dichten Nebelwand.

»Was hat es eigentlich mit diesem Nebel auf sich? Soll er etwas verbergen?«

»Eine interessante Frage. Nein, dazu dient er nicht. Er ist auch nicht gewollt. Er tritt an den Orten auf, wo Raum oder Zeit gekrümmt werden. Dir ist doch sicher schon aufgefallen, dass hier einige Dinge, wie zum Beispiel der Paternoster, den Gesetzen der Physik eine lange Nase machen?«

»Ja, das ist mir aufgefallen«, sagte Kamp langsam und fragte sich, was er von dieser Frage halten sollte. Jeder Depp hätte das bemerkt!

»Es sind Orte, an denen *er* den linearen Verlauf der Zeit aufhebt, beziehungsweise das Volumen eines Raumes komprimiert oder expandiert, je nach Bedarf. Der Nebel ist lediglich eine Begleiterscheinung davon. Es ist sehr kompliziert. Nur *er* und die Domestiken sind dazu in der Lage. Das ist auch einer der Gründe, warum sich viele für die Laufbahn des Boten entscheiden. Die Aussicht, eines Tages Domestik werden zu können und diese Macht von *ihm* übertragen zu bekommen, ist ein Anreiz, dem man nur schwer widerstehen kann. Wäre ich nicht als Kleinkind gestorben und so automatisch zum Boten ausgebildet worden, hätte ich mich sicher dafür entschieden. Das ist mein Traum, mein Ziel.«

Gregor lächelte gedankenverloren.

»Ein gewisses Maß an Geduld gehört natürlich auch dazu. Domestik zu werden ist nicht einfach. Man muss sich in mehrfacher Hinsicht bewährt haben und einen enormen Erfahrungsschatz vorweisen können. Der Bote, der am schnellsten zum Domestiken wurde, musste fast fünfhundert Jahre in den unteren Botenrängen verweilen, ehe *er* ihm sein uneingeschränktes Vertrauen aussprach. Gemessen an der Ewigkeit nicht viel, aber auch nicht mal eben auf einer Pobacke abzusitzen. Dabei war das noch vergleichsweise schnell. Normal sind eher siebenhundert Jahre.«

»Wie lange bist du schon Bote?«

»Seit ziemlich genau zweihundertachtzig Jahren. Die Ausbildung nicht mitgerechnet.«

Kamp kam sich furchtbar klein vor. Er sprach mit einem Mann, der seit fast dreihundert Jahren Wunder vollbrachte und bereits über einen enormen Erfahrungsschatz verfügen musste – auch wenn Gregor rein optisch locker als sein jüngerer Bruder durchgegangen wäre. Aus seinem bisherigen Leben war er es nicht gewohnt, sich von der Persönlichkeit anderer eingeschüchtert zu fühlen.

»Wie lange dauert die Ausbildung?«

»Fünfzig Jahre. Sie findet allerdings in einer komprimierten Zeitzone, abseits der vier Ebenen statt, ähnlich der, die von der Erde ins Jenseits führt. Hat dir der Bote erzählt, dass während eurer einstündigen Überfahrt auf der Erde und im Jenseits zwei Tage vergangen sind?«

Kamp nickte.

»Gut. Viele vergessen das. Während also in dieser anderen Zeitzone fünfzig Jahre vergehen, sind es hier gerade mal ein paar Monate. Da wir aber äußerlich nicht mehr altern, fällt es nicht ins Gewicht.«

»Da wir gerade davon reden, wieso sehen hier alle so jung aus? Ich hab Fiona vorhin gefragt, aber es war ihr nicht mal bewusst. Sie dachte, sie sähe aus wie Ende sechzig.«

Gregor richtete einen ebenso erstaunten wie bewundernden Blick auf Kamp.

»Das ist dir also aufgefallen? Du solltest wirklich in Betracht ziehen, Bote zu werden. Mit dieser schnellen Auffassungsgabe dürfte das für dich kein Problem darstellen. Ganz im Ernst!«

Kamp wurde verlegen.

»Um aber deine Frage zu beantworten: Hast du in deinem irdischen Leben schon mal ernsthaft den Gedanken gehabt, dass du alt wirst?«

Kamp dachte kurz nach und schüttelte den Kopf.

»Eigentlich nicht«, log er.

»Dann warst du noch nicht so weit. Grundsätzlich tun das alle Menschen irgendwann. Dieser Moment markiert ihre Seele, ohne dass sie es wissen. Sie legen damit das eigene Erscheinungsbild für ihr Leben im Jenseits fest. Es ist die Erinnerung an die Zeit vor diesem Moment, das Herbeisehnen der eigenen Jugend, der Zustand, den sie am liebsten für immer konservieren würden. Bei den meisten Menschen geschieht dies zwischen ihrem dreißigsten und vierzigsten Lebensjahr. Im Moment des Todes erinnert sich die Seele daran, ohne dass es ihr bewusst ist. Daher kommt es, dass es kaum jemanden gibt, der äußerlich älter als vierzig zu sein scheint.«

»Interessant! Und jene, die so wie ich vor diesem Moment sterben, sehen so alt aus, wie sie gerade waren?«

Wieder bedachte Gregor ihn mit diesem anerkennenden Blick.

»Ganz genau! Ich kann deine nächste Frage regelrecht spüren, aber ich muss dich leider vertrösten. Wir sollten uns jetzt auf den Weg zur Erde machen. Was meinst du, können deine Fragen warten?«

Das konnten sie eigentlich nicht, dafür hatte das Feuer der Neugierde in ihm schon zu weit um sich gegriffen. Trotzdem nickte er schweren Herzens.

»Möchtest du im Fahrstuhl nicht sprechen? Oder gehen dir meine Fragen generell auf die Nerven?«

Gregor hob die Augenbrauen und presste die Lippen zusammen.

»Ohne dich beunruhigen zu wollen, aber im Fahrstuhl wirst du gleich andere Probleme haben. Keine Sorge, nichts Schlimmes.«

Wenn Gregor wollte, dass er sich keine Sorgen machte, hätte er sich diesen Satz verkneifen sollen. Was sollte das nun wieder bedeuten? Er wollte ihn fragen, aber Gregor hatte bereits die Augen geschlossen und machte einen konzentrierten Eindruck. Kamp vermutete, dass er sich gerade um ihr Transportmittel kümmerte.

Das obligatorische Geräusch aus dem Nebel gab ihm recht. Gregor öffnete die Augen, legte Kamp eine Hand auf die Schulter und führte ihn zum Fahrstuhl.

Kaum dass sie eingetreten waren, packte der Bote ihn bei den Oberarmen.

»Sieh mir in die Augen!«

Kamp fühlte ein ähnliches Unbehagen wie in der Gegenwart des Pavillons und wäre diesem alles durchdringenden Blick, dessen Aufprall er an der Innenseite seines Hinterkopfes förmlich spürte, nur zu gern ausgewichen ... aber er konnte nicht. Erneut schloss Gregor die Augen und ließ ihn, zu seiner großen Erleichterung, los. Kamp fragte sich, warum er ihm nicht vorher erzählte, was er im Fahrstuhl mit ihm anstellen würde. Auch wenn er den Boten sehr gern mochte, sein unangemeldet merkwürdiges Verhalten machte ihm Angst.

Der Bote trat einen Schritt zurück und beobachtete ihn. Etwas schien sich zu verändern. Zuerst hielt er es für eine Sinnestäuschung, aber der Prozess setzte sich fort und verschaffte ihm damit Gewissheit. Gregor schien mitsamt dem Raum, in dem sie sich befanden, zu wachsen. Er wurde größer und größer, zeigte ansonsten aber nicht die geringste Regung. Jetzt wusste Kamp wenigstens, was der Bote mit den anderen Problemen meinte, die er hier haben würde.

Als sich sein Kopf etwas unterhalb von Gregors Knien befand, schien der Prozess beendet. Der Bote sah neugierig auf Kamp hinab.

»Wie fühlst du dich?«, wollte der Bote wissen.

»In erster Linie klein. Für die anderen Empfindungen fehlt mir der Wortschatz. Warum bist du so sehr gewachsen?«

Gregor ignorierte seine Frage. »Es geht dir aber gut?«

Kamp hielt inne und machte eine kurze Bestandsaufnahme.

»Ja. Na ja, meine Hüfte schmerzt ein bisschen, aber sonst geht's.«

Gregor lächelte auf ihn hinab und ging in die Hocke. Trotzdem überragte er ihn immer noch ein ganzes Stück.

»Die Hüftschmerzen kommen daher, dass du die ganze Zeit auf den Hinterbeinen stehst. Die Skelettstruktur von Hunden ist darauf ausgelegt, auf vier Beinen zu stehen. Wenn dir die Schmerzen auf die Nerven gehen, lass dich einfach nach vorne fallen.«

Bei dem abrupten Versuch, an sich hinunterzusehen, fiel Kamp nach vorn und landete … auf einem Paar *Vorderpfoten*, die er fassungslos anstarrte.

Er war ein Hund! Was mochte passieren, wenn er versuchen würde, sich mit dem rechten Arm am Kopf zu kratzen? Der Versuch scheiterte kläglich. Das, was mal ein Arm war, ließ sich zumindest nicht mehr so bewegen. Stattdessen ruderte er, in einem stark veränderten und eingeschränkten Radius, wild mit dem rechten Vorderbein unterhalb seines Rumpfes umher, was zur Folge hatte, dass er das Gleichgewicht verlor und auf seine rechte Seite fiel. Er war zu verblüfft, um sich darüber zu ärgern.

Gern wäre er sofort wieder aufgestanden, aber damit stieß er direkt an seine nächste Grenze. Er wusste nicht, wie man das mit vier Beinen und ohne Arme anstellte. Jeder Versuch endete damit, dass er zurückfiel. Er kam sich vor wie ein auf den Rücken gedrehter Käfer. Hilfesuchend sah er zu Gregor hinüber, dessen Mimik Bände sprach. Ganz offensichtlich gelang es ihm nur unter größten Anstrengungen, sich nicht kaputt zu lachen. Kamp resignierte und blieb enttäuscht auf der Seite liegen.

»Wenn das Verlangen zu lachen weg ist, wäre es schön, wenn du mir aufhelfen würdest«, sagte er gereizt.

Der Bote rieb sich mit beiden Händen kräftig durchs Gesicht.

»Entschuldige bitte, ich mache mich nicht über dich lustig. Es sah nur wirklich komisch aus. Wie du immer wieder kurz davor warst, auf die Beine zu kommen, um dann doch wieder …«

»Ja, danke, reicht schon! Verdammt noch mal, das ist heute

mein erster Tag als Hund. Ich hab noch nie vier Beine gehabt. Und ich bin an Arme gewöhnt.«

»Natürlich. Das weiß ich doch. Sei mir nicht böse. Auch dann nicht, wenn ich dir jetzt sage, dass ich dir nicht helfen werde.«

Gregor bemerkte Kamps entsetzten Blick und schob eilig »Beim Aufstehen!« hinterher.

»Warum nicht? Soll ich hier etwa liegen bleiben?«

»Nein, natürlich nicht. Aber du wirst die Welt der Lebenden gleich als Hund betreten. Man erwartet von Hunden, dass sie laufen können und ohne fremde Hilfe wieder auf die Beine kommen, wenn sie mal hingefallen sind. Ich habe extra für eine langsame Überfahrt gesorgt, auch wenn wir dadurch einen ganzen Tag verlieren. Es dauert noch etwa eine halbe Stunde, bis wir ankommen. Nutze die Zeit, um deine Motorik zu verbessern. Lauf im Kreis, mach Sitz und Platz, lerne, wie du wieder auf die Beine kommst ... und sieh mich vor allem nicht so an. Immerhin hast du es kategorisch abgelehnt, als Diktiergerät zu gehen.«

Kamp war wütend und fühlte sich herausgefordert. Der Bote hatte natürlich recht, aber das machte es nicht besser. Aufgeben hatte jedoch noch nie zu seinen Optionen gehört, und beflügelt von der Wut auf Gregor und sich selbst gab er alles.

Er kam auf die Beine und fing an, sich mit seinem neu gestalteten Bewegungsapparat anzufreunden. Er drehte eine Runde nach der anderen durch den kleinen Raum und schmiss sich mehrfach hin, um das anschließende Aufstehen zu üben. Er versuchte, an Gregor hochzuspringen, und gab ihm, als krönenden Abschluss seines Trainings, sogar Pfötchen.

»Das hast du wirklich fein gemacht!«, sagte Gregor anerkennend.

Kamp merkte, wie er – ohne es zu wollen, wie er sich später immer wieder schwor – mit seinem Schwanz wedelte, und spürte den unwiderstehlichen Drang, Gregor das Gesicht abzulecken. Eine fremde Macht zwang ihn, sich auf den Rücken zu rollen, um sich den Bauch kraulen zu lassen. Gregor kam dieser nonverbalen Aufforderung nach, und Kamp wäre am liebsten im Erdboden versunken.

»Was zum Henker geschieht hier gerade?«, sagte er peinlich berührt.

»Na ja, du bist jetzt ein Hund. Mach dir keine Sorgen, es ist völlig normal, dass du einige typische Verhaltensweisen annimmst. Wenn du wieder in deiner normalen Gestalt bist, verschwinden sie auch wieder.«

»Aber ... du kraulst meinen Bauch. Ich habe mir noch nie von einem Mann den Bauch kraulen lassen, wenn du verstehst, was ich meine.«

»Soll ich aufhören?«

»NEIN! ... Ähm, nein. Mach bitte weiter. Äh ... Gregor?«

»Mhm?«

»Das bleibt doch unter uns?«

»Kannst dich auf mich verlassen.«

In der Niederlassung

Die Tür öffnete sich. Beim Verlassen des Raumes sah Kamp, dass sie tatsächlich aus einem Fahrstuhl heraustraten. Er hatte sich im Vorfeld zwar keine Gedanken darüber gemacht, aber dennoch nicht damit gerechnet, innerhalb eines Gebäudes auf der Erde anzukommen.

»Wo sind wir hier?«

»Das ist eine unserer Niederlassungen ... Schau mich nicht so an, die gibt es überall, getarnt als irgendwelche kleinen Krauterfirmen. Eine Handvoll Boten verrichtet hier ihren Dienst. Übrigens ein ziemlich begehrter Job. Wir bekommen hier alles, was wir für unseren Aufenthalt auf Erden brauchen. Geld, Fahrzeug, Unterkunft, Klamotten – solche Sachen eben. Wir müssen da lang.«

Gregor deutete nach links. Ein kleiner Flur endete an einer massiven, sehr alt aussehenden Holztür. Die beiden betraten das dahinter liegende Büro.

»Ich grüße euch!«

Drei Boten saßen in dem Büro und waren schwer beschäftigt. Sie hatten eine große Auswahl an Snacks und Getränken vor sich stehen. Zwei von ihnen rauchten, und alle drei waren stark übergewichtig. Der Einzige, der nicht rauchte, drehte sich gelangweilt den Neuankömmlingen zu.

»Ach, schau an. Gregor beehrt uns mal wieder! Lange her, dass du in dieser Gegend zu tun hattest.«

»Das ist wahr. Ich glaube, so um die dreißig Jahre, oder? Sag mal, kann es sein, dass ihr seit damals zugenommen habt?«

Der Bote grinste dreckig. »Och, du weißt ja, wie das ist. Einige der irdischen Laster schlagen einem sofort auf die Hüften. Aber wenn wir zurückgehen, isses ja wieder weg. Genuss ohne Reue, sag ich nur. Wie kann ich dir helfen?«

Gregor zeigte auf Kamp. »Das ist Thore, ein Klient von mir. Es geht zur Abwechslung mal um Rache. Wir brauchen eine Bleibe, ein Fahrzeug, Ausweispapiere und Geld. Habt ihr zufällig 'ne Hundeleine mit Halsband auf Lager?«

»Kannst dir sogar die Farbe aussuchen.«

»Prima. Und ich brauche Kleidung. Möglichst unmodern und fast aufgetragen.«

Der Bote machte sich Notizen und nickte.

»Die Privatdetektiv-Nummer also. Geht schon mal nach hinten, ich komme gleich zu euch.«

Kamp folgte Gregor den Flur entlang. Am anderen Ende des Ganges befand sich eine Tür mit der Beschriftung »Lagerraum«. Der Bote kam ihnen nach und öffnete die Tür. Sie betraten einen Raum von den Ausmaßen einer Turnhalle. Kamp sah große Regale, Kisten, Kleiderständer, Fahrräder und allerlei anderes Zeug. Der Bote nahm sich eine Art Einkaufswagen und verschwand zielstrebig in den Regalen. Kurze Zeit später tauchte er mit einem vollgepackten Wagen wieder auf.

»Ich denke, das ist in deinem Sinne. Die Klamotten waren modern, als du das letzte Mal hier warst. Ich habe aber nur ein Halsband in seiner Größe. Stört es ihn, wenn er Rufus heißt?«

Gregor sah nach unten. »Stört es dich?«

Kamp murmelte etwas in der Art von »... ist mir doch scheißegal ...«.

»Ich glaube, das geht okay!«, sagte Gregor gut gelaunt.

Nachdem sie schließlich noch einen Zimmerschlüssel, ein Bündel Banknoten und den Schlüssel für einen alten 3er-BMW ausgehändigt bekommen hatten, gingen sie zunächst auf ihr Zimmer, da Gregor meinte, dass er sich noch zurechtmachen müsse. Er nahm sich wahllos ein paar der Kleidungsstücke und verschwand im Badezimmer.

Es war ein sehr zweckmäßig eingerichtetes Zimmer, was bedeutete, dass nur das absolut notwendige Inventar enthalten war. Bett, Tisch, zwei Stühle und ein Fernseher mit einer Zimmerantenne. Der Boden hatte nicht mal einen Teppich, sondern war mit billigem Linoleum ausgelegt. Die Ausdünstungen dieses Kunststoffes verursachten bei Kamp, neuerdings olfaktorisch optimiert, ein Gefühl des Ekels. Die Vorstellung, diesem Geruch über mehrere Tage ausgesetzt zu sein, behagte ihm gar nicht.

»Wie lange werden wir hier bleiben?«, rief er Gregor zu.

Die Tür zum Bad öffnete sich, und ein fremder Mann mittleren Alters kam heraus. Kamp zog den Schwanz ein und war versucht zu knurren. Sein stark verbesserter Geruchssinn hielt ihn jedoch davon ab. Die Kleidung des Mannes roch entsetzlich nach altem Staub, billigem Parfüm und Schweiß. Der Mann selbst roch jedoch genauso wie der, mit dem er hier eingetroffen war. Nach absolut gar nichts.

»Gregor?«

»Höchstselbst. Du hast doch nicht etwa gedacht, dass ich mit meinem normalen Aussehen unters Volk gehe. Ein Privatermittler Mitte zwanzig ist nicht besonders glaubwürdig.«

Das leuchtete Kamp ein. »Du hättest mich warnen sollen, ich habe mich tierisch erschrocken. Ich glaube, die Pumpen von so kleinen Hunden sind nicht besonders belastbar.«

»Tut mir leid. Wie sehe ich aus?«

»Wie eine Mischung aus Penner und Türsteher. Die Klamotten beißen in den Augen.«

Gregor lächelte zufrieden. »Also genau richtig!«

Kamp ließ hechelnd die Zunge heraushängen und bedachte Gregor mit einem argwöhnischen Blick.

»Ich weiß nicht, ob echte Privatdetektive so aussehen. Meistens sehen sie in Romanen und schlechten Filmen so aus wie du. Irgendwie kann ich mir nicht vorstellen, dass alle Angehörigen dieser Zunft der Verwahrlosung anheimgefallen sind.«

Gregor zog sich eine abgenutzte Lederjacke über und nahm die Hundeleine vom Tisch.

»Bisher hat es mir noch jeder abgekauft. Die meisten wünschen sich, so schnell wie möglich von meiner Gegenwart befreit zu sein, und geben mir sehr bereitwillig Auskunft. Ich weiß, was ich tue, keine Sorge. Und jetzt lass uns gehen.«

Freund und Helfer

Nachdem sie auf dem Parkdeck des Polizeipräsidiums geparkt hatten, war es so weit. Kamp musste an die Leine. Auch wenn er wusste, dass es nur seine Rolle in einer Show war, fühlte er sich gedemütigt wie noch nie zuvor. Ein Mann führte ihn an einer Hundeleine mit Rückzugautomatik und schränkte seinen Bewegungsradius ein. Er betrachtete das Dasein als Hund mit völlig anderen Augen. Und es gab tatsächlich Seelen, die diese Form der Existenz für ihre Wiedergeburt wählten.

Sobald sie den Glaskasten, der den Eingangsbereich des Präsidiums bildete, betreten hatten, zogen sie sämtliche Blicke auf sich. Das Bild, das sie abgaben – ein großer, kräftiger und ungepflegter Mann, mit einem kleinen und relativ zierlichen Schoßhündchen –, hatte etwas Bizarres. Eine Dogge oder ein Pitbull hätte eindeutig besser zur aktuellen Erscheinungsform von Gregor gepasst.

Der Bote steuerte auf die Anmeldung zu ihrer Linken zu.

»Guten Tag. Mein Name ist Schröder, ich bin Privatermittler. Ich hätte im Namen meines Auftraggebers ein paar Fragen zu einem bestimmten Todesfall.«

Der Beamte hinter der Anmeldung entwickelte eine spontane Abneigung gegen Gregor, zum einen, weil er sich als Privatermittler zu erkennen gab, zum anderen, weil er aussah, wie er eben aussah. Der Gesichtsausdruck des Polizisten ließ keine Fragen offen.

»Da müssen Sie zum Kriminalkommissariat elf. Durch die Glastür zum Turm. Im Turm können Sie den Fahrstuhl bis zur dritten Etage nutzen. Wenn Sie den Fahrstuhl verlassen, sofort scharf links um die Ecke. Das Büro von Hauptkommissar Fleischer liegt zum Innenfoyer, Name steht dran. Der wird Ihnen dann offiziell mitteilen, dass Sie keinerlei Informationen erhalten.«

Gregor lächelte unbeeindruckt. »Warum sollte er das tun?«

»Schon mal was von Datenschutz gehört? So lange Sie kein Staatsanwalt oder ein offiziell in den Todesfall involvierter Anwalt sind, haben Sie keinen Anspruch darauf. Als Privatermittler weiß man so was doch?«

»Sie würden sich wundern, was ich alles weiß. Einen schönen Tag noch. Komm Rufus.«

Kamp und Gregor folgten der Beschreibung des Beamten. Sobald sie vor dem Fahrstuhl angekommen waren, hielt Gregor unvermittelt an, sah sich um und ging in die Hocke.

»Wenn wir gleich bei diesem Fleischer sind, müssen wir ein wenig tricksen. Ich werde dich in seinem Büro von der Leine lassen. Lauf bitte so viel wie möglich umher und beschnuppere alles. Wenn er sich weigern sollte, mit den Informationen rauszurücken, und davon können wir ausgehen, fängst du an dein Revier zu markieren.«

Kamp neigte den Kopf zur Seite. »Versuchst du mir gerade zu sagen, dass ich ihm ins Büro pinkeln soll?«

»Lass alles raus, was du hast. Sei ein richtiger Mistköter! Achte einfach auf das, was ich zu dem Kerl sage, und spiel mit.«

Nun wurde auch noch von ihm verlangt, in ein Büro zu pinkeln, während er dabei beobachtet wurde. Kamp konnte es schon nicht gut haben, wenn er in Kneipen oder Restaurants mal musste und am Urinal neben ihm jemand stand. Der Weg zur Rache erwies sich bereits jetzt als steinig.

Polizeihauptkommissar Joachim Fleischer war genervt. Er hatte sich gerade mit einem seiner Mitarbeiter aus der Mordkommission, dessen Team seiner Meinung nach bei der Spurensicherung schlampig gearbeitet hatte, in die Haare gekriegt. Er hatte diesen Job oft genug selbst gemacht und wusste daher ganz genau, worauf es dabei ankam. Kollegen, die der Meinung waren, die Lehrbücher seien der Weisheit letzter Schluss, gingen ihm auf die Nerven.

Mit der einen Hand massierte er sich den Nasenrücken, während er gleichzeitig mit der anderen die Zigarettenschachtel aus seinem Hemd holte. Wie man in diesem Beruf jemals mit dem

Rauchen aufhören sollte, so wie es seine Frau und sein Arzt vehement von ihm forderten, war ihm ein Rätsel.

Er setzte einen Sargnagel in Brand, als sich die Tür öffnete. Ein großer, kräftig gebauter Mann, umgeben von einer Aura der sozialen Schieflage, betrat sein Büro. Fleischer konnte sich nicht erinnern, ein Klopfen gehört zu haben.

In seinem Arm hielt der Mann etwas, das ein Hund sein mochte. Für eine Katze war die Kreatur jedenfalls zu hässlich.

Der Mann bückte sich, setzte den Hund auf den Boden und erhob sich wieder mit einem herausfordernden Grinsen im Gesicht.

»Das nächste Mal klopfen Sie gefälligst an! Wer sind Sie und was wollen Sie?«

Der Hund begann bei Bodenkontakt sofort hektisch das Büro zu durchstreifen. Er rannte kreuz und quer von einem Ende zum anderen und schnüffelte an allem, was ihm in den Weg kam. Fleischer verspürte den Drang, diese Fehlzüchtung mit einem trockenen Dropkick aus dem Fenster zu befördern.

»Schröder mein Name. Ich bin Privatermittler und habe ein paar Fragen zu dem Tod eines gewissen Thore Kamp. Der Mann wurde vor neun Tagen tot in seinem Büro aufgefunden.«

Fleischer lachte humorlos.

»Sie wollen Privatermittler sein? Dann sollten Sie eigentlich wissen, dass ich Ihnen darüber nichts sagen kann. Selbst wenn ich dürfte, ich wäre mir nicht sicher, ob ich es tun würde. Hab ich mich klar genug ausgedrückt?«

Der Fremde warf einen flüchtigen Blick auf seinen Hund, nahm ohne Aufforderung auf der anderen Seite des Schreibtisches Platz und zündete sich ebenfalls eine Zigarette an.

»Ich würde gerne wissen, wie und woran der gute Mann gestorben ist. Mein Auftraggeber befürchtet, dass die Umstände seines Todes nicht zur Gänze aufgeklärt wurden.«

Fleischer konnte es nicht glauben. Seine Erfahrungen mit diesen sogenannten Privatermittlern waren ohnehin nicht die besten, aber dieser Kerl schien ein richtiger kleiner Sonnenschein zu sein. Er holte tief Luft.

»Haben Sie was an den Ohren? Was glauben Sie eigentlich,

wo Sie hier sind und mit wem Sie es zu tun haben? Ich darf und will Ihnen nichts darüber erzählen. Und jetzt klemmen Sie sich bitte Ihre Promenadenmischung unter den Arm und machen die Tür von außen zu! Sie verschwenden nur meine Zeit und bringen mich meinem Tod ein Stück näher.«

Der Hund kläffte kurz, schnüffelte an der Ecke eines Aktenschranks … und hob sein Bein.

»Das … Ihre verdammte Töle pisst meinen Schrank an! Was soll das hier werden?! Raus!«

»Rufus, pfui! Tut mir wirklich leid. Der gute Rufus ist übrigens reinrassig und reagiert sehr sensibel, wenn sich Menschen in seiner Nähe aufregen. Normalerweise macht er so was eigentlich nicht. Komm her, Rufus!«

Der Hund wedelte mit dem Schwanz, lief freudig hechelnd zu Herrchen und wurde mit einem Kopftätscheln belohnt.

»Um noch mal auf den Tod von Herrn Kamp zurückzukommen. Ich wäre Ihnen sehr verbunden, wenn Sie …«

»SIE SOLLEN VERSCHWINDEN!«

Die Adern auf Fleischers Stirn nahmen bedenkliche Ausmaße an. Ihre bläuliche Färbung passte allerdings gut zu dem tiefrot angelaufenen Kopf.

Der Hund honorierte den Wutausbruch mit einem kurzen Jaulen und erweiterte sein Revier um ein Tischbein.

»Sie wollen mir heute also nicht weiterhelfen?«, fragte der Mann ansatzweise enttäuscht.

Fleischer war fassungslos und beobachtete mit offenem Mund das kleine, undichte Tier.

»Nicht?«, hakte der Fremde nach.

Blutunterlaufene Augen bohrten ihren Blick in das Gesicht des Privatermittlers. Fleischer hielt sich an seinen Armlehnen fest, um keine Dummheit zu begehen. Seine Fingerknöchel verloren jegliche Farbe.

»Ihr … Hund hat mir gerade zweimal in mein Büro gepinkelt. Sie benehmen sich, als wäre das, was Sie da von mir verlangen, völlig in Ordnung, als hätten Sie einen Anspruch darauf, und ignorieren absichtlich, was ich zu Ihnen sage. Ich werde Ihnen natürlich *nicht* helfen! Haben Sie das jetzt verstanden?«

Der Fremde drückte seine Zigarette aus und stand auf.

»Na klar, verstanden. Wir sehen uns morgen wieder. Rufus, komm zu Herrchen.«

»Wie bitte?!«

»Ich komme natürlich wieder. Ich brauche diese Information. Wenn Sie mir heute nicht helfen wollen – morgen denken Sie vielleicht schon anders darüber.«

Er bückte sich, hob seinen Hund auf und lächelte Fleischer fröhlich an. Rufus leckte seinem Herrchen das Gesicht. Fleischer bildete sich ein, dass der Hund vorher kurz gezögert hatte, als wäre er sich nicht sicher, ob es eine gute Idee war, die eigene Zunge mit dem Gesicht dieses Mannes in Kontakt zu bringen.

»Rufus bringe ich auch wieder mit«, frohlockte der Fremde.

Fleischer verfiel in einen Zustand besorgniserregender Ruhe. Mit solchen Vögeln hatte er sich schon sein ganzes Berufsleben herumärgern müssen. Er hatte wirklich mal gedacht, dass Polizist sein Traumjob wäre. Über diese Fehleinschätzung konnte er schon seit vielen Jahren nicht mehr lachen. Für ein lächerliches Gehalt schlug er sich mit Problemen und Menschen herum, für die ihm eindeutig die Geduld fehlte. Lob und Anerkennung waren auch eher die Ausnahme als die Regel. Die einzigen Gegenleistungen, auf die man in diesem Beruf bauen konnte, waren ein krebserregender Zigarettenkonsum, Hypertonie und vorzeitiges Ergrauen. Man musste den Tatsachen ins Auge sehen, er war einfach nicht der Richtige für diesen Job.

»Nun kommen Sie schon! Sie wissen doch, dass ich Ihnen nichts sagen darf. Ich verstehe ja, dass Sie die Informationen brauchen. Ich kann da aber wirklich nichts für Sie tun.«

Das Nicken des Mannes konnte den Eindruck erwecken, als würde er wirklich verstehen.

»Ist doch nicht schlimm! Jeder hat mal einen schlechten Tag. Wie gesagt, ich komme morgen einfach wieder, und dann sieht die Sache vielleicht schon ganz anders aus.«

Fleischer stöhnte und massierte seine Schläfen. Schließlich verschränkte er die Hände hinter seinem Kopf und starrte fast eine Minute lang schweigend zur Decke. Der Mann blieb vor der geschlossenen Tür stehen und tat, als würde er mit seinem Hund schäkern. Beide vermieden den Blick des anderen.

Fleischer atmete tief durch und begann ein Selbstgespräch.

»Ach ja, das Leben kann schon grausam sein. Aber ich sollte mich nicht beklagen, andere trifft es deutlich härter. So wie diesen armen Teufel vor etwa einer Woche. Ein aufstrebender Mann, gerade mal einunddreißig Jahre alt und ziemlich erfolgreich für sein Alter. Hat aber einen hohen Preis dafür gezahlt. Auf dem Weg nach oben macht man sich schon mal Feinde. Und der ständige Erfolgsdruck geht auch an einem wie ihm nicht spurlos vorbei.«

Der Hund bellte energisch.

»Was andere also nicht schaffen, das besorgt er schließlich selbst. Eines Morgens findet man ihn tot in seinem Büro, einfach so, aus heiterem Himmel. Ist in eine Art Koma gefallen. Kippte einfach um und hat sich dabei an seinem Schreibtisch das Genick gebrochen. Ein bedauerlicher Unfall, Akte geschlossen. Nein, ich sollte mich wirklich nicht beklagen.«

Während seines Monologes ließ Fleischer die Decke keinen Moment aus den Augen. Ein nettes, kleines Selbstgespräch, eine Konversation mit einem der wenigen Menschen, die verstanden, was ihn beschäftigte. Was konnte er schon dafür, dass es einem Außenstehenden gelang, sich unbemerkt in sein Büro zu schleichen oder an der Tür zu lauschen?

Der Mann tat es ihm gleich und ließ seinen vierbeinigen Freund nicht aus den Augen, kraulte ihm das Kinn und ließ sich von ihm die Hand ablecken.

»Was meinst du, Rufus, ob sie Herrn Kamp wohl obduziert haben? Anfang dreißig, außer Diabetes keine Vorerkrankungen. Ich wette, sie haben ihn obduziert. Was mögen sie da wohl alles gefunden haben?«

Fleischer riss die Arme nach vorn, legte sie auf seine Oberschenkel und warf dem Mann einen verärgerten Blick zu.

»Seien Sie nicht albern. Ich habe Ihnen schon weit mehr gesagt, als ich durfte, und Ihnen ist hoffentlich klar, dass Sie das alles nicht von mir haben. Aber das mit den Obduktionsergebnissen geht zu weit. Wenn das rauskäme, wäre ich meinen Job los.

Nicht, dass ich noch wer weiß wie an ihm hängen würde, aber über Art und Zeitpunkt meines Abgangs würde ich doch gerne selbst entscheiden. Wenn Sie mehr wissen wollen, fragen Sie seine verdammte Familie. Und jetzt gehen Sie endlich!«

Der Mann nickte, machte auf dem Absatz kehrt und trat aus Fleischers Leben – vorerst.

Familie

»Was meinte er mit ›der Druck ging nicht spurlos an mir vorbei‹? Warum hast du ihn das nicht gefragt? Ich hab dich drum gebeten, aber du hast es nicht getan!«

Kamp und Gregor saßen wieder in ihrem Wagen. Kamp war sehr aufgebracht über das, was er gerade im Büro des Polizisten gehört hatte. Er hatte nie Probleme gehabt, mit irgendwelchem Druck fertig zu werden, wenigstens nicht, wenn es um seine Arbeit ging. Die Tatsache, dass man ganz offensichtlich seinen Körper aufgeschnitten hatte, um alles rauszuholen und zu untersuchen, war mindestens ebenso verstörend wie die Erkenntnis, an einem gebrochenen Genick gestorben zu sein. Andererseits hatten sie jetzt wenigstens Gewissheit, dass es nicht direkt am Insulin lag.

»Jetzt hör doch mal mit dem Gemeckere auf. Der Mann hat schon auf ganz dünnem Eis Polka getanzt. All die Dinge, die er uns erzählt hat, hätten wir nie von ihm erfahren dürfen. Es könnte ihn wirklich den Job kosten. Wir können sehr zufrieden sein mit dem, was wir haben, weil es uns schon ein gutes Stück weiterhilft. Das war übrigens eine gute Show, die du da abgezogen hast.«

»Kann man wohl sagen! Ich habe nicht einen Tropfen rausbekommen, und ihm ist trotzdem der Kragen geplatzt.«

Gregor wirkte überrascht.

»Ich hatte ja noch nicht mal was getrunken! Außerdem kann ich nicht pinkeln, wenn ich beobachtet werde!«

Der Bote schnaubte. »Hauptsache es hat funktioniert. Ist dir eigentlich klar, was wir gerade alles erfahren haben?«

»Ja. Die Polizei hat keinen Anhaltspunkt für ein Verbrechen gefunden. Sie glauben, es war ein Unfall. Die sind genauso schlau wie wir.«

Gregor setzte ein geheimnisvolles Lächeln auf.

»Was hältst du davon, wenn wir uns etwas zu essen besorgen? Dabei können wir bereden, wie es weitergehen soll«, schlug der Bote vor.

»Einverstanden!«

Sie fuhren zum Restaurant »Le Jardin« im Dorint Novotel Köln City. Kamp hatte dort schon öfter gegessen und wusste daher, dass man dorthin Haustiere mitbringen konnte, ohne wie ein Aussätziger behandelt zu werden.

Der Kellner begrüßte sie freundlich und ohne jede Spur eines falschen Untertones. Er brachte sogar eine extra Unterlage für den Fressnapf, sodass Kamp seine Tortellini – der Kellner blieb beeindruckend unbeirrt – in Gesellschaft des Kreuzfußes unter dem Tisch einnehmen konnte. Seine erste Mahlzeit überhaupt, die er auf der falschen Seite des Tisches und aus einem Napf zu sich nahm. Da es aber auch seine erste richtige Mahlzeit seit über einer Woche war, verzichtete er darauf, wählerisch zu sein.

Nach dem Verspeisen einer Portion, die ihn schon als ausgewachsenen Mann vor ernsthafte Probleme gestellt hätte, machte er, durchgeschüttelt von akuten gastrischen Schmerzen, neben einem immer noch essenden Gregor Sitz.

»Mir ist schlecht!«, jammerte er.

»Das trifft sich gut. Wir müssen uns über deine Obduktion unterhalten«, erwiderte Gregor schmatzend.

Am liebsten hätte Kamp dem Boten in den Arm gebissen.

»Was für eine Art Bote bist du eigentlich?«

Gregor schob sich eine volle Gabel seiner Lasagne in den Mund und kaute grinsend.

»Sei nicht so empfindlich. Das ist von großer Wichtigkeit. Wir müssen unbedingt erfahren, ob bei deiner Obduktion irgendwelche Unregelmäßigkeiten gefunden wurden. Ich wette meinen Rang, dass die etwas gefunden haben. Etwas, dass uns einen Hinweis darauf liefert, wie dein Mörder glaubte, dich beseitigen zu können. Etwas, das dem Staatsanwalt nicht verdächtig vorkam, ihn im Gegenteil sogar denken ließ, dass du selbst dafür die Verantwortung trägst.«

Kamp dachte nach, versteifte sich und ließ einen Schwall Luft entweichen.

»'tschuldigung. Hast du denn eine Idee, was sie gefunden haben könnten?«

Gregor schüttelte den Kopf. »Nichts Konkretes, reine Spekulation. Deswegen bin ich ja so scharf auf das Obduktionsergebnis. Ist dir aufgefallen, dass dieser Kommissar komische Andeutungen gemacht hat? Er hat von Feinden gesprochen, die du dir auf dem Weg nach oben gemacht hast. Und er hat gesagt, dass du letztlich selber das besorgt hast, was andere nicht geschafft haben.«

Kamp starrte den Boten verwirrt an. »Ich kann dir grad nicht so recht folgen, fürchte ich.«

Gregor schlang einen weiteren Bissen hinunter. Kamp hatte den Eindruck, dass er vor Aufregung nicht mal richtig kaute.

»Wenn ich versuche, mir einen Reim auf Fleischers Andeutungen zu machen, komme ich zu dem Ergebnis, dass es durchaus Indizien gibt, die für so etwas wie einen Anschlag auf dich sprechen, aber von Seiten der Polizei und Staatsanwaltschaft nicht in unmittelbarem Zusammenhang mit der wahren Todesursache gesehen werden. Dein Mörder wollte auf Nummer sicher gehen und hat sich mindestens zwei Möglichkeiten zurechtgelegt, dich aus dem Verkehr zu ziehen. Die eine fiel auf, kam aber nicht zum Zuge, die andere, mit der er Erfolg hatte, fiel nicht auf. Die erschien nicht mal verdächtig. Deswegen ermittelt die Polizei auch nicht. Entweder ist dein Mörder ein echter Glückspilz oder ein kriminelles Genie.«

»Aber ich hab doch im Leben nicht einen solchen Feind gehabt! Wenn das stimmt, was du sagst, muss diese Person ganz schön versessen darauf gewesen sein, mich zu beseitigen.«

Gregor zuckte mit den Schultern.

Kamp wand sich unter den stechenden Schmerzen in seinen Darmzotten, ließ die Luft stinken – »'tschuldigung« – und überlegte.

»Und wenn sich einfach nur jemand einen unüberlegten, an Dummheit nicht zu überbietenden, aber letztlich harmlos gemeinten Scherz mit mir erlaubt hat?«

»Ausgeschlossen. Dann würde der Vorsatz fehlen, und es wäre ein Unfall gewesen. Dein Todesdatum hätte dann gestimmt. Es war Mord. Punkt.«

Kamp erinnerte sich. Er nickte und ließ einen fahren.

»'tschuldigung.«

Der Kellner kam an ihren Tisch und wirkte irgendwie verunsichert.

»Äh … ich hoffe, das Essen ist zu Ihrer Zufriedenheit?«

»Schmeckt ganz ausgezeichnet. Ein dickes Lob an den Koch, auch von meinem Rufus!«, sagte Gregor heiter.

»Ähähä, ja. Danke. Ich, äh … es gibt da noch etwas. Die Dame und der Herr vom Nebentisch fühlen sich … wie soll ich sagen …«

»Belästigt?«, soufflierte Gregor und vermied es demonstrativ, sich zu dem bereits lauernden Pärchen umzudrehen.

Der junge Mann lief puterrot an.

»Ich fürchte ja. Sie finden es befremdlich, dass Sie sich angeblich ununterbrochen mit Ihrem Hund unterhalten, während er die ganze Zeit kläfft und knurrt. Außerdem beklagen Sie, dass einer von Ihnen üble Blähungen zu haben scheint.«

Gregor blickte dem armen Kerl herausfordernd in die Augen.

»Äh … das wird natürlich Ihr Hund sein!«, schob der hilflose Kellner eilig hinterher.

»Werfen Sie mich gerade raus?«

»Nein! Natürlich nicht. Es wäre nur hilfreich, wenn Sie Ihren Hund irgendwie davon abhalten könnten.«

Der junge Mann hielt Gregors Blick nicht lange stand. Der Bote beherrschte die langsame Eskalation der Konfrontationsmimik wie nur wenige andere und hatte keine Hemmungen, von ihr Gebrauch zu machen.

»Was soll ich Ihrer werten Meinung nach tun? Auf das Kommando ›Arsch zukneifen!‹ reagiert er nicht. Ausgerechnet da haben wir in der Hundeschule gefehlt. Und einen Korken kann ich ihm da wohl schlecht reinschieben.«

»Wenn es nach mir ginge, wäre es auch nicht weiter tragisch. Ich habe selber zwei Hunde und weiß, dass die Biester manchmal eben furzen. Aber die Dame und der Herr sind hier Stammgäste, noch dazu Freunde meines Chefs, und sie ließen durchblicken, dass es für mich und meinen Job besser wäre, wenn ich etwas unternähme«, erwiderte der Mann gereizt.

Gregor legte in aller Seelenruhe und mit großer Sorgfalt sein Besteck aus der Hand, wischte sich mit der Serviette den Mund ab und trank einen Schluck Kölsch, ehe er sich ganz gemächlich seinen Tischnachbarn zuwandte.

Die beiden saßen einfach nur da und beobachteten die Szene in stillschweigender Arroganz. Ihr selbstgerechtes Lächeln ließ, in sicherer Erwartung der Erfüllung ihrer Wünsche, ihre hochmütigen Gesichter noch ein Stückchen unsympathischer erscheinen. Damit drückten sie genau den richtigen Knopf bei Gregor. Er fing ihren Blick ein und hielt ihn mit seinen Augen fest.

Kamp und der Kellner beobachteten das ungleiche Duell. Sie sahen, wie sich die Blasiertheit des Paares innerhalb weniger Sekunden in Unsicherheit und wieder einige Sekunden später in blanke Panik verwandelte. Von einem Moment zum anderen wurden sie leichenblass. Die Frau hielt sich mit einem Wimmern die Hände vors Gesicht, und der Mann stand so abrupt auf, dass er seinen Stuhl umschmiss. Seine Augen waren vor Entsetzen geweitet, und es bedurfte all seiner Kräfte, um mit dem letzten Rest Selbstbeherrschung und einem Mindestmaß an Würde seine Frau unter dem Arm zu packen und aus dem Restaurant zu flüchten.

Gregor veränderte seine Position nicht für eine Sekunde. Ganz ruhig saß er auf seinem Stuhl und starrte das Ehepaar an. Als sie schließlich den Raum verlassen hatten, drehte er sich, immer noch die Ruhe selbst, wieder dem Tisch zu, ergriff sein Besteck und setzte, ohne den Kellner eines weiteren Blickes zu würdigen, seine Mahlzeit fort.

»Ich glaube, das Problem hat sich gerade von ganz allein erledigt.«

Der Kellner stand wie vom Donner gerührt da und wog ab, ob es sinnvoll war, verstehen zu wollen, was sich da gerade ereignet hatte. Mit offenem Mund sah er von seinem Gast zu der

Tür, durch die seine beiden Ex-Stammkunden gerade verschwunden waren, und wieder zurück zum Gast. Ihm lag die Frage auf der Zunge, wie der Mann das, ohne auch nur geblinzelt zu haben, geschafft hatte, aber eine innere Stimme, viel weiser und klüger als er, riet ihm dringend davon ab. Manchmal war es einfach besser, den Mund zu halten und so zu tun, als wäre alles in Ordnung.

»Äh, noch einen Wunsch, der Herr?«

Der Gast schüttelte desinteressiert den Kopf, und der Kellner trat den Rückzug an.

Ein blubberndes Geräusch aus Kamps hinterer Hälfte zerriss die Stille.

»Puh, 'tschuldigung. Ich dachte schon, der geht nie. Verrätst du mir, was gerade passiert ist?«

Gregor kratzte die letzten Krümel seiner Mahlzeit zusammen und schüttelte erneut den Kopf.

»Nix Besonderes. Erzähl ich dir mal bei Gelegenheit. Wo waren wir vor dieser Farce stehen geblieben?«

»Keine Ahnung. Du wolltest mir erzählen, was wir als Nächstes machen.«

»Richtig! Also, mein Vorschlag wäre, dass wir uns an jemanden wenden, dem die Obduktionsergebnisse bekannt sind, jemanden, den man ganz legal danach fragen kann, ohne aus datenschutzrechtlichen Gründen eine Abfuhr zu kassieren. Jemanden, dem auch daran gelegen sein wird, die ganze Wahrheit über deinen Tod zu erfahren.«

Kamps Augen blitzten. »Du meinst … ja! Meine Schwester!«, rief er aus und drehte auf seinen Hinterbeinen Pirouetten.

Der Kellner beobachtete aus sicherer Entfernung dieses überaus seltsame Gespann und freute sich auf seinen Feierabend, wie schon seit Langem nicht mehr.

Nachdem Gregor die ihm präsentierte Rechnung ohne einen Cent Trinkgeld beglichen hatte, machten sich die beiden auf den Weg zu Kamps Schwester.

Gregor hatte vorgeschlagen zu warten, bis sie von ihrer Arbeit heimkommen würde, aber Kamp überredete ihn, es sofort zu versuchen. Die Wahrscheinlichkeit, sie am Arbeitsplatz zu erwischen, war um ein Vielfaches höher als in ihrer Wohnung. Sie neigte dazu, selten zu Hause zu sein. Immer gab es irgendwelche Freundinnen, Bekannte oder, zu Kamps Leidwesen, Männer, mit denen sie sich noch traf. Sie war nach Feierabend dann maximal für zwanzig Minuten zu Hause, um sich für ihre nächsten Termine frisch zu machen. Da ihre Arbeitszeiten aber sehr flexibel waren, konnte man nie mit Gewissheit sagen, wann diese zwanzig Minuten anfingen.

Davon abgesehen, konnte Kamp es kaum erwarten, seine Schwester zu sehen. Da es ihn ziemlich unerwartet aus der Welt der Lebenden herausgerissen hatte, war er nicht in der Lage gewesen, sich in dem von ihm gewünschten Umfang von ihr zu verabschieden. Dies konnte er jetzt nachholen, auch wenn sie nicht wissen würde, dass der kleine drollige Hund ihr Bruder war.

Kamps Schwester arbeitete als Tagesmutter bei einer Familie, die außerhalb von Köln in einem lauschigen kleinen Ort namens Rheidt wohnte. Ähnlich wie ihr Bruder hatte sie ihren Traumjob gefunden. Sie hatte Erzieherin gelernt mit dem festen Vorsatz, irgendwann bei einer wohlhabenden Familie die Kinder zu hüten.

Einen entscheidenden Beitrag zur Verwirklichung ihres Traumes hatte ihr Bruder geleistet. Es war Kamp, der dem Abteilungsleiter Controlling, einem dreifachen Vater mit einer ebenfalls berufstätigen Frau, von einer jungen, sehr fähigen und überaus netten jungen Dame erzählte, die sich nichts sehnlicher wünschte, als sich ganztägig um die Kinder fremder Leute zu kümmern, um sich damit ihren Lebensunterhalt zu verdienen. Der Mann war dank Kamps Talent in Sachen Marketing sehr schnell Feuer und Flamme gewesen. Erst nachdem sein Kollege praktisch schon zugesagt hatte, verriet ihm Kamp, dass es sich bei der jungen Frau um seine eigene Schwester handelte. Da der Mann sich aber nicht vorstellen konnte, dass die Schwester des neuen Stars in der Marketingabteilung ein Fehleinkauf sein könnte, ließ er sich davon nicht beirren. Er ging sogar, ohne zu murren, auf die von Kamp eigenmächtig nach oben korrigierten Gehaltsvorstellungen der Schwester ein.

All das erzählte Kamp seiner Schwester nie. Er ließ sich von seinem Kollegen versichern, dass dieser in der Angelegenheit Stillschweigen bewahren würde. Sie vereinbarten die offizielle Version, dass Kamp rein zufällig von der Suche des Abteilungsleiters nach einer Tagesmutter erfahren, aber nie konkret mit ihm darüber gesprochen hatte. So teilte er ihr lediglich Adresse und Telefonnummer des Mannes mit, auf dass sie ihr Glück selbst versuchen sollte.

Hätte sie gewusst, dass ihr Bruder sie bereits erfolgreich vermittelt hatte, wäre sie womöglich wieder abgesprungen. Schon lange machte sie ihm Vorwürfe, dass er immer noch zu viel Zeit darauf verwendete, für sie da zu sein, und ihr damit ein schlechtes Gewissen machte. Immerhin stellte er eigene Interessen ohne zu überlegen hinten an, wenn er ihr bei was auch immer behilflich sein konnte. Da sie aber längst eine erwachsene Frau war und dieses Ausmaß an Selbstlosigkeit einfach nicht nachvollziehen konnte – sie wäre dazu für nichts und niemanden bereit gewesen, da war sie sich sicher –, ärgerte sie die Sturheit ihres Bruders in zunehmendem Maße.

Nach einer Dreiviertelstunde Fahrt waren Kamp und Gregor am Ziel. Der Bote lenkte den BMW auf eine große Auffahrt, die zu einem prächtig aussehenden Fachwerkhaus führte, vor dem ein alter weißer und ziemlich marode aussehender Seat Ibiza stand.

Das Haus war beeindruckend. Eingebettet in eine ansprechend gestaltete Außenanlage, veranlasste es Kamp und Gregor mit seinem weißen Fachwerk, den schwarzen Streben, einem roten Dach und den weiß-grünen Fensterläden zu einem unwillkürlichen Lächeln.

Gregor kniff die Augen zusammen und entdeckte ein altes Wirtshausschild mit der Aufschrift »Schenkwirtschaft von Peter Doll«.

»Ich wusste gar nicht, dass dein Kollege in der Gastronomie tätig ist? Scheint sich jedenfalls zu lohnen.«

Kamp kannte den Wirkungsbereich seiner Schwester nur aus ihren Erzählungen. Wie sich gerade herausstellte, neigte sie dabei zur Untertreibung.

»Ist er gar nicht. Früher war das mal ein Wirtshaus. Vor ein paar Jahren hat mein Kollege die Hütte gekauft und grundrenoviert. Warum das Schild da noch hängt, weiß ich allerdings auch nicht. Muss irgendwas mit Denkmalschutz zu tun haben.«

Gregor nickte. »Gehört die weiße Rostlaube da deiner Schwester?«

»Allerdings. Keine Ahnung, warum sie den immer noch fährt. Eigentlich müsste mein Wagen doch in ihren Besitz übergegangen sein.«

»Was für ein Auto hattest du?«

»Einen Golf zwo Cabrio. War zwar auch nicht mehr der jüngste, aber in tadellosem Zustand – zumindest um Längen besser als dieses spanische Experiment da. Würde mich nicht mal wundern, wenn sie ihn zu Geld gemacht hat. Sie hängt an dem Seat. Ist immer noch ihr erstes Auto.«

Sie stiegen aus dem Wagen. Gregor nahm Kamp auf den Arm und merkte, wie der vor Aufregung zitterte, als sie sich der Tür näherten.

Gregors Hand verharrte auf dem Weg zum Klingelknopf.

»Warum zögerst du?«, bellte Kamp.

»Ich halte es für besser, mich nicht als Privatermittler auszugeben. Schließlich ist sie deine einzige Verwandte, und es wäre schwierig zu erklären, in wessen Auftrag ich handele. Eigentlich wäre es ihre Aufgabe, jemanden wie mich zu engagieren, wenn man es genau nimmt.«

Kamp nickte.

»Kennt sie deine Freunde?«, wollte Gregor wissen.

»Du meinst Pit und Marita? Nein, weder noch. Sie hat sich nie besonders für mein näheres Umfeld interessiert.«

Während er das sagte, wurde ihm plötzlich die schmerzhafte Bedeutung dieser Aussage bewusst.

»Wie heißt dein Freund?«

»Pit? Peter Tibbe. Willst du dich für ihn ausgeben?«

Gregor nickte und drückte den Klingelknopf.

Wenige Sekunden später drangen die Geräusche von sich näherndem Getrampel und Kindergeschrei in sein Ohr. Eine Frauenstimme versuchte sich gegen das Geschrei durchzusetzen und scheiterte dabei kläglich. Gregor konnte nicht verstehen, was sie sagte.

Heike Kamp arbeitete sich unter Einsatz von Händen, Ellenbogen und Becken den Weg zur Klinke frei und öffnete die Tür gerade so weit, dass sie sehen konnte, wer draußen stand, ohne den drei Monstern eine Möglichkeit zur Flucht zu bieten.

Sie erblickte einen ungepflegt aussehenden Mann mit einem Hund auf dem Arm. Beide waren, nach ihrem Geschmack, an Hässlichkeit nicht zu überbieten. Sie fand, dass die beiden ganz hervorragend zueinander passten, auch wenn man einen so kleinen Hund nicht unbedingt in den Armen eines so grobschlächtig wirkenden Mannes erwartete.

»Ja bitte?«

»Wäista? Wäista? Heike, wäista?!«

Heike drehte sich kurz um und richtete einen drohenden Blick auf das größte der drei Kinder, die sich hinter ihrem Gesäß um den besten Platz stritten. Das Gesicht des Jungen zeigte die gewünschte Reaktion, und sie wandte sich wieder dem unbekannten Besucher zu.

»Also?«

»Hallo. Mein Name ist Tibbe … Peter Tibbe?«

Der Mann sah sie erwartungsvoll an und hoffte offenbar auf eine bestimmte Reaktion von ihr.

Sie konnte sich erinnern, auf der Beerdigung ihres Bruders, während der Beileidsbekundungen, von einem Mann angesprochen worden zu sein, der sich genau so vorstellte. Sie wusste, dass Thore oft von einem Mann dieses Namens sprach. Es war nicht nur ein Arbeitskollege, sondern auch der beste – und einzige, soweit sie wusste – Freund ihres Bruders.

Der Blick in das Gesicht des fremden Mannes weckte zwar keinerlei Erinnerungen bei ihr, aber das sollte nichts heißen. Die ganzen Trauerfeierlichkeiten über hatte sie sich in einer Art Trance befunden, als wäre sie gar nicht wirklich beteiligt.

Der Hund bellte, woraufhin der Mann für einen kurzen Moment verunsichert wirkte.

»Ach ja, äh … ich war auch auf der Beerdigung deines Bruders. Ich war so was wie sein bester Freund. Wahrscheinlich bin ich dir nicht weiter aufgefallen?«

Heike starrte den für sie fremden Mann an, als hätte er drei Augen, zwei Nasen, aber keine Ohren.

»Doch … natürlich. Peter Tibbe … Thores Freund. Kommen Sie doch bitte rein«, stammelte sie.

Seit der Nachricht vom Tod ihres Bruders versuchte sie, das Geschehene so vollständig wie möglich aus ihren Gedanken zu verdrängen, um sich nicht damit befassen zu müssen. Es war erst ein paar Tage her, und sie war überrascht, wie leicht es ihr fiel, sich ablenken zu lassen. Sehr schnell merkte sie, dass alles in Ordnung war, wenn sie nur für genügend Zerstreuung sorgte. Dass sie ohnehin ständig unter Leute ging, einfach weil sie generell nicht gut allein sein konnte, half ihr dabei enorm. Ein kurzer Hinweis an ihr Umfeld, bitte nicht gerade dieses Thema anzusprechen, reichte in der Regel schon aus, um von Beileidsfloskeln, zu viel Mitgefühl und blöden Fragen verschont zu werden.

Sie drehte sich zu den Kindern um – zumindest versuchte sie es. Der kleinere von den beiden Jungen hatte sich mit seinen Händen an ihren Hosentaschen festgekrallt und dachte nicht im Traum daran loszulassen. Seine beiden Geschwister hatten sich wiederum an ihm festgebissen, um ihm mit Gewalt die Pole Position zu entreißen. Auf diese Weise hatte sie im wahrsten Sinne des Wortes drei Kinder am Arsch, die sich entsprechend mitdrehten.

»Hört sofort mit diesem Unsinn auf! Alexander, du schnappst dir jetzt Lutz und Maria und gehst mit ihnen ins Spielzimmer. Ich muss mich kurz mit dem Mann hier unterhalten. Wenn ihr mögt, könnt ihr euch vorher noch ein kleines Eis aus der Truhe holen.«

»Jaaaaaa!«, erklang es mehrstimmig.

»Hundi mit?«, fragte die kleine Maria zuckersüß.

Heike sah von dem Mädchen zu ihrem Bruder und warf dem Mann einen fragenden Blick zu.

»Oh, äh … das ist mir ehrlich gesagt nicht so recht. Rufus hat es nicht so mit Kindern, und ich möchte nicht, dass eines der Kinder von ihm gebissen wird. Er hat gerne seine Ruhe.«

Der Hund machte auf sie eher den Eindruck, als könne er es gar nicht erwarten, endlich aus den Armen seines Herrchens befreit zu werden. Er winselte und quiekte ununterbrochen und war so zappelig, dass der Mann ernsthafte Probleme zu haben schien, ihn überhaupt festzuhalten. Aber wenn er meinte.

»Tut mir leid, Kinder. Hundi ist ganz doll müde und mag nicht mitkommen. Geht mal schön alleine spielen. Aber jeder nur ein Eis, hört ihr? Ich warne euch!«

Die Kinder stoben, laut jubelnd, mit Maximalgeschwindigkeit in Richtung Küche davon. Heike deutete ein Lächeln an, öffnete die Tür ganz und trat zur Seite.

Sie führte ihren Besucher in eine Art Lesezimmer. Es befanden sich nur zwei äußerst gemütlich aussehende Sessel, ein kleiner Glastisch und zwei große Bücherregale in dem Raum. Auf dem Glastisch lag, neben einem halb gefüllten Aschenbecher, eine Schachtel Zigaretten. Heike griff danach und zündete sich eine an.

Sofort fing der kleine Hund an zu bellen, und sie sah den Mann überrascht an.

»Es stört Sie doch nicht? Oder ihn vielleicht?«

»Im Gegenteil. Wenn du auch eine für mich hättest. Hab meine Schachtel im Wagen vergessen.«

Sie hielt ihm die Zigaretten hin, und der Hund schien kurz vorm Durchdrehen zu sein. Sie sah, dass es dem Mann jetzt wirklich nur noch mit äußerster Mühe gelang, die kleine Teppichratte zu bändigen. Etwas an der Art, wie er auf sein Tier einredete, machte Heike stutzig. Die Hundebesitzer, die sie kannte, sprachen mit ihren Tieren wie mit kleinen Kindern. Bei ihm konnte man den Eindruck gewinnen, als würde er mit einem Gleichgestellten reden.

»Tut mir leid, er ist heute etwas durch den Wind. Tiere haben eben auch mal einen schlechten Tag.«

Sie lächelte kurz und ließ sich in einen der Sessel fallen.

»Setzen Sie sich doch bitte«, forderte sie ihn auf.

Der Mann kam der Aufforderung nach und sah seinem Hund tief in die Augen, bevor er ihn losließ. Sofort lief der Hund zu Heike und sprang ihr auf den Schoß. Hätte er noch etwas schneller mit seinem Schwanz gewedelt, hätte man sicher einen Summton hören können. Er schnupperte sie ab, leckte ihr die Hand und winselte.

Heike fühlte sich überrumpelt. Normalerweise mochte sie keine Hunde. Die Biester neigten dazu, das zu bemerken, und sie ihrerseits auch nicht zu mögen. Dieser Hund war irgendwie anders. Entgegen ihrer Abneigung unternahm sie einen vorsichtigen Versuch, ihm den Kopf zu streicheln. Der Hund wurde vor Freude fast ohnmächtig. Er drehte und räkelte sich auf ihrem Schoß und schien selbst nicht zu wissen, wie er diese überbordende Zuneigung kanalisieren sollte. Er versuchte regelrecht in sie hineinzukriechen.

»Ich wollte gerade fragen, ob er beißt, aber das erübrigt sich wohl?«

Der Mann schien von dem Verhalten seines Hundes eher belustigt als überrascht.

»Tja. Er hat ein Faible für schöne Frauen. Darf ich sagen, dass du deinem Bruder zum Verwechseln ähnlich siehst? Die gleichen Augen und die gleichen tiefschwarzen Haare. Kaum zu glauben, dass du trotz dieser Tatsache eine ausgesprochen attraktive Frau bist.«

Das stümperhaft als Witz verpackte Kompliment verfehlte sein Ziel. Heike Kamp wusste, wie gut sie aussah, und legte keinen Wert darauf, dies von einer ungepflegten Erscheinung wie diesem Peter Tibbe bestätigt zu bekommen. Außerdem nervte es sie, dass dieser Klotz sie einfach so duzte. Auch wenn sie deutlich jünger war als er, war sie doch trotzdem eine erwachsene Frau!

Mit Hilfe unbeirrten Kraulens gelang es Heike, den Hund zu beruhigen und gleichzeitig über die Bemerkung des Mannes hinwegzugehen.

»Bisher habe ich dich ja immer nur auf Fotos gesehen. Die werden dir aber nicht mal ansatzweise gerecht, wenn du mich fragst.«

Das hatte sie nicht vor! Wollte er jetzt mit ihr über ihren Bruder reden oder sie einfach nur plump anmachen? Bevor das auf diese Weise weitergehen würde, war es besser, die Initiative zu ergreifen.

»Ich muss Sie warnen. Sie wollen mit mir über Thore reden, aber ich bin darin nicht besonders gut. Ehrlich gesagt versuche ich dieses Thema vollständig zu vermeiden. Ich habe über Ebay ein paar seiner Sachen verkauft. Gestern kam der Käufer seines Wagens und fragte mich, warum ich die Karre loswerden will. Ich war nicht in der Lage zu sagen, dass er meinem verstorbenen Bruder gehörte und ich keine Verwendung dafür habe. Hab mir stattdessen irgendeinen Schwachsinn aus den Fingern gesogen.«

»Er war dein Bruder.«

»Ich weiß, darum ja. Irgendwie muss ich das für mich verpacken, und im Moment ist Ignoranz der Weg, den ich für den besten halte.«

Der Hund quiekte, ohne jedoch seine Position zu verändern.

»Es steht mir natürlich nicht zu, dich darüber zu belehren, welcher Weg der richtige ist. Deswegen bin ich auch nicht hier. Es gibt da etwas im Zusammenhang mit Thores Tod, über das ich gerne mit dir reden möchte. Ich habe ein paar Fragen, die mich beschäftigen.«

Heike schnaubte. »Glauben Sie mir, da sind Sie nicht der Einzige.«

»Ich kann aber durchaus verstehen, wenn dir das im Moment noch zu viel ist. Der Verlust eines geliebten Menschen ist immer ein Schlag. Wie schwer es für dich erst sein mag, bei einer derart innigen Beziehung wie zwischen dir und deinem Bruder, vermag ich gar nicht zu ermessen.«

Für ihren Geschmack trug der Kerl eindeutig zu dick auf, und Heike lachte bitter.

»Tja … unsere innige Beziehung. Ich glaube Ihnen sofort, dass er es genau so beschrieben hat. Und ohne ihn wäre ich aufgeschmissen gewesen, so etwas in der Art hat er Ihnen doch bestimmt auch weismachen wollen?«

Das Gesicht des Mannes brachte offene Verblüffung zum Ausdruck. Sie hatte ihn auf dem falschen Fuß erwischt.

»Natürlich hat er das. Teilweise stimmt das auch. Er hat sich um mich gekümmert. Er hat sich für mich zerrissen. Er war mir Freund, Bruder, Vater und manchmal sogar Mutter. Als kleines Mädchen war ich auf seine Hilfe angewiesen. Vergessen habe und werde ich das nie, das können Sie mir glauben! Aber auch kleine Mädchen werden irgendwann einmal zu erwachsenen Frauen. Ich weiß nicht, wie einschlägig Ihre Erfahrungen mit erwachsenen Frauen sind …«

Sie warf ihm einen geringschätzigen Blick zu.

»… aber glauben Sie mir, die können es nicht leiden, wenn man ihnen permanent die Hand vor den Hintern hält. Thore war ein furchtbar lieber und selbstloser Mensch, aber er hat es einfach übertrieben. Alles aus Liebe, ich weiß. Aber wenn ich es ihm schon sage – mehrfach –, dann sollte man doch meinen, dass er es begreift, Bruder hin, Liebe her. Hat er aber nicht. Und wissen Sie auch, warum? Weil er es nicht wollte!«

Der Hund stellte die Ohren auf und legte den Kopf schief, als hätte er, direkt hinter sich, das Knurren eines ausgehungerten Rottweilers geortet. Der Mann sah sie ganz ähnlich an – abgesehen von den Ohren.

»Ich … äh …«, druckste er.

»Entschuldigung«, kam sie ihm zuvor und schalt sich in Gedanken eine dumme Gans. »Ich wollte Sie nicht in Verlegenheit bringen. Ich bin nur ein wenig durcheinander, wie Sie vielleicht verstehen werden. Das ist noch alles zu frisch für mich, und ich vermeide das Thema aus gutem Grund. *Natürlich* war er mir wichtig. Seit dem Verschwinden unseres Vaters und dem Tod unserer Mutter ist … war er mein einziger lebender Verwandter. Mein Bruder eben.«

Ihre Worte sollten beschwichtigend wirken, konnten aber angesichts dessen, was sie vorher gesagt hatte, nichts mehr retten.

Heike sah, wie es in ihrem Besucher arbeitete. »Lassen Sie sich nicht von meinem dummen Gerede irritieren. Ich stehe wohl noch unter Schock und habe hoffentlich mildernde Umstände«, sagte sie mit einem gezwungenen Lächeln im Gesicht.

»Das ist doch ganz natürlich«, versicherte der Mann nonchalant. »Wie gesagt, ich kann da nicht mitreden, da ich von derlei Schicksalsschlägen bisher glücklicherweise verschont geblieben bin. Hab keine Ahnung, wie ich unter so einer psychischen Belastung reagieren würde.«

»Danke für Ihr Verständnis«, sagte sie kühl.

Für ihren Geschmack war dieser Tibbe ein ausgewiesener Schleimer, und sie fragte sich, warum ihr Bruder ausgerechnet mit so einem Kerl Freundschaft schloss. Sie hatte Thore deutlich wählerischer in Erinnerung.

Für ein paar Sekunden herrschte ein unangenehmes Schweigen. Ihr Besucher schien seine Gedanken ordnen zu müssen, und Heike wartete darauf, dass er endlich zum Thema kam. Sie hasste Situationen wie diese, und da der Mann keine Anstalten machte, etwas zu sagen, fühlte sie sich genötigt etwas zu unternehmen.

»Möchten Sie vielleicht die Fotos von Thores Beerdigung sehen?«, fragte sie ihn ein wenig hektisch.

Der Mann zog erfreut die Augenbrauen nach oben. »Eine gute Idee! Haben Sie denn welche hier?«

Heike sprang auf und sagte im Gehen: »Zufällig. Mein Chef war ein Arbeitskollege von Thore und hat mich gebeten, sie ihm mal zu zeigen. Als Thore beigesetzt wurde, lag er mit 'ner dicken Grippe im Bett und konnte nicht dabei sein.«

Der Hund kläffte hektisch.

»Ach, weißt du was, mach dir keine Umstände. So wichtig ist es auch wieder nicht!«, rief der Mann ihr hinterher, aber sie war schon aus dem Raum verschwunden und murmelte abfällig eine nicht besonders freundliche Bemerkung.

Gregor hoffte, dass er sich mit dieser Fotoaktion kein Eigentor geschossen hatte. Er würde auf keinem der Bilder zu sehen sein, so viel stand fest. Wenn aber ausgerechnet der echte Peter Tibbe auf einem der Bilder abgelichtet war, bestand Gefahr für ihn und seine Geschichte. Kamp hatte es ihm zugebellt, aber da war es schon zu spät.

Heike Kamp kehrte mit einem Rucksack in der Hand zurück und sah den Mann ein wenig genervt an.

»Es macht mir keine Umstände, meinen Rucksack zu holen. Das bekomme ich gerade noch geregelt«, sagte sie, fischte einen Fotoumschlag heraus und drückte ihn ihrem Besucher in die Hand, um sich selbst wieder in ihren Sessel fallen zu lassen und eine weitere Zigarette zu entzünden. Der Hund sprang ihr sofort wieder auf den Schoß.

»Du schaust nicht mit?«, fragte der Mann beiläufig und fing sich dafür einen verständnislosen Blick von Heike ein.

»Ich kenne die Bilder bereits«, erwiderte sie so kühl wie knapp.

»Oh, wie dumm. Natürlich«, gab er zu.

Gregor öffnete den Klebeverschluss des Fotoumschlags und entnahm ihm die Bilder. Es wäre ihm am liebsten gewesen, wenn Thore zu ihm gekommen wäre, damit sie die Bilder gemeinsam auswerten konnten, aber sobald sich Heike wieder gesetzt hatte, sprang Kamp ihr erneut auf den Schoß und igelte sich ein.

Insgesamt waren es gerade mal acht Fotos, sechs davon mit Heike aus nächster Nähe, wie sie mit verweintem Gesicht einigen der Trauergäste die Hand schüttelte – keiner davon kam in Frage, der echte Peter Tibbe zu sein. Die beiden anderen Bilder wurden aus der Totalen aufgenommen und boten einen guten Überblick über die gesamte Trauergemeinde.

Gregor war jetzt endgültig erleichtert. Es mochten bestimmt um die hundert Menschen gewesen sein, die Thore die letzte Ehre erwiesen hatten, und der Fotograf hatte das Kunststück fertiggebracht, nur Hinterköpfe abzulichten.

Gregor starrte das aus der Totalen aufgenommene Foto an. Deutlich abseits der Trauergemeinde, ganz am Rande des Bildes, stand eine einzelne Person, die einzige auf dem Bild, die von vorn zu sehen war. Sie trug eine hellgraue Jacke mit weit heruntergezogener Kapuze und trotz des wolkenverhangenen Himmels eine Sonnenbrille.

Der Mann hielt Heike das Foto hin. »Weißt du zufällig, wer das da ist?«, fragte er und zeigte auf die vermummte Gestalt.

Heike nahm das Foto in die Hand und sah es sich genauer an. Nach einer Weile schüttelte sie den Kopf.

»Tut mir leid, keine Ahnung. Ist mir auch nicht aufgefallen. Es waren ja so viele Menschen da, und dann das ganze Händeschütteln. Ehrlich gesagt, kannte ich die wenigsten der anwesenden Gäste. Besonders groß ist unsere Familie nämlich nicht. Das waren vielmehr Freunde, Bekannte und Arbeitskollegen von Thore, aber mit denen hatte ich noch nie vorher zu tun. Ich kenne ja nicht mal Sie, obwohl Sie sein bester Freund waren. Warum fragen Sie?«

»Na ja, ist schon komisch, sich so weit abseits der anderen hinzustellen. Fast als wollte er nicht gesehen werden.«

»Oder sie«, ergänzte Heike und zuckte mit den Schultern.

Der Mann nickte stumm.

»Ähm, hättest du was dagegen, wenn ich dieses Foto behalte? Als Erinnerung?«

Heike Kamp zögerte kurz. Es widerstrebte ihr, diesem Mann etwas von sich zu geben. Aber letztlich war er Thores Freund, also warum nicht.

»Okay. Behalten Sie es ruhig. Ich habe die Dateien auf meinem Rechner.«

Der Mann bedankte sich und steckte das Foto in seine Brusttasche.

»Weswegen ich aber eigentlich gekommen bin ...«, setzte er an, und Heike schickte ein Dankgebet in Richtung Schöpfer, »... ich habe da, wie gesagt, eine Frage, die mich seit Thores Tod nicht mehr loslässt. Meine Hoffnung ist, dass du mir da helfen kannst.«

Er lehnte sich umständlich nach vorn und rieb sich die Hände, ungeduldig beobachtet von Heike.

»Es ist ein wenig heikel, darüber bin ich mir im Klaren. Du musst auch nicht antworten, wenn ich mich zu weit vorwage – aber nett wäre es schon.«

Heike Kamp zog eine Grimasse, die unverhohlene Ungeduld ausdrückte.

»Okay! Frei von der Leber weg. Wir wissen beide, dass Thore Diabetiker war. Ich weiß aber auch, dass er sein Leiden im Griff hatte wie wohl kaum ein anderer. Er war viel zu gut organisiert und vernünftig, um seine Krankheit auf die leichte Schulter zu nehmen. Daher kann ich die Gerüchte, dass er seiner Krankheit zum Opfer gefallen sein soll, nicht glauben. Langer Rede kurzer Sinn, woran ist Thore wirklich gestorben?«

Dann geschah etwas, womit Heike selbst nicht gerechnet hatte. Mit zusammengepressten Lippen starrte sie den Mann für ein paar Sekunden an ... und brach für die nächsten fünf Minuten derart in Tränen aus, dass sie keine vernünftige Silbe mehr über die Lippen bekam.

Das erste Wort, das sie nach ihrem Weinkrampf hervorbrachte, war »Drogen!«.

Der Mann glotzte sie mit offenem Mund an, und der Hund sprang von ihrem Schoß, um kläffend um die Beine seines Herrchens zu wuseln.

»Das kann nicht sein!«, behauptete der Mann unsicher.

Heike wischte sich mit zitternden Händen die Tränen aus dem Gesicht. »Das war aber das Ergebnis der Obduktion. Ich kann es nicht ändern. Niemand kann das.«

»Aber ...« Der Mann sah nachdenklich zu seinem hyperventilierenden Hund und wieder zurück zu Heike. »Kannst du dir denn vorstellen, dass Thore wirklich mit Drogen herumexperimentiert hat?«

»Ich weiß nicht, was ich glauben soll. Fragen Sie mich das nicht! Nicht heute. Bitte!«, war ihre Antwort.

»Das ist vollkommener Schwachsinn! Totaler, an den Haaren herbeigezogener Blödsinn! Diese Mistkerle. Wie können die meiner Schwester so eine ungeheure Lüge auftischen!«

Kamp stand neben Gregor auf dem Beifahrersitz und war dermaßen in Rage, dass der Bote Probleme hatte, den Wagen zu lenken. Vor lauter Wut hätte er am liebsten den über die Jahre porös gewordenen Ledersitz des BMW zerfetzt, aber seine Schnauze war zu klein, um richtig zupacken zu können.

»Jetzt beruhige dich erst mal und lass uns ganz entspannt und rational darüber nachdenken«, versuchte Gregor ihn zu besänftigen.

»Ich soll mich beruhigen? Wie stellst du dir das vor? Ich habe gerade erfahren, dass ich offiziell als Junkie abgetreten bin, und du verlangst von mir, dass ich mich beruhigen soll!«

»Ja«, erwiderte Gregor mit unverändert ruhiger Stimme.

»Also schön. Fein. Beruhige ich mich eben. Kinderspiel«, fauchte Kamp zynisch und machte Sitz.

Sie waren seit einigen Minuten wieder in Richtung Niederlassung unterwegs. Nachdem Heike ihnen – unterbrochen von sporadischem Weinen – noch etwas detaillierter offenbart hatte, was man ihr von Seiten der Staatsanwaltschaft zum Tod ihres Bruders mitgeteilt hatte, bat sie Gregor zu gehen.

Der plötzliche Tod eines Mannes in Kamps Alter war kein normaler Vorfall. Wenn der zuständige Staatsanwalt es für angebracht hielt, konnte er eine Obduktion des Leichnams anordnen, um herauszufinden, ob etwas Ungewöhnliches zu finden war.

Im Bundesschnitt galt, dass nur jeder zehnte Tote in die Gerichtsmedizin kam und nur jeder fünfzigste Tote obduziert wurde, und das trotz der Tatsache, dass jeder zweite Mord in Deutschland unentdeckt blieb.

So war die Regel.

In Köln – was für eine Überraschung – tickten die Uhren anders. Die Rheinmetropole war eine der deutschen Städte, in der mit am seltensten obduziert wurde, natürlich aus finanziellen Gründen, denn eine Obduktion kostete fünfhundert Euro. Zwar waren auch die Berliner Kassen nicht zum Bersten gefüllt, aber dennoch wurde dort weitaus häufiger post mortem eine eingehendere Untersuchung durchgeführt. Man lag also deutlich unter dem Schnitt.

So war es ein fast unglaublicher Zufall, dass in Thores Fall die Entscheidung für eine Obduktion gefallen war. Sie schnitten ihn auf, untersuchten ihn, fanden Drogen in seinem Magen – und zogen die falschen Schlüsse.

Gregor starrte grübelnd auf die Straße. Der Besuch bei Kamps Schwester war in so mancher Hinsicht anders verlaufen, als er es erwartet hatte. Es steckte viel Trauer in Heike Kamp, aber auch noch etwas anderes. Das Verhältnis zwischen den beiden war zumindest von ihrer Seite nicht so ungetrübt, wie Kamp es ihm geschildert hatte.

Gregor begann erste vorsichtige Theorien zu entwickeln, wohl wissend, dass sie keine Chance hatten, bei seinem Klienten auf fruchtbaren Boden zu fallen.

»Ich weiß, dass du das jetzt nicht gerne vertiefen möchtest, aber ich muss dich trotzdem fragen. Ist dir aufgefallen, dass sie nicht direkt auf meine Frage geantwortet hat?«

Kamp starrte den Boten mit zornigen Augen an. »Ich weiß nicht, worauf du hinauswillst«, antwortete er bockig.

Gregor schnaubte. »Lass den Quatsch. Du weißt genau, was ich meine. Sie hat meine Frage, ob sie sich vorstellen kann, dass du mit Drogen herumexperimentiert hast, weder bejaht noch verneint. Nein wäre einfach gewesen, ja eine Katastrophe. Sie ist *ausgewichen*, mein Freund.«

»Unsinn! Sie ist einfach nur verwirrt. Du hast es doch selbst gehört. Das war heute garantiert das erste Mal, dass sie seit meinem Tod mit jemandem darüber gesprochen hat. Mit einem Fremden, der ihr Salz in eine frische Wunde gerieben hat.«

Gregor verlangsamte das Tempo und fuhr rechts ran, honoriert von einem wütenden Hupkonzert seiner Hintermänner.

»Ich frage dich das nur ein einziges Mal, und ich gehe davon aus, dass du weißt, mit wem du es zu tun hast. Hast du jemals etwas mit Drogen zu tun gehabt?«

Kamp funkelte den Boten wütend an. »Ich würde dich jetzt gerne beißen!«

»Lenk nicht ab! Hast du oder nicht?«, beharrte Gregor unbeeindruckt.

»Auf keinen Fall! Ich hasse Drogen! Und ich habe null Verständnis für alle, die so dämlich sind, sich darauf einzulassen!«, bellte Kamp aufrichtig empört.

Gregor entspannte sich ein wenig und lehnte sich zurück. Kamp sagte die Wahrheit, daran bestand für ihn kein Zweifel.

»Dann hilf mir, dir zu helfen. Wirf deine Befindlichkeiten über Bord und erklär mir die Reaktion deiner Schwester.«

Kamp sackte in sich zusammen und versuchte das Chaos in seinem Kopf zu ordnen. Gregor hatte natürlich recht. Heikes Reaktion war merkwürdig. Aber ihn sollte der Teufel holen, wenn er wusste, warum sie nicht klipp und klar verneinte.

»Ich weiß es wirklich nicht«, wisperte er und starrte aus dem Fenster.

Schwarzer Tee

Nachdem sie in ihrem Quartier angekommen waren, suchte Kamp sich eine stille Ecke, um sich dort zusammengerollt seiner schweren Niedergeschlagenheit hinzugeben. Während der restlichen Rückfahrt hatte er geschwiegen. Gregor war schließlich einfühlsam genug, um sich denken zu können, dass jedes weitere Wort eines zu viel gewesen wäre, und Kamp war ihm dafür sehr dankbar.

Die Worte seiner Schwester fraßen sich wie Säure durch seine Gedanken. Sie schien sich tatsächlich vorstellen zu können, er habe Drogen genommen. Das war, für sich allein betrachtet, schon ein gezielter Tritt in die Weichteile. Noch dazu hatte sie ihm posthum zu verstehen gegeben, dass er sie mit seiner Zuneigung erdrückt hatte.

Nein, viel schlimmer. Sie hatte es ihm schon zu Lebzeiten gesagt – mehrfach. Sie hatte recht! Er hatte es nicht akzeptieren wollen. Der Gedanke, sie könnte ihn nicht mehr brauchen, war tatsächlich unerträglich für ihn gewesen.

Zum ersten Mal überhaupt stellte Kamp sich die Frage, mit der er sich besser schon ein paar Jahre früher befasst hätte. War nicht vielmehr er derjenige, der *sie* brauchte?

Daran war nur sein verdammter Vater schuld. Er hatte nie darum gebeten, der Sohn eines verantwortungslosen Halunken zu sein. Er hatte auch nie darum gebeten, im Teenageralter plötzlich zum Mann im Haus zu werden und sich um seine überforderte Mutter sowie seine hilflose, weil noch viel zu junge, kleine Schwester kümmern zu müssen. Aber es war erforderlich gewesen, und er hatte sein Schicksal angenommen.

Nie hatte ihn jemand gefragt, wie es ihm dabei ging, ob er vielleicht Hilfe brauchte. Als wäre es vollkommen normal, mit vierzehn eine derart belastende Situation zu meistern. Vielleicht hätte er sich einfach mal beklagen sollen. Er hätte zwar nicht gewusst bei wem, aber selbst wenn es da jemanden gegeben hätte – vielleicht seine Mutter, nachdem sie sich ein paar Jahre später endlich wieder gefangen hatte –, er hätte es sich nicht zugestanden. Dummer Stolz, falscher Stolz. Zu blöd, dass er erst jetzt darüber nachdachte, wo es ihm nichts mehr brachte.

Er fragte sich, wer ihm diesen Stolz vererbt hatte. Von seinem Vater konnte er ihn kaum haben, auch wenn er sich erinnerte, dass immer alle behaupteten, wie unglaublich ähnlich er seinem Vater doch sei.

Nicht gerade ein Kompliment.

Kamp kam ein Gedanke, und sein Kopf schnellte nach oben. Es war eigentlich absurd, aber er hatte im Laufe seines Lebens gelernt, dass weibliche Logik für einen Mann nicht immer nachvollziehbar sein musste.

Er drehte und wendete den Gedanken im Geiste von einer Seite auf die andere, sodass er nicht bemerkte, wie Gregor neben ihn trat, eine Büchse Bier öffnete und sie in eine Schale entleerte. Erst als der Bote ihm die Schale vor die Nase schob, brach er seine Grübelei ab. Er schnupperte daran und warf dem Boten einen irritierten Blick zu. Für einen Hund keine Selbstverständlichkeit.

»Ist es das, wonach es riecht?«

»Wenn du Bier riechst, lautet die Antwort Ja.«

Kamp bleckte angewidert die Zähne. »Ich trinke kein Bier. Selbst als Mensch hab ich das nicht.«

»Trink das!«

Etwas lag in der Stimme des Boten, das es ihm fast unmöglich machte, nicht zu gehorchen. Mit großer Mühe gelang es Kamps frustriertem Trotz, dem Gehorsam einen Punktsieg abzuringen.

»Ich mag kein Bier. Lass mich lieber in Ruhe zu Ende denken. Mir ist da vielleicht was eingefallen.«

Der Bote ließ sich nicht abwimmeln. »Hör mal, ich kann ja verstehen, dass du dich jetzt ziemlich beschissen fühlst. Du bist nicht mein erster Klient, der nach seinem Tod feststellen musste, sich in ein paar Dingen getäuscht zu haben. Das gehört einfach dazu. Ich kann und will dich jetzt auch nicht trösten, aber dies ist nicht die Zeit, um in Selbstmitleid zu baden. Willst du wissen, wer dich umgebracht hat oder nicht?«

Kamp reagierte nicht. Warum ließ er ihn nicht noch einen kurzen Moment in Ruhe?

»Jetzt pass mal gut auf. Du bist zu mir gekommen, nicht umgekehrt. Du hast um Hilfe gebeten, und ich habe mich in deine Dienste gestellt. Ich bin auch nach wie vor bereit, alles in meiner Macht Stehende zu tun, um dir zu helfen. Wenn du jetzt aber auf stur stellst und resignieren möchtest, bei allem Verständnis für deine momentane Niedergeschlagenheit, dann sprich es offen aus! Wir werden dann innerhalb kürzester Zeit ins Jenseits zurückkehren. Dort kannst du meinetwegen eine Ewigkeit lang Trübsal blasen, während ich mich neuen Aufgaben widme und meine Zeit nicht mit jemandem verschwende, den es beim ersten stärkeren Gegenwind von den Füßen holt!«

Kamp warf dem Boten einen vernichtenden Blick zu.

»Warum hast du es so eilig? Warum kann ich nicht in Ruhe meinen Gedanken verfolgen. Ich hab doch gerade gesagt, dass mir vielleicht etwas eingefallen ist«, erwiderte er beleidigt.

»Wir sind hier auf der Erde. Dies ist der Ort für die Lebenden! Unsere Welt ist das Jenseits. Wir sind nur ausnahmsweise hier, um ein offenes Problem zu lösen, nicht um Urlaub zu machen. Man beobachtet uns und wird es nicht begrüßen, wenn wir dabei über Gebühr Zeit schinden. Vielleicht hätte ich dir das vorher sagen sollen, aber so ist es nun mal. Wenn wir zu sehr trödeln, kann es passieren, dass man uns vorzeitig zurückbeordert. Dann ist deine Chance auf Vergeltung für alle Zeiten vertan.«

Kamp blickte in Gregors Augen und entdeckte dort die Bestätigung der Aussage.

»Scheiße!«

»Meinetwegen auch das. Du trinkst jetzt diese blöde Schüssel leer und hörst mir einfach nur zu. Danach wird es dir besser gehen, und wir können uns wieder ans Werk machen. Einverstanden?«

Kamp nickte, stand auf und machte sich über das Bier her. Es schmeckte erwartungsgemäß grässlich.

Wenn ihm vor einem Monat jemand erzählt hätte, dass er schon sehr bald in Gestalt eines Vierbeiners Dosenbier aus einer Porzellanschüssel schlabbern würde, hätte er die betreffende Person zur nächsten Apotheke begleitet.

»Der Besuch bei deiner Schwester hatte auch etwas Positives. Zum einen wissen wir jetzt schon ein wenig mehr über die Umstände deines Todes. Sie hat gesagt, du hattest Drogen im Blut und sogar noch etwas davon im Magen. Das schränkt ... nein! Trink weiter, und lass mich bitte zu Ende reden. Das schränkt die Möglichkeiten, wie sie in dich hineingelangen konnten, erfreulich stark ein. Der andere positive Aspekt ist etwas zwiespältig und wird dir sicher nicht gefallen. Hör mir bitte einfach zu und trinke weiter. Wir werden nicht umhinkommen, deine Schwester in den Kreis der Verdächtigen aufzunehmen. Sie ...«

»NIEMALS!«

»Schweigen und trinken! Da war noch etwas anderes als Trauer, mein Freund. Zumindest glaubt sie das. Gleichzeitig liebt sie dich aber auch. Sie wirkte irgendwie zerrissen auf mich. Das kann einen Menschen fertigmachen. Jedenfalls dürfen wir es nicht ausschließen. Jetzt trink doch bitte weiter!«

»Ich bin fertig, verdammt noch mal! Oder soll ich die dämliche Schale mitfressen? Jetzt lass mich mal was sagen. Nie im Leben hatte Heike etwas damit zu tun. Das ist ausgeschlossen, absurd und pervers. Ich möchte kein weiteres Wort darüber verlieren müssen. Bei allem Respekt, aber ich hoffe, da habe *ich* mich klar genug ausgedrückt!«

Gregor presste die Lippen zusammen, schluckte die auf seiner Zunge wartende Replik mitsamt Startblöcken hinunter und sagte nichts.

»Außerdem habe ich schon mehrfach versucht, dich darauf hinzuweisen, dass mir etwas eingefallen ist. Ich weiß vielleicht, wie meine Schwester auf die Idee kommen konnte, ich hätte wirklich mit Drogen rumgemacht. Willst du es hören, oder interessiert es dich nicht mehr?«

Gregor zog sich einen Stuhl heran und setzte sich rittlings drauf.

»Ich höre!«

»Es ist, wie gesagt, nur so eine Idee, ein Schuss ins Blaue. Ich hätte diesem Gedanken gerne noch den nötigen Feinschliff gegeben, aber da du ja so auf die Tube drückst, muss es eben so gehen. Ich werde dir jetzt etwas anvertrauen, das ich noch niemandem erzählt habe. Mein Vater pflegte, so lange ich denken kann, einen sehr lockeren Umgang mit Alkohol und härteren Drogen. Leider gehörte er auch zu denen, die damit nicht umgehen konnten. Wenn er entsprechend aufgeputscht und, zum Leidwesen von uns allen, aggressiv nach Hause kam, schlug das sofort auf die Stimmung. Es herrschte dann eine Atmosphäre der Angst im Hause Kamp. Keiner von uns wollte der arme Teufel sein, der die instabile Selbstbeherrschung meines Vaters durch eine falsche Bemerkung oder gar einen falschen Gesichtsausdruck zum Einsturz bringt. Die Quote lag ungefähr bei einem erfolgreichen Versuch von zehn ... er war kein besonders angenehmer Mensch.«

Kamp atmete tief ein und ließ die Luft seufzend entweichen.

»Was ich eigentlich sagen will, man hat mir immer wieder das zweifelhafte Kompliment gemacht, ein Abbild meines Vaters zu sein, nicht nur äußerlich, sondern generell. Angeblich hat er auch mal gute Seiten besessen, war gescheit und durchaus erfolgreich. Das behauptete zumindest meine Mutter. Leider kann ich mich nicht erinnern, auch nur mit einer Bekanntschaft gemacht zu haben. Da es aber nun mal so schön heißt, dass der Apfel nicht weit vom Stamm fällt, könnte meine Schwester vielleicht denken, dass auch mein Leben mehr oder weniger grundlos eine dramatische Wende zum Schlechten genommen hat. Wie einst bei meinem Vater.«

Gregor ließ Kamps Ausführungen eine Weile schweigend auf sich wirken.

»Weit hergeholt ... aber durchaus plausibel«, sagte er schließlich und legte eine weitere kurze Pause ein. »Klingt wirklich plausibel. Gäbe dir das deinen Seelenfrieden zurück?«

Kamp schüttelte seinen Hundekopf und ließ das Halsband rasseln.

»Davon kann erst die Rede sein, wenn ich rehabilitiert bin und meinen Mörder kenne. Wie geht es jetzt weiter?«

»Wir sollten versuchen, herauszufinden, wie die Drogen in dich hineingelangen konnten. Wenn sie in deinem Magen zu finden waren, musst du sie mit dem Frühstück zu dir genommen haben. Was hattest du gefrühstückt?«

Kamp dachte eine Zeit lang nach.

»Vier Scheiben Toast mit Aufschnitt, ein gekochtes Ei und einen Tee. Darin können aber keine Drogen gewesen sein. Ich hatte die Tage davor schon davon gegessen, ohne etwas zu bemerken. Maximal könnten die Wurstscheiben schlecht gewesen sein, aber dann hätte ich doch wohl eher Dünnpfiff bekommen. Außerdem fahre ich eine Viertelstunde zur Arbeit. In der Zeit hätte ich schon etwas bemerken müssen. Ich habe da zwar keine Erfahrungen, aber Drogen wirken doch sehr schnell, oder nicht?«

Gregor knetete nachdenklich seine Unterlippe.

»Da hast du, glaube ich, recht. Dein Frühstück kommt also eher nicht in Frage. Es sei denn, jemand hat einen Schlüssel von deiner Wohnung. Deine Schwester zum Beispiel?«

»Würdest du das bitte lassen? Nein, niemand, auch Heike nicht!«, sagte Kamp beleidigt.

»War einen Versuch wert.«

Mehrfach zog der Bote die Unterlippe bis zum Anschlag nach vorn und ließ sie wieder zurückschnellen.

»Hast du im Büro denn noch etwas gegessen?«

»Nein, da esse ich nur zu Mittag, und so weit bin ich nicht mehr gekommen. Hab mir nur meinen allmorgendlichen Tee zubereitet ...«

Kamp und Gregor starrten sich mit aufgerissenen Augen an und sagten aus einem Mund: »Der Tee!«

Gregor schlug sich vor die Stirn. »Das muss es sein! Es gab doch bestimmt jemanden, der von deinem Ritual wusste? Kannst du sagen, wer?«

Kamp seufzte. »Wo soll ich da anfangen? Das wusste so ziemlich jeder. Wenn man fast fünf Jahre lang, jeden Morgen das gleiche Ritual durchzieht, spricht es sich irgendwann rum. Es wäre einfacher, die aufzuzählen, die es nicht wussten.«

Kamp setzte sich und kratzte mit seiner rechten Hinterpfote hingebungsvoll sein rechtes Ohr.

»Ich glaube, ich hab mir Untermieter eingefangen. Jetzt hab ich sogar schon Flöhe! So ein Leben als Hund ist echt das Letzte.«

»Vergiss die Flöhe. Wir haben eine Spur, der wir nachgehen können, das ist viel wichtiger. Überleg bitte, wer aus deinem Kollegenkreis einen ziemlich starken Groll gegen dich gehegt hat. Hast du jemandem übel mitgespielt? Hast du jemanden vor allen Leuten zur Sau gemacht? Hattest du was mit der Frau eines Kollegen? Warst du jemandem im Weg? So was in der Art?«

Kamp schüttelte erneut den Kopf und unterdrückte den spontanen Drang, sich an einer gewissen Stelle zu lecken.

»Du glaubst, einer meiner Kollegen war es? Eigentlich bin ich immer mit allen sehr gut ausgekommen und habe nie auch nur im Traum daran gedacht, jemandem die Frau auszuspannen.«

Gregor legte die Stirn in Falten. »Nimm es mir nicht übel, aber du hast auch gedacht, zwischen dir und deiner Schwester herrscht eitel Sonnenschein. Was ist, wenn du einem deiner Kollegen auf die Nerven gegangen bist, ohne es bemerkt zu haben, vielleicht weil sich der Betreffende, aus welchem Grund auch immer, nicht traute, dir etwas zu sagen. Denk genau nach, das ist wirklich wichtig!«

Kamp starrte ins Leere. Spontan fiel ihm niemand ein, der es auf ihn abgesehen haben könnte. Ihm war nicht bewusst, sich Feinde gemacht zu haben, zumal es nie sein Bestreben war, dies zu tun.

Er musste sich aber schweren Herzens eingestehen, dass Gregor recht hatte. Er hatte bei seiner Schwester doch ein Stück weit daneben gelegen. Wenn er erfahren wollte, warum er gerade als Hund durch die Gegend rannte, war die Zeit gekommen, sich eingehender mit der Möglichkeit zu befassen, nicht bei allen Menschen gleichermaßen beliebt gewesen zu sein. Kein leichtes Unterfangen für einen harmoniesüchtigen Ex-Menschen wie ihn.

»Ich kann das jetzt nicht aus dem Ärmel schütteln … selbst wenn ich einen hätte. Ich muss das in Ruhe durchdenken. Haben wir so viel Zeit?«

Gregor schien in sich zu gehen, um nachzudenken.

»Es ist jetzt ohnehin schon später Nachmittag. Allerspätestens morgen früh möchte ich etwas von dir hören, okay? Wenn dir partout niemand einfallen will, werden wir uns an deinen Freund wenden müssen. Vielleicht weiß er mehr.«

Gregor machte eine Pause, griff in seine Brusttasche und holte das Bild hervor, welches er Kamps Schwester abgeschwatzt hatte. Er kniete sich hin und legte es vor Kamp auf den Boden.

»Das ist das Foto von deiner Beerdigung. Kommt dir der hier irgendwie bekannt vor?«, fragte er und zeigte auf die vermummte Person am Rande des Bildes.

Kamp sah sie sich kurz an und fragte sich, ob der Bote das ernst gemeint hatte.

»Woran soll ich den identifizieren? An seiner Sonnenbrille?«

»Zum Beispiel. Oder an der Jacke, der Kombination von beidem. Oder einfach nur an der Körperhaltung.«

»Tut mir leid. Erkenne ich nicht. Warum mag er sich so weit weg von den anderen hingestellt haben?«

Gregor knetete sein Ohr. »Das ist 'ne gute Frage. Irgendwie klingelt es in mir, wenn ich dieses Bild anschaue. Das hat was zu bedeuten, dass der da steht.«

»Wahrscheinlich. Aber wir werden es wohl nie herausfinden«, behauptete Kamp.

»Sag das nicht, mein Freund. Das kann man nie wissen«, widersprach Gregor und lächelte vielsagend.

Ein alter Feind

Als Kamp am nächsten Morgen aus seinem ersten Schlaf seit über einer Woche erwachte, erschrak er kurz über seine unmittelbare Nähe zu einem übel riechenden Fußboden, von dem ihn nur eine mindestens ebenso widerlich riechende Wolldecke trennte. Er war noch nie zuvor als Hund aufgewacht und verspürte, nachdem die Erinnerung an die jüngsten Ereignisse in sein Bewusstsein zurückkehrte, kein Verlangen, dies allzu oft wiederholen zu müssen.

Er hatte den ganzen Rest des vergangenen Tages, unbehelligt von Gregor und nur unterbrochen von zweimal Gassi gehen, mit Nachdenken zugebracht. Da seinem Verstand freiwillig kein Verdächtiger zu entlocken war, zwang er sich schließlich, die übelsten Verschwörungstheorien zu konstruieren, und bekam vor sich selbst Angst, als er bemerkte, wie gut er darin war. Nach ein paar Stunden konnte es von der Putzfrau, über den Bäcker um die Ecke, bis hin zu seinem besten Freund Tibbe jeder gewesen sein. Alle hatten mindestens ein Motiv, und wenn es nur ein Teerand auf dem frisch geputzten Schreibtisch war.

Nachdem er aus der plötzlichen Fülle an Verdachtsmomenten diejenigen herausgefiltert hatte, die am bizarrsten und zu offensichtlich konstruiert waren, blieb nur noch einer übrig.

»Morgen, Schlafmütze. Ich weiß nicht warum, aber eigentlich hab ich dich für einen Frühaufsteher gehalten. Da lag ich wohl falsch?«

Gregor sah aus wie jemand, der in seinen Klamotten eingeschlafen war und sich gerade aus dem Bett geschält hatte. Genau wie am Vortag, er war also schon fertig. Kamp überfiel eine spontane Eingebung, die ihm den ersten Vorteil eines Daseins als Hund offenbarte. Man war immer fertig.

»Wenn ich arbeiten musste, war ich ein gefürchteter Frühaufsteher. An den Wochenenden war ich dann ein berüchtigter Langschläfer. Was das betraf, schlugen zwei Seelen in meiner Brust. Anscheinend hat die Langschläferseele überlebt. Wie spät ist es überhaupt?«

»Halb neun. Kann es sein, dass du gute Laune hast? Ich weiß nicht, ob ich diesen Sinneswandel verkrafte!«, frotzelte Gregor.

Kamp machte Sitz und versuchte, seinem Hundeblick so viel Würde wie möglich zu verleihen.

»Ich bin grundsätzlich guter Laune. Nur in Ausnahmesituationen, und die aktuelle darf man wohl als solche bezeichnen, kann es auch mal bergab gehen. Aber nie für lange. Nur, dass du es weißt.«

Der Bote grinste schmierig und nickte kaum merklich.

»Ich werde es mir merken. Kommen wir also wieder zum Ernst des vergangenen Lebens zurück. Ich hätte jetzt zu gerne ein paar Namen von dir.«

Kamp verdrehte die Augen. Er war doch gerade erst aufgewacht.

»Hab leider nur einen. Stefan Bindernagel. Ein cholerischer Macho mit großen Ego-Problemen. Er konnte mich nicht leiden und ich ihn nicht. Kommt noch dazu aus Köln-Kalk, von der falschen Rheinseite, allein das macht ihn schon verdächtig.«

Gregor legte verwundert den Kopf schief. »Dafür, dass du gestern noch behauptet hast, mit allen Kollegen gleichermaßen gut ausgekommen zu sein, bist du jetzt aber ziemlich in Fahrt.«

Kamp schüttelte den Kopf und stellte sich auf alle viere.

»Das ist kein Arbeitskollege. Das ist der Ex-Freund meiner Fast-Freundin. Am letzten Wochenende vor meinem Tod war ich noch mit ihr aus, und wir sind ihm prompt über den Weg gelaufen. Der Pfosten hat 'ne richtige Szene gemacht, so richtig mit Rumbrüllen und fast in Tränen ausbrechen und mir Prügel androhen und so. Dabei hatte er selbst schon wieder eine neue weibliche Begleitung im Schlepptau!«

Gregor setzte sich schwerfällig auf sein Bett und machte ein nachdenkliches Gesicht.

»Was ist?«, wollte Kamp wissen.

Der Bote zögerte, schien nach den richtigen Worten zu suchen.

»Er arbeitet nicht in deiner Firma? Oder hat dort zumindest einen Verwandten oder Bekannten?«

»Ich weiß nicht, ob da welche arbeiten, die mit ihm zu tun haben. Marita hat es zumindest nie erwähnt, und mit ihm habe ich noch keine Gespräche geführt … zumindest keine vernünftigen. Er selbst arbeitet jedenfalls in irgendeiner Bank. Warum fragst du?«

Gregor verzog das Gesicht und kratzte sich am Nacken.

»Weil ich mir nur schwer vorstellen kann, dass es jemand von außerhalb deiner Firma war. Vergiss nicht, um deinen Tee zu manipulieren, musste der Täter ja irgendwie da reinkommen – oder wenigstens jemanden kennen, der da reinkommt.«

Kamp stellte sich auf alle vier Pfoten und klemmte den Schwanz ein, wie er innerlich kopfschüttelnd am Rande seines Bewusstseins wahrnahm.

»Ach nein? Bei jemandem wie diesem Bindernagel, der mich nun wirklich nicht leiden konnte, kannst du es dir nicht vorstellen, wohl aber bei meiner Schwester!«

Gregor zog die Augenbrauen hoch. »Oh! – Okay, Punkt für dich, so habe ich das noch gar nicht betrachtet.«

Kamp brachte es fertig, sein Hundegesicht selbstgefällig grinsen zu lassen.

»Und was bedeutet das jetzt? Klammern wir beide aus, oder kommen beide auf die Liste?«, wollte er wissen.

Ruckartig stand der Bote von dem Bett auf und schnappte sich die Hundeleine.

»Kommen beide auf die Liste!«, sagte er entschieden und öffnete die Tür zum Treppenhaus. »Und wir werden ihm auch direkt einen Besuch abstatten. Du weißt, wo er wohnt beziehungsweise wo er arbeitet?«, fragte er und machte Anstalten, den Raum zu verlassen.

»Äh … weder noch – leider.«

Gregor hielt in seiner Bewegung inne, kehrte in den Raum zurück und kniete sich zu Kamp.

»Echt nicht? Nicht mal, wo er wohnt?«

Kamp schüttelte den Kopf. »Das am allerwenigsten. Kann sein, dass Marita es mal erwähnte, aber der Kerl hat mich nicht interessiert. Wenn, dann hab ich es vergessen. Ich bilde mir ein, dass sie mal gesagt hat, er arbeitet bei der Sparkasse, aber das ist ohne Gewähr. Zumal es davon auch noch etliche Filialen in Köln gibt.«

»Was hältst du davon, wenn wir deine Marita fragen? Die müsste das doch aus dem Stand wissen.«

Kamp dachte nach. »Es wäre gelogen, wenn ich jetzt sagen würde, dass ich sie nicht gerne wiedersehen möchte. Aber wie verkaufst du ihr, wer du bist und warum du das von ihr wissen willst? Das sollte dann schon Hand und Fuß haben. Sie ist einigermaßen misstrauisch, weißt du.«

Gregor presste die Lippen zusammen. »Dann nützt es nichts. Wir klappern die Sparkassen ab und versuchen, uns nach ihm durchzufragen.«

Das Schicksal meinte es gut mit dem Boten und seinem Klienten. Wegen der unmittelbaren Nähe der Niederlassung zur Sparkassenfiliale Mülheim, begannen sie dort mit ihrer Suche nach Stefan Bindernagel und hatten das Glück, im Servicebereich an eine übereifrige Auszubildende zu geraten.

Auf Gregors Wunsch, mit Herrn Stefan Bindernagel zu sprechen, nahm sie sich zwei Sekunden Zeit, ein dummes Gesicht zu machen, und anschließend Drehzahl auf. Nach einem kurzen »Einen Moment bitte« und drei leidenschaftlich geführten Telefonaten, teilte sie dem Boten mit, dass Herr Bindernagel schon vor geraumer Zeit in den Wertpapierbereich der Hauptfiliale am Neumarkt gewechselt war. Anscheinend hatte er tatsächlich mal in der Filiale, in der sie gerade standen, seinen Dienst verrichtet. Gregor bedankte sich artig, heuchelte ein Kompliment über die geballte Kompetenz der jungen Frau und machte sich auf den Weg.

Gefühlte fünf Stunden später hatten sie endlich die Kölner Innenstadt erreicht. Gregor studierte die Auswahl der Parkhäuser und entschied sich, einer Laune folgend, für das Parkhaus an der Oper.

Anfangs hatte Gregor behauptet, gern Auto zu fahren, aber was ihm die Kölner Innenstadt zumutete, ging wohl selbst über seine Toleranzgrenze hinaus. Seine obligatorische Gelassenheit wich von Minute zu Minute einer anfangs latenten Aggressivität, die sich schließlich zur blanken Raserei – in Gestalt derbster Schimpfworte, die selbst Kamp noch nie gehört hatte, vulgären Gesten in Richtung der Autofahrer, die seine von Gott und der Straßenverkehrsordnung gegebenen Rechte plump missachteten, und einem Stakkato-Trommelfeuer auf die Hupe – zu steigern wusste. Zwischendurch schüttelte er immer wieder entsetzt den Kopf und zischte etwas von italienischen Verhältnissen.

Kamps Erleichterung, als sie endlich in die Schwertnergasse einbogen, war um nichts geringer als die des Boten, der wohl nur unter Aufbietung der letzten Reste seiner Selbstbeherrschung davon absah, ein Stück aus dem Lenkrad herauszubeißen.

Die Laune des Boten war also entsprechend glänzend. Der kurze Fußmarsch vom Parkhaus zum Sparkassengebäude wurde für Kamp und seine kurzen Beine zu einer Art Sprint. Gregor war noch dermaßen mit Wut geladen, dass er wie ein Eisbrecher mit eingebautem Nachbrenner durch die Schar der Passanten pflügte und allein mit seinem zur Faust geballten Gesicht jeder auf Konfrontationskurs befindlichen Person klarmachte, dass nur ein sofortiges Ausweichmanöver zur Rettung des Tages beitragen konnte.

Kamp hatte Mühe, den Anschluss zu halten. Hätte er ihn abreißen lassen, wäre er in dem Wald aus Beinen verloren gewesen. Er wusste um seine Gestalt. Vor allem wusste er, wo er sich gerade befand. Als Tretminenleger auf Zeit, noch dazu ohne Herrchens schützende Aufmerksamkeit, hatte er es hier mit einer Heerschar von Feinden zu tun.

Ziemlich außer Atem, aber wie durch ein Wunder unversehrt, erreichte er im Fahrwasser des Boten die Sparkasse. Die Art, wie Gregor sich bewegte, ließ Kamp schließen, dass der sich noch immer nicht beruhigt hatte, und es machte sich, ohne dass er es ändern konnte, eine gewisse Schadenfreude in ihm breit. Diesem Bindernagel stand ein unangenehmes Erlebnis bevor.

Gregor pickte sich zielsicher einen vorbeilaufenden Bankangestellten aus dem belebten Foyer und stellte ihn zur Rede.

»Ich möchte mit Herrn Bindernagel sprechen!«, pflaumte er den jungen Mann an, dessen leicht arrogantes Mienenspiel, angesichts der unfreundlichen Zielstrebigkeit des Boten, sofort einer besser zu ihm passenden Unsicherheit wich.

»Der … Herr Bindernagel hat, glaube ich, gerade ein Kundengespräch. Wenn Sie so lange …«

»Wo finde ich ihn?«, knurrte der Bote ungeduldig.

Das Gesicht des jungen Mannes lief feuerrot an. Kamp konnte die Änderung seiner Gemütslage riechen.

»Oben! … äh, Wertpapiere. Aber er hat gerade wirklich …«

Gregor hörte schon nicht mehr zu. Oben und Wertpapiere war alles, was er wissen musste, und er ließ den jungen Mann einfach stehen. Kamp versuchte zu grinsen.

»Wenn du ihn siehst, sag mir Bescheid!«, befahl ihm der Bote.

Kamp befand, dass es zurzeit nichts gab, was er lieber tun würde.

Im ersten Stock angekommen, steuerte Gregor direkt auf sein nächstes Opfer zu, um die Schnitzeljagd auf Bindernagel zu einem Ende zu bringen – in diesem Fall eine Dame mittleren Alters, die Gregors Erscheinen sofort bemerkt hatte und, darob offensichtlich entsetzt, große Augen machte. Ihr wich sogar jegliche Farbe aus dem Gesicht, als sie – vollkommen zu Recht – den Eindruck gewann, dieser grobschlächtige, ungepflegte Klotz würde auf sie zusteuern.

Kamp rettete sie.

»Gregor, da vorne ist er!«, bellte er energisch.

Gregor hielt abrupt inne, taxierte seinen Klienten und folgte dessen Blick.

Vor einer geöffneten Tür stand ein Mann in Kamps Alter, bekleidet mit einem teuer aussehenden und hervorragend sitzenden Anzug. Vor ihm stand ein älterer Herr in abgenutzt wirkenden Klamotten. Seine nackten Füße steckten in Sandalen, und seine Haare sahen aus, als hätte er über Nacht einen Igel darin schlafen lassen. Trotzdem gab sich der Bankangestellte keine Blöße und war geradezu ekelerregend freundlich.

»Das ist er?«, fragte der Bote knapp.

»Ja, der in dem Anzug.«

Gregor warf seinem Klienten einen kurzen, verständnislosen Blick zu und setzte sich, die Augen verdrehend, in Bewegung.

Sie wurden gerade noch Zeugen der überschwänglich freundlichen Verabschiedung Bindernagels von dem älteren Herren, der sich auch Anfang März nicht zu schade war, seinen Sandalen die große weite Welt zu zeigen.

»... also noch mal, einen angenehmen Tag, Herr Doktor Birthler. Ich melde mich, sobald sich etwas tut, egal in welche Richtung. Und einen schönen Gruß an die werte Frau Gemahlin!«, flötete Bindernagel.

Der Mann schlurfte davon und würdigte Gregor beim Vorbeigehen keines Blickes. Bindernagel tat es ihm gleich und machte Anstalten, sich ebenfalls zu entfernen, aber Gregor stellte sich ihm in den Weg. Der Bote wurde von oben bis unten gemustert, und Bindernagel war dumm genug, sich einzubilden, einen herablassenden Blick aufsetzen zu können. Beim Anblick von Kamp, der treu an Gregors Seite stand, ließ er sogar noch eine Prise Abscheu folgen.

»Kann ich Ihnen helfen?«, fragte Bindernagel kühl.

Von der enormen Freundlichkeit war nichts mehr zu sehen.

Kamp sah nach oben und entdeckte die Andeutung eines Grinsens in der Mimik des Boten. Bindernagel würde diesen Tag noch verfluchen!

»Sind Sie Stefan Bindernagel?«, fragte ihn Gregor in neutralem Ton.

Die Bereitschaft des Befragten, Fehler zu begehen, war ungebrochen. Mit größtmöglicher Arroganz schaute er kurz auf das an seinem Revers heftende Namensschild, nahm es zwischen Daumen und Zeigefinger und zog es ein wenig nach vorn.

»Wenn man diesem Schild hier trauen darf«, antwortete er übertrieben gelangweilt.

Gregor honorierte dies mit einem Zähnefletschen, das Bindernagel offenbar mit einem breiten Grinsen verwechselte.

»Sie interessieren sich für unsere Wertpapierfonds? Sie können unten im Servicebereich gerne einen Termin ausmachen. Ich fürchte nur, vor nächster Woche ...«

»Ihre Wertpapiere interessieren mich nicht!«, unterbrach ihn Gregor und trat einen Schritt näher an Bindernagel heran.

Der junge Mann war überheblich genug, um nicht mal im

Traum daran zu denken, eingeschüchtert zu sein. Ungerührt blieb er stehen, wo er war.

»Ich will mit Ihnen über den Tod eines gewissen Thore Kamp reden«, raunte Gregor ihm zu.

Seine Worte erzielten mehr Wirkung, als Kamp es für möglich gehalten hätte.

Erschrocken trat Bindernagel endlich einen Schritt zurück. Seine Blasiertheit verabschiedete sich auf unbestimmte Zeit, und weil sie keine Lust hatte, allein zu verreisen, nahm sie die Gesichtsfarbe gleich mit.

Gregor reagierte sofort und schloss wieder zu ihm auf. Er hatte ihm einen kritischen Treffer beigebracht und würde ihn jetzt nicht so schnell aus seinen Fängen lassen.

»Sie kannten ihn also?«, setzte er nach.

»Ich habe nichts damit zu tun!«, sagte Bindernagel hektisch. Er schrie es fast.

»Womit haben Sie nichts zu tun?«, fragte Gregor unschuldig.

»Mit seinem Tod. Ich kann nicht ... ich habe nichts damit zu tun!«, sagte er erneut und drehte mit schnellen Bewegungen den Kopf hin und her, als würde er nach Hilfe Ausschau halten.

Gregor blickte kurz zu seinem Klienten. Der stand mit eingekniffenem Schwanz neben ihm und ließ Bindernagel nicht aus den Augen.

Das Verhalten des jungen Mannes verdächtig zu nennen, wäre eine Untertreibung gewesen. Gregor hatte es während seiner Zeit als Vergeltungsbote – und das waren immerhin einige hundert Jahre – schon oft erlebt, dass sich gewisse Personen durch ihr auffälliges Verhalten erst selbst einen Stammplatz auf der Liste der Verdächtigen verschafften, aber die Vorstellung, die ihm Bindernagel gerade präsentierte, war bis dato einmalig.

»Soll ich Ihnen mal was sagen, Herr ...« Gregor war plötzlich bester Laune und hatte Lust die Situation voll auszukosten. Demonstrativ neigte er den Kopf ein wenig vor und tat, als würde er das Namensschild inspizieren.

»... Bindernagel. Ich glaube Ihnen kein Wort!«

Bindernagel zitterte am ganzen Leib. Seine Augen glänzten, und die Gesichtsfarbe war zurückgekehrt, um in Form von hektischen Flecken wieder Flagge zu zeigen.

»Ohne einen Anwalt sage ich hier nichts mehr. Ich kenne meine Rechte, und ich bin kein Dummkopf. Damit Sie es nur wissen!«

Gregor war sich seiner Sache zu sicher und infolgedessen unkonzentriert. Dieser Bindernagel wurde bei der bloßen Erwähnung von Kamps Namen zu einem Häufchen Elend, welches mit dem Abspulen von billigen Floskeln versuchte, seine bereits weggespülten Felle noch zu retten. Er nahm ihn als Gegner nicht mehr ernst und ließ sich jetzt seinerseits zu einem dummen Fehler verleiten.

»Falsche Baustelle, mein Freund. Ich bin kein Polizist, ich bin nur ein guter Freund von Thore.«

Für einen Moment machte Bindernagel ein bemerkenswert blödes Gesicht.

»Was sagen Sie da?«, fragte Bindernagel langsam und leise.

»Ich habe nie behauptet, von der Polizei zu sein. Das haben Sie mir unterstellt. Übrigens typisch für jemanden, der ein schlechtes Gewissen hat. Wenn Sie aber so versessen darauf sind, mit einem Polizisten zu sprechen, ich wollte Ihnen ohnehin gerade nahelegen, mich auf das nächste Revier zu begleiten. Da können Sie ...«

»Verschwinde!«, zischte Bindernagel ihn an.

»Wie bitte?«

»Du sollst verschwinden, du Schwachkopf! Du hast hier nichts verloren. Wenn du über dieses zuckerkranke Arschloch reden möchtest, geh zum Friedhof und quatsch mit seinem Grabstein. Ganz egal, Hauptsache du gehst. Sonst werde *ich* die Polizei holen und dich rauswerfen lassen, weil du mich hier von meiner Arbeit abhältst, indem du mich belästigst und mir mit haltlosen Beschuldigungen kommst.«

So langsam dämmerte es Gregor, dass er an irgendeiner Stelle Mist gebaut hatte. Sein Verdächtiger hatte wieder Oberwasser bekommen, und er hatte keine Ahnung, wie er dazu beigetragen hatte. Auch wenn ihm das sauer aufstieß, so schnell würde er nicht aufgeben.

»Mach dich nicht lächerlich, Bürschchen. Du bist so schuldig wie ein geplatztes Kondom, und dass du dir grad nicht in die Hosen gemacht hast vor lauter Schiss, aufgeflogen zu sein, ist auch schon alles. Du hast ihn auf dem Gewissen, und ich werde das beweisen!«

Bindernagels Versuch zu grinsen war nicht der schlechteste, aber er tat es eine Spur zu überheblich.

»Du liegst voll daneben, mein Großer! Aber erzähl doch mal, was hab ich deiner werten Meinung nach angestellt?«

Gregor starrte ihn mit neu aufkeimendem Zorn an, der weniger Bindernagels Überheblichkeit als vielmehr seinem eigenem Unvermögen geschuldet war. Er entschied sich – nach zu langem Zögern – für die naheliegendste Antwort.

»Du hast ihm Drogen verabreicht.«

Bindernagel brach in schallendes Gelächter aus. Sowohl Gregor als auch Kamp, der den Wortwechsel zwischen den beiden gebannt verfolgte, kamen zu der Erkenntnis, dass dieses Lachen nicht aufgesetzt war.

»Ich muss mich bei Ihnen für mein Verhalten entschuldigen. Sie sind von hohem Unterhaltungswert. Leider ...«, Bindernagel sah in aller Seelenruhe auf seine Armbanduhr, »... ja, leider muss ich jetzt wieder an die Arbeit. Sie finden bestimmt allein nach draußen. Und wie gesagt, wenn Sie es sich doch noch anders überlegen sollten mit unseren großartigen Fondsangeboten, zögern Sie nicht, einen Termin zu machen. Da ist auch etwas für den kleinen Geldbeutel dabei. Und jetzt entschuldigen Sie mich bitte.«

Er ging an Gregor vorbei und hielt auf die Treppen zu.

»Wir sehen uns wieder«, rief ihm Gregor mit ruhiger Stimme hinterher.

Bindernagel ging, ohne sich umzudrehen, unbeirrt weiter und steuerte auf direktem Weg die Toilette an, wo er die Tür sorgfältig schloss, den Wasserhahn aufdrehte und sich mit zitternden Händen mehrere Ladungen kaltes Wasser ins Gesicht spritzte.

»Was war das gerade?«, kläffte Kamp erneut.

Gregor saß – schon seit einigen Minuten stur die Karte des Café Stadyum studierend – mit übereinandergeschlagenen Beinen auf seinem Stuhl und versuchte, einen Eindruck der Gelassenheit zu vermitteln.

»Was soll das? Warum sagst du nichts?«, hakte Kamp nach und zog immer mehr missbilligende Blicke der anderen Cafégäste auf sich. Dass er zurzeit als kläffender Vierbeiner unterwegs war, hatte er kurzzeitig vergessen.

»Wenn du bitte mit dem Gebelle aufhören würdest. Sonst schmeißen die uns hier noch raus, bevor ich überhaupt was bestellen kann«, sagte Gregor schließlich leise.

Kamp gab nichts darauf. »Dann rede gefälligst mit mir!«

Der Bote atmete tief durch und beugte sich ein wenig herunter.

»Was willst du denn hören? Er hat Dreck am Stecken, das war doch wohl offensichtlich. Gut möglich, dass wir gerade mit deinem Mörder gesprochen haben.«

»Gut möglich?«, hob Kamp an und provozierte erste Unmutsäußerungen von den benachbarten Tischen.

»Er war es, das ist amtlich! Ich verstehe nicht, warum du ihn nicht in dem Glauben gelassen hast, Polizist zu sein. Er war so kurz davor, zusammenzubrechen.«

Der Bote sah Kamp für ein paar Sekunden schweigend an und ließ sich wie einen nassen Sack in seinem Stuhl zurückfallen.

»Verdammter Mist! Das war es also«, sagte er zu sich selbst und starrte nachdenklich ein großes Loch in die Luft.

Kamp beobachtete ihn und war bestenfalls verwirrt. »Kann es sein, dass gerade nicht alles so lief, wie du es geplant hattest?«

Gregor reagierte nicht und starrte, begleitet von nachdenklichem Kopfschütteln, weiter in das große Luftloch.

Kamp ließ ihn gewähren und belauschte, in Ermangelung von Alternativen, das Gespräch zweier Männer am Nachbartisch, die sich mit großem Ernst und beachtlichem Sachverstand über die vielen Vorteile, die Kölsch gegenüber Altbier hatte, austauschten.

Nach einer Weile brach Gregor sein Schweigen.

»Ist dir etwas an Bindernagels Reaktion aufgefallen, als ich ihm das mit den Drogen untergeschoben habe?«

Kamp legte den Kopf schief. »Was meinst du?«

Der Bote wog leicht die Schultern hin und her, als wäre er unschlüssig. »Der Schuss ging ins Leere. Er blieb völlig unbeeindruckt. Kurz davor ist er uns fast durchgedreht, nur weil ich deinen Namen erwähnt habe, aber die Drogengeschichte ging ihm warm am Gesäß vorbei.«

»Weil er da inzwischen wusste, dass du gar kein Polizist bist?«, spekulierte Kamp.

Gregor dachte darüber nach. »Nein, glaube ich nicht. Das mag eine Rolle gespielt haben, aber nur eine untergeordnete. Er hat was ausgefressen, und das steht mit dir im Zusammenhang, daran kann kein Zweifel bestehen. Aber ob er wirklich dein Mörder ist – ich könnte das nicht mit ruhigem Gewissen unterschreiben.«

Das waren ganz neue Töne für Kamp, und sie gefielen ihm nicht.

»Machst du jetzt etwa einen Rückzieher? Er ist unser einziger Verdächtiger, hast du das schon vergessen? Außerdem hat er praktisch sofort nach einem Anwalt verlangt. Wenn der es nicht war, lecke ich dir die ...«

»Bevor du uns beide in Teufels Küche bringst, schalte mal 'nen Gang zurück. Er ist *dein* einziger Verdächtiger. Ich habe schon mindestens zwei. Und wo die herkommen, ist vielleicht auch noch ein dritter zu finden. Ehrlich gesagt, erscheint mir ein Täter aus deinem ehemaligen Arbeitsumfeld immer noch am wahrscheinlichsten.«

Kamp ließ ein wenig erschöpft den Kopf hängen und starrte ratlos auf seine Vorderpfoten.

»Ich mache folgenden Vorschlag. Wir werden deinem alten Freund Tibbe gleich einen Besuch abstatten. Vielleicht ist ihm ja etwas aufgefallen, wofür du aus irgendeinem Grund blind warst, zum Beispiel, weil du es sein wolltest. Sag jetzt nichts, lass mich ausreden! Und wenn wir es schaffen, fahren wir auch noch mal zu unserem Lieblingspolizisten Herrn Fleischer. Ich will wissen, was es mit dieser Bemerkung ›was andere nicht schafften‹ auf sich hat. Möglicherweise lässt sich noch etwas mehr aus ihm rauskitzeln.«

»Und wenn nicht?«

»Dann gäbe es noch einen anderen Weg. Einen anstrengenden und zeitaufwendigen, wenn ich Pech habe.«

Ein alter Freund

Vom Pförtner der Firma erfuhren sie, dass Peter Tibbe sich an diesem Tag nicht in der Firma aufhielt, da er sich krankgemeldet hatte.

So mussten die beiden ihn zu Hause aufsuchen, und Kamp navigierte Gregor zu Tibbes Wohnung in der Weyerstraße.

Kamp war überrascht von der Erleichterung, die er empfand, als der Pförtner sie unverrichteter Dinge ziehen ließ. Die Aussicht, den Ort des Verbrechens – seines Todes – wiederzusehen, bereitete ihm offenbar mehr Unbehagen, als ihm bewusst war.

Gregor hingegen war schon wieder einigermaßen gereizt. Die Stadt Köln war drauf und dran, ihm seine Freude am Autofahren nachhaltig zu vergällen, und es ärgerte ihn, dass sie auf dem Weg zu Kamps alter Firma die Innenstadt verlassen hatten, um kurz darauf doch wieder dorthin zurückzukehren. Es waren zwar nur knappe fünf Kilometer Distanz, aber die konnten es in sich haben!

Tibbe wohnte im zweiten Stock eines Altbaus in der Innenstadt, ein Ort von dem aus man es nicht weit hatte, wenn man etwas um die Ohren haben wollte. Das ideale Domizil für eine Pistensau wie ihn.

Er aktivierte auf Gregors Klingeln direkt den Türöffner, ohne sich vorher über die Gegensprechanlage zu vergewissern, wer etwas von ihm wollte. Gregor klemmte sich Kamp unter den Arm und erklomm die Treppen in den zweiten Stock. Sie hätten auch den Fahrstuhl nehmen können, aber als Bewohner des Jenseits und noch dazu aktiver Vergeltungsbote, kam man oft genug in den Genuss einer Fahrstuhlfahrt. Wenn es die Möglichkeit gab, eine Treppe zu nutzen, nahm Gregor diese Gelegenheit wahr.

Sie fanden eine bereits geöffnete Tür vor, in der ein halb bekleideter Mann stand und auf sie wartete. Tibbe war der erste Mensch, der, wenn man seinem Gesichtsausdruck trauen konnte, keine offensichtliche Abneigung gegen Gregors Schmuddelmaske empfand. Er bot seinen Besuchern ein neutrales, etwas gequält wirkendes Lächeln an.

»Er sieht wirklich krank aus. So blass ist er sonst nicht. Und diese Ringe unter den Augen. Armer Kerl«, sagte Kamp zu Gregor.

Das Bellen des Hundes irritierte Tibbe.

»Sagen Sie bloß, der mag mich jetzt schon nicht?«

Der Mann lächelte unverbindlich. »Machen Sie sich keine Sorgen. Das Bellen gilt mir. Er mag es nicht, getragen zu werden, und will runter. Schröder ist mein Name. Ich bin Privatermittler und würde Ihnen im Namen meines Auftraggebers gerne ein paar Fragen stellen, wenn es Ihre Zeit zulässt.«

Tibbe wirkte aufrichtig überrascht.

»Ein richtiger Privatdetektiv? Und Sie wollen mir Fragen stellen?! Dass ich das noch erleben darf. Ist ja wie im Kino! Wer ist denn Ihr Auftraggeber, und worum geht es?«

»Mein Auftraggeber ist Frau Heike Kamp, die Schwester von Ihrem kürzlich verstorbenen Arbeitskollegen Thore Kamp.«

Tibbe glotzte den Mann für einige Sekunden einfach nur an. Damit hatte er nicht gerechnet. Schließlich fing er sich wieder, und er trat zur Seite.

»Kommen Sie rein.«

Er schloss die Tür hinter ihnen und führte sie in sein Wohnzimmer.

Die Wohnung befand sich in einem erfreulich aufgeräumten Zustand. Von einem alleinstehenden Mann erwartete man etwas Unordnung, während man bei einem alleinstehenden Peter Tibbe mit der Regentschaft des Chaos rechnen durfte.

»Setzen Sie sich doch. Den Hund können Sie ruhig laufen lassen … er ist doch stubenrein?«

»Absolut. Rufus benimmt sich nur auf Kommando daneben«, antwortete der Mann mit einem schmierigen Grinsen.

Der Hund demonstrierte seine Zuneigung per Einsatz seines Schwanzes unter Volllast.

»Sehen Sie, er mag Sie. Können Sie sich was drauf einbilden.«

Tibbe grinste und hielt dem Hund die Hand hin. Der ließ sich nicht lang bitten und leckte sie ab.

»Netter Hund. Rufus, sagten Sie? Doch, netter Hund. Kann ich Ihnen oder Ihrem Hund irgendetwas Gutes tun. Kaffee, Cola, Wasser?«

Der Mann schüttelte den Kopf. »Weder noch, danke. Wir wollen Sie nicht länger als nötig belästigen. Sie müssen sich schließlich schonen. Grippe nehme ich an?«

»Ist das so offensichtlich? Ja, leider. Fing gestern Nachmittag an. Geht gerade wieder rum, die halbe Firma liegt flach. Wenn ich Ihnen also nichts anbieten kann, wie kann ich Ihnen dann helfen?«

Der Mann räusperte sich in seine Faust und stützte sich auf seine Oberschenkel.

»Meine Auftraggeberin ist überzeugt, dass ihr Bruder nicht einfach so gestorben ist. Sie vermutet, dass die Unfalltheorie der Polizei und Staatsanwaltschaft nicht stimmt. Ihr Bruder soll irgendwann mal von einem Kollegen erzählt haben, der ihm nicht geheuer war, ihm regelrecht Angst machte. Sie kann …«

Der Hund bellte sein Herrchen energisch an. Tibbe belohnte ihn für sein niedliches Kläffen mit einem Lächeln.

»… sich nur leider nicht mehr erinnern, ob er auch einen Namen erwähnte. Da Sie wohl nicht nur ein sehr enger Mitarbeiter, sondern so etwas wie der beste Freund von Herrn Kamp waren, ruhen unsere Hoffnungen auf Ihrer Mithilfe. Wenn es jemandem aufgefallen sein muss, dass Herr Kamp Differenzen mit einem seiner Kollegen hatte, dann Ihnen«, beendete der Mann, unbeirrt vom Bellen, seine Ausführungen.

Tibbe zog die Augenbrauen nach oben und atmete tief durch.

»Das ist ein Ding! Sie denkt also, er wurde ermordet? Ich fürchte, dass ich diese Theorie unterwandern muss und nicht die gehoffte Hilfe bin. Ich bin mir sogar sicher, dass es wirklich nur ein Unfall war.«

»Würden Sie mir verraten, warum?«

»Nun …«, Tibbe lehnte sich zurück und legte die nackten Füße auf den Tisch, »… Ihnen ist wahrscheinlich nicht bekannt, dass ich derjenige war, der ihn gefunden hat? Ich war, was eigentlich untypisch für mich ist, einer der Ersten in der Firma, ich kann nicht mal sagen, warum. Am Vortag ist mir das auch passiert, und das Gesicht von Thore war ein Eintrittsgeld wert. Nur zu gerne hätte ich es ein zweites Mal geschafft, ihn ein so dummes Gesicht machen zu lassen. Der Anblick, der sich mir stattdessen bot, war das krasse Gegenteil von dem, was ich mir erhofft hatte. Wie er da lag, sein Kopf in dieser unnatürlichen Haltung, der unpassende Ausdruck der Erleichterung in seinem Gesicht. Ja wirklich, er sah richtig glücklich aus.«

»Worauf führen Sie das zurück?«

»Für mich steht außer Frage, dass es mit seiner Krankheit zu tun hatte. Aus irgendeinem Grund muss er an dem Morgen falsch gespritzt haben, und erst als er im Büro war, hat er den Fehler auf sehr drastische Weise bemerkt. Er hatte die Insulinampulle noch in der Hand. Neben meinem Schreibtisch lag die Spritze. Irgendwie hat er es sogar geschafft, mit einem Teil der Flüssigkeit seinen Monitor kurzzuschließen. Das Ding war hin. Der arme Kerl muss richtig Not gehabt haben. Wissen Sie, ich frage mich ständig, was ihn letztlich getötet hat, das Insulin oder der Genickbruch. Wenn es nach mir geht hoffe ich, dass es der Genickbruch war. Ich bin nun wirklich kein Experte, aber ich stelle es mir schlimm vor, an einer Überdosis Insulin zu sterben. Hoffentlich musste er nicht leiden. Ein verdammter Jammer ist das.«

Der Mann nickte beiläufig und sah zu seinem Hund, der den Ausführungen von Tibbe ebenso gebannt zuzuhören schien.

»Außerdem hat er mir nie erzählt, dass es jemanden gibt, der ihm Angst eingejagt hat. Thore hatte, soweit ich weiß, vor so ziemlich gar nichts Angst.«

»Halten Sie es für möglich, dass Herr Kamp sich absichtlich eine Überdosis verpasst hat?«

»Ausgeschlossen!«, antwortete Tibbe wie aus der Pistole geschossen. »Ich kann für mich beanspruchen, ihn wirklich sehr gut gekannt zu haben. Für Selbstmord gab es keinen Grund. Er hatte doch alles. Einen tollen Job, der ihm sehr viel bedeutet hat, eine tolle Frau, die kurz davor war, ihm zu verfallen, eine Schwester, die ihm alles bedeutete und sich vor lauter Bruderliebe manchmal wahrscheinlich gar nicht retten konnte ...«

Der Hund jaulte leise auf.

»... und den besten, besten Freund, den man sich wünschen kann. Nein, Selbstmord war das nicht, es war ein Unfall. Das ist mindestens genauso ärgerlich, aber weniger anrüchig. Es gibt einige in unserer Firma, die sich mit Spekulationen in dieser Richtung die Langeweile vertreiben. Diese Arschlöcher wagen inzwischen nicht mehr dies zu tun, wenn die Möglichkeit besteht, ich könnte es mitbekommen. Bevor Sie jetzt aber anfangen, in diese Kerbe zu schlagen, es handelt sich dabei nicht um potenzielle Mörder von Thore. Es sind nur Neidhammel oder von der Bedeutungslosigkeit ihres eigenen Lebens angepisste Spießer, die plötzlich die Möglichkeit sehen, mal mit 'nem richtig tollen Spruch aus der Sonne zu kommen.«

Der Mann kaute auf seiner Unterlippe. »Sie scheinen sich da sehr sicher zu sein.«

Tibbe hob die Schultern machte eine abwiegelnde Geste. »Na, was auch sonst? Wie kann man denn wohl etwas daran drehen, dass jemand einen Zuckerschock bekommt? Da hätte man ihn schon mästen müssen. Selbst die Polizei hat ja wohl keine Anzeichen für ein Verbrechen gefunden, sonst würde sie längst ermitteln. Ich kann sehr gut verstehen, dass es Thores Schwester schwerfällt, zu akzeptieren, dass sie ihren Bruder, einen ausgewiesenen Perfektionisten, durch einen wirklich dummen Unfall verloren hat. Aber alle Verdächtigungen machen ihn nicht wieder lebendig. Sie sollte ihre Zeit nicht damit verschwenden, nach einem Täter zu suchen, den es nicht gibt. Ohne sie persönlich je kennengelernt zu haben, ich halte es für besser, wenn sie versucht, den Blick nach vorne zu richten und ihr Leben ohne Thore weiterzuleben.«

Der Hund hatte sich zu Tibbes Füßen zusammengerollt und fiepte herzerweichend. Tibbe erbarmte sich seiner und kraulte ihn hinter den Ohren.

»Sind die Hündinnen läufig?«, fragte er belustigt.

»Was? Ach so, ja. Stimmt. Ich fürchte, ich muss ihn demnächst doch kastrieren lassen. Es gibt Tage, da macht es einen verrückt!«

Der Hund unterbrach sein Winseln und schaffte es, seinem Herrchen einen wirklich vorwurfsvollen Blick zu schenken. Aber Herrchen grinste nur und nickte dem Hund zu. »Guter Rufus! Wirst es mir danken, alter Knabe.« Er kratzte sich am Kopf und räusperte sich. »Darf ich Sie trotzdem bitten, noch einmal darüber nachzudenken? Ich verstehe Ihre Argumente durchaus. Es gibt da nur eine Sache, die Sie offensichtlich nicht wissen, und von der außer der Polizei nur die nächsten Angehörigen erfahren haben. Man hält es durchaus für möglich, dass Herr Kamp Suizid begangen hat. Dieser Verdacht wirft gewisse Probleme hinsichtlich einer Lebensversicherung auf, in der als alleinige Begünstigte meine Auftraggeberin vorgesehen ist. Es geht ihr natürlich nicht ums Geld. Wie Sie schon sagten, das macht ihn nicht wieder lebendig. Trotzdem verweigert die Versicherung eine Auszahlung, solange der Verdacht eines Suizids nicht widerlegt werden kann. Ich glaube, es wäre ganz sicher nicht im Sinne Ihres Freundes gewesen, seiner Schwester das ihr zustehende Geld aufgrund eines hanebüchenen Verdachtes vorzuenthalten.«

Tibbe machte ein besorgtes Gesicht, dachte nach und kratzte sich geistesabwesend in der Leistengegend. Er wähnte sich in der Gegenwart eines Mannes, der auf gutes Benehmen keinen allzu großen Wert legte. Zumindest das Äußere dieses Privatermittlers sprach dafür, dass er selbst keinen Vertrag damit hatte.

»Okay. Na gut. Überredet. Ich werde mir ein paar Gedanken machen. Versprechen Sie sich aber nicht zu viel davon. Und wenn mir ein Name einfallen sollte, ist doch wohl klar, dass Sie den nicht von mir haben!«

Der Mann stand auf und hielt Tibbe die Hand hin. »Mein Wort drauf, Herr Tibbe. Versprochen. Darf ich Sie morgen wieder belästigen?«

Tibbe erhob sich, untermalt von einem herzhaften Stöhnen, ebenfalls wieder von seinem Sofa.

»Morgen schon? Warum denn diese Eile?«

»Na ja, es ist schon etwas zeitkritisch. So eine Versicherung wartet nicht ewig, bis man entsprechende Beweise vorlegen kann. Wenn meine Mandantin innerhalb der nächsten zehn Tage nichts vorweisen kann, das ihren Bruder vom Verdacht des Suizids reinwäscht, sieht sie in die Röhre. Dann gibt es keinen Cent.«

»Das dürfen die einfach so?«

»Leider ja. Morgen also? Gegen zehn Uhr?«

»Sagen wir ab elf. Ich brauche meinen Schlaf.«

unter profis

Kamp und Gregor saßen wieder in dem alten BMW und fuhren in Richtung Polizeipräsidium. Gregor machte einen ungehaltenen Eindruck und murmelte sich die ganze Zeit ärgerlich etwas in seinen Bart.

Kamp war versucht, einige der gerade gehörten Gesprächsbeiträge des Boten kritisch zu hinterfragen, traute sich jedoch wegen dessen offensichtlich gereizter Stimmung nicht so recht. Stattdessen entschied er, ihn den Anfang machen zu lassen. Er machte Sitz, legte den Kopf schief und versuchte, ein paar Löcher in den Boten zu glotzen.

Trotz seines Ärgers funktionierte das Radar des Boten einwandfrei. Ohne den Kopf zu bewegen, verdrehte er die Augen. Sein Empfinden war richtig. Kamp starrte ihn an.

»Was?!«, blaffte der Bote.

Keine Reaktion.

»Was?!!«

Kamp starrte unbeirrt weiter und hüllte sich in Schweigen.

»Hör mal, reiz mich nicht. Es kotzt mich schon genug an, dass wir hier so viel Zeit sinnlos vertrödeln müssen. Wenn wir nachher in der Unterkunft sind, muss ich in die Zelle, und bis dahin brauche ich eine gute Ausrede, warum das alles so lange dauert. Da kann ich beim besten Willen keine vorwurfsvollen Blicke gebrauchen. Ich will nicht mal wissen, womit ich mir die überhaupt verdient habe.«

Kamp war verwirrt. »Zelle?«

»Zelle. Im Sinne von Telefonzelle, nur etwas metaphysischer. Kommunikation mit dem Jenseits. Du erinnerst dich an das Zentrum der Anmeldung? Der hohe Turm? Die Domestiken? *Er*? Die haben ein sehr wachsames Auge darauf, wer weswegen wie viel Zeit auf der Erde verbringt, und sie lassen sich es sehr ausführlich begründen, wenn es mal länger dauert. Wenn ihnen die Geschichte nicht gefällt, heißt es zack, sofort zurück. Ohne Wenn und Aber. Willst du, dass es vorbei ist, bevor es richtig angefangen hat?«

Das wollte Kamp nicht. Allerdings vermutete er eine gewisse künstlerische Freiheit in den Ausführungen des Boten, mit der er sich dumme Fragen vom Leib halten wollte. Wenn man von Menschen verlangte, sich Gedanken zu etwas zu machen, brauchte das nun mal seine Zeit. Es sollte doch mit dem Teufel zugehen, wenn das nicht auch den Domestiken oder *ihm* klar war.

»Warum so gereizt? Ich hab doch gar nichts gesagt.«

»Dein Blick sagt alles. Beleidige bitte nicht meine Intelligenz.«

Kamp starrte ihn weiter an. Gregors Fahrstil wurde zusehends aggressiver und seine leise ausgestoßenen Verwünschungen eines Boten unwürdiger. Er umklammerte das Lenkrad mit beiden Händen, und seine Fingerknöchel traten weiß hervor.

»Okay! Na schön! Raus jetzt mit der Sprache. Was passt dem Herrn nicht?«

Das kleine Hündchen mit der menschlichen Seele inspizierte aufreizend provokativ seine linke Vorderpfote. Es ging ein Gefühl von ihr aus, als könnte sie jeden Moment zu jucken anfangen.

»Und wage es nicht, mich zu ignorieren und so zu tun, als wäre alles in Ordnung. Falscher Zeitpunkt!«

Das kleine Hündchen mit der menschlichen Seele entschied, dass es schlimmere Dinge gab, als eine juckende Vorderpfote. Zum Beispiel einen zornigen Vergeltungsboten zu piesacken, bis ihm der Kragen platzte.

Immerhin, er hatte ihn dazu gebracht, zu fragen. »Warum hast du ihm das mit dem Selbstmord erzählt? Was sollte das?«

Gregor trommelte ungeduldig mit den Fingern auf dem Lenkrad.

»Ich musste mir schließlich etwas einfallen lassen, um die Geschichte plausibel zu machen. Hat doch funktioniert, oder? Außerdem habe ich nicht den Eindruck, dass ich ihm da einen Floh ins Ohr gesetzt habe. So überzeugt wie er von der Unfalltheorie war, kann ich mir nicht vorstellen, dass dieser Schwachsinn bei ihm auf fruchtbaren Boden gefallen ist.«

Gregor warf Kamp einen kurzen Blick zu. »Du musst es von der praktischen Seite sehen. In unserer Situation zählt nur das Ergebnis. Die Seele, in diesem Fall du, hat einen Wunsch. Ich versuche, ihn zu erfüllen. Um ans Ziel zu gelangen, muss man sich eben auch mal was einfallen lassen. Das Großartige daran ist, dass wir keiner Gerichtsbarkeit unterliegen. Nach Möglichkeit sollen keine irdischen Gesetze gebrochen werden. Wenn es aber doch mal passiert, einfach weil es notwendig erscheint, kräht bei uns kein Hahn danach. Und du kannst mir glauben, ich habe schon weitaus fragwürdigere Dinge getan, als eine harmlose Geschichte zu erzählen. Deine Vorbehalte gegen Suizid in allen Ehren, du solltest darin aber keinen möglichen Makel in deiner ohnehin bedeutungslos gewordenen Vita, sondern vielmehr ein Mittel zum Zweck sehen.«

»Und in diese Kategorie fällt auch die Geschichte mit dem Kollegen, vor dem ich so furchtbare Angst hatte?«

»Natürlich!«

Kamp nickte. Zu echter Begeisterung würde es für ihn zwar nicht reichen, aber immerhin klang es plausibel.

»Warum hast du Pit nichts von den Drogen erzählt?«

Gregor schnaubte verächtlich. »Dreimal darfst du raten, warum ich so sauer bin. Ich habe nicht daran gedacht. Ich selbst predige, möglichst keine Zeit zu verschwenden, und dann so ein blöder Fehler. Morgen werde ich das nachholen, verlass dich drauf.«

Mit einem Manöver, das eines ausgewiesenen Hasardeurs würdig gewesen wäre, schnappte Gregor dem Fahrer eines alten Opel Corsa die einzige freie Parklücke auf dem Parkdeck des Polizeipräsidiums vor der Nase weg. Der Corsa musste voll in die Eisen gehen und hinterließ eine beträchtliche Bremsspur auf dem Asphalt, um nur wenige Zentimeter an einem Blechschaden vorbeizuschrammen. Ein wütendes Hup-Solo, intoniert von einem jungen Mann mit hochrotem Kopf und wutverzerrtem Gesicht, war die Belohnung für Gregor, der schon immer den Standpunkt vertreten hatte, dass man von dem, was man bekam, auch wieder etwas zurückgeben musste.

Erst als Gregor seine grobschlächtige Erscheinung aus dem BMW schälte, überlegte es sich der Corsa-Fahrer anders und drehte weiter seine Runden.

»Sind hier eigentlich alle Autofahrer so drauf?«, fragte Gregor Kamp mit aufrichtigem Interesse.

»Das ergibt sich von ganz allein, wenn man hier nicht unter die Räder kommen will.«

Gregor hob Kamp auf, verließ das Parkdeck und trottete mit ihm in Richtung Eingang. Kurz bevor er das Präsidium zum zweiten Mal innerhalb von zwei Tagen betreten wollte, erschien, in Begleitung von zwei Frauen, ein bekanntes Gesicht in der Tür.

»Hallo, Herr Kommissar!«

Kommissar Fleischer trug das Lächeln eines Mannes, der in eine belanglose Unterhaltung mit zwei gut aussehenden jüngeren Kolleginnen verstrickt war. Der Klang dieser speziellen Stimme scheuerte das Lächeln mit einer Drahtbürste aus seinem Gesicht.

»Sie?«

»Ich. Und Rufus!«

Mit weiblicher Intuition registrierten die beiden Frauen, dass eine Art Wetterumschwung kurz bevorstand, und sie verabschiedeten sich eilig von Kommissar Fleischer, der den fremden Mann feindselig anstarrte und ihr Verschwinden gar nicht bemerkte.

»Hören Sie, Herr Schulze oder Schmidt, oder wie immer sie heißen mögen ...«

»Schröder, Herr Kommissar«, berichtigte der Mann.

»Meinetwegen auch Schröder. Ich habe jetzt Dienstschluss, das erste Mal seit wer weiß wie vielen Wochen, dass ich so gut wie pünktlich hier rauskomme. Versauen Sie mir meinen Feierabend jetzt bloß nicht mit Ihrer Gegenwart!«

»Sie haben jetzt frei?« Der Mann gab sich freudig erregt. »Aber das ist doch perfekt, Herr Kommissar! Wenn Sie nicht mehr im Dienst sind, können Sie mir noch ein paar Tipps zustecken, ohne sich eines Dienstvergehens schuldig zu machen.«

»Klugscheißer! Das habe ich gestern sch…«

Fleischer hielt abrupt inne und drehte sich wie ein Verfolgter um. Zornig hastete er dem Mann entgegen, packte ihn unter dem Arm und zog ihn mit. Der ließ es ohne Widerstand geschehen.

»Sie bringen mich noch in ernste Schwierigkeiten, Sie verdammter Schnüffler. Wie können Sie nur so unverschämt sein?«

Der Mann schüttelte mit gespielter Entrüstung den Kopf. »Also Herr Kommissar, ganz ehrlich, das liegt nun wirklich nicht in meinem Interesse. Sie haben mir gestern schließlich sehr geholfen, das meine ich ernst. Vielleicht wäre es für uns beide von Vorteil, wenn Sie mir wenigstens kurz zuhören würden. Ich bin mir nämlich ziemlich sicher, einem Justizirrtum auf die Schliche gekommen zu sein.«

Widerwillig starrte Fleischer den Mann mit aufkeimendem Interesse an.

»Ich wohne hier ganz in der Nähe. Wenn Sie ihr dummes Gerede bis zur Oranienstraße ausgespuckt bekommen, dürfen Sie mich begleiten!«, sagte er schroff.

Er konnte Privatschnüffler nicht leiden, alle wie sie da waren. Es gab durchaus seriöser daherkommende Exemplare als diesen Schröder. Seriös in dem Sinne, dass sie sich an ein paar Spielregeln hielten und Seife benutzten. Aber auch die waren ihm ein Dorn im Auge.

Was machten sie denn? Liefen für vergleichsweise gutes Geld – zumindest mehr als ein durchschnittlicher Beamter verdiente – durch die Gegend und verrichteten Arbeit, die eigentlich allein der Polizei vorbehalten sein sollte. Oft wagten sie es sogar, diese Arbeit besser als die »Konkurrenz« von der Polizei zu verrichten, nicht etwa weil sie besser waren, sondern weil ihnen mehr Zeit zur Verfügung stand. Sie konnten sich auf wenige, ausgewählte Fälle konzentrieren, während man es als Polizist mit ganzen Aktenschränken voller Verbrechen auf einen Schlag zu tun hatte, ganz egal, ob es sich um eine an der Tankstelle geklaute Flasche Schnaps oder um einen auf der Straße zusammengetretenen Jugendlichen handelte, dessen Turnschuhe zu cool waren, um bei ihm zu bleiben.

Er selbst hatte es mit den ganz harten Kerlen zu tun, den Mördern und Totschlägern. Aber auch von denen gab es einfach zu viele, gerade in einer Stadt wie Köln. Und keiner von ihnen war wenigstens so anständig, mit seinem Verbrechen so lange zu warten, bis man das Verbrechen seines Vorgängers aufgeklärt hatte. Auf den Punkt gebracht, fehlte es an Personal und Befugnissen, so sah es aus.

Privatschnüffler tangierten derlei Probleme nicht. Die pickten sich die gut bezahlten Rosinen raus, griffen, wann immer sich die Möglichkeit ergab, auch noch Ermittlungsergebnisse der harten, unterbezahlten Polizeiarbeit ab, wurden bisweilen selbst kriminell, wenn sie mit legalen Mitteln an ihre Grenzen stießen, und standen dann irgendwann wie die Könige da, wenn ihre Bemühungen von Erfolg gekrönt wurden und sie wieder einmal behaupten konnten, den staatlichen Ermittlungsbehörden eine Nasenlänge voraus gewesen zu sein.

Nichts wurmte einen Polizeiermittler mehr, als den Faden eines Privatschnüfflers aufnehmen zu müssen. Als würden sie es selber nicht mindestens ebenso gut hinkriegen. Mehr Personal, weniger juristische Grenzen, und die ganze Schnüfflerzunft wäre dem Untergang geweiht. Maximal mit irgendwelchen Ehebrechern würden sie sich dann noch rumärgern dürfen.

Aber was half all das Hadern mit dem eigenen Schicksal. Es gab einen Markt für derlei Dienste. Niemand hatte ihm je verboten, selbst einer von ihnen zu werden. Unzählige seiner Kollegen hatten diesen Schritt getan, einfach weil sie es leid waren, ständig von dieser staatlich reglementierten Zwangsjacke behindert zu werden. Die meisten hatten diesen Schritt nie bereut.

Er selbst war wohl zu unflexibel oder zu stolz. Wahrscheinlich sogar beides. Aber ihn sollte der Blitz treffen, wenn er das jemals gegenüber irgendjemandem zugeben würde.

Jetzt stand dieser Schröder vor ihm – schon wieder – und behauptete, etwas besser zu wissen als er, nachdem er ihm gestern überhaupt erst aufs Pferd helfen musste.

Sie gingen den Walter-Pauli-Ring bis zum Ende und bogen nach links in die Kalker Hauptstraße ab.

»Ein Justizirrtum also? Geht es immer noch um diesen Diabetiker?«

Kamp kläffte den Kommissar an.

»Die undichte Töle mit dem Prostataleiden meldet sich also auch zu Wort. Haben Sie ihm den Trick mit dem Beinchenheben selbst beigebracht, oder ist das Schätzchen wirklich krank?«, wollte Fleischer von Gregor wissen.

Der lächelte unverbindlich und begann, Kommissar Fleischer so langsam aber sicher zu mögen.

»Das dürfen Sie sich aussuchen, Herr Kommissar.«

»Verzichte. Also raus mit der Sprache, Sherlock Holmes. Meine Laune ist jetzt eh zum Teufel. Wo haben meine Kollegen und ich Ihrer unschätzbaren Meinung nach einen Fehler begangen?«

Gregor tastete sich behutsam vor. »Ehrlich gesagt, kann man der Polizeiarbeit da gar nichts vorwerfen. Mit den Informationen, die Sie haben, konnten Sie eigentlich nur zu dem Schluss gelangen, dass Herr Kamp sich mit einer Insulin-Haschtee-Mischung selbst auf die Tischkante befördert hat.«

»Na schau an. Das mit dem Haschtee haben Sie also schon herausgefunden. Ich gratuliere«, sagte der Kommissar mit leicht ironischem Unterton und rang sich sogar ein Lächeln ab. »Aber davon mal ab, Sie haben mich verwirrt. Kein Vorwurf, Marke ›Ihr stumpfsinnigen Pfuscher‹? Zumindest so lange nicht, bis ich Ihre Fragen beantwortet habe, nehme ich an? Was sollen das für Informationen sein, die wir nicht haben?«

»Kamp hat die Drogen nicht freiwillig genommen. Er wusste nicht mal, dass sie in seinem Tee waren.«

Fleischer spitzte die Lippen und nickte anerkennend. Gregor fragte sich, ob der Kommissar jetzt dauerhaft in die Sarkasmus-Branche einsteigen wollte.

»Klingt ja nicht schlecht. Und da kommt sie auch schon, die große Preis- und Scherzfrage. Woher wissen Sie das?«

Gregor hatte natürlich befürchtet – gewusst –, dass diese Frage kommen würde. Genauso wusste er, dass der Kommissar mit seiner Antwort kurzen Prozess machen würde. Selbst ein schlechterer Polizist als Fleischer hätte sie in der Luft zerpflückt. Aber er hatte keine Wahl.

»Nach intensiver Befragung aller ihm nahestehenden Personen kam ich zu dem Schluss, dass Herr Kamp Drogen regelrecht hasste. Er hat sein ganzes Leben nie welche genommen, hat nicht mal geraucht oder Alkohol getrunken. Der Mann wurde bereits elektrisch, wenn man ihm statt schwarzen Tee einen mit diesen neumodischen Frucht- und Kräuteraromen vorgesetzt hat. Alle würden beim Leben ihrer Mütter einen heiligen Eid schwören, dass er mit Drogen aber auch gar nichts am Hut hatte.«

Fleischer blieb stehen und schlug sich mit der Faust in die hohle Hand.

»Da soll mich doch der Teufel holen! Also, wenn ich das gewusst hätte, wäre ich natürlich auch ganz anders mit diesem Fall umgegangen. Aber ehrlich – ich hatte ja keine Ahnung. Intensive Befragung aller ihm nahestehenden Personen, sagen Sie? Wissen Sie was, Sie müssen unbedingt bei uns anfangen, Leute wie Sie kann die Polizei immer gebrauchen. Sie werden natürlich übertariflich bezahlt, einen Mann mit einem solchen kriminalistischen Gespür kann man schließlich schlecht …«

»Schon gut, Herr Kommissar, ich habe verstanden«, unterbrach Gregor den Polizisten und fühlte sich sogar ein wenig in seinem Stolz verletzt. Normalerweise scherte es ihn wenig, von den unwissenden Lebenden nicht ernst genommen zu werden, aber zu seiner eigenen Überraschung lagen seine Befindlichkeiten in diesem Fall anders.

»Jetzt mal ehrlich, Mann, Sie können doch nicht ernsthaft erwartet haben, mich mit diesem Müll zu kriegen. Da habe ich etwas mehr von Ihnen erwartet, nachdem Sie mir gestern durchaus geschickt eine Information abgerungen haben, die ich normalerweise nicht mal unter Folter rausgerückt hätte. Und jetzt kommen Sie mir mit so einem Mist. Selbst unsere Verwaltungsbeamten würden Sie dafür auslachen.«

Es war zum Aus-der-Haut-Fahren. Gregor hatte sogar den *ultimativen* Beweis für seine Behauptungen. Aber wenn er Fleischer jetzt auch noch sagen würde, dass dieser Beweis in Form des Norwich Terriers, der gestern dafür verantwortlich zeichnete, in seinem Büro ein Pinkel-Attentat simuliert zu haben, gerade neben ihnen herlief, hätte er ihn wohl ohne zu zögern mit Handschellen am nächsten Laternenpfahl festgekettet und nach Verstärkung gerufen.

»Ich weiß ja, wie dünn sich das für Sie anhören muss«, gab Gregor zerknirscht zu. »Aber bitte, ich mache meinen Job schon seit etlichen Jahren, weitaus länger, als Sie denken. Ich bin nicht nur gut, ich bin einer der Besten. Das ist jetzt keine hohle Phrase, das ist die reine Wahrheit. Sie müssen doch wissen, wie das ist, so weit liegen wir in dem, was wir tun, doch gar nicht auseinander. Wenn man gut ist und fast tagtäglich mit diesen Dingen zu tun hat, entwickelt man irgendwann eine Nase, ein unfehlbares Gespür. Ich *weiß*, dass meine Behauptungen stimmen. Nicht, weil ich es unbedingt will, sondern weil es ganz einfach so ist. Mal ehrlich, Herr Kommissar, wenn Sie ganz objektiv in sich reinhören, lüge ich Sie an, oder sage ich die Wahrheit?«

Fleischer blieb stehen, legte Gregor eine Hand auf die Schulter und rang sich erneut ein müdes, aber von Herzen kommendes Lächeln ab.

»Zwei Dinge, Kollege. Erstens: Ja, ich glaube Ihnen, dass Sie wirklich von dem, was Sie sagen, überzeugt sind. Ich bin mir zu, sagen wir mal neunundneunzig Prozent sicher, dass Sie gerade nicht versucht haben, mich zu verarschen, und ich weiß das zu schätzen. In meinem Job bekomme ich es nicht oft mit Aufrichtigkeit zu tun. Zweitens: Für den Fall, dass Sie es noch nicht wissen – und davon gehe ich jetzt einfach mal aus –, Herr Kamp hat einen Vater. Da geht es ihm wie den meisten. Dieser Vater kann auf eine durchaus vorzeigbare Karriere als Offizier beim deutschen Heer verweisen, der er – aus Gründen, die keiner kennt – eine nicht minder bemerkenswerte als vom Truppendienstgericht abgesägter Offizier, Haustyrann, Kleinkrimineller und Drogenabhängiger folgen ließ. Ich habe den Sohn nur auf Fotos und im Krematorium kennengelernt, aber dennoch ist die Ähnlichkeit mit dem Vater unverkennbar – erst mal rein äußerlich. Wenn man sich dann aber gewisse schlaue Sprichwörter vergegenwärtigt, in denen nach meiner bescheidenen Meinung oft mehr als nur ein Fünkchen Wahrheit drinsteckt, kommt man schon ins Grübeln, ob sich die Ähnlichkeit auch auf den Lebenslauf erstrecken könnte. Erst hui, dann pfui, Sie verstehen. Sein Vater hat diese Theorie, die übrigens von mir stammt, durchaus bekräftigt.«

Gregor starrte Fleischer an, als hätte der ihm gerade davon erzählt, wie er neulich zusammen mit ein paar nackten Nutten und einem Menschenschmuggler die halbe Asservatenkammer leer geraucht hat.

»Wie meinen Sie das?«, fragte er langsam, und sein Blick wanderte in Richtung Kamp, der wieder einmal den Schwanz eingekniffen hatte. Kamps Nackenfell war aufgestellt, dass man sich, beim Versuch ihn zu streicheln, die Finger perforiert hätte.

»Wie meine ich was?«

»Das mit seinem Vater. Sie haben mit ihm geredet? Sie haben ihn ausfindig gemacht?«

Fleischer lächelte ihn jovial an. »Wenn ich jetzt Ja sagen würde, hätte ich mir, glaube ich, Ihre uneingeschränkte Achtung verdient? Leider ist es nicht ganz so. Er ist zu uns gekommen. Hat die Todesanzeige in der Zeitung gelesen und wollte von uns wissen, wie es passiert ist – genau wie Sie, nur dass es ihn dem Gesetz nach etwas angeht. Wir haben es ihm gesagt und kamen schließlich ins Plaudern. Er hat sich übrigens wieder einigermaßen gefangen und führt jetzt ein Leben, das man mit etwas Wohlwollen als normal bezeichnen könnte. So wie ich das sehe, hat er einen leichten Dachschaden zurückbehalten. Aber er hat noch Glück gehabt. Andere, die ihren Körper über viele Jahre so massiv vergiftet haben, sind weitaus schlimmer dran als er.«

Gregor kniete sich schwerfällig zu Kamp und streichelte ihm über den Kopf. Er hätte ihm auch ein Brandzeichen verpassen können, Kamp hätte es wohl nicht bemerkt.

Fleischer beobachtete die beiden mit größtem Interesse.

»Das haben Sie wirklich nicht gewusst, oder?«

Gregor schüttelte den Kopf, ohne Fleischer anzusehen, und stemmte sich wieder in die Höhe.

»Zumindest nicht, dass er noch lebt, geschweige denn wieder in der Stadt ist. Aber darauf kommt es auch nicht an. Es ändert rein gar nichts an dem, was ich weiß. Herr Kommissar, ich kann und will nicht verhehlen, dass ich Sie respektiere. Sie sind mir sogar sympathisch, und es liegt mir wirklich rein gar nichts daran, Sie in Schwierigkeiten zu bringen. Wenn Sie vorhin gemerkt haben, dass ich Sie nicht anlüge, müssten Sie es jetzt auch sehen können.«

Fleischer und Gregor starrten sich gegenseitig für eine Weile schweigend an. Der Polizist sah sich schließlich nach allen Seiten um und brach mit gesenkter Stimme das Schweigen.

»Dass wir uns da richtig verstehen, das ist das letzte Mal, und zwar unwiderruflich. Und jetzt stellen Sie mir Ihre dummen Fragen, bevor ich es mir wieder anders überlege. Ich muss verdammt noch mal total bescheuert sein!«

Ein Lächeln umspielte Gregors Lippen, und er machte sich die geistige Notiz, diese Seele nach ihrem Eintreffen im Jenseits persönlich zu begrüßen und ihr einen Drink zu spendieren.

»Sie haben gestern in einem Nebensatz fallen lassen, dass Kamp sich wohl Feinde gemacht haben muss und dass er selbst erledigte, was andere nicht geschafft haben.«

Fleischer nickte knapp. »Ganz recht, das habe ich gesagt.«

»Wer hat was nicht geschafft?«

Fleischer nickte nachdenklich, schob eine Hand in die Hosentasche und schlenderte mit über die Schulter geworfener Jacke weiter.

»Das mit dem Wer ist so eine Sache. Wir wissen es nicht. Wir haben auch keinen Anlass, es noch wissen zu wollen, da Herr Kamp sich entschied, das Zeitliche zu segnen, bevor ihm etwas anderes zustoßen konnte. Im Grunde ist also nichts passiert.«

Fleischer legte eine Pause ein, und Gregor sah den Kommissar ungeduldig an.

»Bevor ihm *was* zustoßen konnte?«, bohrte Gregor nach.

»Wir gehen davon aus, dass es am Tag seines Todes passiert sein muss. Irgendjemand hat Herrn Kamp die Bremsschläuche gekappt. Wäre er am späten Nachmittag noch am Leben gewesen – und ergo auch noch in der Lage, sich in sein Auto zu setzen, um nach Hause zu fahren –, hätte er gut und gerne via Autounfall sein Ende finden können. Und wenn er auch nicht gestorben wäre, einen Unfall hätte er auf jeden Fall gehabt.«

Gregor sah nachdenklich zu seinem Klienten, der mit hängendem Kopf neben ihnen hertrottete und nicht den leisesten Mucks von sich gab.

»Warum ermitteln Sie nicht trotzdem? Das ist doch so etwas wie versuchter Mord, oder etwa nicht? Haben Sie nicht die Pflicht, etwas zu unternehmen – zumal Sie selbst gerade gesagt haben, dass es am Tag seines Todes passiert sein muss? Ist denn niemandem der Gedanke gekommen, dass da vielleicht ein Zusammenhang besteht?«

Fleischer schlenderte neben ihnen her und beobachtete den vorbeifließenden Verkehr auf der Kalker Hauptstraße, während er sprach.

»Natürlich ist uns dieser Gedanke auch gekommen. Kurzzeitig haben wir sogar ermittelt, nur leider ohne Erfolg. Dieser Parkplatz ist schwer einsehbar, ringsherum fast nur Verwaltungsgebäude der AWB. Lediglich von der Straße hätte man was sehen können, aber Herr Kamp hatte direkt vor einer Halle geparkt, die ein ganzes Stück von der Straße entfernt steht. Außerdem hatte er anscheinend die Eigenart, jeden Morgen der Erste am Arbeitsplatz zu sein, und zwar deutlich vor allen anderen. Er war jeden Morgen, neben dem Pförtner, für mindestens eine halbe Stunde der Einzige vor Ort, und der Pförtner, den wir natürlich auch überprüft haben, hat nichts bemerkt. Es gibt einfach keine Zeugen. Das Gleiche gilt für Spuren am Fahrzeug. Keine verdächtigen Fingerabdrücke, kein zurückgelassenes Werkzeug oder kleine Blutstropfen, weil der Mistkerl sich versehentlich geschnitten hat, keine Manipulationsspuren an den Schlössern – absolut gar nichts. Da es ja neuerdings auch keinen Schnee mehr im Winter gibt, haben wir nicht mal 'nen lausigen Fußabdruck. Nachdem der Staatsanwalt Kamps Obduktion angeordnet hatte und es keinerlei Hinweise auf Gewalteinwirkung gab – tja. Und dann auch noch die Drogen in seinem Körper. Es sah nach Ironie des Schicksals aus. Er sollte an diesem Tag einfach sterben.«

Wenn du wüsstest, dachte Gregor und blickte erneut zu Kamp, der mit den Dingen, die er gerade zu hören bekam, unmöglich glücklich sein konnte.

Fleischer blieb unvermittelt stehen und sah Gregor herausfordernd an.

»Wenn ich das gerade alles richtig verstanden habe, glauben Sie nicht an die Dummer-Zufall-Theorie?«

Gregor schüttelte den Kopf.

»Können Sie mit den Informationen – *die Ihnen auf mysteriöse Weise der Nordwind zugeweht hat* – denn etwas anfangen?«

»Ich glaube, das kann ich, Herr Kommissar. Ist ein guter Hebel – und ich weiß auch schon, wo ich ihn ansetzen kann.«

Fleischer nickte. »Lassen Sie sich bloß nicht bei etwas Illegalem erwischen. Und wenn sich Ihre Theorie tatsächlich als wahr herausstellen sollte – Sie wissen hoffentlich, wen Sie dann holen müssen.«

Gregor lächelte ihn dankbar an und sagte nichts.

Der Traum

Kamp saß in dem Büro der anderen Boten und ließ sich von ihnen mit Leckerbissen verwöhnen. Die vorhandene Auswahl an Naschkram und Snacks war bemerkenswert. Nach eigener Aussage sahen es die Boten als eine Art Unterlassungssünde an, wenn man auf Erden eingesetzt wurde und nicht Hüftgold in rauen Mengen verschlang. Irgendwann würde es wieder heißen »Zurück ins Jenseits«, und dann wäre die Völlerei wieder vorbei. Da man als Bote über keinerlei Bezüge verfügte, war es schlicht unmöglich, dieses Essverhalten auch im Jenseits zu praktizieren, und daher galt es, die zur Verfügung stehende Zeit so gut wie möglich zu nutzen.

Kamp verspeiste eine ihm zugeworfene Kabanossi. Als Mensch hatte er sich von diesen Cholesterin-Fett-Kohlenhydrate-Bomben ferngehalten. Er wusste um das lebensverkürzende Potenzial seiner Krankheit und wollte es durch eine ungesunde Ernährung nicht noch schlimmer machen.

Zumindest dieses Problem hatte er jetzt nicht mehr, und die Wurst schmeckte ihm besser, als er es für möglich gehalten hätte. Sie machte allerdings durstig.

»Ihr habt nicht zufällig Tee in eurem Getränkesortiment?«

Der eine Bote sah von seinem Monitor zu seinen Kollegen. »Haben wir?«

Synchrones Kopfschütteln.

»Höchstens ein paar Packungen Eistee im Kühlschrank.«

»Ja, richtig. Dieses Zeug, das wir nicht mochten, weil es nicht süß genug war. Da haben wir mindestens noch zwei Liter von. Bin mir aber nicht sicher, ob der noch gut ist. Steht schon 'ne Weile.«

Der Bote sah Kamp fragend an. »Ich glaube, ein Schälchen Wasser tut es auch.«

Drei Köpfe drehten sich abrupt in seine Richtung. Ihre Gesichter offenbarten gelindes Entsetzen.

»Wasser! Ist das dein Ernst?«

»Das kommt hier nur aus dem Hahn und wird zum Waschen und Spülen verwendet. Wieso willst du das trinken?«

Kamps kampfwertgesteigerter Geruchssinn verriet ihm schon beim erstmaligen Betreten des Büros, dass die unangenehmen Gerüche, die aus der kleinen Küche strömten und über ihn herfielen, nicht das Produkt eines übertriebenen Sauberkeitsempfindens waren. Wenn es hier eine Wasserabrechnung zu begleichen galt, sollte dies mit dem Kleingeld aus der Hosentasche möglich sein.

Erst jetzt kam ihm der Gedanke, dass es vielleicht keine so gute Idee war, Nahrungsmittel aus einem Behältnis zu sich zu nehmen, für dessen Sauberkeit diese drei Putzmuffel verantwortlich waren. Diesem Gedanken schloss sich ein weiterer, nicht weniger unangenehmer an. Wer mochte für die Sauberkeit des Bodens verantwortlich sein, auf dem bis vor Kurzem noch eine Kabanossi gelegen hatte, bevor er sie mit großem Appetit verspeist hatte?

Kamp entschied sich, vorerst satt zu sein und seinen Durst nicht überzubewerten.

»Ist schon gut. Eigentlich will ich gar nichts trinken.«

Ein beständiger Summton, der aus dem Raum, den Gregor »die Zelle« nannte, kam, wurde plötzlich unangenehm laut. Außerdem änderte er permanent seine Frequenz und wurde immer höher, so hoch, dass er Kamps Schmerzgrenze gefährlich nahe kam.

»Was ist da drinnen los? Ist der Lärm normal?«

Die drei Boten sahen sich fragend an. »Welcher Lärm?«

»Wie jetzt, welcher Lärm? Hört ihr das etwa nicht? Dieses Summen ist doch fast unerträglich!«

Zwei Boten widmeten sich wieder ihrer Aufgabe, die im Moment aus dem Verspeisen einer Jumbo-Packung Nachos mit einer großen Schale Käse-Dip bestand.

»Ich schätze, es liegt an deiner derzeitigen Erscheinungsform. Hunde hören Töne, die das menschliche Ohr nicht wahrnehmen kann.«

Kamp sah den Boten skeptisch an. »Wie kommunizieren die denn da drin? Summen die sich was vor? Ich hätte gedacht, die reden ganz normal miteinander.«

Der Bote lächelte, für Kamps Geschmack eine Spur zu überheblich.

»Vergiss nicht, dass es kein normales Ferngespräch ist. Wir reden hier von Kommunikation zwischen zwei verschiedenen Dimensionen. Da muss man sich schon etwas Besonderes einfallen lassen, um eine stabile Verbindung zu installieren, die diesen Weg zurücklegen und gleichzeitig nicht von irgendwelchen findigen Tüftlern abgehört werden kann. Die Signale kommen aus Gregors Kopf und werden ähnlich dem Fahrstuhlprinzip transportiert, nur viel schneller. Vorher werden sie von einer Art Adapter transzendent aufbereitet, sodass keiner hier auf Erden etwas damit anfangen könnte. Es gibt nur einige wenige begabte Medien, die diese Signale ab und an aufschnappen und sich über ihre tiefere Bedeutung Blasen ans Hirn denken. Schade drum, dass diese armen Schweine von kaum jemandem ernst genommen werden. Wenn es nicht so komisch wäre, könnte man sich direkt darüber ärgern.«

Der Bote sah in das verwirrte Gesicht eines Hundes auf Zeit. »Du hast nicht verstanden, was ich dir gerade erzählt habe?«

»Frag mich lieber nicht«, murmelte Kamp.

Der Bote nickte verständnisvoll und zog eine Tüte Zuckerspeck aus seinem Schreibtisch.

»Auch einen?«

»Passe.«

Mit einem anscheinend nie versiegenden Heißhunger machte sich der Bote über den Inhalt der Tüte her.

Kamp suchte sich eine Ecke, in der die verschiedenen, meist unangenehmen Gerüche einigermaßen akzeptabel erschienen, und legte sich hin, den Kopf auf die Vorderpfoten gebettet, um ein wenig zu dösen.

Die letzten Stunden verdienten es, als ereignisreich bezeichnet zu werden. Er hatte erfahren, dass sein Vater noch lebte und sogar wieder in der Stadt war, angeblich ein im Rahmen seiner Möglichkeiten normales Leben führend – dieser Mistkerl!

Der Ex-Freund von Marita bekam fast einen Nervenzusammenbruch, als er seinen Namen aus dem Mund eines fremden Mannes hörte, den er für einen Polizisten hielt, nur um kurze Zeit später ein Mitwirken an Kamps Tod kategorisch von sich zu weisen.

Und dann waren da auch noch die durchgeschnittenen Bremsleitungen an seinem Wagen. Ein Sachverhalt, der kaum geeignet war, als dummer Streich abgetan zu werden. Er hatte sich ganz eindeutig einen zu allem entschlossenen Feind aufgebaut.

Seinen Gedanken nachhängend und den Essgeräuschen der drei Boten sowie dem Summen aus der Zelle zum Trotz, schlief er nach kurzer Zeit ein.

Kamp öffnete die Augen und war wieder in seinem Büro. Ein angenehmes Gefühl, hatte er sich hier doch schon immer uneingeschränkt wohlgefühlt.

Er drehte sich einmal um sich selbst.

Keine mysteriösen Türen waren zu sehen, und kein anatomisch abnormes Ebenbild von ihm lag auf dem Boden. Es war angenehm still, und draußen war es noch dunkel. Das konnte nur bedeuten, dass es früher Morgen war und er für ein paar Minuten das ganze Gebäude für sich allein hatte.

Als er hörte, wie die Tür seines Büros geöffnet wurde, empfand er so etwas wie Enttäuschung. Anscheinend war er doch nicht mehr der Einzige. Er richtete seine Aufmerksamkeit auf die Tür, und es erschien Andreas Musiol aus der Controlling-Abteilung! Er stand in der geöffneten Tür und lächelte Kamp an. Erst vor wenigen Tagen hatte Kamp sich mit seinem besten Freund über genau diesen Mann unterhalten und dabei erfahren, dass der Kerl ihn nicht leiden konnte. Dessen Lächeln durfte er daher wohl getrost als falsch einstufen, was seine Enttäuschung über die unterbrochene Ruhe zu einem Gefühl des Zorns wachsen ließ. Er hatte große Lust, seinen Ärger herauszulassen und diesem Blödmann eine Fönfrisur zu verpassen, aber er stellte höhere Ansprüche an sich und wahrte die Contenance.

»Guten Morgen, Andreas. Schon so früh hier?«, fragte er unverbindlich.

Musiol erwiderte nichts. Wie eine Maske trug er ein merkwürdig seelenloses Lächeln vor sich her und ging auf Kamps Schreibtisch zu. Eine seiner Hände hatte er hinter dem Rücken versteckt und zauberte sie, als er den Schreibtisch erreicht hatte, wieder hervor. Sie hielt eine Tasse, mit einer dampfenden Flüssigkeit darin. Er stellte sie auf dem Schreibtisch ab, zwinkerte Kamp zu und sagte: »Ich gehe jetzt wieder.« Anschließend nahm er sich Tibbes Drehstuhl, öffnete das Fenster – und sprang.

Ein hereindringender kalter Windzug ließ Kamp frösteln, und er schloss das Fenster wieder, ohne sich auch nur im Geringsten über Musiols Abgang zu wundern, geschweige denn sich Sorgen zu machen, wie er den Sprung aus der zweiten Etage wohl verkraftet hatte.

Auf seinem Schreibtisch stand, munter vor sich hin dampfend, eine Tasse, die den Geruch von schwarzem Tee im Raum verbreitete. Das war zu diesem Zeitpunkt wichtiger als alles andere. Er lächelte entspannt und setzte sich hin.

Gerade als er nach seiner Tasse greifen wollte, änderte sich etwas in seiner Wahrnehmung. Er war immer noch nicht allein. Irgendjemand oder irgendetwas war noch hier. Er warf einen Blick aus dem Fenster, konnte aber nur seinen eigenen Wagen sehen. Nicht mal der Pförtner schien anwesend zu sein. Dabei war doch sonst rund um die Uhr einer da, selbst an den Feiertagen war die Pforte durchgehend besetzt.

Kamp hörte ein Trippeln und drehte sich erschrocken in die Richtung, aus der das Geräusch zu kommen schien. Er sah nur Tibbes chronisch unaufgeräumten Schreibtisch und den böse dreinblickenden Marsianer von dem Filmplakat. Plötzlich sprang ein Hund auf Tibbes Schreibtisch, klein und braun und irgendwie putzig.

Er hatte mal in Erwägung gezogen, sich selbst einen kleinen Mitbewohner zuzulegen. Wenn er seine Pläne wahr gemacht hätte, wäre seine Wahl auf genau diese Rasse gefallen. Auf dem Schreibtisch seines besten Freundes stand ein Norwich Terrier und sah ihn schwanzwedelnd an.

Es ging nichts Bedrohliches von ihm aus, und auch wenn

Kamp irgendwo in seinem Hinterstübchen spürte, dass diese Situation nicht ganz normal war, fühlte er sich nicht veranlasst, die Anwesenheit des Tieres in Frage zu stellen. Er hielt ihm die Hand hin.

»Na, mein Kleiner, was machst du denn hier?«

Der Hund machte Sitz und hechelte freundlich, ließ sich jedoch nicht von Kamp anlocken. Der zuckte mit den Schultern und richtete seine Aufmerksamkeit auf die vor ihm stehende Tasse. Tee musste man trinken, solange er heiß war.

Seine Hand befand sich auf halbem Weg zur Tasse, als der Hund anfing zu knurren. Er erhob sich, und da Kamp keine Anstalten machte, seine Hand zurückzuziehen, setzte sich der Hund in Bewegung und kam auf ihn zugelaufen, wobei er auf einem der vielen Zettel von Tibbes Schreibtisch ausrutschte und fast auf die Schnauze fiel. Er fing sich aber gerade noch und kam schließlich neben Kamps immer noch in der Luft verharrender Hand zum Stehen.

Der Hund sah ihn durchdringend an und wedelte mit dem Schwanz. Kamp zog die Hand nicht zurück, sondern bewegte sie ganz langsam in Richtung des Tieres. Der Hund ließ sich mit offensichtlichem Wohlgefallen von Kamp streicheln und hinter den Ohren kraulen. Kamp musste lachen, und der Hund fing an, seine Hand abzulecken.

»Bah, du altes Ferkel«, sagte Kamp mit gespielter Empörung.

Er wischte sich die Hand an seiner Hose ab und unternahm einen erneuten Versuch, sich den nur noch schwach dampfenden Tee einzuverleiben. Der Hund begann erneut zu knurren.

Kamp entschied, es drauf ankommen zu lassen.

Als sich seine Hand um den Henkel schloss, intonierte der Hund ein energisches Bellen. Jedoch schien es nicht Kamp zu gelten. Wie ein Jagdhund, der seine Beute gestellt hatte, fixierte der Terrier die Tasse und bellte sie an, als würde sie versuchen, ihm sein Revier streitig zu machen. Der Hund unterbrach sich, sah ihm wieder in die Augen und sagte: »Wach auf, du Schlafmütze!«

Kamp war nicht sonderlich erstaunt angesichts der Tatsache, dass der Hund sprechen konnte. Das plötzlich einsetzende Erdbeben, von dem er kräftig durchgeschüttelt wurde, bereitete ihm viel mehr Sorgen.

»Hey, aufwachen!«

Kamp öffnete die Augen.

Nachdem die erste Verwirrung aus seinem Kopf gewichen war, erblickte er Gregor, der über ihm stand und ihn offensichtlich amüsiert beobachtete.

»Ich ... verdammt!«

»Alles klar bei dir?«

»Ja ... nein ... weiß nicht. Ich hatte einen ziemlich abgefahrenen Traum und bin jetzt ein wenig verwirrt.« Er gähnte herzhaft. »Ich habe gerade in Rekordzeit eine ganze Kabanossi vertilgt. Hab schon immer schlecht geträumt, wenn ich zu viel gegessen habe.«

Gregor machte einen besorgten Eindruck. Kamp verdrehte die Augen und schüttelte sich, als wäre er gerade aus einem Tümpel gestiegen.

»Wie war es in der Zelle? Konntest du die Wogen glätten?«

Es geschah nicht zum ersten Mal, dass der Bote ihn mit einem durchdringenden Blick maß. Aus irgendeinem Grund trat aber kein Gewöhnungseffekt ein. Kamp fühlte sich jedes Mal unbehaglich und nackt, denn er hatte das Gefühl, dass diesem prüfenden Blick rein gar nichts verborgen blieb. Dieses Mal kam erschwerend hinzu, dass Gregor dabei auch noch ein ausgesprochen ernstes Gesicht machte. Es war ihm nicht mal möglich, dem Blick auszuweichen. Irgendwie brachte Gregor es fertig, die Aufmerksamkeit seines Gegenübers einzufangen und erst wieder freizugeben, wenn er es für richtig hielt.

»Tja, wie war es in der Zelle? Auch sehr verwirrend. Entgegen meinen Befürchtungen drückt man in diesem Fall nicht aufs Tempo. Ganz im Gegenteil, wir sollen uns die Zeit nehmen, die wir brauchen.«

»Ist das denn so ungewöhnlich?«

Gregor nickte nachdenklich. »Ja, das ist es tatsächlich.«

»Hast du gefragt, warum sie diesmal eine Ausnahme machen?«

Gregor schien bei dieser Frage für einen kurzen Moment zu zögern, als hätte Kamp ihn bei etwas ertappt, was verboten war, etwas, worüber er nicht reden durfte … oder wollte.

»Was war das mit dir? Du hast wirklich geträumt?«, lenkte Gregor ab.

»Ja. Wie gesagt, passiert mir öfter.«

»Tut mir leid, aber das muss ich jetzt genauer wissen.«

Gregor machte einen aufgeregten Eindruck. Auch die anderen drei Boten wirkten sehr interessiert an seiner Antwort und starrten ihn gebannt an.

»Was genau ist passiert? Kam noch jemand anders in dem Traum vor?«

Kamp blickte in vier von Neugierde entstellte Gesichter. »Warum macht ihr so einen Aufriss um einen blöden Traum? Ist doch ganz normal, dass einem im Schlaf zwischendurch mal irgendwelcher Quatsch durch den Kopf spukt.«

Als hätten sie sich abgesprochen, schnaubten alle vier Boten gleichzeitig und schüttelten die Köpfe.

»Ja, wenn man ein Mensch oder ein Tier ist … ich meine, wenn man etatmäßig ein Mensch oder ein Tier ist. Du bist kein Mensch mehr. Die tierische Gestalt hast du nur vorübergehend, als eine Art Verkleidung. Unterm Strich bist du die Seele eines Verstorbenen. Seelen träumen aber nicht, absolut ausgeschlossen. Kein Bewohner des Jenseits träumt, auch wir Boten nicht.«

Kamp war verwirrt. »Und was bitte schön willst du mir damit sagen? Was hat das zu bedeuten?«

Gregor sah zu den anderen Boten, die auf seinen Blick mit einem Kopfnicken antworteten.

»Du hast das nicht geträumt. Du hast einen Hinweis bekommen, der nur wie ein Traum aussah.«

»Von wem denn? Und warum?«

»Das wüsste ich auch gerne. Der Personenkreis, der dafür in Frage kommt, ist ziemlich klein. Wahrscheinlich einer der Domestiken. Die einzige Alternative wäre *er*. Über das Warum kann man nur spekulieren«, sagte Gregor nachdenklich.

Kamps Alarmglocken klingelten erneut Sturm. Der Bote log. Zumindest sagte er nicht alles, was er wusste. Gregor hatte eine

Ahnung, warum er diesen Hinweis erhalten hatte, das stand für Kamp außer Frage. Er hielt es jedoch für eine schlechte Idee, den Boten offen der Lüge zu bezichtigen, zumal ihn eine andere Frage viel mehr beschäftigte. Was genau sollte an diesem vermeintlichen Traum ein Hinweis gewesen sein?

»Erzähl mir alles von deinem Traum. Lass kein noch so kleines Detail aus, auch wenn es dir unwichtig oder absurd erscheint. Alles, an das du dich erinnern kannst, könnte von großer Bedeutung für uns sein.«

Kamp versuchte mit den Schultern zu zucken, stellte fest, dass einem Hund diese Fähigkeit fehlte, und rekonstruierte seinen Traum.

Die vier Boten klebten ihm an den Lippen, beziehungsweise dort, wo sich unter anderen Umständen Lippen befanden, und kniffen angestrengt die Augen zusammen. Einer griff sich die Tüte mit den Nachos und knabberte sie ganz nebenbei, wie im Kino bei einem besonders spannenden Film, halb leer, ohne es richtig zu bemerken.

Nachdem Kamp seine Ausführungen beendet hatte, sah Gregor ihm wieder direkt in sein Innerstes und wirkte angespannt.

»Dieser Musiol aus deinem Traum, was ist das für einer?«

»Einer aus unserer Controlling-Abteilung, hatte nicht so arg viel mit ihm zu schaffen. Wir funkten nicht auf der gleichen Frequenz.«

Das Gesicht des Boten blieb angespannt.

»Aha! Könnte man vielleicht sogar sagen, dass ihr euch nicht mochtet?«, fragte er beiläufig.

»So würde ich das nicht sagen. Zumindest von meiner Seite nicht. Tibbe hat mir kurz vor meinem Tod aber noch erzählt, dass er ihm wohl mal anvertraut hat, mich nicht …«

Kamp starrte den Boten an und verdrehte die Augen. »Au Scheiße.«

»Nicht *was*?«

Kamp seufzte erschöpft. »Er hat ihm gesagt, dass er mich nicht leiden kann.«

Der Bote gab sich keine besondere Mühe, ruhig zu bleiben. »Ich bin etwas verwirrt. Hatte ich dich nicht gebeten, jeden noch so kleinen Vorbehalt gegenüber einem deiner Kollegen zu erwähnen? Hast du nicht gestern noch zu mir gesagt, dass du mit niemandem nennenswerte Probleme hattest? Und jetzt auf einmal kommst du puppenlustig damit um die Ecke, dass es da jemanden gibt, der bereits offen zugegeben hat, dich nicht leiden zu können? Warum kann er dich nicht leiden?«

»Das ist etwas kompliziert. Er ...«

In dem Moment, wo er es aussprach, wusste Kamp, wie lächerlich er sich mit dem Ende des Satzes vor dem Boten machen würde.

»... konsumiert gelegentlich Drogen. Er raucht Joints ... trinkt also vielleicht auch schon mal einen Haschtee. Was er sich noch alles einwirft, weiß ich nicht. Einmal, als er mich noch nicht so gut kannte, hat er mir in einer Kneipe mal einen andrehen wollen. Darüber war ich dann nicht so begeistert und hab ihm das auch zu verstehen gegeben. Ich finde es ja etwas kleinlich, aber seit dem Tag hatte ich bei ihm dann wohl verwachst.«

Gregor fuhr sich mit den Fingern durch seine fettigen Haare. »Er hatte einen drogenkonsumierenden Kollegen, der ihn nicht mochte, und verliert kein einziges Wort darüber. Fast möchte ich meinen, dass *ich* gerade träume.«

Kamp senkte den Kopf und kam sich sehr töricht vor. Gregor hatte natürlich mal wieder recht. Er konnte sich selbst nicht erklären, wie er das vergessen konnte, zumal es ihm doch so widerstrebte, die eigene Schwester auf der Liste der als Mörder in Frage kommenden Personen zu wissen. Jeder weitere Verdächtige mit plausibleren Ambitionen konnte nur dazu beitragen, dass Gregor von dieser lächerlichen Idee abließ.

Kamp ertappte sich bei dem Gedanken, dass er es nicht mal würde wissen wollen, wenn Heike tatsächlich etwas damit zu tun hatte.

»Da habe ich wohl Mist gebaut?«, druckste er kleinlaut herum.

Gregor starrte ihn nur mit ausdrucksloser Miene an.

»Es tut mir leid. Das meine ich ernst. Ich habe nicht richtig nachgedacht.«

Gregor verzog keine Miene, und Kamp wurde immer kleinlauter.

»Vielleicht wollte ich auch nur nicht wahrhaben, dass ich es mit meinem Verhalten geschafft habe, jemanden zu einem Mord zu verleiten«, gestand er schließlich.

»Mein lieber Thore«, sagte der Bote mit einer Gefahr verheißenden Ruhe. »Allein die Tatsache, dass du einen Verdacht äußerst, bedeutet noch lange nicht, dass ich den Genannten direkt zur Rechenschaft ziehe. Es würde sich auch für mich negativ auswirken, wenn ich einem Unschuldigen so lange zusetzte, bis er etwas gesteht, was er gar nicht begangen hat. Dazu wäre ich nämlich durchaus in der Lage! Ich habe die Pflicht, die Wahrheit herauszufinden, und nicht wahllos durch die Gegend zu vergelten, bis ich zufällig den Richtigen erwischt habe. Dafür muss ich mich vor niemand anderem als *ihm* verantworten.«

Er schüttelte enttäuscht den Kopf. »Wenn aus der Ecke, aus der du diesen Musiol jetzt gezaubert hast, noch weitere Namen zu erwarten sind, ist dies deine allerletzte Chance, sie mir mitzuteilen. Solltest du erst morgen wieder von so einem Geistesblitz umgerannt werden, lege ich mein Mandat auf der Stelle nieder. Das solltest du wissen.«

Die anderen Boten bemerkten die in der Luft liegende Spannung und versuchten, so unbeteiligt wie möglich zu tun, indem sie angestrengt die Nährwertangaben auf ihren Lebensmittelpackungen studierten.

»Da gibt es niemanden mehr. Versprochen.«

Gregor nickte. »Das kann ich in deinem Interesse nur hoffen. Also schön. Wir werden mal abwarten, was uns dein Freund morgen früh zu erzählen hat. Wenn von ihm auch nichts kommt, werde ich ihn mal mit dieser Musiol-Nummer konfrontieren.«

Kamp machte Sitz und versuchte, seine Zerknirschtheit wegzuhecheln.

»Mich würde ja interessieren, wer mir diesen Hinweis gegeben hat. Vielleicht ist das ja auch nur der Versuch, uns auf eine falsche Fährte zu locken«, spekulierte Kamp.

Gregor wirkte überrascht und zog die Augenbrauen nach oben. »Da sagst du ja was! Das hab ich noch gar nicht in Erwägung gezogen.«

Für einen Moment dachte er angestrengt nach und massierte sich die Stirn. Schließlich schüttelte er den Kopf.

»Nein, glaub ich nicht. Nur *er* und die Domestiken wären fähig, dich träumen zu lassen. Ich denke, wir können diesem Hinweis trauen. Was auch immer er bedeuten mag.«

»Was meinst du damit jetzt wieder? Das liegt doch wohl auf der Hand! Musiol serviert mir den mit Drogen versetzten Tee, damit ich ihn trinke, einen netten kleinen Film drehe und mir einbilde, ich bräuchte mehr Insulin. Ich hasse es, das zuzugeben, aber das hat dieser Dreckskerl auch geschafft. Er wollte meinen Tod und hat ihn bekommen. Was gibt es da noch groß zu überlegen?«

Gregor hob beschwichtigend die Hände. »Nicht so voreilig. Bis gerade eben hast du den Typen nicht mal erwähnt, und jetzt ist er direkt die personifizierte Schuld? Diesen vermeintlichen Traum sollten wir auf keinen Fall zu wörtlich nehmen. Ich glaube eher, er soll uns nur die Richtung weisen. Überleg doch mal, wenn es so einfach wäre, dass *er* oder ein Domestik mal eben einen als Traum getarnten Hinweis raushaut, und alles ist klar, dann wären Boten wie ich vollkommen überflüssig.«

Kamp sah hilfesuchend zu den anderen Boten und schüttelte den Kopf. »Das verstehe ich nicht. Da gibt es eine höhere Macht, die mehr weiß als wir beide zusammen. Warum sollte sich diese Macht ausgerechnet Musiol rauspicken, den wir bisher ja beide nicht auf dem Schirm hatten, wenn er es dann gar nicht war?«, fragte er aufgebracht.

Gregor kniete sich zu ihm nieder. »Natürlich ist es durchaus möglich, dass er trotzdem schuldig ist. Es kann aber genauso gut bedeuten, dass er zwar etwas damit zu tun hatte, aber letztlich nicht der Täter ist. Und es kann auch durchaus sein, dass du selbst für Musiol verantwortlich bist. Irgendjemand musste dir den Tee servieren, und unterbewusst hast du dich für jemanden entschieden, den du nicht magst. Vorerst sollten wir es einfach nur als Wegweiser sehen.«

Erneut gähnte Gregor herzhaft. »Und jetzt würde ich vorschlagen, wir ruhen uns den Rest des Tages aus und gehen morgen Vormittag erst mal zu deinem Freund.«

»Wie wäre es, wenn wir uns Musiol heute schon mal vorknöpfen? Oder hältst du das für keine gute Idee?«

Der Bote verzog widerwillig das Gesicht und seufzte. »Doch, du hast recht. Aber erst mal muss ich mich etwas hinlegen. Dieser menschliche Körper macht mich jedes Mal wieder fertig, ich bin müde wie ein Hund … ohne dir zu nahe treten zu wollen. Wann hat der Typ Feierabend?«

»Meistens haut er pünktlich um halb fünf ab.«

Gregor sah auf die Uhr und gähnte erneut.

»Weck mich bitte in zwei Stunden, dann sehen wir weiter.«

Der Drogenbaron

Das war mal wieder einer dieser Tage, an denen sich die Zeit beharrlich weigerte, zu vergehen. Es war nicht so, dass er nichts zu tun hatte, um diesen Vorgang etwas zu beschleunigen. Er hatte nur keine Lust, sich mit seinem langweiligen Job den Tag zu verderben.

In der Controlling-Abteilung ging die Arbeit nie aus. Irgendwelche Kennziffern konnte man immer aktualisieren oder neu berechnen. Bestimmten Faktoren, die sich tagtäglich auf das Verhältnis zwischen Kosten und Nutzen auswirkten, galt es immer auf die Schliche zu kommen.

Einer der letzten Bereiche, die im Körper eines Unternehmens abstarben, war der Bereich der Statistiken und Kennzahlen, der Finanzmathematik und Belegbuchungen. Es war die Controlling-Abteilung, das – wie der Abteilungsleiter immer sagte – Gehirn und schlechte Gewissen eines jeden Unternehmens.

Dieser langweilige Spießer!

Für Andreas Musiol bestand kein Zweifel daran, dass dieser Blödmann von einem Vorgesetzten an diesen Quatsch tatsächlich glaubte. Eines der großen Rätsel in seinem Leben – und sich mit diesem Rätsel zu beschäftigen, unterlief ihm nur im Zustand grässlichster Langeweile – war die Frage, was schiefgelaufen war, dass er ausgerechnet diesen Beruf ergriffen hatte. Vermutlich lag es daran, dass ihn eigentlich noch nie etwas wirklich interessiert hatte, er aber irgendwann dem Druck, sich für irgendeinen Beruf entscheiden zu müssen, nachgegeben hatte.

Da er trotz seines eklatanten Mangels an Ehrgeiz und seiner demonstrativen Gleichgültigkeit mit einer überdurchschnittlichen Intelligenz gesegnet war, hatte er wegen seiner ebenfalls überdurchschnittlichen Zeugnisse die freie Wahl gehabt und sich schließlich entschieden, Industriekaufmann zu lernen. Ein Beruf, bei dem man sich wenigstens nicht körperlich anstrengen musste, was letztlich der ausschlaggebende Grund gewesen war. Überlegungen wie »Was kann man später damit anfangen?« oder »Interessiert mich das überhaupt?« gingen über das Maß an Anstrengung, welches er bereit war, auf sich zu nehmen, hinaus und waren für ihn daher nicht von Belang gewesen.

Nur zu gern hätte er einfach weiter die Schulbank gedrückt und ein Studium angefangen. Lernen fiel ihm leicht, und bei seinen schulischen Qualifikationen gab es praktisch keinen Numerus clausus, den er fürchten musste. Der Nachteil dabei war allein die Tatsache, dass er kein Geld verdienen würde. Es gab in seinem Leben ein paar Angewohnheiten, die er lieb gewonnen hatte, die aber leider nur unter Einsatz finanzieller Mittel aufrechterhalten werden konnten. Auch wenn ihn seine Eltern nicht gerade kurz hielten, empfand er es doch als lästig, jedes Mal zumindest eine kurze Begründung für seine Geldforderungen liefern zu müssen. Er war schlicht zu faul, sich immer wieder etwas Neues einfallen zu lassen.

Sein nicht zu übersehendes Talent im Umgang mit Zahlen besiegelte schließlich sein Schicksal. Nach Beendigung seiner Lehre bot man ihm an, dieses Talent in der Controlling-Abteilung zu nutzen. Es war ganz sicher nicht sein Herzenswunsch, letztlich aber der einfachste Weg.

Irgendwie gelang es ihm, diesen entsetzlich zähflüssigen Arbeitstag hinter sich zu bringen. Eigentlich wäre ein Gang in seine Stammkneipe, das »Cave«, jetzt die angemessene Belohnung für so viel Leiden gewesen, aber es handelte sich beim heutigen Tag um einen waschechten Scheißtag. Nicht mal dazu hatte er jetzt noch Lust. Die Ergebnisse seiner Reflexion hatten ihm nachhaltig die Laune verdorben, und er wollte es seinen Leuten nicht antun, sie mit seiner Gegenwart runterzuziehen. Immerhin war er schon seit ein paar Tagen die Spaßbremse vom Dienst, und seine Anwesenheit warf einen Schatten auf die ansonsten fröhliche Zusammenkunft seiner Kumpels. Gewisse Ereignisse konnten sogar jemanden wie ihn in die Knie zwingen.

So fuhr er ohne Umweg nach Hause. Er würde sich ein nettes kleines Tütchen basteln und es vor der Glotze in Begleitung von ein paar Flaschen Bier inkorporieren. Vielleicht würde auf diese Weise wenigstens der Rest des Tages noch sein Freund. Dabei ein paar alte Platten aufzulegen konnte auch nicht schaden.

Musiol schob den Schlüssel ins Schloss und wunderte sich, dass die Tür nicht abgeschlossen war. Das passierte ihm eigentlich nicht mehr, seit ein paar Typen in seine erste, damals nicht abgeschlossene, eigene Wohnung eingebrochen waren und sie von sämtlicher Unterhaltungselektronik befreit hatten. Sogar seine ausgekachelten Hochleistungsboxen hatten sich die Mistkerle unter den Nagel gerissen, eins der seltenen Ereignisse, die ihn zum Weinen veranlasst hatten.

Er öffnete die Tür und hörte Geräusche aus der Küche. Jemand war in seiner Wohnung! Für einen Moment wog er ab, ob er die Polizei holen oder sich selbst über den oder die Eindringlinge hermachen sollte.

Eine bekannte Stimme nahm ihm die Entscheidung ab.

»Andreas? Alles in Ordnung, ich bin es.«

Wenn er dachte, dass Einbrecher schlimm gewesen wären, musste er sich jetzt der Erkenntnis beugen, dass die Frau, die er bis vor ein paar Tagen noch seine feste Freundin genannt hatte, ungleich schlimmere Empfindungen in ihm auslöste. Was zum Teufel hatte sie hier verloren? Die Art ihres Abgangs ließ eigentlich keine Fragen offen, eine reumütige Rückkehr zu ihm hielt er für ausgeschlossen, auch wenn er sich insgeheim nichts sehnlicher wünschte.

Sie kam mit einem kleinen Karton unter dem Arm aus der Küche und stellte ihn auf der Sofakante ab.

»Was machst du hier? Wie bist du reingekommen?«, fragte er mit fiepsiger Stimme und ärgerte sich darüber, dass er nicht gleichgültig genug – geschweige denn männlicher – geklungen hatte.

»Ich freue mich auch, dich zu sehen, Andreas«, sagte sie vorwurfsvoll. »Hab den Hausmeister gebeten, mich reinzulassen. Du hast ihm nicht erzählt, dass wir nicht mehr zusammen sind?«

»Das ... hab ich wohl vergessen. Jetzt sag schon, was machst du hier?«

Sie antwortete nicht, nahm den Karton und ging zum CD-Regal.

»Ein paar meiner Sachen habe ich noch nicht mitgenommen. Tupper-Zeugs und ein paar CDs. Das hole ich jetzt nach, wenn du nichts dagegen hast.«

Er schmiss seinen Schlüssel in eine mit rotem Sand gefüllte Schale auf der Kommode und ging ins Badezimmer.

»Als wenn dich das aufhalten könnte«, murmelte er.

»Das habe ich gehört! Danke für die Blumen!«

Musiol war aufgeregt und öffnete seinen Spiegelschrank mit mehr Schwung als nötig. Eine Dose mit Aspirin und die Flasche mit seiner Mundspülung schleuderten aus der Tür und landeten, zu seiner großen Erleichterung, auf der kleinen Matte, die er im Bad liegen hatte. Es ging nichts kaputt. Er sammelte die beiden Behältnisse leise fluchend wieder auf, stellte sie zurück und entnahm dem Schränkchen einen kleinen Plastikbeutel, mit dem er wieder zurück ins Wohnzimmer ging.

»Wo ist meine ›Greatest Hits‹ von Abba?«, fragte sie, ohne ihn anzusehen.

»Was weiß ich. Du hast die doch ständig gehört. Mir ist sie seit neulich nicht mehr in die Hände gefallen.«

»Scheiße!«

Er holte sich seinen Tabak, ein großes Blättchen und begann, unter Dreingabe des Inhalts aus dem Plastikbeutel, sich sein Tütchen zu drehen. Das war einer der wenigen Vorteile ihrer Trennung. Er musste es jetzt nicht mehr heimlich machen, wenn sie da war. Sie konnte darüber ziemlich ärgerlich werden und hatte ihn schon oft vor die Wahl zwischen seinem Stoff und ihr gestellt. Inzwischen hatte sie ihm die Wahl abgenommen.

»Ah! Da ist sie ja, noch im Player.«

Sie drehte sich zu ihm um.

»Hast du seit drei Tagen keine ...«

Ihr Blick fing das kegelförmige weiße Objekt in seiner Hand ein, und sie ließ enttäuscht den Kopf sinken.

»Ist das etwa ein Joint?«, fragte sie.

Innerlich zuckte Musiol zusammen wie ein Hund, der von Herrchen wegen Schuhekauen zusammengestaucht wird, und er ärgerte sich noch mehr über sich selbst.

»Ja, das ist ein Joint. Außerdem hat dich das gar nicht mehr zu interessieren. Ich könnte mir hier jetzt sogar 'ne Line ziehen oder Heroin spritzen, ohne dass es dich stören müsste.«

Sie sah ihn fassungslos an. »Warum bist du nur so feindselig? Richtig gemein kannst du sein. Dass mir das vorher nie aufgefallen war. Was ist bloß mit dir geschehen?«

In ihrer Stimme lagen Mitleid und Fürsorge. Beides klang nicht gekünstelt, sondern echt, und das machte ihn noch ärgerlicher.

»Was mit mir geschehen ist? Du hast mich ohne einen triftigen Grund einfach so verlassen! Abserviert! Fallen gelassen! Schon vergessen?«

Sie atmete tief durch. »Das stimmt nicht, und das weißt du auch ganz genau. Ich hatte einen Grund. Wenn du ihn nicht nachvollziehen kannst, bestätigt mir das bloß die Richtigkeit meiner Entscheidung.«

»Oh bitte, fang nicht wieder damit an. Du willst mir immer noch erzählen, dass du mich wegen meinem toten Arbeitskollegen verlassen hast? Den du nicht mal kanntest?! Das ist lächerlich, mein Schatz.«

»Ich bin nicht mehr dein Schatz!«, zischte sie, und Musiol spürte einen Stich ins Herz.

Sie ging zu ihm und setzte sich ihm gegenüber an den Tisch. »Und nein, ich habe dich nicht seinetwegen verlassen. Ich habe dich wegen deiner Reaktion auf seinen Tod verlassen. Diese Gleichgültigkeit über den Tod deines Arbeitskollegen hat mir Angst gemacht. Du hast es sogar fertiggebracht, meine Angst nicht ernst zu nehmen. Ich habe versucht, dich darauf aufmerksam zu machen, aber du hast es entweder nicht bemerkt oder ignoriert. Ich kann einfach nicht mit einem Menschen zusammen sein, dem nichts etwas auszumachen scheint. Das hat mich schon immer an dir gestört, aber ich habe gedacht, es würde schon irgendwie gehen. Die Sache mit deinem Arbeitskollegen war der Tropfen, der das Fass zum Überlaufen gebracht hat. Es geht einfach nicht.«

Musiol spielte mit seinem Joint herum und suchte nach einer schlagfertigen Antwort, die gleichermaßen intelligent wie verletzend sein sollte. Die kurze Zeitspanne, in der man noch von Schlagfertigkeit hätte reden können, war bereits abgelaufen, als das Klingeln an der Tür ihn vor einer Blamage rettete.

Kamp und Gregor befanden sich mit dem Bus auf dem Weg in die Innenstadt. Gregor konnte Bus fahren im Grunde nicht leiden. Im Jenseits galt es schon, alle Wege mit einem solchen Transportmittel zurückzulegen, und Auto fahren machte ihm für gewöhnlich großen Spaß. Seine Erfahrungen mit der Kölner Innenstadt waren aber frisch und die Wunden an seinem Ego hatten noch nicht mal angefangen, Schorf zu bilden. Bevor er noch einen Mord begehen würde, hielt er es für das Beste, das kleinere Übel zu wählen.

»Das ist ein echter Nachteil mit dieser lästigen Müdigkeit. Wie kommen die Menschen damit nur zurecht?«

Kamp hechelte verträumt. »Och, man gewöhnt sich dran. Wenn man das jeden Tag durchzieht, gehört es irgendwann einfach dazu.«

Gregor nickte, rieb sich das Gesicht und blinzelte verschlafen. Kamp bemerkte, dass die übrigen Passagiere versuchten, einen möglichst großen Abstand zu ihnen zu halten. Ein Paar, das erst vor ihnen saß, wechselte sogar seinen Platz. Nur ein älterer Mann, der es irgendwie fertigbrachte, noch versiffter zu wirken als Gregor, hielt sich nicht mit derlei Oberflächlichkeiten auf und blieb eisern hinter den beiden sitzen. Wahrscheinlich dachten die anderen, dass er zu Kamp und Gregor gehörte.

Kamp sah nach draußen und beobachtete die vorbeiziehenden Häuserzeilen, die er nur zu gut kannte. Ein wehmütiges Gefühl überkam ihn. Nie wieder würde er dort entlanggehen oder -fahren. Eine komische Vorstellung, deren Endgültigkeit einem erst bei der direkten Konfrontation richtig bewusst wurde. Zumindest stand ihm die Möglichkeit zu reinkarnieren jederzeit offen. Darüber würde er nachdenken, wenn dies alles für ihn abgeschlossen sein würde.

Etwas geriet in sein Blickfeld, was ihn vor Schreck zusammenfahren ließ. Er sprang auf Gregors Schoß und versuchte es genauer zu erkennen, aber sie waren schon daran vorbeigefahren.

»Alles klar bei dir? Du zitterst!«

»Ich ... weiß nicht. Ich habe gerade etwas gesehen«, sagte Kamp mit bebender Stimme.

»Eine Pudeldame?«

Kamp knurrte Gregor an. »Witzbold! Nein, wenn mich nicht alles täuscht, habe ich gerade eine Tür gesehen.«

Der Bote sah aus dem Fenster. »Also, wenn es dir irgendwie hilft, ich kann jede Menge Türen sehen, und sie machen alle einen sehr friedlichen Eindruck auf mich.«

»Nein, nein! Keine normale Tür. So eine, wie die in meinem Büro, unmittelbar nach meinem Tod. Bitte Eintreten. Große Flügel drauf. Strahlend weiß.«

»Ach so! Ja, gut möglich. Aber immer noch kein Grund zu zittern.«

Kamp starrte Gregor an. Der machte keine Anstalten, seine Ausführungen zu vertiefen, und kämpfte stattdessen weiter gegen seine Müdigkeit an.

»Würde es dir was ausmachen, mir das zu erklären?«, fragte Kamp ungeduldig.

»Warum du die Tür gesehen hast?«

Wieder maß der Bote Kamp mit seinem durchdringenden Röntgenblick, und abermals war Kamp nicht in der Lage, den Blick abzuwenden. Gregor drehte den Kopf zur Seite und sah eine Zeit lang nachdenklich aus dem Fenster. Schließlich nickte er und sah Kamp wieder an.

»Sag du es mir. Du weißt es.«

»Was? Wie jetzt? Woher soll ich das wissen? Wenn ich es wüsste, bräuchte ich dich nicht fragen.«

»Hör auf, dich rauszureden! Geh in dich. Denk nach. Das Wissen ist in dir, du musst nur drauf zugreifen. Ich weiß, dass du es weißt.«

Kamp hätte sich gewünscht, ein Anzeichen für einen dummen Scherz im Gesicht des Boten zu entdecken, aber da war nur reine Aufrichtigkeit. Gregor meinte es ernst.

Er hasste es, wenn er jemandem eine Frage stellte oder um eine Erklärung für etwas bat, und dann keine direkte Antwort erhielt. Wenn der Bote es ihm nicht verraten wollte, hätte er es einfach sagen können. Stattdessen kam er ihm mit diesem Das-Wissen-ist-in-dir-Schwachsinn.

Aber gut, wenn er es so haben wollte.

Kamp dachte nach und versuchte selbst zur Tür zu werden. Welchen Grund könnte sie haben, nicht zu verschwinden, während alle anderen es direkt nach dem Durchschreiten einer Seele taten – zumindest bildete er sich ein, dass es so lief. Wäre das nicht der Fall, müsste die Kölner Innenstadt – nein, der ganze verdammte Planet – zugestellt sein mit Milliarden weißer Türen.

Kamp legte die Ohren an. Es war erschreckend logisch.

»Ich glaube, ich weiß es wirklich«, sagte er mit dünner Stimme.

»Ha! Siehst du, ich wusste es«, entgegnete Gregor triumphierend.

»Hey, du Spinner! Warum quatschst du die ganze Zeit so komisches Zeug mit deinem Köter. Bist am helllichten Tag schon total besoffen, oder was?«, mischte sich eine leicht lallende, fremde Stimme ein.

Gregor drehte sich ganz langsam zum businternen Gewinner des Wettbewerbs »Wer riecht am strengsten?« um und sah ihm fest in seine stark geröteten Augen.

Dic Rcaktion des Mannes, dessen Atem, im Vergleich zu den schlechten Gerüchen, die sein Körper und seine Kleidung ausdünsteten, kaum für möglich gehaltene Steigerungsmöglichkeiten offenbarte, fiel ähnlich aus wie bei dem Paar in dem Restaurant, in dem Gregor gestern mit Kamp zu Mittag gegessen hatte. Der Fremde riss die Augen auf und prallte mit einem entsetzten Aufheulen gegen seine Rückenlehne. In größter Eile versuchte er, seine Sitzbank zu verlassen, verhedderte sich mit seinen Füßen und fiel der Länge nach in den Gang. Während er ohne Unterlass »Oh mein Gott!« brüllte, rappelte er sich auf, lief nach vorn zum Busfahrer und flehte, ihn bitte aussteigen zu lassen.

Die übrigen Fahrgäste fühlten sich darin bestätigt, dass Alkohol und Drogen die Lösung für rein gar nichts waren.

Kamp warf dem Boten einen neugierigen Blick zu.

»Erklär ich dir später mal«, antwortete Gregor auf die unausgesprochene Frage seines Klienten. »Und jetzt raus mit der Sprache. Du weißt es?«

Kamp nickte. »Die Seele, für die diese Tür erschienen ist, ging nicht hinein. Sie hat sich nicht getraut oder sich geweigert die Klinke zu drücken. Jetzt streift sie ziel- und orientierungslos in der Welt der Lebenden herum. Bis sie vielleicht doch eines Tages zur Tür zurückfindet und den dahinter liegenden Raum betritt.« Er unterbrach sich mit einem humorlosen Lachen. »Jetzt kann ich mir auch denken, warum dieser Bote ... Xaver, genau, warum dieser Xaver anfangs nichts gesagt und nur gegrinst hat. Man muss den Raum aus eigenem Willen betreten. Es ist verboten, die Seelen zu beeinflussen. Hab ich recht?«

Gregor nickte zufrieden. Kamp nahm es gleichmütig zur Kenntnis und schüttelte den Kopf.

»Was aber total hirnrissig ist! Warum ist es verboten, sie zu beeinflussen? Die Antwort auf diese Frage kenne ich leider nicht.«

Gregor schmunzelte. »Jede Seele, die ins Jenseits gelangt, muss dort auch hinwollen. Ein gewisses Maß an Akzeptanz für sein Schicksal ist schon erforderlich, um sich die Eintrittskarte zur anderen Seite zu verdienen. Wer noch nicht so weit ist, betritt den Raum eben vorerst nicht. Erst wenn die Seele von ihrer Odyssee als Geist die Nase voll hat, ist sie endlich so weit, sich auf das Jenseits einzulassen. Es ist so ähnlich wie mit einem Alkoholiker. Eine Kur bringt nur etwas, wenn er wirklich aufhören will. Wird er gezwungen, die Kur zu machen, ist sein Rückfall vorprogrammiert, und er schadet anderen und sich selbst.«

Kamp rümpfte die Nase. »Ein etwas makaberer Vergleich.«

»Mag sein, aber er trifft den Punkt.«

»Was ist dann mit mir? Mir war noch nicht mal richtig bewusst, tot zu sein. Die Tür habe ich nur geöffnet, weil ich furchtbar neugierig war. Reingegangen bin ich, weil es auf der Tür stand.«

Kamp dachte nach und schüttelte den Kopf.

»Stell einem Deutschen ein Schild hin, und er gehorcht«, murmelte er.

»Wenn du nicht so weit gewesen wärst, hättest du den Raum nicht betreten. Glaub mir. Du wärst vor der Tür weggelaufen, wie schon so viele andere vor dir. Es kommt alles so, wie es kommen soll.«

Kamp fand es anmaßend, der Seele eines frisch Verstorbenen die Reife oder Bereitschaft oder was auch immer für das Jenseits abzusprechen. Wenn ein kurzer Hinweis von dem Boten im Fahrstuhl dafür sorgen konnte, dass eine Seele sich wer weiß wie viele Jahre des ziellosen Umhergeisterns auf Erden ersparte, sollte man das doch um Himmels willen zulassen. Er wäre im Nachhinein garantiert stinksauer gewesen, wenn man ihm nach langer Zeit des Herumspukens dann irgendwann erzählt hätte, dass von Anfang an ein Bote hinter der Tür lauerte, der untätig darauf wartete, dass man endlich die Klinke drückt, anstatt vielleicht selbst mal nachzuschauen, warum sich nichts tut. Aber wer war er schon, dass er *seine* Regeln in Frage stellte.

Schließlich gelangten sie zu Musiols Wohnung. Kamp war schon oft an dem Gebäude vorbeigegangen. Es lag Am Weidenbach, ganz in der Nähe von Tibbes Wohnung, und so war er hier zwangsläufig vorbeigekommen, wenn er in der Altstadt unterwegs gewesen war. Es handelte sich um einen sanierten Altbau, in den Kamp nicht für Geld und gute Worte gezogen wäre. Er hatte keine Ahnung, wie die Wohnungen von innen aussahen, aber manche Gebäude schrien einem förmlich zu, sie besser zu meiden. Es war nicht mal wirklich hässlich, aber irgendetwas bewirkte, dass sich Kamp die Nackenhaare aufstellten, damals als Mensch und auch jetzt als Hund.

Vielleicht lag es auch einfach nur daran, dass Musiol hier wohnte.

Sie erklommen die Treppen in den ersten Stock, und Gregor klingelte. Sie hörten, wie zwei Stühle zurückgeschoben wurden, und die Tür öffnete sich.

Musiol streckte sein Gesicht heraus.

»Was?!«, fragte er genervt.

»*Wunderschönen* guten Tag, Herr Musiol. Schröder mein Name. Ich bin Privatermittler und hätte ein paar Fragen an Sie, wenn es Ihre Zeit zulässt.«

Musiol machte ein böses Gesicht. »Das tut sie leider nicht! Schönen Tag noch.«

Hinter Musiol erschien eine Frau. Weder Gregor noch Kamp hatten sie je zuvor gesehen. Kamp hatte nie darüber nachgedacht, ob Musiol wohl eine Freundin – vielleicht sogar eine Ehefrau – haben könnte. So überraschte es ihn, das Gesicht einer durchaus attraktiven, jungen Frau neben dem Kopf seines potenziellen Mörders auftauchen zu sehen.

»Du hast ihn ja noch nicht mal gefragt, worum es überhaupt geht. Sei doch nicht gleich so abweisend«, herrschte die Frau Musiol an.

Der warf ihr einen überraschten Blick zu, öffnete und schloss den Mund mehrmals und sah schließlich wieder zu Gregor.

Kamp feixte sich einen. Dass Musiol in einer Beziehung den Part des Schwächeren einnehmen würde, überraschte ihn eindeutig nicht.

»Ähem, also, worum geht es überhaupt?«

Gregor lächelte unverbindlich. »Nett, dass Sie fragen. Meine Auftraggeberin ist Frau Heike Kamp, die Schwester Ihres kürzlich verstorbenen Arbeitskollegen Thore Kamp. Es geht um seinen Tod.«

Musiol und seine Freundin sahen sich mit offen stehenden Mündern an. Während sich in die Züge der jungen Frau die Andeutung eines überraschten Grinsens schlich, wurde Musiol aschfahl und machte einen ziemlich jämmerlichen Eindruck.

Gregor bemerkte, wie sich Kamp das Fell aufrichtete. Er versuchte ihn mit Streicheleinheiten zu beruhigen. Möglicherweise waren Scham und Unbehagen, von einem Mann gestreichelt zu werden, groß genug, um ihn von seinem Zorn abzulenken. Er lächelte weiter sein unverbindliches Lächeln.

»Darf ich denn ein wenig von Ihrer Zeit in Anspruch nehmen? Es wären wirklich nur ein paar Fragen. Wird nicht lange dauern.«

Musiol starrte seinen unerwarteten Besuch mit einem an Einfältigkeit schwer zu überbietenden Gesichtsausdruck an. War das noch Zufall? Auch wenn ihm seine Joints heilig waren, hatte er doch – entgegen der landläufigen Meinung, die beides eng miteinander verknüpfte – mit dieser, wie er es nannte, elenden Esoterik-Scheiße so rein gar nichts am Hut.

Trotzdem stand ihm jetzt, zum krönenden Abschluss eines der grässlichsten Tage der jüngeren Vergangenheit, auch noch ein Gespräch zum Thema Thore Kamp ins Haus. Und das just in dem Moment, wo er sich über genau dieses Reizthema mit seiner Ex in die Wolle bekommen hatte.

Wenn einen das nicht dazu zwingen musste, über das Schicksal im Allgemeinen und einen latenten Hass des Schöpfers auf ausgerechnet ihn im Speziellen nachzudenken, dann wusste er es auch nicht.

Seine Ex hatte ihm mal ein T-Shirt mit der Aufschrift »fucked by fate« geschenkt. Den Spruch hatte sie darauf drucken lassen, aber sie hatte betont, dass das geistige Urheberrecht daran allein ihm gehörte. Sie kannte niemanden, der sich so unablässig über sein verkorkstes Leben beklagte und die Schuld dafür bei höheren Mächten suchte, wie Musiol. Das Shirt war zwar gerade in der Wäsche oder in seinem Schrank, aber er hatte es trotzdem an.

Er hatte es immer an!

Musiol spürte die Blicke von zwei Augenpaaren auf sich ruhen, die auf eine Reaktion von ihm warteten. Sogar die kleine Töle auf dem Arm des Fremden schien ihn herausfordernd anzusehen, und er fühlte sich – natürlich völlig zu Unrecht – unter Druck gesetzt. Er hasste es, wenn man ihn drängte, erst recht, wenn Tiere sich daran beteiligten.

Kamp bemerkte den argwöhnischen Blick, mit dem Musiol ihn bedachte, und konnte förmlich sehen, wie es in dem Kerl arbeitete. Eigentlich war es vollkommen ausgeschlossen, dass der Typ etwas merkte oder auch nur ahnte, aber Kamp wusste, dass er trotz all seiner negativen Eigenschaften ziemlich intelligent war. Außerdem hatte Musiol ein Faible für bewusstseinsverändernde

Substanzen. Solche Menschen waren der anderen Seite wahrscheinlich wenigstens einen kleinen Schritt näher als alle anderen. Kamp fühlte einen vagen Anflug von Nervosität in sich aufsteigen.

Die junge Frau an Musiols Seite rettete die Situation, indem sie ihrem Ex-Freund den Ellenbogen gegen den Arm rammte.

»Aua! Was ...«, fuhr Musiol sie an.

Sie sah ihn unbeeindruckt an und wackelte dabei mit dem Kopf.

Musiol seufzte. »Na schön. Kommen Sie rein. Ich hoffe, es wird wirklich nicht lange dauern.«

Sie setzten sich an den Tisch, an dem Musiol von seiner Ex-Freundin vor wenigen Minuten noch die Karten gelegt bekommen hatte. Gregor behielt Kamp auf dem Schoß, was Musiol mit einem missbilligenden Blick honorierte.

»Also, was genau wollen Sie wissen?«, fragte er ohne echtes Interesse.

»Wie gesagt, mein Auftraggeber ist die Schwester des Verstorbenen. Man hat ihr als offizielles Ergebnis der Untersuchungen mitgeteilt, dass ihr Bruder einem bedauerlichen Unfall zum Opfer fiel.«

»Ja, man hört so einiges darüber«, sagte Musiol gedehnt.

Die junge Frau atmete tief durch und sah ihn verzweifelt an.

»Was ist denn jetzt schon wieder? Warum siehst du mich so an?«

Gregor und Kamp bedachten einander mit einem bedeutungsschweren Blick.

»Ähm, ich erkenne eine gewisse Gleichgültigkeit in Ihren Worten. Wenn ich richtig informiert bin, waren Sie einer der wenigen Arbeitskollegen, die nicht zu seiner Beerdigung erschienen. Kann es sein, dass Sie dem Verstorbenen nicht gerade wohlgesonnen waren?«, fragte Gregor so höflich wie möglich.

»Seit wann ist es verboten, einer Beerdigung fernzubleiben? Wenn ich jedes Mal auf den Friedhof renne, nur weil jemand beigesetzt wird, den ich auch nur flüchtig kenne, brauche ich mir bald nichts anderes mehr vorzunehmen.«

Gregor sah ihn mit ausdrucksloser Mine an und sagte nichts.

»Außerdem hatte ich schon etwas anderes vor.«

»Mögen Sie mir verraten, was?«, hakte Gregor höflich nach.

Musiol zögerte kurz und warf einen flüchtigen Blick zu seiner Ex-Freundin hinüber.

»Nein, möchte ich nicht. Etwas sehr ... Privates. Geht Sie nichts an.«

Kamp konnte Musiols Panik riechen. Er musste sich gerade ziemlich beschissen fühlen. Zwei Menschen und ein Hund starrten ihn an und erwarteten etwas von ihm.

»Entschuldigen Sie, was genau war noch mal Ihre Frage?«, hakte Musiol mit dünner Stimme nach.

Gregor grinste selbstgefällig und nickte.

»Also gut, ans Eingemachte. Meine Auftraggeberin glaubt nicht an die Unfalltheorie der Polizei. Zumindest erscheint ihr etwas an der Sache faul, und das aus einem ganz bestimmten Grund. Bei der Obduktion von Herrn Kamp stellte man fest, dass er Betäubungsmittel im Körper hatte. Soweit Frau Kamp ihren Bruder kannte, und sie kannte ihn nach ihrer eigenen Aussage besser als jeder andere Mensch, verachtete er Drogen zutiefst und hatte nie etwas damit zu tun. Er rauchte nicht mal und trank so gut wie keinen Alkohol. Es entsprach ganz und gar nicht seiner Persönlichkeit, sich mit Drogen der Realität zu entziehen, dafür stand er mit beiden Beinen zu fest auf dem Boden der Tatsachen. Anscheinend hatte Herr Kamp seiner Schwester irgendwann einmal von einem Arbeitskollegen erzählt, der in dieser Hinsicht das genaue Gegenteil von ihm war. Als man ihr das Obduktionsergebnis mitteilte, hat sie sich genau daran erinnert. Aus diesem Grund sitze ich jetzt an Ihrem Tisch.«

Musiol schob während Gregors Ausführungen ganz langsam den Kopf nach vorn und brachte es fertig, ein noch dümmlicheres Gesicht zu machen als vorhin an der Tür.

»Thore Kamp hat Drogen genommen?«, fragte er ungläubig.

»Das habe ich nicht gesagt. Aber er hatte zum Zeitpunkt seines Todes welche im Körper.«

Musiol brach in Gelächter aus. Die Tränen, die ihm schon bald aus den Augenwinkeln liefen, bewiesen Kamp und Gregor, dass es kein gespieltes Lachen war. Er wischte sie sich mit den Handrücken ab und schnappte nach Luft.

»Das ist ja mal ein echter Hammer! Jetzt bin ich sogar froh, dass ich Sie doch noch reingelassen habe. Sie haben mir gerade den Tag gerettet. Ich schätze, das reicht sogar für die ganze Woche.«

Kamp fing wieder an zu knurren, und Gregor legte eine Schippe Streicheleinheiten nach.

»Das scheint Sie zu amüsieren?«, fragte Gregor mit einem drohenden Unterton.

»Das haben Sie gesagt! Aber jetzt mal von Mann zu Mann, Thore war arrogant, hochnäsig und karrieregeil. Okay, das hat ihn auch ein gutes Stück nach vorne gebracht. Alle wussten, dass er bald Abteilungsleiter werden würde. Ich bewundere das ganz sicher nicht, aber ich respektiere es. Er kann ... konnte schließlich machen, was er wollte. Aber in seinem grenzenlosen Größenwahn fing er irgendwann an, sich einzubilden, er könne sich nach Belieben in das Leben seiner Mitarbeiter einmischen. Bei seinem Kumpel Peter Tibbe hat er das pausenlos getan. Der stand da wahrscheinlich sogar drauf. Aber irgendwann fing er an, es auch bei mir zu versuchen. Der Typ war in meinem Alter und meinte mir erzählen zu müssen, wie ich mein Leben zu leben habe. Wieder und wieder. Und das nur, weil ich ab und zu ... äh ...«

»Ja?«, hakte Gregor nach.

Musiols Gesicht wurde von einer tiefen Röte überzogen, und er sah den Boten unsicher an.

»Nichts!«

»Das kam jetzt nicht besonders glaubwürdig rüber, Herr Musiol.«

Musiol versuchte, sich seine Verunsicherung nicht anmerken zu lassen.

»Ganz ehrlich, Mann, das interessiert mich eigentlich nicht besonders.« Er kniff die Augen zusammen und legte den Kopf schief. »Moment, ich beginne zu verstehen! Sie glauben, dass ich etwas mit seinem Tod zu tun habe!«

Gregor nickte fröhlich.

»Jetzt mal ganz sachte! Sie sind hier, weil Herr Kamp sich in Gegenwart seiner Schwester mal irgendwann negativ über mich geäußert hat?«

Gregor bedachte ihn mit einem prüfenden Blick und trommelte kurz mit den Fingern auf dem Tisch. Schließlich schüttelte er den Kopf.

»Es ist schon etwas konkreter gewesen, mein Guter. Er hat ihr erzählt, dass Sie Drogen konsumieren. Und irgendjemand hat ihm wohl mal gesteckt, dass Sie ihn nicht leiden können. Frau Kamp hat lediglich eins und eins zusammengezählt.«

Musiol war jetzt aufgebracht. »Das ist doch wohl ein Witz! Diese Schwester von ihm kann sich mit dem Tod ihres sauberen Herrn Bruders nicht abfinden und schon gar nicht damit, dass Drogen im Spiel waren, und deswegen muss jetzt auf Biegen und Brechen jemand anderes die Schuld dafür tragen?«

»Das trifft es ziemlich genau«, bestätigte Gregor ruhig.

»Kommen Sie, das ist doch lächerlich! Sie suchen jemanden, der ihn nicht leiden konnte? Wie viele Personen brauchen Sie? Ich könnte da was organisieren. Bilden Sie sich bloß nicht ein, ich wäre der einzige, allein in unserer Firma, gewesen! Da kenne ich noch einige andere.«

Kamp war entsetzt ob dieser Unterstellung. Das konnte sich dieser Arsch nur aus den Fingern gesogen haben – hoffte er. Er zog die Lefzen hoch und knurrte ein wenig. Dieser verdammte Musiol war nicht so leicht zu packen, wie er gehofft hatte.

Gregor trommelte wieder mit den Fingern auf dem Tisch. »Das will ich auch gar nicht in Abrede stellen. Aber Ihr Name ist nun mal gefallen. Da ich mich auf der Suche nach jemandem befinde, der einen Groll gegen Herrn Kamp hegte und in irgendeiner Form mit Drogen zu tun hatte …«, sein Blick glitt für wenige Sekunden zu den auf dem Tisch liegenden Utensilien, »… nun, soweit ich das sagen kann, erfüllen Sie all diese Kriterien. Es sei denn, Sie wollen mir weismachen, dieses weiße Ding da ist ein Knallbonbon und das Zeug in dem Plastikbeutel Oregano.«

Musiols Ex-Freundin lachte bitter und vergrub ihr Gesicht in den Händen.

Musiol riss der Geduldsfaden. Er stand ruckartig auf, lief um den Tisch und packte Gregor am Kragen.

»Sie und Ihr komischer Köter werden jetzt von hier verschwinden, haben Sie mich verstanden!«

»Andreas!«, fuhr die junge Frau dazwischen.

»Du hältst dich da gefälligst raus«, bellte er sie an.

Ein Anflug von Stolz schlich sich in Musiols Blick, als die junge Frau zusammenzuckte und tatsächlich verstummte.

Gregor ließ Kamp ganz langsam und vorsichtig von seinem Schoß gleiten. Musiol geriet angesichts des kleinen Sieges über seine Ex-Freundin in einen verhängnisvollen Rausch, der ihm trügerisch Fähigkeiten vorgaukelte, welche er nicht besaß – zumindest nicht, so weit es seinen ungebetenen Gast betraf.

»Das, was Sie mir da unterstellen wollen, entbehrt jeglicher Grundlage. Ich werde mir das nicht länger bieten lassen. Sie dürfen sich als rausgeschmissen betrachten! Verstanden?«

Gregor hielt dem wütenden Blick Musiols ungerührt stand. Er langte nach oben, packte ihn seinerseits am Kragen und stand ganz langsam auf. Kamp wuselte bellend um die Füße der beiden Streithähne. Nur Gregor konnte verstehen, was er sagte, und er musste sich zusammenreißen, um nicht zu grinsen und damit seinen Auftritt zu versauen.

Als Gregor sich zu voller Größe aufgerichtet hatte, mit der er Musiol um etwa fünfzehn Zentimeter übertraf, baumelte Musiol, den er auf Höhe seines Gesichts immer noch scheinbar mühelos am Kragen hielt, mit den Füßen in der Luft. Sein Gesicht enthielt die verspätete Erkenntnis, sich mit dem Falschen angelegt zu haben.

»Lassen Sie mich gefälligst runter … bitte!«

»Du hörst mir jetzt gut zu, kleiner Mann. Ich bin heute etwas unausgeschlafen und infolgedessen leicht gereizt. Um die Situation hier nicht noch weiter eskalieren zu lassen, werde ich jetzt wirklich gehen. Ich werde aber schon sehr bald wiederkommen, denn du hast mir noch nicht mal die Hälfte von dem erzählt, was ich gerne hören möchte, und wenn du nicht verdächtig bist, habe ich den falschen Beruf gewählt. Unsere Unterhaltung hat noch nicht mal angefangen! Da ich eine gesittete Atmosphäre bevorzuge, solltest du an einem Weg arbeiten, deine Aggressionen unter Kontrolle zu bringen, denn wenn du das nächste Mal wieder nur mit Wutausbrüchen auf meine Fragen reagierst, werde ich in Erwägung ziehen, die Scheiße aus dir rauszuprügeln. Hast du mich verstanden?«

Kamp kläffte und sprang vor Vergnügen auf und ab.

Musiol nickte hastig, hielt sich an Gregors Arm fest und zappelte mit den Beinen. Schließlich ließ Gregor ihn langsam wieder herunter.

»Bitte um Entschuldigung, gnädige Frau. Diese Art Auftritt ist eigentlich nicht typisch für mich. Wenn ich Ihnen einen Rat geben darf, sollten Sie Ihre Kriterien bei der Partnerwahl überdenken.«

Sie schüttelte den Kopf. »Das ist nicht mehr notwendig.«

Der Bote presste die Lippen zusammen und nickte. Er nahm Kamp auf den Arm, warf dem zitternden Musiol einen letzten Blick zu, mit dem man einen Tunnel durch ein Felsmassiv hätte bohren können, und verließ die Wohnung.

Grippe

Nach dem unerwarteten Verlauf dieses Zwischenspiels hielten es Kamp und Gregor für angebracht, noch etwas Gescheites essen zu gehen. Die Vorräte der anderen Boten waren eher ungeeignet, das Bedürfnis nach einer vernünftigen Mahlzeit zu stillen. Außerdem verspürte Gregor Lust, sich ein paar alkoholische Getränke zu gönnen.

Kamp war stolz auf Gregor. Die Art und Weise, wie er seinem Ex-Kollegen eingeheizt hatte, war Balsam für seine geschundene Seele. Da er im Prinzip nur noch aus Seele bestand, kein unwichtiger Aspekt. Zu gern hätte er diesen Part, trotz seiner grundsätzlich pazifistischen Einstellung, selbst übernommen. In seiner derzeitigen Erscheinungsform waren ihm nur leider bestimmte Grenzen gesetzt. Der Gedanke, Musiol zu beißen, war ihm dummerweise erst gekommen, als der schon an Gregors Arm hing.

Sie verspeisten eine ausgiebige, mit gesunden Bestandteilen versetzte Mahlzeit und ließen sich ein paar Einheiten ihrer Lieblingsgetränke kommen. Kamp bekam schwarzen Tee in einer Schüssel und Gregor Kölsch mit verwunderten Blicken serviert.

»Fällt dir noch eine Möglichkeit ein, wie wir heute für Aufruhr sorgen können?«, fragte Gregor und sog genüsslich an seinem Getränk.

»Nein, ich glaube für heute haben wir genug Angst und Schrecken verbreitet. Eine solide Basis, auf der wir morgen aufbauen sollten.«

»Gute Idee.«

Kamp erwischte sich dabei, wie er immer ernsthafter darüber nachdachte, ebenfalls ein Bote zu werden. Ihn beschlich das Gefühl, genau zu diesem Zweck ins Jenseits gelangt zu sein. Ihm gefiel das, was Gregor machte. Verzweifelten Seelen zu helfen war eindeutig etwas Gutes, und man konnte sogar seine Kreativität dabei einsetzen. Die Macht, die einem verliehen wurde, war ebenfalls ein nicht zu ignorierendes Lockmittel. Er hätte es nie zugegeben, aber die erst vor Kurzem aufgegebene Aussicht auf die mit dem Posten eines Abteilungsleiters verbundene Macht war schon etwas, woran ihm gelegen gewesen war. Zumindest war es gut fürs Ego.

»Du hast mir noch nicht erklärt, warum man uns mehr Zeit gibt, als das normalerweise der Fall ist«, sagte Kamp einer spontanen Eingebung folgend.

Gregor kratzte sich am Kopf. »Hab mich schon gefragt, wann du anfangen würdest nachzuhaken.«

Er sah Kamp an, nicht so durchdringend wie sonst, sondern eher in freundschaftlicher Verbundenheit.

»Ich weiß etwas über dich. Hab es in der Zelle erfahren. Bevor du anfängst mich zu löchern, ich darf darüber nicht sprechen. Wenn mich nicht alles täuscht, kriegst du einen Teil der Antwort aus eigener Kraft zusammen, so wie die Antwort auf die Frage mit den Türen. Was den Rest betrifft, wirst du dich überraschen lassen müssen.«

Gregor widmete seine Aufmerksamkeit wieder dem Inhalt seines Glases. Kamp starrte ihn weiter an.

»Ist es mir vorherbestimmt, ein Bote zu werden?«

Gregor grinste.

»Ich würde mich sehr freuen, wenn ich mein Handwerk dann bei jemandem wie dir erlernen dürfte.«

Der Bote grinste noch etwas breiter und ließ lautstark schlürfend ein paar Kubikzentimeter Kölsch in seinem Rachen verschwinden.

Das Aufstehen am nächsten Morgen verschob sich nach hinten. Gregor hatte sich am Abend zuvor noch sehr intensiv mit dem Thema »vergorener Gerstensaft« auseinandergesetzt und musste so, zusätzlich zu seiner Grundmüdigkeit, auch noch einen Rausch ausschlafen. Kamp nutzte die Zeit, um noch mal in Ruhe über alles nachzudenken, was seinen Fall betraf.

Eine herausragende und erschreckende Erkenntnis war, wie

schnell er sich daran gewöhnt hatte, tot zu sein. Er betrachtete sein Leben als Mensch bereits als etwas, das weit zurücklag, wie ein Großvater, der seinen Enkel dabei beobachtet, wie er in Bäumen rumkraxelt, und sich vage daran erinnert, dies in der eigenen Jugend auch mal getan zu haben. Dabei war es noch nicht mal zwei Wochen her, dass er sein Leben verloren hatte. Der einzige beständig gegenwärtige Aspekt aus seinem früheren Leben war die Gewissheit, dass ihm Gewalt angetan worden war und er sich dafür rächen wollte.

Nach einem kargen Frühstück, Kamp hatte keinen Hunger und Gregor noch weitaus ernsthaftere Probleme, mussten sie sich beeilen, um nicht zu spät bei Tibbe zu erscheinen. Wenn es etwas gab, das Kamp wirklich verabscheute, dann war es Unpünktlichkeit. Er sah keinen Grund, nach seinem Tod mit dieser Unart anzufangen, selbst als Hund nicht.

Sie fuhren, wie schon am Vortag, mit dem Bus. Gregor hatte sich vorgenommen, seine nächste Autofahrt erst wieder an einem anderen Ort als Köln zu unternehmen. Er fuhr einfach zu gern, um es sich von den anarchischen Verhältnissen auf den Straßen der Rheinmetropole langfristig verderben zu lassen.

»Meinst du, es wird einen sehr schlechten Eindruck machen, dass ich eine Fahne habe?«

Kamp sah einigermaßen überrascht zu Gregor hin. »Dass ausgerechnet du dir Gedanken darüber machst? Pit ist selber einer, der nichts anbrennen lässt, wenn es sich ergibt. Außer vielleicht einem dummen Spruch hast du nichts zu befürchten.«

Gregor nickte und schloss die Augen. »Sag mir bitte rechtzeitig Bescheid, bevor wir aussteigen müssen.«

Mit fünfminütiger Verspätung betätigte der Vergeltungsbote die Klingel von Tibbes Wohnung. Gregor blendete den Kopfschmerz aus und versuchte sich an einem normalen Gesicht, während Kamp neben ihm Sitz machte, an ihm hochsah und sich eine gewisse Schadenfreude nicht verkneifen konnte. Er wusste sehr genau, warum er dem Alkohol nie zugetan gewesen war.

Sie hörten schlurfende Schritte, und Peter Tibbe öffnete die Tür, erneut ohne sich zu vergewissern, wer Einlass begehrte.

Gregor und Kamp betraten die Wohnung und warfen einen Blick auf Tibbe, während er wortlos und schniefend die Tür hinter ihnen schloss. Offenbar war Tibbes Erkältung über Nacht schlimmer geworden. Die Gefahr, dass er sich von Gregors Ausdünstungen belästigt fühlen könnte, bestand ganz eindeutig nicht. Selbst wenn Gregor sich die Achselhöhlen mit Kuhmist statt mit Deo eingerieben hätte – er hatte weder das eine noch das andere verwendet – Tibbe hätte es nicht gerochen.

Kamps Freund war, wie schon am Vortag, nur mit einem Bademantel und ein paar Badeschlappen bekleidet. Ohne ein Wort zu sagen, schlurfte er in Richtung Couch, und mit einem Handzeichen bedeutete er seinen Besuchern, ihm zu folgen.

Wie ein nasser Sack ließ er sich in die Polster fallen und zerrte seinen Bademantel zurecht, da der Aufprall seinen Intimbereich freigelegt hatte.

Gregor setzte sich in einen Sessel, und Kamp legte sich neben seinen Füßen auf den Boden.

»Oh, Entschuldigung. Bin etwas neben der Spur. Kann ich Ihnen etwas anbieten? Einen Kaffee oder so was?«

»Nein, vielen Dank. Wir haben bereits ausgiebig gefrühstückt.«

Tibbe massierte sich die Schläfen und zog den Rotz in seiner Nase hoch.

»Die wichtigste Mahlzeit des Tages. Eindeutig die wichtigste«, sagte er zu niemand Speziellem.

Gregor räusperte sich. Kranke Menschen verwirrten ihn. Speziell jene, die eine Grippe hatten, neigten dazu, sich unnormal zu verhalten. Sie waren weniger beeinfluss- und manipulierbar, da ihre Wahrnehmung stark eingeschränkt war. Es war fast unmöglich, sie unter Druck zu setzen, einzuschüchtern oder in ihnen zu lesen, da sie auf alle äußeren Einflüsse mit einer schwer greifbaren Gleichgültigkeit reagierten. Sie waren viel zu sehr damit beschäftigt, sich wie ausgekotzt zu fühlen und ihr Selbstmitleid zu inszenieren. Außerdem redeten sie manchmal dummes Zeug.

Nein, erkältete Menschen waren ihm nicht geheuer.

»Auweia, mit Ihnen sieht's ja wirklich gar nicht gut aus, sie Armer. Ich werde auch versuchen, mich so kurz wie möglich zu fassen. Ich denke, das ist in Ihrem Interesse. Haben Sie Muße gefunden, das zu tun, worum ich Sie gestern gebeten habe?«

Tibbe tränkte ein Taschentuch mit dem Inhalt seiner Nase und ließ den feuchten Klumpen über den Rand des Sofas fallen. Kamp konnte von seiner erdnahen Position aus sehen, dass der Klumpen sich dort in Gesellschaft vieler Artgenossen befand. Einige erweckten den Eindruck, schon über so etwas wie Lebenserfahrung zu verfügen, und Kamp musste einen Würgreiz unterdrücken.

»Ja, hab drüber nachgedacht. Leider ohne Ergebnis. Mir ist niemand eingefallen, den ich anschwärzen könnte. Wie ich gestern schon sagte, Thore ist eigentlich mit allen gut ausgekommen. Er war nicht der Typ, der es auf Streit anlegte.«

Guter alter Pit, dachte Kamp. Auf ihn war Verlass. Ein loyaler Freund über den Tod hinaus. Er tippelte zu ihm und hielt seine Pfote hoch.

»Ihr Hund scheint mich wirklich zu mögen. Die meisten Vierbeiner können mich nicht leiden.«

»Mein Rufus war noch nie wählerisch. Wenn man freundlich zu ihm ist, frisst er einem aus der Hand.«

Gregor räusperte sich in seine geschlossene Faust.

»Es gibt Ihrer Meinung nach also absolut niemanden, dem ein Mord zuzutrauen wäre, unabhängig davon, ob die betreffende Person überhaupt irgendetwas mit Herrn Kamp zu tun hatte?«

»Nein, natürlich nicht. Hören Sie, das ist eine seriöse Firma, in der ich da arbeite. Das Anforderungsprofil an alle Angestellten und Arbeiter liegt über dem Schnitt. Zwielichtige Typen werden gar nicht erst eingestellt, und wer unangenehm auffällt, fliegt. Bei so vielen Arbeitssuchenden fällt es leichter den Rahm abzuschöpfen, wenn Sie verstehen, was ich meine.«

Tibbe blinzelte und öffnete den Mund ein wenig. Tränen liefen ihm über die Wangen. »Dieses verdammte Beißen in der Nase macht einen wahnsinnig! ... Verstehen Sie, ich würde Ihnen da nur zu gerne helfen. Es betrübt mich, dass man Thore zutraut, er hätte sich selbst umgebracht. Und ich gönne seiner Schwester auch diese Lebensversicherung. Aber ich kann mir deswegen nicht einfach einen Namen aus den Fingern saugen, schließlich geht es hier um keine Kleinigkeit.«

Gregor suchte seinen Blick, aber er prallte gegen eine Mauer. Der Weg in Tibbes Bewusstsein war entzündet und verklebt.

»Was würden Sie davon halten, wenn ich Ihnen einen Namen nenne, und Sie sagen mir, was Sie davon halten?«

»Ach kommen Sie, das ist ein wirklich dummes Spiel, und es läuft aufs Gleiche hinaus. Außerdem möchte ich mich jetzt wirklich nicht zu jedem meiner lieben Kollegen äußern. Zu einigen kann ich nicht mal viel sagen, weil ich sie zu wenig kenne.«

»Nein, da haben Sie mich falsch verstanden. Nur *ein* Name. Ich habe natürlich weiterhin eigene Nachforschungen betrieben. Dabei fiel mir diese Person auf.«

Es war offensichtlich, dass Tibbe die ganze Sache nicht geheuer war. Es schien ihm nicht zu behagen, so tief ins Detail zu gehen, und offenbar hatte er schon jetzt eine Art schlechtes Gewissen, angesichts der Aussicht, sich im Zusammenhang mit einem möglichen Mord gleich zu einem seiner Kollegen äußern zu müssen. Man konnte es ihm kaum verdenken. Kamp glaubte nachvollziehen zu können, wie er gerade empfinden musste, und hatte Mitleid mit seinem Freund.

Tibbe seufzte. »Okay, schießen Sie los. Aber wirklich nur den einen Namen!«

»Versprochen. Also, was können Sie mir zu Herrn Andreas Musiol erzählen?«

Tibbe zeigte keine Regung. Er sah dem Boten unverwandt ins Gesicht und atmete gleichmäßig durch den Mund.

»Andreas? ... Tja, Andreas. Arbeitet in unserer Controlling-Abteilung. Scheint mir sehr intelligent zu sein, allerdings nicht besonders ehrgeizig. Macht nur das, was unbedingt notwendig ist, wissen Sie.«

Er unterbrach sich mit einem markerschütternden Niesen. »Entschuldigung. Ich weiß, dass er und Thore eigentlich kein richtiges Verhältnis zueinander hatten. Haben nur das Nötigste miteinander geredet und sich auch nicht gerade mit gegenseitigen Sympathiebekundungen vollgeschleimt. Aber da gibt es, glaube ich, im Leben jedes Menschen eine Vielzahl Personen, von denen man das behaupten kann. Ansonsten ist das ein ganz harmloser Kerl. Zumindest soweit ich es beurteilen kann.«

Gregor nickte. »Haben Sie über die Arbeit hinaus Kontakt zu Herrn Musiol?«

»Nein. Ich sehe ihn ab und an in einer bestimmten Kneipe, dem ›Cave‹. Das ist seine Stammkneipe. Manchmal gehe ich da auch hin. Die Musik ist gut, und mir gefällt der Laden irgendwie. Aber wir stehen dann nicht stundenlang zusammen und quatschen miteinander. Man grüßt sich, und das war es dann meistens auch.«

»Verstehe. Wissen Sie etwas über den Drogenkonsum von Herrn Musiol?«

Müdes Erstaunen schaffte es für den Bruchteil einer Sekunde, sich in die auf qualvolles Leiden gebürsteten Gesichtszüge von Tibbe zu mischen.

»Äh ... nein. Davon weiß ich nichts. Ich glaube, das ist auch nicht gerade eine Information, mit der man hausieren geht. Wie kommen Sie darauf?«

Gregor holte tief Luft. »Es gibt da etwas, das ich Ihnen gestern nicht erzählt habe. Herr Kamp wurde obduziert. Man hat festgestellt, dass er Betäubungsmittel im Körper hatte. Wir vermuten, dass es da einen Zusammenhang mit seinem Tod gibt.«

Tiefe, aufrichtige Bestürzung schaffte es, Tibbes Zwangsjacke grippaler Apathie zu sprengen und abzustreifen. Sein Mund stand ebenso weit offen wie seine geröteten Augen, und er vergaß für einige Sekunden zu atmen. Ein Niesreiz beendete den Schockzustand.

»Entschuldigung. Das ... Ich weiß nicht, was ich sagen soll.« Er schüttelte den Kopf. »Thore nahm keine Drogen. Er hat ja nicht mal geraucht und so gut wie keinen Alkohol getrunken. Er hatte nur Verachtung für die übrig, die es taten.«

Tibbe setzte sich auf, lehnte sich auf seine Oberschenkel und fuhr sich mit beiden Händen durch die kurzen, blonden Haare. Schließlich sah er eine Weile aus dem Fenster. Gregor beobachtete ihn stumm.

»Haben die ihn also tatsächlich obduziert«, murmelte Tibbe zu sich selbst.

»Wie meinen Sie?«

»Hä? ... Ach nichts. Ich hätte nur nicht gedacht, dass sie ihn aufschneiden würden. Wo man doch von einem Unfall ausgeht. So wie die Dinge lagen, deutete doch eigentlich alles auf eine Überdosis Insulin hin ... von meinem Standpunkt als Laie aus natürlich. Dass er an einer ganz anderen Überdosis gestorben ist, hätte ich nie im Leben für möglich gehalten.«

Kamp bemerkte nicht, dass Gregor ihn ansah. Am liebsten hätte er sich die Ohren zugehalten. Das ganze Gerede über ihn und seinen Tod, ohne dass er in irgendeiner Form eingreifen konnte, nahm ihn ziemlich mit.

»Die eigentliche Todesursache war das gebrochene Genick. Der Insulin- und Drogencocktail hat den Weg dorthin lediglich geebnet. Aufgeschnitten haben sie ihn, weil es nicht normal ist, einen einunddreißigjährigen Mann tot in seinem Büro zu finden. Diabetes ist zwar eine anerkannte, ernste Krankheit, aber sie reicht nicht aus, um den Staatsanwalt sagen zu lassen: ›Seht ihr! Daran lag es. Ein Zuckerkranker. In die Kiste mit ihm, und dann legt mir den nächsten Fall vor.‹«

»Das wusste ich nicht«, sagte Tibbe nachdenklich. »Was ich aber immer noch nicht verstehe, warum beharrt seine Schwester weiter darauf, dass er ermordet wurde? Der Genickbruch war doch wohl eindeutig ein Unfall oder nicht? Er wird kaum so lange mit dem Kopf zuerst auf den Schreibtisch gesprungen sein, bis es endlich geknackt hat.«

Gregor knetete seine Unterlippe. »Sie vergessen die Drogen in seinem Körper. Die müssen da irgendwie hingekommen sein. Seine Schwester glaubt nicht daran, dass er sie freiwillig eingenommen hat.«

»Das ist eigentlich auch kaum vorstellbar. Aber es wurden doch keine Spuren für eine körperliche Auseinandersetzung gefunden, oder?«

Gregor schüttelte den Kopf.

»Wie sollen sie also bitte in ihn hineingelangt sein?«

»Nun, genau das möchte ich ja herausfinden. Ich habe da ein paar Theorien, reine Spekulation natürlich. Er könnte mit vorgehaltener Waffe gezwungen worden sein. Er könnte auch auf andere Weise gezwungen worden sein, etwa ein Anrufer, der ihm sagt: ›In deiner Schublade sind fünf Gramm Haschisch. Da machste dir jetzt 'nen lecker Tee draus, sonst tue ich deiner Schwester was an.‹«

Tibbe kratzte sich die nackten Knie und kräuselte die Nase. »Klingt wie im schlechten Film, wenn Sie mich fragen.«

»Zugegeben, aber man darf nichts ausschließen. Es wäre zum Beispiel auch möglich, dass er gar nicht wusste, dass er Drogen genommen hatte.«

Tibbe öffnete den Mund, um etwas zu sagen, schloss ihn unverrichteter Dinge wieder und nahm einen neuen Anlauf.

»Sie ... meinen ...«

»Man hat ihn möglicherweise reingelegt, manipuliert, sabotiert. Nennen Sie es, wie Sie wollen. Mir persönlich erscheint diese Variante am plausibelsten. Aber wie gesagt, das werde ich noch genau herausfinden.«

Tibbe schüttelte energisch den Kopf. »Tut mir leid, aber ich muss noch mal nachhaken. Wieso sind Sie dann so sicher, dass es ein Arbeitskollege war?«

»Die Betäubungsmittel befanden sich noch in seinem Magen. Unverdaut wohlgemerkt. Er hat sie entweder in seiner Wohnung eingenommen oder im Büro, auf jeden Fall aber an dem Morgen. Im Auto hatte er nichts Essbares. Da er niemandem den Schlüssel zu seiner Wohnung gegeben hatte, war er auch der Einzige, der Zutritt hatte. Dort konnte keiner irgendetwas manipulieren. In das Bürogebäude konnte aber jeder Angehörige der Firma gelangen. Soweit ich weiß, werden die Kaffeeküchen, im Gegensatz zu den Büros, nach Feierabend nicht abgeschlossen?«

»Äh ... ja, ich meine nein, werden sie nicht.«

»Sehen Sie. Dort konnte man ganz vorzüglich manipulieren. Es wäre sehr viel einfacher, wenn es ein automatisches Zeiterfassungssystem gäbe. Dann bräuchte man einfach nur zu überprüfen, wer am Vortag bis zuletzt noch im Gebäude war, und schon zieht sich der Kreis der Verdächtigen zusammen. Aber es gibt ja leider keines.«

Tibbe ließ sich erschöpft wieder gegen die Sofalehne fallen und massierte seine Schläfen.

»Sie glauben ja gar nicht, wie sehr Sie gerade mein Weltbild erschüttern«, sagte er und erweckte den Eindruck, als wäre er großen Qualen ausgesetzt.

»Oh, das tut mir leid. Ich versuche nur meinen Job zu machen. Wenn es Ihnen ein Trost ist, es bestünde natürlich auch die Möglichkeit, dass dieser von mir gesuchte Arbeitskollege nur ein Verrichtungsgehilfe war. Ein Freund oder Bekannter des eigentlichen Täters.«

Dieser Satz veranlasste Tibbe zu einem Lächeln.

»Entschuldigen Sie bitte, ich habe mich nicht über Sie lustig gemacht. Im Gegenteil, ich glaube Frau Kamp hat eine ganz ausgezeichnete Wahl getroffen. Wie ist sie auf Sie gekommen?«, wollte Tibbe wissen.

»Wie sie ... na ... durch eine Bekannte, für die ich auch schon mal tätig wurde. Ging um Ehebruch. Die hat mich dann empfohlen.«

Kamp hoffte, dass der Tränenschleier in Tibbes Augen dicht genug war, um die aufsteigende Röte in dem Gesicht des Boten vor seinem alten Freund zu verbergen. Stellte der alte Pit doch glatt eine Frage, auf die Gregor ganz offensichtlich nicht vorbereitet war. Respekt!

»Ich werde Sie dann auch nicht weiter belästigen. So wie Sie aussehen, gehören Sie ins Bett. Jedenfalls vielen Dank für Ihre Hilfe.«

Gregor erhob sich, und auch Tibbe stemmte sich, ächzend wie ein Möbelpacker, von seinem Sofa hoch.

»So eine große Hilfe war ich ja wohl leider nicht. Bestellen Sie Thores Schwester bitte ganz herzliche Grüße von mir, und sagen Sie ihr, dass ich es sehr bedaure, ihr nicht die Unterstützung geben zu können, die sie sich wahrscheinlich erhofft hat.«

»Werde ich ihr ausrichten. Entschuldigen Sie, dass ich frage, aber hatten Sie nicht gesagt, Sie kennen sie nicht.«

Tibbe zuckte mit den Schultern und zog die Mundwinkel nach unten.

»Das tue ich auch nicht. Eigentlich ein Witz, dass ich den wichtigsten Menschen im Leben meines besten Freundes nie persönlich kennengelernt habe. Auf der Beerdigung hab ich sie zum ersten Mal live und in Farbe gesehen. Davor kannte ich sie wirklich nur von Fotos und aus Erzählungen. Aber wir mochten beide den gleichen Menschen, und das verbindet einen auch irgendwie, finden Sie nicht?«

Kamp hörte die Worte seines Freundes wie aus weiter Ferne. Er fühlte sich völlig erschöpft, sowohl physisch wie auch psychisch. Möglicherweise wäre es doch am besten gewesen, wenn Gregor ihn nicht mitgenommen hätte. Sein Tod war einfach noch viel zu frisch. Arrogante Boten aus der Anmeldung hin oder her, irgendwo hatte dieser Robard mit seinem Rat an Kamp recht. Es wäre besser gewesen, sich etwas mehr Zeit zu nehmen, um alles ein wenig sacken zu lassen und sich an die neue Existenz zu gewöhnen. Jetzt bekam Kamp die Rechnung für seine Ungeduld präsentiert.

Über seinen Selbstvorwürfen schlief Kamp ein.

Auf leisen Sohlen ging Gregor zu Kamp und hob ihn vorsichtig hoch. Kamp quiekte ein wenig, schlief aber unbeirrt weiter.

»Wie niedlich. Der Kleine ist ja total weggetreten! Hören Sie, jetzt würde ich Sie gerne um einen Gefallen bitten. Würde es Ihnen etwas ausmachen, mich mit Ihren neuesten Erkenntnissen auf dem Laufenden zu halten? Wenn Sie und Heike tatsächlich richtig liegen, dann würde es mich schon interessieren, wer dieser Mistkerl ist.«

»Oh, das lässt sich einrichten. Wir werden uns bestimmt wiedersehen. Einen schönen Tag noch, Herr Tibbe, und gute Besserung.«

Der größte Nachteil an Heike Kamps Beruf war der Umstand, immer nur dann freimachen zu können, wenn ihre Arbeitgeber Urlaub hatten. Was die eigene Urlaubsplanung betraf, war sie auf Gedeih und Verderb den Planungen der Familie Reitmeier ausgeliefert. Nur wenn einer von ihnen oder beide nicht arbeiteten, war es ihr möglich, sich etwas anderes vorzunehmen. Ein Umstand, über den man sie von Beginn an in Kenntnis gesetzt hatte und der eine entscheidende Bedingung für das Zustandekommen des Arbeitsvertrages gewesen war.

Manchmal hatte sie, ganz spontan und unerwartet, sogar dann frei, wenn sie es eigentlich weder wollte noch brauchte. Die großen Ferien wurden ihr immer rechtzeitig mitgeteilt, aber kleinere Zeiträume konnten sich schon mal von einem Tag auf den anderen ergeben.

Natürlich musste sie einräumen, dass dieser Nachteil auch einen nicht unbeträchtlichen Vorteil enthielt. Sie hatte mehr Urlaub als so manch anderer Arbeitnehmer. Es war keine Seltenheit, dass Herr und Frau Reitmeier nicht gleichzeitig frei hatten, und wann immer auch nur einer von ihnen zu Hause war, wurden ihre Dienste nicht in Anspruch genommen.

Als Frau Reitmeier am Abend des vergangenen Tages als Erste nach Hause gekommen war, hatte sie Heike darüber in Kenntnis gesetzt, dass sie sich mit ihrem Mann auf ein verlängertes Wochenende in den Alpen verständigt hatte. Sie konnte sich also den Rest der Woche den angenehmeren Dingen des Lebens widmen.

Heike hatte sich an diesen Umstand bereits so gut es ging gewöhnt und nahm es gleichmütig hin. Es gab da ohnehin etwas, das sie unbedingt noch erledigen musste. Vor zwei Tagen hatte sie einem Menschen, den sie zwar nicht kannte – und eigentlich auch nicht mochte –, dessen durchaus gute Absichten sie aber respektierte, eine gewisse Frage nicht beantwortet. Eine Frage, die sie, nachdem sie intensiv über diese Begegnung nachgedacht hatte, auf keinen Fall unbeantwortet lassen wollte.

Sie durfte es nicht!

Auf keinen Fall wollte sie ihren Bruder posthum in ein falsches Licht tauchen – schon gar nicht bei seinem besten Freund. Was aber noch viel wichtiger war, sie selbst wollte noch viel weniger in einem falschen Licht stehen.

Das konnte fatale Folgen haben!

Wenn sie versuchte, sich in die Lage von Thores Freund zu versetzen, hätte sie todsicher und mit Anlauf genau die falschen Schlüsse gezogen. Für die eigene Schwester musste es ein Leichtes sein, mit dem Brustton der Überzeugung, jeden Umgang ihres Bruders mit Drogen in das Reich der Märchen zu verweisen. Sie konnte sich selbst nicht erklären, warum sie dazu vor ein paar Tagen nicht in der Lage war, aber sie würde das korrigieren – noch heute!

Nachdem sie den Tag ganz entspannt hatte anklingen lassen – lange ausschlafen und eine Art Brunch, weil es fürs Frühstück zu spät und fürs Mittagessen zu früh war –, machte sie sich auf den Weg zu der ehemaligen Wirkungsstätte ihres Bruders, um mit dessen ehemals besten Freund ein paar Dinge zu klären.

Kamp muss kuerzer treten

Während des ganzen Weges zurück in ihre Unterkunft schlief Kamp wie ein satter Säugling. Gregor bekam einen steifen Arm, da er ihn in diesem wehrlosen Zustand nicht einfach irgendwo auf den Boden legen mochte. Selbst ein lautstark bellender Schäferhund, der ihn bemerkte, während sie auf den Bus warteten, vermochte Kamp nicht aus dem Schlaf zu reißen.

Gregor nutzte die Ruhe, um schwere Vorwürfe an sich selbst zu adressieren. Es war einfach nicht richtig, dass der arme Kerl dies alles miterleben musste. So manch anderer wäre daran schon längst zerbrochen, und es sprach für Kamp, dass er so gut durchhielt. Aber alles hatte seine Grenzen.

Was man Gregor in der Zelle über Kamp erzählt hatte, passte gut ins Bild. Offenbar war etwas an dieser Seele dran, das einigen hochgestellten Persönlichkeiten im Jenseits Anlass zu der Hoffnung gab, es in seinem Fall mit einer potenziellen Führungskraft höchsten Ranges zu tun zu haben.

Ohne dass Gregor sich dessen bewusst war – geschweige denn es beabsichtigte –, hatte er von vornherein die richtigen Hebel bei Kamp bedient, indem er ihm bereits zu Anfang ihrer Bekanntschaft mehrfach den Floh mit der Botenkarriere ins Ohr gesetzt hatte. Er konnte natürlich unmöglich sagen, ob das bereits etwas bewirkt hatte, aber in der Zelle erging an ihn die unmissverständliche Aufforderung, in diesem Sinne weiter auf Kamp einzuwirken. Er würde, im Auftrag seiner Vorgesetzten, immer wieder ein paar Tropfen Öl ins Feuer gießen, um irgendwann die erhoffte, heiß brennende Flamme zu haben. Zumindest solange er Kamp noch in seinem Dunstkreis hatte.

Für den Moment herrschte bei ihm jedoch ein Gefühl der Fürsorge vor. Er konnte es unmöglich weiterhin verantworten, Kamp diesen emotionalen Torturen auszusetzen. In ihm reifte die Überzeugung, dass es das Beste wäre, wenn er die nächsten Schritte ohne seine Beteiligung absolvierte und Kamp die Gelegenheit gab, sich ein wenig auszuruhen.

Erst als sie in der Niederlassung eintrafen, erwachte Kamp aus seinem tiefen Schlaf. Der intensive Geruch eines halben Käselaibs, der auf einem der Schreibtische darauf wartete, angeschnitten zu werden, spielte dabei eine maßgebliche Rolle.

»Konntest du letzte Nacht nicht schlafen, oder was ist mit dir los?«, fragte Gregor seinen Klienten im Tonfall einer besorgten Mutter.

Kamp blinzelte den Boten verschlafen an. Er schnupperte intensiv und ortete nach wenigen Sekunden die Quelle des Geruchs, der ihm den Mund unter Wasser setzte.

»Käse!«

Ein Bote kam, mit einem großen Käsemesser bewaffnet, aus der kleinen Küche und strahlte voller Vorfreude bis über beide Ohren.

»Ein österreichischer Höhlenkäse, um genau zu sein. Wem darf ich was abschneiden?«, fragte er fröhlich.

Es gab keine Enthaltungen. Ein paar Minuten später hatte jeder ein dickes Stück vor sich und war genussvoll am Schmatzen.

Gregor und Kamp suchten sich einen Platz etwas abseits von den anderen. Der Bote beobachtete Kamp beim Essen mit einer Mischung aus Sorge und Bewunderung.

»Alles in Ordnung bei dir?«

Kamp sah von seinem Käse auf. »Klar. Warum fragst du?«

»Ich habe dich beobachtet. Vorhin bei deinem Freund und auch gestern schon. Ach Blödsinn, eigentlich solange wir hier sind. Du hast einiges ertragen müssen. Ich weiß nicht, wie es ist, auf diese Weise und nach so kurzer Zeit mit seinem Leben und seinem Tod konfrontiert zu werden. Ich habe auch keine Ahnung, wie es sich anfühlt, von einem geliebten Menschen so enttäuscht zu werden. Ich kann nur vermuten, dass einen das fertigmacht.«

Kamp setzte sich hin und legte den Kopf schief.

»Na ja, besonders angenehm war das wirklich nicht. Kann es sein, dass du gerade versuchst, mir etwas Bestimmtes zu sagen?«

Der Bote seufzte und knabberte aus Verlegenheit an seinem Käsestück, welches den Geschmack von gelber Kreide angenommen hatte.

»Ja. Ich habe lange darüber nachgedacht, das darfst du mir glauben. Und du darfst mir auch glauben, dass ich das jetzt nicht gerne sage, weil ich es eigentlich gar nicht will. Aber ich trage die Verantwortung für dich. Es liegt in meiner Verantwortung, dass du hier nicht unter die Räder kommst. Ich bin derjenige ...«

»Wenn du mir gleich sagst, dass du mich zurück ins Jenseits schickst, beiß ich dir in deinen fetten Hintern!«, unterbrach ihn Kamp.

Für eine Sekunde huschte ein Lächeln über das Gesicht des Boten.

»Ich will dich nicht zurückschicken. Ich möchte nur, dass du etwas kürzer trittst. Ruh dich ein wenig aus, versuch dich zu erholen, zumindest für den Rest des Tages. Es ist nicht erforderlich, dass du überall dabei bist. Es macht natürlich mehr Spaß, wenn du dabei bist, aber ich komme auch ohne Weiteres allein zurecht. Lass dich von den Jungs mit Tee und anderem Schnickschnack abfüllen, schlaf dich noch mal richtig aus. Wenn wir wieder im Jenseits sind, ist es damit erst mal für längere Zeit vorbei.«

»Abgesehen davon, dass das eine blöde Idee ist, wie glaubst du, mich dazu überreden zu können?«

Gregor räusperte sich.

»Oh, ich muss dich gar nicht überreden. Ich werde etwas machen, bei dem du mir gar nicht helfen kannst. Du wirst zwar etwas Interessantes verpassen – tut mir leid, dass ich dir das auf die Nase binde –, aber es geht wirklich nicht anders.«

»Du willst wirklich ohne mich weitermachen?«

Gregor wirkte verlegen.

»Ja ... nein. Eigentlich will ich das nicht unbedingt. Aber du bist ganz eindeutig erschöpft, das merke ich. Vielleicht habe ich unterschätzt, was alles auf dich einstürzen wird, während wir versuchen deinen Tod aufzuklären. Vielleicht war der Rat, den dir dieser Bote von der Anmeldung gegeben hat, gar nicht so verkehrt. Weißt du, normalerweise kommen die Seelen, die meine Hilfe in Anspruch nehmen wollen, tatsächlich erst zu mir, wenn seit dem Abstreifen ihrer sterblichen Hülle schon ein bisschen mehr Zeit ins Land gegangen ist. Du bist praktisch sofort zu mir gekommen und damit die große Ausnahme.«

Kamp sah ihn skeptisch an. »Kein Witz? Kein gemeiner Versuch mich zu beschwichtigen, damit du deine Ruhe hast?«

»Nein, verdammt! So eilig wie du hat es sonst niemand. Dafür hast du dich bisher übrigens ausgesprochen gut gehalten, und ich glaube dir sofort, dass du es trotz aller Erschöpfung bis zum Ende mit mir zusammen durchziehen würdest. Aber für das, was ich als Nächstes vorhabe, kann ich dich wirklich nicht gebrauchen.«

Kamp nickte. »Verstehe. Also schön, aber nur unter einer Bedingung.«

»Und die wäre?«

Kamp stellte sich auf alle viere und wedelte mit dem Schwanz. »Ich möchte dich bitten, dass du noch mal mit mir zum Friedhof gehst.«

Der Bote zog die Augenbrauen hoch. »Du willst dein eigenes Grab sehen?«

»Unbedingt!«

Gregor legte die Stirn in Falten und wusste nicht, was er denken sollte. »Du bist wirklich ungewöhnlich. Das hat bisher noch keiner gewollt. Aber meinetwegen, abgemacht.«

Kamp vollführte einen kleinen Freudenhopser und trippelte zur Tür.

»Dann lass uns gehen.«

»Nein! Halt. Nicht jetzt und nicht heute. Ich muss heute durchziehen, was ich mir vorgenommen habe. Mein Gefühl sagt mir, dass dieser Tag der richtige ist.«

Kamp drehte sich langsam um und schaffte es, nur mit den gestischen Möglichkeiten eines Hundes, gelinde Enttäuschung zum Ausdruck zu bringen.

»Dein Gefühl sagt dir das?«

Es klang geringschätziger, als er es beabsichtigt hatte, wie ihm, noch während er es sagte, auffiel.

Natürlich fiel es auch dem Boten auf.

»Jetzt mach aber mal 'nen Punkt! Ich bin seit zweihundertachtzig Jahren Bote. Wenn mein Gefühl mir so etwas sagt, dann kann ich mich da blind drauf verlassen. Zweifle bitte nie wieder mein Gefühl an! Das ist mein wichtigster Verbündeter.«

Kamp senkte den Kopf ein wenig. »Schon gut. Entschuldige. Was genau hast du eigentlich vor?«

Gregor setzte ein breites Grinsen auf.

Kriminelle Energie

Stefan Bindernagel war ein Nervenbündel.

Seit diesem Morgen vor etwa zwei Wochen ging es langsam, aber beständig bergab mit ihm. Seit dann aber vor einem Tag auch noch dieser komische Kerl auftauchte, der mit ihm über den Tod von Thore Kamp reden wollte, raste er dem felsenverseuchten Talgrund mit Schallgeschwindigkeit entgegen.

Der Knabe hatte zwar behauptet, nicht von der Polizei zu sein, aber verdammt noch mal, wenn er kein Bulle war, was denn dann? Bindernagel entschied, ihm diese Behauptung nicht abzukaufen, was zu einer regelrechten Paranoia führte. Er fühlte sich beobachtet und beschattet, ständig und überall.

Dreimal hatte er seit seiner Begegnung mit dem mysteriösen Fremden alle Elektrogeräte in seinem Haus auf links gedreht und nach so etwas wie Wanzen oder versteckten Kameras gesucht – freilich ohne welche zu finden. Ständig sah er aus dem Fenster, sowohl an seinem Arbeitsplatz als auch zu Hause, auf der Suche nach verdächtigen Fahrzeugen, mit einem oder mehreren Anzug tragenden Observierern, die Kaffee trinkend und Donuts essend – er liebte Hollywood-Krimis – darauf lauerten, dass er irgendwo hinging, um etwas enorm Verdächtiges zu tun. Ebenfalls ohne Ergebnis. Trotzdem konnte kein Zweifel bestehen: Man beobachte ihn. Wenn ihm nichts auffiel, konnte das nur bedeuten, dass sie ihre besten Leute auf ihn angesetzt hatten!

Mit seinem lächerlichen Verhalten von neulich hatte er ihnen allerdings auch einen verdammt guten Anlass dafür geliefert – nein, er hatte ihn sogar auf einem silbernen Tablett serviert.

Was für ein dummer, dummer Fehler. Und das alles nur, weil er schon vorher Mist gebaut hatte – zu berauscht von seiner vermeintlichen Perfektion.

Bindernagel öffnete sein E-Mail-Postfach und suchte nach einem bestimmten Namen. Jens Munzel, Betreff: Kinderwagen. Das war die Mail, die er suchte.

Er las sie sich zum x-ten Mal durch und war, wie jedes Mal, wenn er das tat, so stolz auf sich, dass er kurzzeitig sogar seine Angst vergaß.

Nein, es war kein leichter Weg bis zu dieser Mail gewesen. Natürlich war auch ein kleines bisschen Glück dabei, aber das brauchte man nun mal, wenn man es zu etwas bringen wollte.

Das ganze Elend hatte an dem Morgen angefangen, an dem er seinen lange entwickelten Plan in die Tat umgesetzt hatte. Er erinnerte sich noch sehr lebhaft an den Kick, den ihm die Aktion damals versetzt hatte. Er war überzeugt, das perfekte Verbrechen zu begehen. Wer sonst, wenn nicht er, wäre dazu überhaupt in der Lage gewesen? Und wenn dann endlich alles so gelaufen sein würde, wie er es geplant hatte, wäre der Weg zum Herzen seiner geliebten Marita endlich wieder frei – und dieser miese, überzuckerte Drecksack, der ihm seine Freundin einfach weggenommen hatte, würde kein Insulin mehr brauchen.

Zu Beginn lief auch alles ganz fantastisch. Den Kofferraum von diesem alten Golf Cabrio aufzukriegen, war nicht mal et was, worauf er sich was einbildete. Jedes Kindergartenkind hätte das geschafft, und er hatte in seiner Jugend schon ganz andere Dinger aufbekommen. Aber wer hätte schon daran gedacht, zum Aufbocken der Karre um Himmels willen nur den originalen Wagenheber zu verwenden? Markenfremde Wagenheber hätten vielleicht verräterische Spuren hinterlassen, und genau das galt es zu vermeiden.

Er hatte daran gedacht!

Er zog enorme Befriedigung aus seiner Aktion. Diese Zielstrebigkeit, jemanden auszuspionieren, um den geeigneten Zeitpunkt für das Verbrechen festlegen zu können. Die Gefahr zu ignorieren, vom Pförtner oder anderen Angehörigen der Firma entdeckt zu werden, welche ohne Weiteres auch mal früher kommen konnten. Und dann noch den Arsch in der Hose zu haben, einfach jemandem die Bremsleitungen durchzuschneiden und dessen Tod billigend in Kauf zu nehmen. Er hatte das alles hinbekommen, schnell, skrupellos und ohne aufzufallen.

Und dann hatte er offenbar einen Fehler begangen!

Nachdem er, unbehelligt, weil unbemerkt, vom Parkplatz geschlichen war, um von dort – abgebrüht wie kaum ein anderer – direkt zu seiner Bank zu fahren und in aller Seelenruhe, mit der gleichen Souveränität wie immer, neun Stunden lang zu arbeiten, musste er bereits um die Mittagszeit feststellen, dass es mit dem Aufgeilen an der eigenen Perfektion und Skrupellosigkeit erst mal vorbei war.

In seinem schwarzen Aktenkoffer, den er jeden Tag zur Arbeit mitnahm, befanden sich für gewöhnlich ein paar Arbeitsunterlagen, sein Handy, sein Portemonnaie, eine Zeitschrift und etwas zu essen für die nächstbeste Pause, die er kriegen konnte. Ein Mann in seiner Position musste in dieser Hinsicht flexibel sein.

An diesem Tag befand sich zusätzlich noch etwas Werkzeug in seinem Koffer. Nichts Besonderes, nur eine Kneifzange, ein Drahtschneider, ein Schraubenzieher und ein paar Schraubenschlüssel. Dinge eben, die ihm bei seinem Vorhaben vom frühen Morgen eventuell hätten von Nutzen sein können.

Seine erste Pause an diesem Tag wurde die Mittagspause. Bestens gelaunt setzte er sich an seinen Schreibtisch, legte sich den Koffer auf die Knie und entnahm ihm die Zeitschrift, seine Tupperdose und eine Flasche Traubensaft. Zeit und Gelegenheit, einen stolzen Kontrollblick auf die Verrichtungshilfen seines Verbrechens zu werfen – und einem Anflug blanker Panik anheimzufallen.

Wo war sein Drecks-Schraubenzieher?

Bindernagel hatte alles durchgewühlt, wieder und wieder. Er verriegelte sogar sein Büro, kippte den kompletten Inhalt seines Koffers auf den Boden aus und räumte, Stück für Stück, alles wieder ein – ohne dass ihm sein Schraubenzieher in die Hände fiel. Er war nicht mehr da!

Zwar handelte es sich um kein wer weiß wie wertvolles Werkzeug, aber doch immerhin eines, das ihm gehörte und auf dem sich definitiv Fingerabdrücke von ihm befanden!

Bindernagel versuchte sich zu beruhigen. Zwar war er überzeugt, ihn dabei gehabt zu haben, aber hey, letztlich hatte er ihn bei seiner Tat nicht mal gebraucht. Möglicherweise hatte er ihn doch nicht dabei gehabt, ihn einfach am Abend vorher nicht in den Aktenkoffer gelegt, sodass er jetzt still, friedlich und unverdächtig dort auf ihn wartete, wo er eigentlich hingehörte. In seinem Werkzeugkoffer, den er zu Hause auf seinem Schrank aufzubewahren pflegte.

Natürlich war es völlig undenkbar, den regulären Feierabend abzuwarten, so abgebrüht war er dann leider doch nicht. Er musste sofort Gewissheit haben und erschwindelte sich, mit einem vorgetäuschten Brechreiz und einem hundertprozentig echten, aschfahlen Gesicht einen halben freien Tag.

Zu Hause angekommen, wurde seine Befürchtung jedoch zur Gewissheit. Das blöde Ding war nirgends zu finden, und das verzweifelte Überlegen ging weiter!

Auf dem Parkplatz hatte er kein Werkzeug zurückgelassen. Er wusste das sicher, obwohl es noch dunkel gewesen war. Dreimal war er um den Wagen gegangen und hatte mit dem dezenten Leuchten seines Handydisplays den Boden abgesucht, sogar unter den Wagen geschaut. Der Boden war sauber!

Blieb nur noch die Möglichkeit, dass er ihn versehentlich in die Rolltasche gelegt hatte, in der sich der Wagenheber und das Notfallwerkzeug von Kamp befanden. Er konnte sich beim besten Willen nicht erinnern, aber durfte er sich darauf verlassen?

So ein verdammter Mist!

Jeden Tag rechnete er mit Besuch von der Polizei, aber nichts passierte. Dabei *mussten* sie gemerkt haben, dass die Bremsleitung manipuliert worden war.

Kamp wurde beerdigt, und niemand, absolut niemand sprach ihn auch nur darauf an, und das, obwohl einige seiner Kollegen wussten, dass seine Ex-Freundin mit diesem jungen Diabetiker zusammen war, der vor ein paar Tagen so unglücklich ums Leben gekommen war.

Trotzdem wurde er nicht ruhiger. Er musste den Schraubenzieher zurückbekommen, unbedingt!

So entwickelte er einen neuen Plan.

Der Todesanzeige in der Zeitung konnte er bequem entnehmen, dass Thore Kamp nur eine Schwester hatte. Keine Eltern, keine weiteren Geschwister. Er suchte ihre Telefonnummer heraus, rief sie an und fragte kackfrech, ob der Wagen ihres verstorbenen Bruders zu verkaufen wäre.

Fortuna war ihm hold!

Heike Kamp gab ihm zu verstehen, dass er ein pietätloses, unverschämtes Arschloch war, bei Interesse aber gern sein Glück versuchen dürfe. Der Wagen stand noch für einen Tag bei Ebay zur Auktion.

Er hatte natürlich nicht vor, ihn zu kaufen – viel zu verdächtig – wollte aber herausfinden, wer der glückliche Bieter sein würde. Nachdem er das über die Angebotsseite herausgefunden hatte, brauchte er ein weiteres Quäntchen Glück – und es wurde ihm erneut gewährt.

Der Käufer des Wagens hatte seinerseits ebenfalls ein paar Auktionen bei Ebay gestartet. Neben einem Sortiment Babyspielzeug und massenhaft Babyklamotten auch einen Kinderwagen. Nur für Selbstabholer!

Diesen Kinderwagen musste er ersteigern, koste es, was es wolle. Für einen Betrag, mit dem er locker einen nicht mal schlechten neuen Kinderwagen bekommen hätte, erhielt er als Bieter mit dem höchsten Gebot den Zuschlag.

Man setzte sich per Mail in Verbindung und vereinbarte einen Termin zur Abholung und Bezahlung, gerade mal drei Tage später.

Alles schien wieder für ihn zu laufen.

Aber am nächsten Tag kam dann der verdammte Fremde und machte seiner schon im Rückzug befindlichen Paranoia ein großes Feuer unter dem Hintern. Es war eindeutig keine Hilfe, sich beinahe vor seinem eigenen Schatten zu fürchten, an einem Tag, an dem man vorhatte, einen fremden Wagen aufzubrechen und ihm belastendes Material zu entnehmen. Aber was sollte er machen? Da er keine Wahl hatte, musste er eben besonders gründlich darauf achten, ob ihm jemand folgen würde.

Verdammt, er würde das schon hinbekommen!

Außerdem bestand immer noch die Möglichkeit, dass dieser

elende Fremde von gestern wirklich kein Polizist war. Immerhin hatte er das behauptet.

Bindernagel sah auf die Uhr. Es war halb sechs. In einer Dreiviertelstunde war er mit dem neuen Besitzer von Kamps Golf Cabrio verabredet, um sich von ihm den ersteigerten Kinderwagen abzuholen. Wenn er gut durchkam, würde er etwa eine halbe Stunde brauchen. Er warf einen letzten Blick auf die Adresse, obwohl er sie schon längst in- und auswendig kannte, schaltete seinen Rechner aus und machte sich auf die Socken. Seine Sinne waren erfreulich geschärft. Wenn er nicht zuließ, dass seine Angst ihm das vermasselte, konnte es klappen, und zwar ohne von irgendjemandem gesehen zu werden.

Der arme Kerl konnte nicht wissen, dass er zu Beginn seiner Fahrt in den Kölner Stadtteil Sülz, dem Wohnort des Verkäufers, schon seit über einer Stunde unter Beobachtung stand und dies selbst mit der professionellsten Ausbildung nicht bemerkt, geschweige denn verhindert hätte.

Gregor hatte ihn kurz vor Dienstschluss in der Sparkassengeschäftsstelle am Neumarkt abgefangen. Sein erster Weg, nachdem er sich vergewissert hatte, dass Bindernagel noch da war, führte ihn in die Herrentoilette der Sparkasse. Dort zog er sich aus, drapierte seine Kleidung fein säuberlich auf dem Klodeckel und wechselte innerhalb weniger Sekunden in einen luziden Zustand – er wurde zum Geist.

Botenakademie, zehntes Ausbildungsjahr.

Anschließend eilte er zurück zu Bindernagel und wurde zu seinem zweiten Schatten – einer, vor dem der sich wirklich fürchten durfte. Gregor nutzte die Fahrt, um sich ausgiebig bei seinem guten Näschen zu bedanken. Nachdem Bindernagel von der Arbeit heimgefahren war und sich kurz umgezogen hatte, ging er direkt an seinen Rechner und öffnete eine Mail, die dem Boten so ziemlich alles offenbarte, was er wissen musste. Hier war etwas in Gange!

Gregor hatte sich zeit seines Lebens – nur wenige Monate – nicht am Fortpflanzungsprozess der Menschen beteiligen können, aber er wusste, dass es ein gutes Dreivierteljahr dauerte, um das

Ergebnis einer erfolgreichen Befruchtung in Empfang nehmen zu können. Außerdem wusste er, dass dieser Bindernagel immer noch seiner Ex-Freundin – inzwischen auch Kamps Ex-Freundin – hinterherstieg. Der Kerl ließ zwar, gemäß Kamps Erzählungen, nichts anbrennen, aber wenn jemand so besessen von einem bestimmten Menschen war, schloss sich eine neue ernsthafte Beziehung aus. So viel hatte Gregor in zweihundertfünfzig Jahren als Vergeltungsbote über Typen von Bindernagels Sorte gelernt.

Was für einen Grund konnte der Kerl also haben, einen Kinderwagen zu ersteigern? Möglicherweise ein Geschenk für seine Schwester oder Cousine oder wen auch immer. Vielleicht auch eines für eine Mitarbeiterin in froher Erwartung, gesponsert von ein paar Kollegen, und Bindernagel hatte lediglich den Auftrag, das Ding zu besorgen.

Aber Gregors Gefühl sagte ihm etwas anderes.

Zu seiner großen Freude konnte er der Mail auch entnehmen, dass die Übergabe dieses Kinderwagens kurz bevorstand, und spätestens jetzt, da sie bereits auf dem Weg dorthin waren, gelangte Gregor zu der endgültigen Gewissheit, dass hier mehr im Spiel war, als die simple Übergabe des ersten fahrbaren Untersatzes für ein Neugeborenes.

Bindernagel war einfach viel zu nervös.

Ihn zu beobachten, machte sogar Gregor kribbelig. Bindernagels Kopf und auch seine Augen schossen hin und her, als wollte er versuchen, alles um sich herum auf einmal zu registrieren und bloß nichts zu übersehen. Seine Hände standen praktisch nicht still, waren ohne Pause in hektischer Bewegung, trommelten auf dem Lenkrad, zupften ohne ersichtlichen Grund an seiner Kleidung, justierten den Rückspiegel wieder und wieder neu und wischten den permanent laufenden Angstschweiß von der Stirn.

Gregor musste sich schließlich zwingen, ihn nicht mehr zu beobachten, da er nach einer Weile den Drang verspürte, zu materialisieren und den Zappelphilipp vor ihm mit einem gezielten Schlag außer Gefecht zu setzen.

Es bestand kein Zweifel, Bindernagel hatte etwas vor, von dem er wusste, dass es gefährlich war.

Die Übergabe des Kinderwagens an sich verlief unspektakulär. Die anfängliche Freundlichkeit des Verkäufers, wich schon nach wenigen Minuten einer pragmatischeren Einstellung, da Bindernagel sich keine allzu große Mühe gab, diese Freundlichkeit zu erwidern.

Der Kinderwagen wurde, ohne dass Bindernagel ihn auch nur eines prüfenden Blickes würdigte, übergeben, und er rückte beinahe gleichgültig das Geld raus.

Gregor fragte sich bereits, was um alles in der Welt dieser Auftritt zu bedeuten hatte, und gab sich ersten Zweifeln hin, ob er die Situation wirklich richtig eingeschätzt hatte. Erst als sie die Wohnung des Verkäufers wieder verließen, kam er endlich dahinter, worum es hier gehen könnte.

Bindernagel hatte schon vor Betreten der Wohnung mehr Interesse für die vor dem Haus stehenden Fahrzeuge – ein Opel Astra Kombi und ein alter VW Golf Cabrio – als für alles andere gezeigt. Gregor hatte sich nichts dabei gedacht.

Aber auch beim Verlassen der Wohnung konnte Bindernagel seinen Blick von den Fahrzeugen, speziell von dem alten Golf, kaum losreißen, und bei Gregor fiel der Groschen.

Er hatte keine Ahnung, wie Kamps Golf aussah, aber seit dem Gespräch mit dessen Schwester wusste er, dass sie das in ihren Besitz übergegangene Fahrzeug verkauft hatte.

Natürlich war es zunächst nur eine Vermutung – immerhin gab es allein in Köln mindestens drei bis vier weitere Golf-Fahrer –, aber das Wissen um die manipulierten Bremsleitungen, kombiniert mit Bindernagels eindeutig verdächtigem Verhalten und seinem merkwürdigen Interesse für den Fuhrpark dieser Familie – da konnte ein Zusammenhang bestehen.

Im Moment sprachen die Zeichen dafür, dass Bindernagel zumindest derjenige war, der für das Kappen von Kamps Bremsleitung verantwortlich zeichnete.

Nach Ablauf der nächsten, enorm zähflüssig verstreichenden Stunden wusste Gregor, dass er recht hatte. Bindernagel fuhr nicht zurück nach Hause, sondern lediglich so weit, bis er einen ihm geeignet erscheinenden Parkplatz fand, in Luftlinie höchstens fünfhundert Meter von der Wohnung entfernt. Dort stellte er den Wagen ab und wartete.

Er hatte ein Buch dabei, in dem er wohl zu lesen gedachte. Es wurde nur nichts daraus, da er sich selbst ungewollt, aber konsequent davon abhielt. Immer wieder wanderte sein Blick umher, drehte er den Kopf von einer Seite zur anderen, justierte an seinen Spiegeln herum, sah im Minutenrhythmus auf die Armbanduhr, schlug den Kragen hoch und rutschte den Sitz herunter, wenn jemand den Parkplatz betrat, und war einfach nur komplett am Durchdrehen.

Sechs enervierende Stunden später, es war fast ein Uhr, und Gregor stellte kopfschüttelnd fest, dass Bindernagel in dieser Zeit ganze drei Seiten weitergeblättert hatte, verließ der endlich sein Fahrzeug und schlich sich, wie eine Raubkatze auf Beutezug, zu dem Objekt seiner Begierde, treu begleitet von seinem nicht eingeladenen, aber unmöglich abzuschüttelnden zweiten Schatten.

Bindernagel zog eine erste Bilanz und gelangte, mit einem kaum noch für möglich gehaltenen Gefühl des Triumphes, zu dem Ergebnis, dass wieder alles für ihn lief. Absolut niemand konnte ihm vorwerfen, in den letzten Stunden nicht höchste Aufmerksamkeit walten gelassen zu haben. Dass er bei dieser selbst verordneten Reizüberflutung keinen epileptischen Anfall bekam, grenzte an ein medizinisches Wunder!

Aber es hatte sich gelohnt. Ein kleiner Rest Angst würde sich nicht vertreiben lassen, aber im Großen und Ganzen war er wieder Herr der Lage, überzeugt, von nichts und niemandem beobachtet, geschweige denn aufgehalten zu werden.

Und seine Glückssträhne setzte sich fort.

Im Reihenhaus des Kinderwagendealers herrschte idyllischer Frieden. Alle Lichter waren aus, und es befand sich keine Menschenseele auf der Straße. Lediglich eine Katze rückte ihm ein wenig auf die Pelle, wenn auch nicht mit letzter Konsequenz. Entweder hatte sie einen Knick in der Optik oder war einfach nur nicht ganz dicht, jedenfalls baggerte sie nicht ihn, sondern einen Punkt etwa einen Meter neben ihm an.

Ihm sollte es recht sein, Katzen waren scheiße.

Zielstrebig ging er zum Heck des VW Golf Cabrio, der,

Glückssträhne sei Dank, vor dem Astra stand und so zur Straße hin über einen prima Sichtschutz verfügte, nur für den Fall, dass vielleicht doch noch ein Betrunkener vorbeitorkeln sollte.

Er knipste seine kleine MagLite an und steckte sie sich zwischen die Zähne. Ein kurzer Griff in seine Jackentasche beförderte seinen Spezialdietrich zu Tage, den er sich schon im zarten Alter von dreizehn, zusammen mit ein paar kleinkriminellen Artgenossen, selbst gebastelt hatte. Das Ding funktionierte noch wie am ersten Tag!

Er kniete sich vor die Heckklappe, sah sich kurz in alle Richtungen um, und mit wenigen geübten Bewegungen hatte er sie geöffnet. Mit erzwungener Ruhe hob er die Matte an und holte die Rolltasche hervor, in der er sein so schmerzlich vermisstes Werkzeug wähnte. Ein kurzer Zug an dem einen Ende der Schleife, ein kleiner Klaps mit der Hand, und die Tasche rollte vor ihm auf.

Bindernagel starrte auf die ihm feilgebotenen Utensilien. Wie ein Rabbi, der sich seine Tora vorknöpft, sah er langsam von einer Seite zur anderen und wieder zurück.

Es war alles da, was er in Erinnerung hatte – nur sein blöder Schraubenzieher nicht.

»Mist!«, zischte er leise.

Er stand auf, stemmte die Hände in die Hüften und glotzte, wütend und fassungslos, auf die Rolltasche. Der ganze Aufwand, die ganze Vorbereitung, die schlaflosen Nächte und die Angst- und Panikattacken über Tag – alles umsonst? Unnötig?

Es sah verdammt danach aus, machte die Situation aber irgendwie nicht besser. Sein Schraubenzieher war unverändert verschwunden. Und es war lächerlich, sich weiter etwas vorzumachen – er *hatte* ihn damals dabei gehabt. Punkt, aus! Wenn er aber nicht mehr auf dem Parkplatz lag, sich auch nicht in der Rolltasche oder sonst irgendwo bei ihm zu Hause befand, wo um alles in der Welt war er dann?

Werkzeugteile waren manchmal wie Socken. Irgendwie schienen sie die Fähigkeit zu besitzen, von selbst und auf unerklärliche Weise zu verschwinden. Aber die Zeitspanne zwischen dem frühen Morgen und der Mittagszeit war einfach viel zu kurz, von dem Mangel an Gelegenheiten mal ganz zu schweigen.

Bindernagel schüttelte den Kopf und machte sich daran, alles wieder so zu präparieren, wie er es vorgefunden hatte. Unentwegt forschten seine Gedanken dabei – wie schon während der ganzen letzten Tage – nach des Rätsels Lösung und spielten ihm – ebenfalls wie schon während der ganzen letzten Tage – einen gemeinen Streich.

Mit klinischem Interesse beobachtete Gregor den jungen Mann dabei, wie er ziemlich professionell die Heckklappe des VW Golf öffnete und zielstrebig die Rolltasche mit dem Bordwerkzeug hervorholte.

Er begann zu vermuten, dass Bindernagel möglicherweise glaubte, bei seiner Sabotageaktion etwas in dem Fahrzeug zurückgelassen zu haben – etwas, das ihn verraten konnte.

Allerdings hielt Gregor das für wenig wahrscheinlich. So wie er die Polizeiarbeit im Allgemeinen und Kommissar Fleischer im Speziellen einschätzte, wäre das aufgefallen. Er war kein ausgebildeter Polizist, aber wenn er sich vorstellte, einen derartig gelagerten Fall untersuchen zu müssen – ein Fahrzeug, bei dem die Bremsleitungen durchtrennt wurden –, hätte er als Allererstes sämtliches an Bord befindliche Werkzeug auf verdächtige Spuren überprüft.

Bindernagels Reaktion nach dem Öffnen der Rolltasche gab ihm recht. Das, was er gesucht hatte, war eindeutig nicht da.

Als der junge Mann begann, wieder alles so herzurichten, als wäre er nie da gewesen, hielt Gregor seine Zeit für gekommen. Es war Zeit Herrn Bindernagel auf die Finger zu klopfen!

Er trat hinter ihn, konzentrierte sich und materialisierte innerhalb weniger Sekunden, als wäre es nicht schwerer als künstlich zu rülpsen.

Geduldig wartete er ab und wurde sich, nachdem ihn eine eiskalte Windböe erfasst hatte, der Tatsache bewusst, dass er keine Kleidung trug. Seine Klamotten lagen wahrscheinlich immer noch auf der Herrentoilette der Stadtsparkasse am Neumarkt.

Ihm selbst war es im Grunde egal, auch wenn er nicht gern

fror. Aber Bindernagels Überraschung würde ungleich größer ausfallen, wenn nicht nur plötzlich jemand hinter ihm stand, sondern dieser jemand auch noch splitternackt war.

Gregor grinste.

Nachdem Bindernagel möglichst geräuscharm die Heckklappe geschlossen und in aller Ruhe begonnen hatte, sich mit einem Taschentuch notdürftig die Hände zu reinigen, räusperte Gregor sich kräftig.

Bindernagel erstarrte in seiner gegenwärtigen Haltung und wagte es nicht, sich umzudrehen. Ein panischer Blick in die Heckscheibe offenbarte ihm das schwache Spiegelbild eines Mannes, dessen Gesicht er noch sehr gut in Erinnerung hatte. Bindernagel blinzelte und sah genauer hin. Wie es schien, stand der Mann mit freiem Oberkörper hinter ihm!

Das war schräg, immerhin lagen die Temperaturen in dieser Nacht um die null Grad, aber es konnte ihm scheißegal sein, ob der Kerl fror. Statt ihm seine Jacke anzubieten, entschied er sich, seinem ersten Impuls zu folgen – und trat die sofortige Flucht an.

Gregor fluchte leise. Damit hatte er nicht gerechnet. Darauf hatte er auch keine Lust. Aber Bindernagel deswegen entkommen zu lassen, war keine Option, also nahm er die Verfolgung auf. Wohin es gehen würde, konnte er sich ohne Probleme denken.

Bindernagel lief so schnell wie wahrscheinlich noch nie in seinem bisherigen Leben. Er war nur vor dem Fernseher ein guter Sportler und verfluchte sich zum ersten Mal überhaupt für seine Faulheit. Er bog von der Straße, in der das Haus seiner Zielperson lag, nach links in die zum Parkplatz – und seinem Auto – führende Straße ab und versuchte die Gelegenheit zu nutzen, einen flüchtigen Blick auf seinen Verfolger zu erhaschen. Er hoffte, dass er schon einen ausreichend großen Abstand zwischen sich und ihn gebracht hatte.

Was er jedoch wahrnahm, waren die äußerst kraftvoll und gleichmäßig anmutenden Laufbewegungen eines komplett nackten Mannes, der keine Mühe zu haben schien, ihm immer näher zu kommen.

Es war nicht mehr weit bis zu seinem Auto, das wusste er. Trotzdem würde der Vorsprung bis dahin fast aufgebraucht sein – zulegen konnte er nichts mehr, so viel stand fest. Alles, was er brauchte, war genügend Zeit, um in sein Auto zu klettern und die Tür wieder zu verriegeln. Mit einer Waffe würde ihn der Kerl kaum bedrohen, da die Möglichkeiten, so ein Ding mit sich zu führen, durch dessen Nacktheit erfreulich eingeschränkt waren, und in den Händen seines Verfolgers konnte er keine erkennen.

Bindernagel lief direkt auf die Auffahrt zum Parkplatz zu. Er konnte sein Auto bereits sehen. Im Laufen fischte er seine Autoschlüssel aus der Hosentasche, um ja keine Zeit zu verlieren.

Er horchte, ob er trotz seines eigenen Getrampels die Schritte seines Verfolgers hören konnte – noch mal umdrehen traute er sich nicht –, aber dann fiel ihm ein, dass der gute Mann ein FKK-Anhänger war. Nackte Menschen laufen leise!

Bindernagel drückte panisch auf die Funkfernbedienung, und der Wagen gab ein Geräusch und ein Blinksignal von sich.

Bei aller Panik und Aufregung empfand er – trotz seiner aktuellen Situation – so etwas wie Erleichterung, dass sein Verfolger keine Dinge wie »Halt, stehen bleiben. Polizei!« oder Ähnliches gerufen hatte. Wie es schien, war der Typ wirklich kein Angehöriger der Staatsgewalt. Die zogen in der Regel auch nicht einfach ihre Uniform aus.

Schließlich prallte er regelrecht gegen sein Auto, riss mit aller Kraft die Tür des Wagens auf und hechtete schwer atmend in das Innere seines Fahrzeuges. Gleichzeitig zog er die Tür wieder hinter sich zu und drückte, noch halb auf der Mittelkonsole liegend, hektisch auf den Verriegelungsknopf an der Innenseite der Fahrertür. Wieder blinkte sein Wagen auf – in der Dunkelheit des Parkplatzes ein netter Effekt –, und Bindernagel fühlte sich schon ein kleines Stückchen sicherer.

Er sah sich zum ersten Mal richtig nach seinem Verfolger um – aber es war niemand mehr da! Der Mann war wie vom Erdboden verschluckt. Bindernagel war versucht, sich ein Gefühl des Triumphes zu erlauben, aber etwas riet ihm zur Vorsicht. Vorhin war der Kerl schon fast an ihm dran gewesen, und so ruhig und geschmeidig, wie er gelaufen war, erschien es ihm unvorstellbar, dass er ihn tatsächlich doch noch abgehängt haben sollte, zumal es ohnehin nur wenige Meter bis zum Auto gewesen waren.

In alle Richtungen drehte er sich um, aber der wahnsinnige Nackte war nirgends zu entdecken. Bindernagel atmete tief durch. Sein Herz polterte wütend in seiner Brust, und in seinem Hinterkopf fühlte er einen stechenden Schmerz. Entweder würde er zukünftig mehr Sport treiben müssen oder sich nie wieder auf so einen unsinnigen Wettlauf einlassen dürfen. Mit zitternder Hand steckte er den Schlüssel ins Zündschloss und drehte ihn um. Für nicht mal eine Sekunde sprang der Wagen an, um gleich darauf wieder zu verstummen.

Bindernagel verdrehte die Augen und versuchte es erneut.

Diesmal sprang der Wagen gar nicht erst an, sondern ließ nur das Orgeln des Anlassers vernehmen. Bindernagel versuchte es noch mal. Und noch mal. Und noch mal – immer mit demselben Ergebnis.

»Das ist doch wohl nicht dein Ernst?«, herrschte er sein Auto an und sah sich mit neu aufkeimender Hektik nach seinem Verfolger um, der aber immer noch nicht zu sehen war.

Was sollte er jetzt machen? Um den Motor zu checken – was rein technisch keine Herausforderung für ihn war –, musste er aussteigen. Das erschien jedoch extrem gefährlich und dumm.

Er ließ zwei weitere Versuche, den Wagen in Gang zu bekommen, folgen. Vergebens.

Bindernagel hätte heulen mögen. Bis zum Sankt Nimmerleinstag oder wenigstens bis zum nächsten Morgen hier auf diesem Parkplatz warten wollte er auch nicht. In der Helligkeit war die von einem nackten Mann ausgehende Gefahr bestimmt deutlich geringer, aber es war rattenkalt draußen, und ohne laufenden Motor gab es keine Wärme für ihn. Hätte er beim Kauf des Wagens doch bloß nicht auf die Standheizung verzichtet. Ein typischer Fall von »am falschen Ende gespart«.

Es half alles nichts, er musste aussteigen.

Bindernagel begann, das Innere seines Wagens nach so etwas wie einer behelfsmäßigen Waffe abzusuchen, irgendetwas, womit er einem möglichen Angreifer zumindest ein kleines bisschen Respekt abtrotzen konnte.

In seinem Handschuhfach befanden sich nur das Bordbuch, ein paar Kassetten und ein angebissener Schokoladenriegel, der da schon mindestens ein halbes Jahr drin lag, zurzeit steinhart gefroren. Beides schied aus.

Als Nächstes nahm er sich das Ablagefach in der Fahrertür vor. Neben zwei Straßenkarten klemmte der Eiskratzer. Er nahm ihn in die Hand, hielt ihn sich vor die Nase und schlug versuchsweise nach einem imaginären Feind. Nicht gerade Ehrfurcht gebietend.

Bindernagel starrte den Eiskratzer an ... und starrte ... und starrte.

Langsam drehte sich sein Kopf in Richtung des Ablagefachs. Sein Blick fiel auf einen schwarzen, konischen Griff mit einer roten Kappe am Ende. Er hatte das Gefühl, sich selbst von einem Punkt etwa einen Meter über seinem Kopf zu beobachten, als er danach griff und das Objekt hervorholte.

Es war sein beschissener Schraubenzieher, und plötzlich fiel ihm alles wieder ein.

Alles, was er hätte tun müssen, war darüber nachzudenken, *wofür* er seinen Schraubenzieher das letzte Mal benutzt hatte, nicht *wo* er das Ding das letzte Mal dabeihatte. Die Antwort war so verdammt einfach wie lächerlich, dass er hin- und hergerissen war, zwischen dem Bedürfnis zu lachen und laut zu schreien.

Nachdem er das Auto seines Feindes manipuliert hatte, war er in Hochstimmung gewesen. Er war ein ruchloser Krimineller – aber ein verdammt guter! Was macht ein cooler Junge wie er, nachdem er sein übles Werk verrichtet hat und mit dem Auto zur Arbeit fahren muss?

Richtig! Die passende Musik einwerfen.

Wer nach einem derben Adrenalinkick noch nicht zu »Rock Is Dead« von Marilyn Manson Auto gefahren war, hatte ganz eindeutig eine große Erfahrungslücke in seinem Leben! Er wusste um diesen Rausch und würde das voll auskosten.

Dummerweise war es ein schon recht altes Tape, und der Kassettenspieler hatte sich das Band mal wieder einverleibt, gerade in dem Moment, als Brian Warner »Amphetamines for boys and crucifixes for ladies« forderte.

Bindernagel, immer noch voll auf Adrenalin, war rechts rangefahren, hatte den Schraubenzieher aus seinem Koffer geholt und das Band wieder eingedreht. Nichts und niemand würde sich jetzt zwischen ihn und Brians Kultgeschrei direkt aus der Gruft stellen.

Irgendwann würde er das Tape neu aufnehmen müssen. Für den Moment hatte er aber nur dieses alte, und die Bandfressernummer passierte weiß Gott nicht zum ersten Mal. Es stand zu befürchten, dass sich dies auf dem Weg in die Innenstadt wiederholen könnte. Also war der Schraubenzieher erst mal in Griffweite in der Ablage gelandet – und dort liegen geblieben.

Bindernagel konnte nicht fassen, dass er das vergessen hatte. Tagelang hatte er sich deswegen selbst zum Narren gehalten. Es war wirklich fast zum Lachen.

Aber nur fast.

Fakt war, dass er sich völlig umsonst in diese Situation gebracht hatte, in der er sich des illegalen Verhaltens schuldig machte und von einem nackten Mann, der ihm vor Tagesfrist schon einmal fast die Hosen runtergezogen hatte, dabei erwischt und schließlich verfolgt worden war. Der war jetzt aber plötzlich spurlos verschwunden und ließ ihn mutterseelenallein, bei Temperaturen um den Gefrierpunkt, mitten in der Nacht, in einer den Dienst verweigernden Karre, auf einem Parkplatz zurück. Konnte es noch dümmer laufen?

Es konnte!

Bindernagel unternahm einen weiteren Versuch, sein Auto zum Anspringen zu bringen. Nur der Anlasser, sonst nichts. Er sah sich im Rückspiegel fest in die Augen und war entschlossener denn je, todesmutig den Wagen zu verlassen, als er aus den Augenwinkeln bemerkte, dass eine Gestalt neben seine Tür getreten war und ihm keck ihr Gemächt präsentierte.

Er war wieder da! Genau wie seine eigene Panik, die ihm sofort ein paar weitere Bemühungen um die Drehzahl seines Motors empfahl.

Der nackte Mann beugte sich runter und grinste ihn böse an.

Er hob seine linke Hand hoch. Sie enthielt einen Haufen Dreck und Unrat – wahrscheinlich von der Straße. Mit der anderen Hand zeigte er erst auf den Müll in seiner Hand, dann zum Heck des Wagens und schüttelte in einer Geste tiefsten Bedauerns den Kopf.

Der Arsch hatte ihm den Auspuff mit irgendwelchem Mist vollgestopft! Kein Wunder, dass das Auto nicht anspringen wollte.

»Aussteigen! Wir müssen uns unterhalten«, befahl ihm der Nackte mit fester Stimme.

Ziemlich unwiderstehlich, wie auch Bindernagel zugeben musste. Aber er hielt es trotzdem für keine gute Idee. Wenn einem ein nackter Mann in einer kalten Märznacht mitten in Köln befahl, das Auto zu verlassen, war man schlecht beraten, dem Folge zu leisten – selbst wenn man sich mit dem Betreffenden vorher keine Verfolgungsjagd geleistet hatte.

Bindernagel schüttelte den Kopf und nahm den Schraubenzieher fest in die Hand. Eigentlich sollte er in seinem Wagen sicher sein und selbst wenn es noch so kalt werden sollte – der Typ da draußen war irgendwie noch schlechter dran, und irgendwann würde es ja auch wieder hell werden. Er glaubte, die Sache aussitzen zu können.

Gregor sah an sich herunter und überdachte die Situation. Er war nackt, kein Zweifel. Wäre er an Bindernagels Stelle – nein, man konnte es dem Knaben eigentlich nicht verdenken, dass er sich nicht über Gebühr in Gefahr wähnte. Daran würde er etwas ändern müssen.

Mit beiden Händen stützte er sich an der Dachreling ab, den Blick starr auf die den Parkplatz umsäumenden Bäumchen gerichtet, und wog seine Optionen ab. Er konnte versuchen, Bindernagel verbal davon zu überzeugen, dass es keinen Sinn machte, sich zu verweigern. Aber das konnte eine langwierige Geschichte werden, und so langsam, aber sicher gingen ihm die aktuellen klimatischen Verhältnisse nicht nur im übertragenen Sinne auf die Eier. Außerdem konnte eine kleine Demonstration überlegener physischer Stärke und absoluter Gleichgültigkeit in Bezug auf Schmerzen durchaus eine wünschenswerte Wirkung auf sein Opfer haben.

Ein kurzer innerer Monolog, der ihn nicht lange aufhielt.

Er stieß sich von der Reling ab, umrundete flink das Heck des Wagens, kam auf der Beifahrerseite zum Stehen – und zertrümmerte mit einem trockenen rechten Uppercut die Scheibe, als wäre sie aus wenige Millimeter dünnem Eis. Ein kurzer Zug an dem Knopf der Tür, ein nicht minder kurzer Zug am Türgriff, schon saß Gregor, mit einem ganzen Haufen kleiner Scherben in der Kimme, neben Bindernagel auf dem Beifahrersitz und grinste ihn, böser denn je, an.

Bindernagel saß starr vor Schreck und blankem Entsetzen in seinem Sitz und hielt den Schraubenzieher weibischer, als es ihm recht sein konnte, an seine Brust gepresst. Er fühlte sich völlig außerstande, jetzt noch irgendetwas Sinnvolles zu tun, was seine Situation auch nur geringfügig zu verbessern versprach. Wie war das gerade noch? Die Sache aussitzen?

»Hallo, Stefan, alter Freund! Sagte ich nicht, wir sehen uns wieder?«, fragte der Nackte kokett.

Bindernagel registrierte ganz entfernt, dass er die Frage des Scheiben einschlagenden, nackten Wahnsinnigen mit einem langsamen Nicken beantwortete, und fühlte sich nicht mal mehr cool genug, um beim Bäcker um die Ecke ein Milchbrötchen zu kaufen. Seine Karriere als knallhartes, kriminelles Genie wurde gerade ziemlich unsanft beendet, und er war davon überzeugt, dass vorhin, bei Beginn der Verfolgungsjagd, sein letztes Stündlein eingeläutet worden war.

Das bedeutete, er hatte nicht mal mehr sechzig Minuten!

Was drückte ihm da so unangenehm in die Brust? Ah, der Schraubenzieher. Die Wurzel allen Übels.

Bindernagel glotzte den Nackten mit angststarren Augen an und registrierte die perfide Neugierde in dessen Zügen. Und da war noch etwas. Offensichtlich amüsierte es den Arsch, Bindernagel dabei zu beobachten, wie er einen kompletten Honk aus sich machte.

Sein Blick glitt kurz zu dem Schraubenzieher, wieder zurück

zu Mister Freikörperkultur – und seine rechte Hand beschleunigte.

Er hatte weder gezielt, noch über seine Attacke nachgedacht, aber jetzt war es zu spät. Der Schraubenzieher steckte in der linken Schulter des Nackten, als hätte er ein Stielwarzenproblem der ganz besonderen Art.

Der Nackte schenkte dem bizarren Bild für einen kurzen Moment im gleichen Maße Aufmerksamkeit wie Bindernagel, nur dass es für ihn anscheinend eine weniger große Sache war. Seine Faust schloss sich um den Griff und pflückte den Schraubenzieher einfach wieder raus.

Bindernagel war eindeutig beunruhigt, zum einen weil der Nackte den Schraubenzieher in der Hand behielt, zum anderen weil dessen Wunde nicht blutete, sondern sich ganz im Gegenteil im Zeitraffertempo wieder schloss – als wäre nichts gewesen.

Er spürte ein unter anderen Umständen angenehmes Gefühl sich langsam ausdehnender Wärme, dessen Epizentrum auf Höhe seines Reißverschlusses war. Fein! Er hatte sich gerade vor Angst in die Hose gemacht. Jetzt war es endlich so weit. Es konnte nicht mehr dümmer kommen.

»Können wir den Quatsch jetzt mal lassen und miteinander reden?«, fragte der Nackte ruhig.

ueberraschung

Etwa zur selben Zeit, als Gregor sich an Stefan Bindernagels Fersen heftete, zog Heike Kamp eine Zwischenbilanz und kam zu dem Ergebnis, dass der Nachmittag nicht hielt, was der Morgen versprochen hatte. Beinahe hätte sie sich rühmen dürfen, einen Mord begangen zu haben.

In Versuchung geführt hatte sie der Pförtner der AWB Köln, dessen Aufgabe unter anderem darin bestand, alle ungebetenen Gäste abzuwimmeln, noch bevor sie das Firmengelände betraten, sowie alle willkommenen und erwarteten Besucher an die richtigen Stellen zu lotsen.

Der an diesem Tag anwesende Pförtner ordnete Heike anscheinend ganz spontan der Kategorie ungebetener Gast zu. Zumindest ließ sein abweisendes Verhalten ihr gegenüber keinen anderen Schluss zu. Nachdem sie freundlich ihr Anliegen vorgetragen hatte, nämlich Herrn Peter Tibbe besuchen zu wollen, ließ der Mann, dessen Namensschild ihn als Herrn Wübbe auswies, eine Woge genervter Unfreundlichkeit über sie hinwegrollen. Herr Tibbe sei heute nicht anwesend, und sie bräuchte gar nicht erst zu fragen, warum. Das dürfte er nicht erzählen, zumal es sie auch rein gar nichts anginge. Außerdem sei dies ein Ort, an dem die Menschen arbeiten sollen, und keine Begegnungsstätte, wo man nach Lust und Laune soziale Kontakte pflegte.

Heike entschuldigte sich, innerlich gereizt, aber äußerlich immer noch freundlich und gesittet, für die Tatsache ihrer Existenz und fragte, ob sie es wagen durfte, ganz unverbindlich nach Tibbes derzeitig wahrscheinlichen Aufenthaltsort zu fragen, vorzugsweise der Privatadresse des Mannes. Vorsichtshalber gab sie sich als die Schwester des kürzlich verstorbenen Thore Kamp zu erkennen, der ein ehemaliger Angestellter dieser Firma war und so etwas wie der beste Freund des Gesuchten, mit dem sie diesbezüglich ein paar Dinge zu bereden hatte.

Der Pförtner, Herr Wübbe, bat daraufhin um Entschuldigung, sich selbst noch nicht vorgestellt zu haben. Er sei der amerikanische Verteidigungsminister, inkognito in der Pförtnerei dieser Firma sitzend und von hier aus nach terroristischen Aktivitäten forschend. Sie sollte doch bitte niemandem davon erzählen, und nein, er könne ihr diese Information auf keinen Fall geben. Zum einen sei dies keine Auskunftei, sondern immer noch ein Ort der Produktivität, zum anderen glaube er ihr kein Wort und empfand seine kostbare Zeit von ihr schon weit über das erträgliche Maß hinaus beansprucht. Wenn sie so dicke mit Herrn Tibbe wäre, müsste sie doch wohl am besten wissen, wo er wohnte. Ausdrücklich kostenlos fügte er den Rat an, es mal mit dem Telefonbuch zu versuchen.

Heike hätte einem Pförtner – ein Posten, für den man ihrer Meinung nach über keinerlei besondere Qualifikationen verfügen musste – nicht zugetraut, dermaßen zynisch, wenn nicht gar sarkastisch zu sein, und fühlte sich auf dem falschen Fuß erwischt. Der Gegenwind kam zu überraschend, um darauf mit Schlagfertigkeit reagieren zu können. Stattdessen erwog sie, diesem arroganten Stiesel einfach nur die Augen auszukratzen, was den Tag aber nachhaltig versaut hätte.

So begnügte sie sich mit einem von Herzen kommenden »Arschloch!«, verließ Herrn Wübbe ohne weitere Grußformeln und schnappte sich ihr Handy, um über die Auskunft an die Adresse von Thores Freund zu kommen.

Die freundliche Stimme der Dame am anderen Ende zeigte sich wesentlich hilfsbereiter, und nach wenigen Sekunden hatte sie die gesuchte Adresse, inklusive der dazugehörigen Telefonnummer. Vorsichtshalber ließ sie sich direkt verbinden. Möglicherweise war Tibbe gar nicht zu Hause, und sie hatte keine Lust auf einen weiteren Fehlversuch. Nach fünf Freizeichen knackte es in der Leitung.

»Tibbe.«

»Ja, hallo, Herr Tibbe. Hier ist Heike Kamp. Ich … äh … wir sollten noch mal miteinander reden. Letztens hat es ja nicht so ganz geklappt. Würde es Ihnen was ausmachen, wenn ich jetzt zu Ihnen komme?«

Schweigen.

»Wir können uns auch gerne irgendwo in der Stadt treffen, wenn Ihnen das lieber ist«, fügte sie eilig hinzu.

»Äh ... okay. Tut mir leid, aber heute geht's hier zu wie in einem Taubenschlag. Du solltest besser zu mir kommen. Ich kann meine Wohnung nicht verlassen. Bin krankgeschrieben, weißt du, 'ne richtig fette Grippe.«

Seine Stimme klang in der Tat ganz anders, als sie es in Erinnerung hatte. Es musste ihn ziemlich übel erwischt haben.

»Oh, Sie Armer. Ja, äh ... also ich bin gerade auf dem Parkplatz Ihrer Firma und wäre dann in etwa fünfzehn Minuten da. Ist das okay?«

»Ja klar. Du weißt, wo ich wohne?«

»Hab gerade die Auskunft angerufen. Daher habe ich auch Ihre Nummer.«

»Tja, also gut. Dann bis gleich. Ich bin sehr gespannt!«

»Schön. Bis gleich.«

Er schien wirklich überrascht. Anscheinend hatte er damit nicht mehr gerechnet. Warum auch, fragte sie sich.

Dafür hatte er ihrem Gegenbesuch allerdings erfreulich schnell zugestimmt. Mit einem leicht unguten Gefühl dachte sie an Tibbes anfängliche Baggerversuche zurück und hoffte, dass er nicht seine zweite Chance gekommen sah oder sich sogar etwas Falsches einbildete. Sie setzte sich wieder in ihr Auto und machte sich auf den Weg zu Peter Tibbes Wohnung.

Weil sie in der Nähe der Weyerstraße zunächst keinen Parkplatz finden konnte, kam sie erst eine Viertelstunde später bei ihm an. Sie lenkte sich in dieser Zeit mit Überlegungen ab, was sie diesem arroganten Pförtner alles hätte an den Kopf werfen können. Das war ein echtes Problem bei ihr. Die besten Argumente fielen ihr immer erst dann ein, wenn alle längst wieder ihre Koffer gepackt hatten und auf dem Weg nach Hause waren.

Sie erklomm die Treppen zu Tibbes Wohnung und klingelte. Schlurfende Schritte näherten sich der Tür, und sie hörte, wie ein Riegel zur Seite geschoben und ein Schloss geöffnet wurde.

Die Tür ging auf ... und Heike machte ein dummes Gesicht. Sie sah zum Namensschild neben der Tür, auf dem sie gerade noch todsicher den Namen Peter Tibbe gelesen hatte. Das war auch nach wie vor der Fall, und sie blickte zurück zu dem ganz eindeutig kranken, aber trotzdem freundlich dreinblickenden und ihr absolut fremden Mann.

»Nur keine Scheu. Komm ruhig rein. Ich werde versuchen, dich nicht anzustecken.«

Heike wusste nicht, was sie sagen sollte. Irgendetwas lief hier gerade nicht richtig.

»Sind Sie ... bist du ... kennen wir uns?«

Tibbe grinste ein wenig und rollte mit den Augen, als würde er angestrengt über etwas nachdenken.

»Sagen wir mal so. Ich weiß eine ganze Menge über dich, aber gesehen haben wir uns erst einmal. Auf Thores Beerdigung. Leider hatten wir keine Zeit, uns dort mal richtig miteinander zu unterhalten, was ich sehr gerne getan hätte. Willst du nicht reinkommen?«

»Du bist Peter Tibbe?!«

Tibbe lachte kurz auf.

»Wie er leibt und lebt. Das mit dem Leben ist im Moment allerdings so eine Sache«, witzelte er.

»Thores Freund?«

Heike sah, dass der ihr völlig unbekannte Mann ein wenig ungeduldig wurde. Sie stellte komische Fragen, und es war nicht besonders warm im Treppenhaus, zumal er nur mit einem Jogginganzug bekleidet war.

»Du scheinst jemand anders erwartet zu haben«, mutmaßte Tibbe.

Heike starrte ihn mit offenem Mund an. Das hatte sie tatsächlich. Wenn dieser Mann Peter Tibbe war, und die Indizien sprachen dafür, wer war dann der elende Mistkerl, der sich bei ihr vor ein paar Tagen als eben jener ausgegeben hatte?

»Äh, darf ich reinkommen?«, stammelte sie.

»Aber nur, wenn du dir wirklich ganz sicher bist«, antwortete Tibbe mit einem Anflug von Sarkasmus, der aber an der hoffnungslos verwirrten jungen Frau unbemerkt abprallte.

Heike bewegte sich zaghaft an dem ihr unbekannten Mann vorbei und betrat seine Wohnung. Es war stickig, und die Luft roch ein wenig abgestanden. Er hatte wohl alle Heizkörper voll aufgedreht und es in den letzten Tagen vergessen oder vermieden, die Fenster zu öffnen. Wenigstens machte die Wohnung einen sauberen und sogar wohnlichen Eindruck.

»Immer geradeaus, da geht's ins Wohnzimmer.«

Sie kam an einer Kommode vorbei, auf der sie eine Wimperntusche entdeckte. An der Garderobe daneben hing eine Damenwinterjacke. Wenn der Mann keine Tunte war, gab es offenbar einen weiblichen Einfluss in seinem Leben. Aus unerfindlichen Gründen empfand sie angesichts dieser Erkenntnis Erleichterung.

Sie betrat das Wohnzimmer, steuerte automatisch den verlockend bequem aussehenden Sessel an und setzte sich. Sie ließ Tibbe nicht aus den Augen und starrte ihn staunend und ungläubig an, während er gemächlich auf dem Sofa Position bezog.

»Kann ich dir irgendetwas anbieten? Magst du einen Tee? Hab gerade erst den Wasserkocher angeworfen.«

»Danke nein, für mich nichts«, hörte sie sich sagen. Ihre Stimme schien aus dem Nebenraum zu kommen. Sie gab sich einen Ruck und versuchte sich zusammenzureißen. Was er wohl von ihr denken musste.

»Ist alles in Ordnung mit dir? Du wirkst ein wenig … irritiert?«, fragte er.

Heike holte tief Luft und sah ihrem Gegenüber fest in die geröteten Augen. »Vor ein paar Tagen war ein Mann bei mir. Genau genommen kam er an meinen Arbeitsplatz. Ich arbeite als Tagesmutter bei der Familie eines Kollegen von dir. Die Reitmeiers.«

»Ja, bei Werner. Ich weiß.«

»Genau. Dieser … Mann sagte, dass er sich mit mir über den Tod seines besten Freundes unterhalten wolle, über Thores Tod. Vorgestellt hat er sich als Peter Tibbe.«

Jetzt war Tibbe an der Reihe, ein dummes Gesicht zu machen.

»Entschuldige bitte, diese elende Grippe lässt mich manchmal etwas neben mir stehen. Ich glaube, ich habe dich gerade nicht richtig verstanden«, sagte er ungläubig.

»Doch! Mach dir keine Vorwürfe, mir geht's genauso. Jemand hat sich offenbar für dich ausgegeben, um sich bei mir einzuschleichen.«

Tibbe schüttelte fassungslos den Kopf und gab komische Geräusche von sich.

»Das ist allerdings ein starkes Stück. Was wollte er denn?«

»Mit mir reden, über Thores Tod. Ich war allerdings ein wenig abweisend und nicht so richtig in Stimmung, über dieses spezielle Thema zu sprechen.«

Tibbe starrte sie neugierig an, und sie zuckte mit den Schultern.

»Irgendwann hab ich dann einen Heulkrampf bekommen und ihn gebeten zu gehen«, sagte sie und kicherte verlegen.

»Ich kann nicht fassen, dass sich irgendein Kerl einfach für mich ausgibt. Das ist ganz schön dreist!«

»Ja, allerdings. Ob ich die Polizei darüber informieren sollte?«

Tibbe zog die Mundwinkel nach unten. »Tja, keine Ahnung. Ich würde es, glaube ich, dabei bewenden lassen. Wenn er dir etwas hätte tun wollen, hätte er das wohl gemacht. Ist ja nichts weiter passiert, oder? War vielleicht nur ein harmloser Spinner.«

Heike dachte darüber nach.

»Wahrscheinlich hast du recht«, sagte sie und öffnete ihre Handtasche. »Stört es dich, wenn ich rauche?«

»Äh, ehrlich gesagt, ja. Normalerweise macht es mir nichts aus, aber unter den gegebenen Umständen kann ich das im Moment nicht so gut haben.«

Heikes Hand erstarrte in ihrer Handtasche, und sie zog sie ohne Inhalt wieder heraus.

»Klar, entschuldige«, sagte sie kleinlaut und schalt sich eine Idiotin.

»Kein Problem. Worüber genau wolltest du denn jetzt eigentlich mit mir reden?«

Wieder musste Heike verlegen lachen. Sie hatte keine Ahnung.

Von ihrer Seite gab es nichts mehr zu bereden. Sie war mit dem Vorsatz hierhergekommen, bei einem gewissen Peter Tibbe ein paar Dinge richtigzustellen.

»Eigentlich wollte ich dir eine Antwort geben, die ich letztens schuldig geblieben bin, und einen falschen Eindruck zerstreuen. Aber du bist ja gar nicht er. Du bist du. Also … weißt du, was ich meine?«

»Ich denke schon«, erwiderte er unsicher.

»Hör mal, es tut mir leid, dass ich dich gestört habe. Wie es aussieht, sollte ich gar nicht hier sein. Daran ist nur dieser Scharlatan schuld. Ich werde jetzt einfach wieder gehen und dich in Ruhe lassen. Ja, das ist das Beste.«

»Na gut, wenn du meinst. Eigentlich schade, dass wir uns erst jetzt, wo Thore tot ist, kennenlernen. Er hat mir immer so viel von dir erzählt, und wir haben uns nie persönlich getroffen.«

Sie stand auf und machte eine entschuldigende Geste. Es wurde wirklich Zeit, dass sie ging, bevor sie ihm noch mal das Gleiche erzählen musste, was sie dem Betrüger vor ein paar Tagen mit auf die Reise gegeben hatte.

»Manche Dinge sollen einfach nicht sein. Vielleicht läuft man sich ja so mal über den Weg«, sagte sie hastig.

Sie musste an die frische Luft.

Er erhob sich ebenfalls und schickte sich an, sie zur Tür zu begleiten.

»Ja, das wäre doch was. Tut mir übrigens leid, dass ich dir in deiner Angelegenheit nicht helfen konnte. Ich dachte schon, du bist deswegen gekommen.«

»Was meinst du?«

»Na, ob mir einer aus der Firma verdächtig vorkommt, und dann noch diese dumme Sache mit der Lebensversicherung. Der Detektiv, den du angeheuert hast, war deswegen schon zweimal hier. Leider konnte ich nicht helfen.«

Tibbe bemerkte ihren überraschten Blick.

»Hat er dir wohl noch gar nicht erzählt? Ich wollte ihm nicht vorgreifen.«

Heike kniff die Augen zusammen und sah Tibbe verwirrt an. Dieser Tag offenbarte ein enormes Potenzial an Überraschungen, und sie konnte Überraschungen nicht ausstehen. Sie mochte gar nicht daran denken, dass es erst früher Nachmittag war, der Tag war noch lang – was konnte da noch alles passieren!

»Wer hat mir *was* noch nicht erzählt? Wovon redest du da? Oder ist das ein Scherz von dir?«

»Na, der Detektiv. Schröder oder wie er heißt. Er war gestern Nachmittag und heute Vormittag hier bei mir.«

Heike starrte ihn mit weit offen stehendem Mund an und brachte kein Wort heraus.

»Der Verdacht, den du hast? Dass Thore möglicherweise ermordet wurde? Die Drogen und all das?«, fragte Tibbe mit dünner Stimme.

Heike spielte sehr überzeugend eine Bibelstelle nach, indem sie zur Salzsäule erstarrte. Sie brachte sich sogar in den Kreis der Oscar-Anwärter, indem sie wie auf Kommando jegliche Farbe aus ihrem Gesicht entweichen ließ.

Tibbe machte ein Gesicht, als wäre gerade der letzte Groschen durchgefallen.

»Okay, lass mich raten. Du hast nie einen Privatdetektiv engagiert?«, sagte er ganz ruhig.

Heike starrte ihn weiter an und überlegte hektisch, was es mit dieser neuen Wendung auf sich haben konnte. Irgendetwas oder irgendjemand hatte sich gegen sie verschworen, und wenn es nur dieser verdammte Tag war, der doch eigentlich so angenehm hätte werden sollen. Damit schien es jetzt aber endgültig vorbei, dies war genau eine Ungereimtheit zu viel.

Plötzlich kam ihr ein Gedanke.

»Moment mal! Wie sah dieser Kerl aus? So ein Großer, Ungepflegter, mit Klamotten, die kurz nach dem Krieg modern waren, und einem schmierigen Dreitagebart? Ziemlich kräftig und irgendwie grobschlächtig?«

»Ja, ganz genau! Mit so einem kleinen Hund im Schlepptau. Kennst du ihn doch?«

Heike lachte ohne eine Spur Humor und sah Tibbe herausfordernd an. Erst schien er ihren Blick nicht deuten zu können, aber dann blitzte Erkenntnis in seinen Augen auf.

»Sag bloß ... etwa der Kerl, der sich für mich ausgegeben hat?«

»Genau der! Ich glaube, ich sollte doch die Polizei einschalten.«

»Nein, warte!«, rief Tibbe. »Entschuldige bitte, das war 'ne

Spur zu laut, oder? Weißt du, ich habe ihn vorhin gebeten, mich weiterhin auf dem Laufenden zu halten. Er hat mir versprochen, es zu tun, und mein Gefühl sagt mir, dass der hier wieder auftauchen wird. Und wenn das passiert, werde ich ihm mal auf den Zahn fühlen. Vielleicht gibt es ja doch für alles eine plausible Erklärung. Immerhin wusste er einige Dinge, die ein Außenstehender nicht so ohne Weiteres in Erfahrung bringen kann.«

»Zum Beispiel?«

»Na, das mit den Drogen in Thores Körper zum Beispiel. Er wusste, dass ich sein bester Freund war und wo du arbeitest.«

Heike setzte sich auf die Lehne des Sessels und dachte laut nach.

»Alles Dinge, die man mit ein bisschen Geschick herausbekommt, ... bis auf die Sache mit den Drogen. Und die ...«, setzte sie an und merkte, wie sie rot anlief, »... hat er von mir. Hab mich hinreißen lassen. Immerhin dachte ich, er wäre du.«

Tibbe kratzte sich nachdenklich am Hinterkopf. »Vielleicht ist er selbst Ermittler der Polizei. Oder seine Privatdetektiv-Nummer ist gar nicht gespielt, und er hat nur bezüglich seines Auftraggebers gelogen?«, spekulierte er.

Heike ging ein Gedanke durch den Kopf, der sie in helle Aufregung versetzte. Ihr wurde vor Entsetzen regelrecht schlecht, wenn sie darüber nachdachte, dass er stimmen könnte. Sie schüttelte den Kopf.

»Das glaube ich eigentlich nicht. Die Polizei hätte keinen Grund, ihre Identität zu verschleiern, und das mit dem Detektiv halte ich jetzt für einen schlechten Witz. Aber was, wenn Thore wirklich nicht zufällig gestorben ist? Wer könnte dann noch etwas über die Drogen wissen? Doch eigentlich nur das Schwein, das dafür verantwortlich ist.«

Tibbe atmete schwer. »Du hältst es für möglich, dass er wirklich umgebracht wurde?«, sagte er ungläubig.

»Bisher eigentlich nicht. Wenn ich ihm aber irgendetwas im Leben nicht zugetraut habe, dann Drogen. Ich war so schockiert, als man mir davon erzählte! Ein uneheliches Kind mit einer Fünfzigjährigen hätte ich gekauft. Ein Faible für rote Damenunterwäsche, um sie selbst zu tragen wohlgemerkt, auch. Aber Drogen hasste er mit einer Leidenschaft, die einer festen Überzeugung entsprang. Ich hab ja aus nächster Nähe mitbekommen, wie diese Abscheu bei ihm entstanden ist.«

Sie schüttelte fassungslos den Kopf. »Ich hätte es besser wissen müssen! Mein Gott, wenn ich denke, wie sehr mich das fertiggemacht hat. Jetzt stellt sich womöglich heraus, dass er gar nichts dafür konnte.«

Tränen der Erkenntnis sammelten sich in ihren Augen. All diese negativen Gefühle, die Enttäuschung und die Wut könnten sich als ungerechtfertigt erweisen.

»Und warum sollte ausgerechnet sein Mörder unter falscher Identität bei uns auftauchen und einen im Prinzip abgeschlossenen Fall wieder aufrollen?«, fragte Tibbe.

»Was weiß ich? Vielleicht möchte er sichergehen, dass die Menschen, die Thore am nächsten standen, nicht von sich aus auf die Idee kommen, einen echten Ermittler einzuschalten. Ich habe wirklich keine Ahnung. Er wird es uns erzählen müssen, wenn er wieder aufkreuzt.«

Tibbe fuhr sich mit beiden Händen durch die Haare und stöhnte.

»Folgender Vorschlag. Wir warten! Wenn er sich bei dir meldet, sagst du mir bitte Bescheid. Wenn er unangemeldet aufkreuzt, sagst du mir auch Bescheid. Ich werde dann versuchen, so schnell wie möglich zu dir zu kommen. Lass ihn nicht gehen, bevor ich hier bin oder mich wenigstens bei dir gemeldet habe. Wenn er innerhalb der nächsten drei Tage kein Lebenszeichen von sich gibt, werde ich mit dieser Geschichte zur Polizei gehen. Einverstanden?«, sagte sie.

»Nein! Ganz und gar nicht. Was, wenn er wirklich ein Mörder ist? Wie wird er wohl reagieren, wenn er merkt, dass wir ihm auf die Schliche gekommen sind?«

»Lass das meine Sorge sein«, schlug Heike vor.

Tibbe warf ihr einen ungläubigen Blick zu.

»Nein, im Ernst. Ich werde mich dann darum kümmern. Keine Sorge.«

Tibbe stöhnte erneut, als hätte man die Last der ganzen Welt auf seinen kranken Schultern abgeladen.

zwischenbilanz

Dieser blasenschwache kleine Mistkerl Stefan Bindernagel war ein feiger Jammerlappen, wie er ihm schon sehr lange nicht mehr untergekommen war. Nachdem Gregor ihn mit ansehen ließ, wie er ihm die Scheibe zertrümmerte, als wäre sie aus Pergamentpapier, und sich seine Wunde von dem Schraubenzieher innerhalb weniger Sekunden so vollständig regenerierte, als hätte er von der Werkzeugattacke lediglich einen Schmutzfleck davongetragen, waren jeglicher Widerstand, jegliche Vernunft und der Selbsterhaltungstrieb in dem Würstchen erstorben.

Das war eigentlich gut, denn jetzt gab Bindernagel alles zu. Wirklich alles. Sowohl die gekappten Bremsschläuche, als auch die Drogen im Tee. Als Gregor von ihm hören wollte, wie er beides angestellt hat, kam jedoch nur schwachsinniges Gebrabbel. Nachdem Gregor die Daumenschrauben daraufhin wieder etwas angezogen hatte, kamen Tränen und noch mehr Urin, aber immer noch keine plausiblen Erklärungen.

Das gefiel dem Boten nicht.

Die Sache mit dem Auto lag auf der Hand, auch wenn Bindernagel nicht mehr in der Lage war, es zu rekapitulieren. Aber die Drogen im Tee waren wieder eine ganz andere Geschichte. Es war durchaus möglich, dass Bindernagel für beides verantwortlich zeichnete, aber es passte nicht richtig ins Bild. Und dann war da auch noch Gregors Gefühl. Er hatte Angst, dass dieser kleine Schwächling den Arsch für etwas hinhielt, was er gar nicht gemacht hatte, und damit dem wahren Täter einen Freibrief ausstellte.

Gregor machte dem kleinen Stefan auf sehr eindringliche Weise klar, dass es für ihn am nächsten Morgen nur noch eine Sache zu erledigen gab. Zur Polizei zu gehen, nach einem gewissen Kommissar Fleischer zu verlangen und ein umfassendes Geständnis abzulegen. Sollte er sich dieser Anweisung widersetzen, würde Gregor schon sehr bald wieder bei ihm vorbeischneien, um ihn zum Spielen abzuholen. Gregor hatte keine Ahnung, wo der kleine Bastard die ganze Pisse herholte, aber als geheimes Zeichen, alles genauestens begriffen zu haben, ließ er erneut seinen Schritt dampfen. Es bestand kein Zweifel, Bindernagel würde sich stellen.

Nur wie gesagt, nicht zu Gregors ungetrübter Freude.

Der krönende Abschluss und das offizielle Ende ihrer netten Begegnung wurde durch Gregors Wechsel in den luziden Zustand markiert – im Beisein von Bindernagel! Dessen ganze Reaktion bestand darin, dass er auf den plötzlich leeren Beifahrersitz starrte und einmal tief Luft durch seine vom Weinen leicht verrotzte Nase holte.

Gregor musste unwillkürlich grinsen. Eigentlich war das verboten. Boten durften den Wechsel des Aggregatzustandes in Gegenwart von Menschen nicht durchführen. Aber irgendetwas sagte Gregor, dass der Kerl es niemandem erzählen würde, ebenso wenig, wie er erzählen würde, dass er vor einem nackten Mann davongelaufen war, dessen Wundheilung ein wenig schneller erfolgte als beim Rest der Menschheit.

Im Grunde hätte er Bindernagel diese letzte Attacke auf den traurigen Rest seines Verstandes auch ersparen können, aber er hatte nun mal nichts an und keine Lust weiter zu frieren. Sich irgendwo nackt absetzen zu lassen war auch nicht der wahre Jakob.

Also blieb er einfach sitzen, wo er war, musste nicht frieren, weil er luzide war, und musste nicht laufen, weil Bindernagel ihn – nachdem er mit Hilfe seines Schraubenziehers den Auspuff von Gregors Dreck befreit hatte – chauffierte. Bindernagel blieb während der Fahrt bemerkenswert ruhig, sodass Gregor schon mutmaßte, vielleicht doch noch nicht dick genug aufgetragen zu haben. Der Bindernagel, der früher am Tag aufgebrochen war, um den Kinderwagen abzuholen, war jedenfalls deutlich nervöser gewesen.

Das komische Element an Bindernagels Zieladresse war indes nicht zu verleugnen. Er fuhr nicht etwa nach Hause, so wie Gregor es eigentlich erwartet hatte, sondern auf direktem Weg zum Kriminalkommissariat. Fassungslos beobachtete Gregor ihn, wie er mit seinen vollgepinkelten Hosen und ausdrucksloser Miene den Wagen in der Zufahrt direkt vor dem Präsidium abstellte und verließ, um schließlich ganz gemächlich auf den Eingang des Gebäudes zuzuschlendern.

Da sollte noch mal einer sagen, Gregor würde keinen bleibenden Eindruck hinterlassen.

Die Krux an Bindernagels letzter Überraschungseinlage war jedoch, dass Gregor auf diese Weise einen viel längeren Rückweg bis zur Niederlassung hatte. Vom Präsidium aus waren es knappe sechzig Minuten Fußmarsch. Da es aber noch mitten in der Nacht war, machte das im Grunde auch nichts, und Gregor trabte, nachdem Bindernagel in dem Gebäude verschwunden war, mit raumgreifenden Schritten los.

Als er endlich in der Niederlassung eintraf, war es bereits halb vier. Bis auf den diensthabenden Boten schliefen alle. Gregor ließ sich von seinem Botenkollegen ein paar neue Klamotten aus der Kleiderkammer geben, damit er nicht auf sein Zimmer musste und womöglich Kamp aufweckte. Die nächsten Stunden vertrieb er sich damit, ein ausgedehntes und angenehm belangloses Schwätzchen mit dem Oberboten zu halten, sowie Unmengen an Snacks und Süßigkeiten in sich reinzustopfen. Das war genau das, was er jetzt brauchte.

Gegen acht Uhr kam Kamp endlich nach unten getrippelt. Sein flink wedelnder Schwanz verriet seine Freude über das Wiedersehen, und auch Gregor ertappte sich dabei, dass er sich auf seinen Klienten freute. Dabei war es nicht mal ein kompletter Tag, den sie ohne die Gegenwart des anderen auszuhalten gehabt hatten. Er musste den Tatsachen ins Auge sehen, sein Verhältnis zu dieser jungen Seele ging über die rein geschäftliche Beziehung hinaus. Das war zwar nicht der optimale Zustand und schon gar nicht professionell, aber Gregor genoss es trotzdem.

»Gregor! Du bist wieder da!«, kläffte Kamp fröhlich und hechelte seinen Vergeltungsboten aufgeregt an. »Wie ist es gelaufen? Hast du was bei dem Typen erreichen können?«

Gregor nickte nachdenklich und begann, ihm von den Ereignissen des vergangenen Tages zu erzählen.

Kamp vergaß vor lauter Spannung sogar sich hinzusetzen und hörte dem Boten mit schief gelegtem Kopf aufmerksam bis zum Ende seiner Ausführungen zu.

»Dann hat mich also tatsächlich dieser Blödmann auf dem Gewissen«, sagte Kamp nachdenklich und machte endlich Sitz.

»Was er wohl mit Marita gemacht hätte, wenn sie bei seinen Annäherungsversuchen weiterhin stur geblieben wäre? Da mag ich gar nicht drüber nachdenken«, schob er hinterher.

Gregor zuckte mit den Schultern. »Zerbrich dir deswegen nicht den Kopf. Die Gefahr besteht nicht mehr. Ich habe ihn ins Polizeipräsidium gehen sehen. Der wird haargenau das machen, was ich ihm aufgetragen habe. Er hat viel zu viel Angst davor, dass ich ihn wieder heimsuchen könnte.«

»Ja, Gott sei Dank! Schade, dass du nicht aus ihm rausbekommen konntest, wie er das mit meinem Tee angestellt hat.«

Gregor sah Kamp nachdenklich an. Er wusste, wohin seine nächsten Worte führen würden, aber er konnte nicht anders. Es musste sein. »Soll ich dir mal was sagen? Ich bin nicht davon überzeugt, dass er es wirklich war.«

Kamp stand auf und kniff den Schwanz ein. »Wie meinst du das denn jetzt schon wieder? Er hat es doch zugegeben! Wer würde denn einen Mord zugeben, ohne ihn begangen zu haben?!«

Gregor zuckte erneut mit den Schultern und starrte ins Leere. »Du würdest dich wundern. Es gibt nicht nur Schuldige, die alles abstreiten. Es gibt auch Unschuldige, die alles Mögliche auf ihre Kappe nehmen.«

Kamp tippelte aufgeregt mit den Pfoten. »Blödsinn! Warum denn?«

»Tja, das ist dann immer die Frage. Gibt viele Gründe. Geltungsbedürfnis, Dummheit, weil sie jemand anders schützen wollen – na ja, oder auch Angst.«

Kamp starrte den Boten schweigend an. Diesmal lief es anders herum. Gregor fühlte sich unter diesem Blick unbehaglich.

»Tatsache ist, dass ich ihm ziemlich eingeheizt habe. Der hat heute Dinge gesehen, die man normalerweise nur in Filmen zu sehen bekommt. Das ist nun mal leider die Methode, auf die wir Vergeltungsboten angewiesen sind. Wir müssen die Schuldigen so weit bringen, dass sie sich freiwillig den Behörden stellen. Dass jemand einfach nur einsichtig oder gar reumütig ist, kommt so gut wie nie vor. Dieser Schuss kann schon mal nach hinten losgehen. Sei mal ganz ehrlich, wie hättest du vor deinem Tod reagiert, wenn dir das passiert wäre, was Bindernagel erlebt hat?«

Kamp starrte weiter.

»Und vergiss nicht, wir haben immer noch einen bis zwei weitere Kuchen im Ofen. Da wäre zum Beispiel noch dein alter Freund Musiol ...«

»Der ist nicht mein Freund!«, blaffte Kamp dazwischen.

»Komm schon, du weißt, wie ich das gemeint habe. Fakt ist, dass er von allen immer noch am besten ins Bild passt, einfach weil er als Einziger die Möglichkeit hatte, überhaupt in euer Verwaltungsgebäude reinzukommen. Und wenn ich an den Verlauf unserer letzten Begegnung denke, fällt es mir überhaupt nicht schwer, ihn weiterhin auf der Rechnung zu haben. Ja, und dann ...«, holte Gregor aus und stellte sich auf das Schlimmste ein, »... wäre da ja auch immer noch deine Schwester, so leid es mir tut.«

Kamp zog die Lefzen an.

»Bevor du dich künstlich aufregst, solltest du dich daran erinnern, dass wir übereingekommen sind, *beide* mit auf die Liste zu nehmen, Bindernagel und sie!«

»Ja, aber genau darum verstehe ich nicht, worüber wir hier reden! Bindernagel hat alles gestanden. Warum versuchst du jetzt mit aller Macht, die Früchte deiner Arbeit in Frage zu stellen?«, bellte Kamp aufgebracht.

Gregor lächelte seinen Klienten nachsichtig an und beugte sich zu ihm vor. »Verstehst du das wirklich nicht? Dann habe ich eine Frage an dich. Willst du, dass einfach nur *irgendjemand* für deinen Tod büßen muss, Hauptsache es ist nicht deine Schwester, oder willst du, dass exakt der Mensch, der dich kaltblütig über die Klinge gehen ließ, zur Verantwortung gezogen wird?«

»Ich ...«, setzte Kamp an, um gleich darauf wieder zu verstummen.

Wie bescheuert war das? Jemand hatte alles gestanden, und trotzdem gab Gregor sich nicht zufrieden.

Er hasste es, sich das eingestehen zu müssen, aber das, was der Bote zuletzt gesagt hatte, traf den Nagel leider auf den Kopf. Bevor Gregor am Tag zuvor allein losgezogen war, war Kamp davon überzeugt gewesen, dass es nur Musiol gewesen sein konnte.

Bindernagel hielt er für einen Idioten, einen Blender, der nach außen gern auf breite Hosenträger machte, aber, wenn es drauf ankam, zu feige war, um Taten folgen zu lassen. Zumindest soweit es die Bremsleitungen seines Autos betraf, hatte er ihn allerdings völlig unterschätzt!

Seine Schwester hatte lediglich den Fehler begangen, nicht klar Stellung zu beziehen. Das machte sie aber noch lange nicht zu einer Verdächtigen, und wenn Gregor sich noch so sehr ins Zeug legte, um ihn davon zu überzeugen. Es machte höchstens ihn zu einem schlechten Bruder, wenn sie wirklich in Erwägung zog, ihm eine Art dunkle Seite oder zweites Gesicht zuzutrauen. Er hatte zwar noch immer keine konkrete Vorstellung davon, wie er das hinbekommen hatte, aber das war keine Ausrede.

Wie es schien, hatte Gregor recht. Verdammter Mist!

»Und was hast du jetzt vor?«, fragte er Gregor.

»Soweit es mich betrifft, bleiben noch zwei Personen übrig, die in Frage kommen. Na gut, vielleicht auch nur anderthalb. Wir müssen den Druck auf sie erhöhen, müssen uns überlegen, wie sie es angestellt haben könnten, und sie damit konfrontieren, und zwar so, dass sie den Eindruck gewinnen, wir wüssten bereits Bescheid.«

»Das ist alles, was wir tun können?«

»Ich fürchte, ja.«

Kamp dachte nach.

»Das ist ganz schön vage, wenn du mich fragst. Wie willst du das anstellen?«

Gregor atmete tief durch.

»Ich habe noch keinen blassen Schimmer!«

»Oh! … Und jetzt?«, fragte Kamp unsicher.

»Jetzt? Jetzt löse ich erst mal ein Versprechen ein. Danach sehen wir weiter.«

Friedhof

Kamp musste zugeben, dass er den Wunsch nach dem Besuch seines eigenen Grabes, den er mit Gregor kurz vor dessen Alleingang ausgehandelt hatte, schon wieder vergessen hatte. Um so dankbarer war er dem Boten, dass er ihn von sich aus daran erinnerte.

Gregor verkündete, dass er jetzt einen ausreichend großen Abstand zu dem Höllentrip mit dem Auto von vor zwei Tagen gewonnen hatte und sich erneut ans Lenkrad wagen wollte. Da der Friedhof, auf dem Kamp beerdigt wurde, nicht allzu zentral lag, sollte es möglich sein, dorthin zu gelangen, ohne einen Spießrutenlauf zu absolvieren. Kamps Grab befand sich auf dem Westfriedhof in Köln-Ehrenfeld, auf dem auch seine Mutter beigesetzt worden war.

Die Dame im Verwaltungsgebäude am Eingang zu dieser letzten Ruhestätte, die sich größte Mühe gab, einen angemessen ernsthaften Eindruck zu machen, wohl um ihren Respekt vor den Toten und der Trauer der Hinterbliebenen zum Ausdruck zu bringen, gab ihnen bereitwillig Auskunft über die genaue Lage von Kamps Grab. Kamp fand zwar, dass die Frau mit ihrer Gesetztheit über das Ziel hinausschoss, aber der Umgang mit dem Tod war für viele Menschen nun mal nicht besonders leicht.

Wenn die wüssten!

Sie brauchten gute zehn Minuten, um zu Kamps letzter Adresse zu gelangen. Es lag im nordwestlichen Teil des Friedhofs, in der Nähe der alten Kriegsgräber, und es ziemte sich nun mal nicht, an einem Ort wie diesem schnell zu gehen. Als sie am Ende der sehr exakten Wegbeschreibung angekommen waren, erblickten die beiden jemanden, der Gregor sofort in höchste Alarmbereitschaft versetzte. Er blieb stehen und nahm Kamp, zu dessen Überraschung, auf den Arm.

»Siehst du den da hinten?«, fragte er Kamp leise.

Außer ihnen war nur noch eine weitere Person anwesend. Er konnte nicht erkennen, ob es sich um einen Mann oder eine Frau handelte, da die Person die Kapuze ihrer Jacke aufgesetzt hatte. Eine hellgraue Jacke, die um einen recht massig wirkenden Körper gespannt war. Auch die dunkelbraune Cordhose deutete an, dass der oder die Betreffende gewichtstechnisch vorn dabei war. Der Gesamteindruck ließ Kamp jedoch vermuten, dass es sich um einen Mann handelte, allein schon wegen der überdurchschnittlichen Körpergröße.

»Ja klar. Was ist mit ihm?«, wollte Kamp wissen.

»Erkennst du ihn?«

Kamp schnaubte. »Das hast du mich schon mal gefragt. Wie soll ich jemanden erkennen, der ...«

Er verstummte und sah noch mal hin. »Du meinst den von meinem Beerdigungsfoto? Der sich so auffällig von den anderen ferngehalten hat?«

Gregor nickte, ohne den Mann aus den Augen zu lassen.

»Die Jacke könnte tatsächlich passen!«, spekulierte Kamp. »Was willst du jetzt tun?«

Gregor setzte sich langsam wieder in Bewegung. »Wir pirschen uns an ihn ran. Mal sehen, wohin das führt.«

Gregor hatte schon seit Längerem eine ziemlich konkrete Vorstellung davon, wer der mysteriöse Fremde sein könnte. Genau genommen, seit seinem letzten Zusammentreffen mit Kommissar Fleischer.

Sie betraten die Reihe mit Kamps Grab. Es war das von ihnen aus gesehen vorletzte. Der Mann stand davor und starrte den rötlichen, hinkelsteinförmigen Grabstein an. Gregor konnte erkennen, dass er dieses Mal keine Sonnenbrille trug.

Je näher sie ihm kamen, desto deutlicher konnten sie hören, dass er nicht einfach nur dastand, sondern auch etwas sagte.

Gregor entschied, zwei Gräber vor dem Mann stehen zu bleiben. Er spürte, wie Kamp in seinen Armen zitterte, und beide lauschten angestrengt.

»... du glaubst mir das jetzt nicht, mein Junge, aber es tut mir wirklich leid, dass es so weit kommen musste. Das ist alles meine Schuld.«

Pause.

»Weißt du, du warst schon als Kind eine starke Persönlichkeit. Für manche *zu* stark – so wie ich.«

Pause.

Gregor fühlte, wie Kamps Zittern jetzt regelrecht elektrisch wurde. Er knurrte dem Boten etwas zu.

»Was?«, zischte Gregor leise.

»Ich kenne diese Stimme!«, knurrte Kamp erneut.

»Manche können mit dieser Art von Stärke einfach nicht umgehen. Wenn man dann nicht aufpasst, werden sie zu Feinden … oder sogar zu Todfeinden«, sagte der Fremde nachdenklich und ging in die Hocke.

Pause.

»Wer ist es?«, flüsterte Gregor.

»Es kann nicht sein!«

»Wer?«, zischte Gregor.

»Ich … nein, unmöglich!«

»Es ist dein Vater, stimmt's?«, wisperte der Bote und strich Kamp einfühlsam über den Kopf.

Der starrte den Boten an und wandte den Blick schließlich ab. Gregor *wusste*, dass er recht hatte, sodass es keiner Antwort von seinem Klienten bedurfte. Er war jedoch froh, dass er immer noch Kamps Zittern spüren konnte, und hörte weiter zu.

»Sogar dann, wenn es die eigene verdammte Familie ist«, murmelte der Mann, gerade noch laut genug, damit Gregor es verstehen konnte. Kamp hörte es ohnehin, da sein Gehör vorübergehend aufgemotzt war.

Dann geschah etwas, das beide zusammenzucken ließ.

Der Mann fing an zu lachen. Erst ganz dezent, dann aber immer lauter werdend. Es lag nichts Fröhliches in diesem Lachen. Kamp und Gregor tauschten Blicke aus und sahen, dass sie beide das Gleiche dachten. Es war das Lachen eines Verrückten! Wie zur Bestätigung ging das Lachen von Kamps Vater in einen Weinkrampf über, und sie starrten ihn beide an.

Kamps Vater schaute sich nicht mal um. Entweder war es ihm entgangen, dass er nicht mehr allein war, oder es kümmerte ihn nicht. Hemmungslos gab sich Kamps alter Herr seinen verkorksten Emotionen hin und schluchzte, vor dem Grab seines Sohnes hockend, wie ein kleiner Junge.

War der Übergang von dem irren Lachen zum Weinkrampf noch sehr geschmeidig, kam das Ende seiner Heulerei überraschend abrupt. Von einem Moment auf den anderen drang kein Geräusch mehr von ihm herüber. Nicht mal ein Schniefen.

Für eine Weile herrschte absolute Stille.

Schließlich richtete sich Kamps Vater wieder auf.

»Wenn wir uns auf der anderen Seite wiedersehen, erhältst du deine Chance auf Rache. Das verspreche ich dir! Dann kannst du mir alles heimzahlen, wenn du es möchtest.«

Gregor gab sich jetzt keine Mühe mehr, sein Interesse für Kamps Vater zu vertuschen, und starrte unverhohlen zu ihm rüber. So bekam er mit, wie dieser dem Grab seines Sohnes einen kurzen, sehr zackig aussehenden, militärischen Gruß zukommen ließ.

»Wir sehen uns, Thore«, murmelte er und verließ das Grab.

Gregor wartete, bis Kamps Vater an ihnen vorbeigegangen war und einige Meter Abstand zu ihnen gewonnen hatte.

Er sah seinem Klienten fest in die Augen. »Frag mich jetzt bloß nicht, was ich denke! Ich habe nämlich keine Ahnung mehr, was ich denken soll. Das war jetzt wirklich zu viel für mich«, blaffte Kamp ihn an.

»Verdammt!«, fluchte Gregor und versuchte fieberhaft diese neue Wendung zu bewerten.

»Wir *müssen* irgendetwas unternehmen. Das war gerade dein Vater, und was er da so alles von sich gegeben hat, klang irgendwie …«

»Verdächtig?«, soufflierte Kamp müde.

»Ja! Verdächtig. Findest du etwa nicht?«

Kamp seufzte und wünschte sich zum ersten Mal, er wäre nie zu Gregor gegangen. Die Art, wie sich die Dinge in den letzten Tagen entwickelten, hätte er nie für möglich gehalten. Inzwischen hatten sie sage und schreibe vier Personen zusammen, die für einen Mord an ihm in Frage kamen. Einer hatte es erwiesenermaßen versucht, passte aber für die eigentliche Tat, trotz eines entsprechenden Geständnisses, nicht so richtig ins Bild.

Von den verbliebenen Dreien war einer seine Schwester und der andere, gleichzeitig neueste Verdächtige, sein eigener Vater.

Was sagte es über sein Leben und ihn als Menschen aus, wenn ihm seine halbe Familie nach dem Leben getrachtet hatte? Das hatte er nicht wissen wollen. Damit hatte er sich nie auseinandersetzen wollen.

Jetzt musste er es.

»Doch, natürlich. Sag schon. Was hast du vor? Was würdest du tun?«, fragte Kamp Gregor unverändert müde.

»Lässt du mir freie Hand?«, fragte Gregor aufgeregt.

»Ob ich ... wie meinst du das?«

»Sag schon! Lässt du mir freie Hand? Vertraust du mir?«

Kamp starrte ihn an und nickte. »Weißt du das denn nicht?«

Gregor verlor keine Zeit. Er setzte Kamp auf den Boden, sah sich nach allen Seiten um und schloss die Augen. Kamp beobachtete ihn verwirrt, bis er dahinterkam, was Gregor vorhatte, und sich ebenfalls ängstlich umsah.

Der Bote veränderte sich. Seine Gesichtszüge, seine Körpergröße, seine Statur, alles schien sich im Zeitraffer zu verändern und formte etwas komplett Neues. Komplett neu war es jedoch nicht. Kamp hatte nicht übel Lust, in Ohnmacht zu fallen, wusste aber nicht mal, ob Hunde so etwas überhaupt konnten.

Es war nicht das erste Mal, dass er mit sich selbst konfrontiert wurde. Kurz nach seinem Abgang aus dem Reich der Lebenden war ihm das schon mal widerfahren, und es war verwirrend gewesen. Jetzt passierte es ihm schon wieder – auch wenn er wusste, dass er es technisch gesehen gar nicht war.

Gregors Metamorphose war vollzogen. Die Sachen, die dem Privatdetektiv Schröder gepasst hatten, waren für den gertenschlanken Thore Kamp ein bis zwei Nummern zu groß und hingen wie Säcke an ihm. Aber das war jetzt egal.

»Bleib an mir dran!«, rief Gregor ihm zu und sprintete, ohne eine Reaktion abzuwarten, los.

Verdammt, ist der gut!, dachte Kamp und hechelte hinter ihm her. Sogar die Stimme klang wie seine eigene!

Kamp wunderte sich, dass seine größte Sorge anderen Friedhofsbesuchern und Angestellten dieser Einrichtung galt, die möglicherweise Anstoß daran nahmen, jemanden über die Ruhestätte der Toten rennen zu sehen. Ihr Glück war, dass sie an einem Werktag hier waren und auch noch sehr früh am Tag. In einiger Entfernung registrierte Kamp zwei ältere Frauen, die Gregor missbilligend hinterhersahen.

Schließlich war es so weit. Sie hatten Kamps Vater eingeholt. Die Hände in den Jackentaschen vergraben, ging er langsam zurück in Richtung Ausgang.

Gregor sah sich um, bremste ab und rief: »Vater!«

Kamps Vater blieb nicht stehen. Er verlangsamte seine Schritte nur und warf, aus reiner Neugierde, wer auf einem Friedhof so einen Radau machte, über seine Schulter einen Blick zurück. Seine Augen trafen ganz kurz die von Gregor, aber dennoch setzte er seinen Weg fort.

Er kam etwa fünf Schritte weit. Auf dem Absatz machte er kehrt und starrte Gregor mit offen stehendem Mund an. Gregor ging auf ihn zu, aber das führte nur dazu, dass Kamps Vater ängstlich zurückwich, also gab der Bote seine Annäherungsversuche vorerst auf. Kamp war inzwischen ebenfalls eingetroffen und setzte sich, wie ein Schiedsrichter beim Tennis, genau auf halber Distanz zwischen den beiden, an den Rand des virtuellen Spielfelds.

»Das … ist … unmöglich!«, stammelte Kamps Vater mit erstickter Stimme und blickte mit abrupten Bewegungen von seinem Sohn zu dem komischen kleinen Hund und wieder zurück.

»Du … bist tot!«

»Ja, Vater, natürlich bin ich tot. Warum hast du das getan?«

Kamps Vater zögerte und legte die Stirn in Falten.

»Äh … wie meinst du das, Junge?«

»Warum hast du mir mein Leben genommen?«

»Oh! Das! … Ach Junge …«

Kamps Vater brach wieder in Tränen aus, nicht so hysterisch wie vorhin am Grab, aber dennoch beeindruckend genug.

Kamp beobachtete ihn sehr genau und kramte in seinen Erinnerungen nach einem Ereignis wie diesem – aber da war nichts. Er musste erst sterben und in Gestalt eines Vierbeiners auf die Erde zurückkehren, um seinen Vater weinen zu sehen. Kamp versuchte Mitleid zu empfinden. Er wünschte es sich wirklich – aber auch da war nichts.

Sein Vater war alt geworden – sehr alt. Er war nur noch ein gebrochener und offenkundig geistig verwirrter Mann. Ein Mann, der ihm die Kindheit zur Hölle gemacht hatte und der ihn offenbar auch als erwachsenen Menschen auf dem Gewissen hatte.

Eigentlich unfassbar!

»Ich habe das nicht gewollt. Es war keine Absicht, weißt du? Aber … verdammt … ich konnte nicht anders! Ich kam nicht dagegen an.«

Das Sprechen fiel ihm eindeutig schwer, und er rieb sich stöhnend das Gesicht. »Ich bin schwach, Thore. Ein Versager. Ich wusste immer, dass ich euch nicht guttue. Deiner Mutter, deiner Schwester … und besonders dir.«

Jetzt lächelte er Gregor sogar an. Es war ein unerwartet herzliches Lächeln.

»Du warst mir immer so ähnlich … so ähnlich! Alle haben das gesehen. Ich war stolz darauf. Aber ich konnte dir kein Vorbild sein – *durfte* nicht! Du durftest nicht zu mir werden. Um Gottes willen, nein!«

Gregor sah den alten Mann an und empfand das Mitleid, zu dem sein Klient nicht fähig war. Erst jetzt fiel ihm auf, dass er seinem Sohn tatsächlich verflucht ähnelte. Thore in etwa dreißig Jahren – wenn er noch leben würde.

»Darum habe ich es getan. Ich bereue es jeden Tag. Aber ich würde es niemals anders machen können … verstehst du das?«

Gregor sah zu seinem Klienten und versuchte, in dessen Hundegesicht Anzeichen für seine aktuelle Verfassung zu finden. Außerdem musste die Antwort auf diese Frage von dem echten Thore kommen.

Kamp erwiderte seinen Blick – und nickte.

Gregor war stolz auf seinen Klienten und musste unwillkürlich lächeln. »Ja, Vater, ich verstehe das. Aber sag mir, wie hast du es gemacht?«

Gregor hatte das Gefühl, dass es darauf eigentlich nicht mehr ankam, aber er war nun mal ein Vergeltungsbote und speziell in dieser völlig neuen und unerwarteten Konstellation, interessierte es ihn umso mehr.

Die Reaktion des alten Mannes war offene Verwirrung. »Du willst wissen, wie ich es gemacht habe? Das, äh ... ist eine schwierige Frage. Weißt du es denn nicht mehr? Ich kann es dir, glaube ich, nicht erklären. Wie macht man das Falsche aus den richtigen Gründen?«

Er sah zu Boden und schüttelte den Kopf. »Ich glaube, es ist so eine Art Fluch?«, sagte er unsicher und grinste Gregor irre an. »Geh heim, mein Junge, dahin, wo du glücklich und sicher sein kannst. Dies ist kein schöner Ort für dich. Geh heim.«

Kamp konnte sich nicht erinnern, seinen Vater jemals so liebevoll sprechen gehört zu haben. Es war wirklich vollkommen verrückt!

Kamps Vater drehte sich um und setzte seinen Weg in Richtung Ausgang fort. Kamp und Gregor sahen ihm stumm hinterher.

»Ganz ehrlich, ich bin jetzt seit zweieinhalb Jahrhunderten Vergeltungsbote, aber ich schwöre dir, so etwas habe ich noch nicht erlebt! Was machen wir jetzt?«, fragte Gregor, nachdem Kamps Vater aus ihrem Blickfeld verschwunden war.

»Wie meinst du das?«, erwiderte Kamp erstaunlich ruhig.

Ihre Blicke trafen sich, und Gregor kannte die Antwort schon, bevor er überhaupt die Frage gestellt hatte.

»Lassen wir ihn laufen? Ich meine, bei aller Verwirrung und bei allem Mitleid für seine Situation, er hat dich auf dem Gewissen, mein Freund. Er hat einen Mord begangen.«

Kamp begegnete seinem Blick gelassen und sagte nichts.

»Vergiss nicht, da ist auch immer noch deine Schwester, wenn du verstehst, was ich meine.«

»Klar verstehe ich dich! Aber sie ist nicht in Gefahr. Es geht ihm nur um mich. Es ging ihm immer nur um mich. Ich habe meine Mutter mal gefragt, wann er anfing, sich so dramatisch zu verändern, wo sie doch nie müde wurde zu betonen, dass er nicht immer so ein Tyrann war. Rate mal.«

»Nach deiner Geburt?«

»Bingo!«

Gregor nickte und steckte die Hände in die Taschen. »Wir sollten gehen, was meinst du? Oder willst du dir jetzt noch dein Grab anschauen?«

Kamp schüttelte den Kopf und lief zu dem Boten. »Nein, das ist nicht mehr nötig. Aber versteh mich nicht falsch, bevor wir gehen, wäre es vielleicht besser, wenn du nicht mehr wie ich aussiehst.«

Und auch damit hatte er absolut recht.

Bekehrung

Eine Zeit lang schwiegen die beiden auf dem Weg zurück in die Niederlassung. Ein höchst interessanter Auftrag war zu einem durchaus erfolgreichen Abschluss gekommen.

Gregor wünschte sich, dass Fleischer und seine Kollegen herausfinden würden, dass Bindernagel zumindest nicht für den Tod von seinem Klienten verantwortlich war – auch wenn er ihn gewollt hatte. Was das betraf, hoffte er, Fleischer richtig eingeschätzt zu haben. Gregor lenkte den Wagen traumwandlerisch sicher und völlig immun gegen die Kölner Kaltschnäuzigkeit durch den jetzt wieder dichteren Verkehr und fühlte so etwas wie aufkommende Trauer darüber, dass er mit Kamp schon sehr bald nichts mehr zu tun haben würde – zumindest vorerst. Er fühlte sich wohl in dessen Gesellschaft.

Vielleicht gelang es ihm noch, ihn zu einer Botenkarriere zu überreden. Wenn er es schaffte und Kamp irgendwann die Akademie hinter sich gebracht hätte, wäre ihm nichts lieber, als diesen speziellen Boten als neuen Adlatus an seiner Seite zu haben und zum Vergeltungsboten auszubilden – wenn der es denn wollte.

Aber Kamp war noch nicht fertig!

»Ich will mit meiner Schwester sprechen!«, platzte es aus ihm heraus, und Gregor hätte fast, mitten auf dem dicht befahrenen Kölner Ring, eine Vollbremsung hingelegt.

»Du willst *was*?!«

»Ich will mit …«

»Ja, verdammt, schon gut. Ich habe es verstanden! Schmink es dir ab, okay? Unter keinen Umständen. Das ist so was von verboten, dass selbst *ich* mich nicht dazu hinreißen lassen würde, und das soll verdammt noch mal was heißen.«

Kamp starrte schweigend aus dem Fenster, während Gregor ihm immer wieder kurze Seitenblicke zuwarf.

»Jetzt spiel bloß nicht die beleidigte Leberwurst! Selbst wenn ich wollte, könnte ich dir da nicht helfen. Es liegt nicht in meiner Macht, dich mit ihr sprechen zu lassen.«

»Wenn du mich zum Hund machen kannst, kannst du mich doch mal kurz zu einem Menschen machen. Wäre ja nicht für lange.«

»Hallo? Hörst du mir nicht zu? Ich habe nicht die Macht dazu, das ist mein Ernst. Ich kann dich nicht zu einem Menschen machen. Dazu müsste ich schon Domestik sein, und bis das so weit ist, hat deine Schwester schon ein paar Jahrhunderte Jenseits hinter sich.«

Kamp schwieg wieder und beobachtete, wie ihnen das Ende eines Staus näher kam.

»Dann rede du mit ihr.«

Gregor konnte es nicht fassen. Er hatte mit seinen Gedanken schon längst wieder die Erde verlassen, und jetzt fing sein letzter Klient an, schwierig zu werden – nicht, dass er das nicht mochte, er stand auf diesen Mist. Er hatte nur einfach nicht damit gerechnet.

»Ich soll mit ihr reden? Fein! Gerne! Und worüber?«

»Sie muss wissen, dass unser Vater noch lebt. Sie muss wissen, dass ich wirklich umgebracht wurde und niemals etwas mit Drogen am Hut hatte. Sie muss wissen, dass es da noch jemanden gibt, der ebenfalls versucht hat, mich zu töten ... und sie muss wissen, wie sehr sie mir fehlt.«

Not und Elend! Jetzt kam Kamp ihm auch noch auf diese Tour. Das war nicht fair. Aber er konnte auch unfair sein.

»So, so. Was sag ich ihr denn, wenn sie fragt, wer dich umgebracht hat? Und wie bitte schön erklär ich ihr, woher ich das alles weiß?«

»Du bist ein Vergeltungsbote. Wenn dir nichts einfällt, dann niemandem.«

Gregor schnaubte verächtlich und schlug mit dem Handballen gegen das Lenkrad.

Kamp blieb unbeeindruckt und setzte zum Todesstoß an.

»Außerdem bist du mein Freund, und deswegen bitte ich dich darum.«

Das war berechnend und gemein. Da es aber ganz nebenbei, zumindest soweit es Gregor betraf, absolut der Wahrheit entsprach, und er eine gewisse Freude über diese Worte aus dem Mund seines Klienten nicht verhehlen konnte, hatte er dem nichts entgegenzusetzen.

»Daskanndochallesnichtwahrsein!«, zischte Gregor und wusste genau, dass der Mistkerl ihn gerade drangekriegt hatte.

Weil sie von Heikes kurzfristig gewährtem Urlaub nichts wussten, fuhren Gregor und Kamp zu der Villa der Reitmeiers.

Seit Kamp ihn mit ihrer Freundschaft erpresst hatte, hatte Gregor kein Wort mehr mit seinem Klienten – und Freund – gesprochen. Zum einen weil er wirklich beleidigt war, zum anderen weil er sich eine geeignete Strategie überlegen musste. Das war kein leichter Gefallen, um den er da *gebeten* wurde. Pausenlos musste er daran denken, dass er sich bei einem Fehler nach seiner Rückkehr ins Jenseits für einiges würde rechtfertigen müssen.

Nachdem er ohne Erfolg etwa zehn Minuten lang geklingelt sowie an Türen und Fenster der Villa geklopft hatte, setzten sie sich wieder ins Auto und fuhren auf direktem Weg zu Heikes Wohnung. Heike wohnte in Leverkusen, im Stadtteil Hitdorf. Fast hoffte Gregor, dass die junge Frau nicht zu Hause war, am besten sogar für einige Wochen das Land verlassen hatte.

Sie fanden einen Parkplatz direkt vor ihrem Haus – und direkt hinter ihrem Seat Ibiza –, in dem sie eine Erdgeschosswohnung bewohnte. Gregor drückte die Klingel und hörte einige Sekunden später ein Knacken aus der Gegensprechanlage.

»Wer ist da?«, fragte eine verzerrte Frauenstimme.

»Äh … Peter Tibbe hier, Thores Freund. Seit ich neulich bei dir war, habe ich ein paar Dinge herausgefunden, die dich auch interessieren dürften. Ich finde, du solltest darüber Bescheid wissen … wenn du also nichts dagegen hast?«

Es kam keine Antwort, nur ein weiteres Knacken. Nachdem etwa eine Minute lang keine Reaktion erfolgt war, drückte er ein zweites Mal den Klingelknopf. Diesmal kam das Knacken sofort.

»Kommen Sie rein. Erdgeschoss, linke Tür«, sagte die Stimme, und er hörte das Summen des Entriegelungsmechanismus der Eingangstür. Gregor betrat zusammen mit seinem Hundeklienten das Haus.

Die beschriebene Tür war bereits zur Hälfte geöffnet. Er konnte jedoch niemanden sehen, der auf ihn wartete. Vorsichtshalber klopfte er zweimal dagegen, bevor er die Wohnung betrat und die Tür hinter sich schloss.

»Hallo? Heike?«

»Ich bin hier. Geradeaus durch.«

Gregor folgte der Aufforderung und gelangte ins Wohnzimmer. Am entgegengesetzten Ende stand Heike Kamp und schien dort auf ihn zu warten. Irgendetwas schien sie zu verunsichern oder nervös zu machen. Zumindest wirkte sie ziemlich blass und machte einen gehetzten Eindruck.

»Alles in Ordnung mit dir?«, fragte er und ging ein paar Schritte auf sie zu. Im gleichen Moment visierte sie ein Ziel links neben ihm an. Bevor er ihrem Blick folgen konnte, hörte er ein unerfreulich bekanntes Klicken auf Höhe seines Kopfes und blieb stehen.

»Oh Scheiße, nicht *der*!«, hörte er Kamp kläffen.

»Hände hoch, Arschloch! Bleib genau da stehen, wo du bist«, befahl ihm eine fremde Stimme.

Mit vorgehaltener Waffe bewegte sich ganz langsam ein hochgewachsener junger Mann in sein Blickfeld und sah ihn böse an. Seine Rastalocken und die Art, wie er gekleidet war, ließen Gregor spontan an einen Hippie denken. Abgesehen von seiner Größe und der Waffe in seiner Hand, wirkte er eigentlich nicht bedrohlich. So wie er jedoch die Waffe auf Gregor richtete, vermutete der, dass dieser junge Mensch es nicht zum ersten Mal machte.

»Ich sagte, Sie sollen Ihre blöden Hände hochnehmen!«

Gregor gehorchte. Der junge Mann sah zu Heike Kamp und nickte ihr aufmunternd zu. Sie näherte sich ihm ein paar Schritte und blieb auf Höhe des Revolverhelden stehen.

»Okay, Herr Aufschneider. Wer sind Sie wirklich, und was wollen Sie von mir?«

Gregor seufzte. Er hatte noch nicht mal richtig mit ihr gesprochen, und trotzdem war es schon zu spät für seine mühsam zurechtgelegte Strategie. Zum absolut falschen Zeitpunkt hatte Kamps Schwester doch noch gemerkt, dass er ihr etwas vorgemacht hatte.

Er fragte sich, wie. Verdammter Kamp, das war allein seine Schuld!

Es gab nur einen Plan B, und der stand in den Startlöchern und scharrte ungeduldig mit den Füßen. Er hatte gar keine andere Wahl.

»Bitte, das ist wirklich nicht nötig. Sei so gut, und sag deinem Freund, er soll die Waffe nicht auf mich richten«, versuchte er in einem letzten, halbherzigen Versuch, die Situation noch auf konventionelle Art zu retten.

»Das können Sie vergessen! Ich weiß, dass Sie nicht Peter Tibbe sind. Den echten habe ich gestern kennengelernt. Er sieht Ihnen nicht mal ansatzweise ähnlich, aber das wissen Sie ja wohl selbst. Also noch mal, wer sind Sie, und was ist das für ein Spiel, das Sie hier treiben?«

Mit einer schnellen Bewegung streckte Gregor seinen linken Arm in Richtung des Mannes aus, richtete den Zeigefinger auf ihn und ließ seine Arme wieder sinken. Der junge Mann bückte sich, legte die Waffe auf den Boden und setzte sich, beobachtet von einer entsetzten Heike Kamp, wie in Zeitlupe im Schneidersitz neben die abgelegte Pistole. Sein ins Leere blickendes Gesicht verriet, dass er sich in einem Zustand tiefsten inneren Friedens befand.

Kamp schob mit seiner Schnauze die Pistole möglichst weit von dem Spinner mit den Rastalocken weg.

»Tut mir leid, aber ich mag es nicht, wenn man mich mit einer Waffe bedroht.«

»Was haben Sie mit ihm gemacht?«, fragte die junge Frau mit bebender Stimme und wich angsterfüllt vor Gregor zurück.

»Oh, dem geht es gut, mach dir keine Sorgen. Du brauchst keine Angst vor mir zu haben. Ich bin nicht hier, um dir etwas zu tun. Ganz im Gegenteil, ich will dir helfen.«

»Ha! Helfen wobei? Meinen Bruder wiederzusehen?«

Für einen Moment war der Bote sprachlos und sah überrascht

von der jungen Frau zu seinem Klienten, der schwanzwedelnd hinter ihm stand.

»Äh … tja. Das ist gar nicht so verkehrt. Allerdings auf eine andere Weise, als du es offenbar erwartest.«

Seine Worte hatten keine beruhigende Wirkung. Er sah, dass sie mit den Tränen der Verzweiflung kämpfte, aber sie wollte sich keine Blöße geben und riss sich zusammen.

»Was hältst du davon, wenn wir uns setzen und du dir ganz in Ruhe anhörst, was ich zu sagen habe?«, schlug er vor.

»Ich bleibe stehen. Sagen Sie Ihren Spruch auf und verschwinden Sie. Wenn Sie es wagen, mich anzufassen, werde ich schreien. Dieses Haus ist übrigens sehr hellhörig!«, keifte sie zurück.

»Ganz wie du willst«, sagte der Bote, zog sich seufzend den nächstbesten Stuhl heran und setzte sich, die Rückenlehne zwischen die Beine nehmend, hin. Er bemerkte ihren, dem jungen Mann geltenden, besorgten Blick.

»Ist das dein Freund?«

Sie sah ihn nur trotzig an.

»Er heißt Philipp«, bellte Kamp verächtlich.

Gregor nickte kurz. »Kommen wir also zur Sache.«

Er holte tief Luft. »Heike, dein Bruder hatte keinen Unfall. Er wurde umgebracht.«

»Pah. Da bin ich schon von allein drauf gekommen, Sie elender Mistkerl! Warum erzählen Sie das nicht der Polizei? Wenn ich das hier überleben sollte, werde ich dafür sorgen, dass man Sie zur Rechenschaft zieht! Was hat er Ihnen getan, dass Sie ihn aus dem Weg räumen mussten?«

Gregor war angenehm überrascht, und ein Lächeln schlich sich in seine Züge.

»Dir lag sehr viel an deinem Bruder, stimmt's?«

»Natürlich! Er ist … er war mein einziger noch lebender Verwandter, und wir standen uns sehr nahe. Sie haben ihn mir genommen, und dafür werden Sie büßen!«

Gregor lachte bitter. »Verzeih mir, dass ich lachen muss, aber noch vor wenigen Tagen war ich bereit, in Erwägung zu ziehen, dass du selbst für den Mord an ihm in Frage kommst.«

Heike sah ihn erschrocken an.

»Keine Sorge, inzwischen weiß ich es besser.«

»Das läuft irgendwie nicht gut, oder?«, fragte Kamp, erneut mit größtmöglicher Vorsicht.

Gregor entschied, nicht zu antworten. Nicht, dass es einen Unterschied gemacht hätte. Die junge Frau hielt ihn längst für einen Verrückten. Wenigstens schien sein Klient so langsam zu begreifen, was er mit seiner verdammten Sturheit angerichtet hatte.

»Wie hast du herausgefunden, dass ich nicht Peter Tibbe bin?«, wollte Gregor wissen.

»Ich habe den echten Peter Tibbe kennengelernt. Er hat mir alles erzählt, was Sie ihm erzählt haben und umgekehrt. Wir haben auch vereinbart, dass er sich bei mir meldet, wenn Sie wieder bei ihm auftauchen. Angeblich haben Sie ihm das versprochen. Ehrlich gesagt, habe ich nicht damit gerechnet, dass Sie ausgerechnet zu mir kommen. All diese falschen Identitäten! Sie hätten sich besser ruhig verhalten, dann wäre nie herausgekommen, dass jemand seine Finger im Spiel hatte, als Thore sterben musste.«

Der Bote wackelte traurig mit dem Kopf.

»Ich bin vollkommen unschuldig an dem Tod deines Bruders. Du hast recht damit, dass ich nicht mit meiner wahren Identität arbeite, aber dennoch ist und bleibt es eine Tatsache, dass ich auf der Suche nach seinem Mörder bin … war.«

Sie sah ihn mit offenkundigem Misstrauen an.

»Wer sind Sie?«, flüsterte sie.

»Okay, kommen wir jetzt zum komplizierten Teil. Mein Name ist Gregor, und ich bin kein Privatdetektiv. Allerdings bin ich durchaus so etwas wie ein Freund deines Bruders.«

Sie schüttelte den Kopf. »Ich kann mich nicht erinnern, dass er jemals etwas von einem Gregor erzählt hat. Wie heißen Sie weiter? Haben Sie einen Spitznamen?«

»Tut mir leid, kein Spitzname, kein Nachname. Einfach nur Gregor. Und er hat dir garantiert nichts von mir erzählt, da ich …«

Er unterbrach sich und sah schweren Herzens zu seinem Klienten, dessen einzige Sorge und ganze Aufmerksamkeit zurzeit seiner Schwester galt.

Gregor seufzte. »Ich habe ihn erst vor ein paar Tagen kennengelernt.«

Heike sah ihn verständnislos an und wirkte verärgert.

»Was soll das denn jetzt? Wollen Sie sich über mich lustig machen? Hören Sie, mein Bruder ist vor wenigen Tagen gestorben, und ein Mann, der mit falschen Identitäten arbeitet und meinen Freund auf mysteriöse Weise paralysiert hat, sitzt in meinem Wohnzimmer und redet dummes Zeug. Sagen Sie mir endlich, wer Sie sind. Und bevor Sie mir jetzt noch mal erzählen, dass Sie Gregor heißen, lassen Sie mich meine Frage präzisieren. *Was* sind Sie? Irgendein Agent einer Spezialeinheit? Hat Thore ein Doppelleben geführt und war Ihr Kollege? Nun sagen Sie schon!«

Gregor konnte nicht anders. Ein breites Grinsen überzog sein Gesicht.

»Eigentlich nicht. Genau genommen, ist die Wahrheit noch viel spektakulärer! Heike, glaubst du an ein Leben nach dem Tod?«

Sie starrte ihn an, als hätte er gerade seine Hosen runtergelassen.

»Ist das jetzt Ihr Ernst?«, fragte sie tonlos.

Gregor nickte.

»Nein. Ich glaube nicht mal, dass es einen Gott gibt. Ehrlich gesagt befasse ich mich nicht sehr mit dieser Thematik. Wohin führt diese Frage?«

»Nun, als ich gerade gesagt habe, ich hätte deinen Bruder erst vor ein paar Tagen kennengelernt, war das mein Ernst. Genau genommen hatte ich erst einige Tage nach seinem Tod das Vergnügen.«

Gregor ließ seine Worte wirken. Die junge Frau starrte ihn an und versuchte, den tieferen Sinn dieser Behauptung zu verstehen.

»Was soll das heißen, nach seinem Tod? Wie denn? Aus einer Akte?«

»Äh, nein. Ich habe ihn persönlich kennengelernt, von Angesicht zu Angesicht. Wir haben miteinander geredet, sogar sehr viel in letzter Zeit.«

Heike Kamp verdrehte kurz die Augen. »Jetzt verstehe ich! Sie halten sich für so eine Art Medium, fähig mit den Toten Kontakt aufzunehmen? Tut mir furchtbar leid, Herr Gregor, aber an so etwas glaube ich noch viel weniger.«

Gregor schüttelte langsam den Kopf. »Kein Medium! Ich bin ein Bote des Jenseits. Du würdest mich wahrscheinlich als Engel bezeichnen. Dein Bruder ist mein Klient. Er hat mich darum gebeten, ihm dabei zu helfen, seinen Mörder zu finden.«

»Aha?«

Sie glaubte ihm nicht. Wie sollte sie auch?

Es war das erste Mal in seiner Tätigkeit als Vergeltungsbote, dass er versuchte, sich einem Sterblichen zu offenbaren, und es ging gründlich in die Hose. Die junge Frau kaufte ihm seine Geschichte nicht ab, und so ungeschickt, wie er sich angestellt hatte, konnte er ihr das kaum verdenken.

Aber was sollte er machen? Auf den kleinen Hund zeigen, der ihn in den letzten Tagen fast ununterbrochen auf Schritt und Tritt begleitete, und ihr sagen: »Ach übrigens, das ist dein Bruder! Thore, gib deiner Schwester Pfötchen.« Sie würde ihn – wenn das überhaupt möglich war – noch weniger ernst nehmen.

Er versuchte die Situation zu retten und erzählte ihr die wesentlichen Fakten, ganz so, wie Kamp ihn gebeten hatte. Die Sache mit dem Mord, den Drogen, ihrem Vater und dem verrückten Bankkaufmann.

Sie hörte die ganze Zeit ohne erkennbare Regung in ihrer Mimik zu und beschränkte sich auf ein leichtes Nicken an einigen Schlüsselstellen.

»Ich weiß, wie unwahrscheinlich das für dich klingen muss. Die Entscheidung, dir alles zu erzählen, ist mir auch beileibe nicht leicht gefallen, zumal ich es eigentlich gar nicht darf – geschweige denn wollte. Aber ich habe die absolute Gewissheit, dass dein Bruder sehr glücklich sein wird, wenn auch du über all das Bescheid weißt«, sagte Gregor und warf einen flüchtigen Blick zu Kamp.

Heike Kamp nickte. »Verstehe. Und gleich verschwinden Sie, zusammen mit Ihrem Hund, wieder ins Jenseits, weil Sie den Fall aufgeklärt haben?«

Die junge Frau konnte nicht mehr, und ein wacker unterdrücktes Lachen bahnte sich seinen Weg an die Oberfläche. »Entschuldigen Sie bitte, aber um ehrlich zu sein, Sie tun mir leid. Sie brauchen Hilfe! Mal ehrlich, sich all das auszudenken, sich so intensiv mit dem Leben völlig fremder Menschen zu befassen, nur um ihnen diese Show präsentieren zu können – wie krank ist das? Das ist auf keinen Fall normal!«

Sie wankte nicht einmal ein kleines bisschen! So langsam wurde Gregor ungeduldig.

»Was muss ich machen, damit du mir Glauben schenkst? Ich werde nicht locker lassen, bevor ich dich überzeugt habe!«

»Gregor! Lass mich mit ihr reden – irgendwie!«, mischte sich Kamp ein.

Der Bote ignorierte ihn.

»Also, Herr Gregor, ich würde sagen, es reicht so langsam. Selbst Ihrem Hund scheint es langsam zu dumm zu werden. Egal wie überzeugt Sie von Ihren Fantastereien sind, mich überzeugen Sie nicht. Akzeptieren Sie es, und gehen Sie. Bitte!«

Abrupt erhob sich der Bote von seinem Stuhl und sah sich im Raum um. Die Sache war gerade persönlich geworden. Es ging jetzt nicht mehr nur um Thore – es ging um seine Glaubwürdigkeit!

»Würde es dir etwas ausmachen, die Vorhänge zu schließen?«, fragte er sie.

Heike Kamp schreckte auf.

»Wie bitte? Na und ob mir das was ausmachen würde! Was haben Sie vor? Hören Sie, ich bin nach wie vor bereit, nach Leibeskräften zu schreien, und wenn es das Letzte ist, was ich tue.«

»Oh, schreien wird nicht nötig sein«, sagte er beiläufig und konzentrierte sich auf die Vorhänge. Mit ein paar knappen Bewegungen seines Zeigefingers zogen sie sich wie von Geisterhand zu.

»Weißt du, ich möchte nach Möglichkeit vermeiden, dass ein Unbeteiligter mich bei etwas beobachtet, was er nicht begreifen würde.«

Mit einem Fingerschnippen schaltete er das Licht in dem inzwischen abgedunkelten Raum ein. Der Kopf der angststarren jungen Frau bewegte sich hektisch zwischen den Vorhängen, dem Deckenfluter und dem Boten hin und her.

»Das ist schon besser. Also, junge Dame, ich frage noch einmal, was muss ich tun, um dich zu überzeugen? Irgendwelche Einrichtungsgegenstände, die ich für dich schweben lassen kann? Möchtest du, dass dein Freund auf Händen geht und hebräisch spricht? Soll ich mich in den Dalai Lama verwandeln? Such dir was aus ... bitte!«, forderte er sie auf und spürte, wie er in Fahrt geriet.

Heike Kamp sah ihn ungläubig und mitleidig an. »Sie glauben wirklich, was Sie da sagen, oder?«, fragte sie und klang erschüttert.

»Weil es die Wahrheit ist! Lass es doch einfach drauf ankommen und mich irgendein Kunststückchen aufführen. Das Schlimmste was passieren kann, ist, dass ich dich überzeuge. Was hast du zu verlieren?«

Auch wenn Religion nie ein wesentlicher Bestandteil ihres Lebens war, hatte Heike sich doch, für sich selbst, heimlich, still und leise, ihre eigenen Gedanken dazu gemacht. Als heranwachsender Mensch, mit einer mindestens durchschnittlichen Intelligenz, konnte man seine Augen nicht davor verschließen, dass viele Menschen in aller Welt ihrer Konfession einen beachtlichen Stellenwert einräumten. Ab einem gewissen Punkt kam man nicht daran vorbei, sich mit diesem Thema auseinanderzusetzen.

Heike kam zu dem Ergebnis, dass da nichts war, woran es sich zu glauben lohnte.

Und jetzt stand dieser fremde Mann in ihrem Wohnzimmer und behauptete, mit beängstigender Bestimmtheit, ihre mühsam entwickelten Prinzipien ad absurdum führen zu können. Dabei war sie nicht mal sicher, ob sie eine solch gravierende Veränderung ihres Weltbildes überhaupt zulassen wollte, geschweige denn verkraften konnte.

So wie es bisher lief, war es gut. Zumindest hatte sie nie das überwältigende Gefühl gehabt, dass irgendetwas fehlen würde. Von daher hatte sie eine ganze Menge zu verlieren. Es war natürlich vollkommen ausgeschlossen, dass er seine Show durchziehen konnte – aber er war so verdammt überzeugt von dem, was er sagte!

»Mir … mir fällt nichts ein. Das ist irgendwie lächerlich. Lassen Sie von mir aus etwas schweben, oder machen Sie die Nummer mit meinem Freund. Beeindrucken Sie mich einfach.«

Es sollte wohl unbeschwert und zynisch zu klingen. Zu Gregors stiller Freude ging der Versuch gründlich in die Hose.

Er verschränkte die Arme und knetete seine Unterlippe. Es musste etwas sein, dass nicht in jeder x-beliebigen Illusionistenshow zum Standardrepertoire gehörte, etwas, womit sie nicht rechnete. Schwebende Gegenstände waren zwar sehr einfach, aber auch abgedroschen. Schließlich wollte er sie nicht unterhalten, sondern von etwas überzeugen.

Mit einem Fingerschnippen begrüßte er die geeignete Idee. Er ging langsam auf die junge Frau zu, die ihm instinktiv auszuweichen versuchte.

»Meine liebe Heike. Ich bitte dich inständigst, mir zu vertrauen. Wenn ich dir etwas tun wollte, hätte ich das doch schon längst gemacht, oder meinst du nicht? Du brauchst wirklich keine Angst vor mir zu haben. Bitte, vertrau mir!«

Widerwillig blieb sie stehen und ließ zu, dass er sich ihr bis auf wenige Zentimeter näherte.

Gregor wünschte sich, er hätte dieses Argument schon gleich zu Beginn gebracht.

»Ich werde jetzt ganz locker meine Hand auf deine Schulter legen, okay?«

Sie nickte stumm. Misstrauisch beobachtete sie, wie der vermeintliche Engel seine Ankündigung wahrmachte. Sie spürte seine Hand, die jedoch keinen Druck ausübte.

»Lass uns doch ein paar Schritte zur Tür gehen. Ganz langsam.«

Sie nickte erneut, und die beiden gingen langsam, Schritt für Schritt, in Richtung Wohnzimmertür.

»Ist dir die Theorie bekannt, dass der menschliche Körper nur eine sterbliche Hülle ist, eine Art Herberge auf Zeit für die unsterbliche Seele?«

»Davon hat, glaube ich, jeder schon einmal gehört«, antwortete sie unsicher.

Der Bote nickte. »*Glaubst* du daran?«

Sie warf ihm einen misstrauischen Blick zu und zuckte mit den Schultern.

»Mir gefällt die Vorstellung. Aber daran glauben? ... Nein, ehrlich gesagt, nicht. Das ist wie mit dem Glauben an Gott. Es gehört irgendwie zusammen, und Sie wissen ja bereits, wie ich darüber denke.«

»Das ist wahr! Wenn ich also einen Weg fände, dir hier und jetzt zu demonstrieren, dass diese Theorie Realität ist, wärst du dann bereit, mir zu glauben?«

Sie zuckte unsicher mit den Schultern.

»Wie wollen Sie das anstellen?«

Gregor lächelte sie an. »Oh, das ist gar nicht schwer, vier simple Worte. Dreh dich mal um!«

Die junge Frau legte die Stirn in Falten, drehte sich um ... und war sprachlos.

»Pass auf, dass du dich nicht in der Schnur verhedderst!«, warnte Gregor sie.

Mit sedierter Stimme sagte sie: »Welche Schnur?«

»Die in deiner rechten Hand.«

In Zeitlupe drehte sie ihren Kopf zum Boten und von dort zu ihrer rechten Hand. Sie hielt eine silberne Schnur umklammert, deren anderes Ende am Solarplexus des Körpers befestigt war, dessen Anblick sie vor wenigen Sekunden in den Grundfesten ihres Glaubens erschüttert hatte.

»Ist das ... bin ich das?«

»Ja und nein. Du bist hier bei mir. Das dort drüben ist deine sterbliche Hülle. Der maßgeschneiderte Körper von Heike Kamp, den es irgendwann nicht mehr geben wird. Möglicherweise wirst du eines Tages einen anderen tragen, den du dann ebenfalls wieder verlassen wirst, bevor er zu Staub zerfällt. Aber dich wird es immer geben, deine Seele ist unsterblich.«

Mit offenem Mund starrte sie ihren Körper an, der ihr leblos gegenüberstand und sie aus beunruhigend toten Augen anzusehen schien.

»Oh … mein … Gott.«

Abrupt riss sie ihren Blick von ihrem Körper los und sah den Boten an.

»Das ist doch kein mieser Trick? Irgendein gemeiner Versuch, mich zu manipulieren?«

Gregor schüttelte den Kopf. »Wie hätte ich das bewerkstelligen sollen? Und warum? Wenn du noch immer nicht überzeugt bist, versuch doch einfach mal, deinen Kopf durch die Tür zu stecken, ohne sie vorher zu öffnen.«

»Nein! Das möchte ich nicht. Ich fürchte, ich glaube Ihnen auch so.«

»Versuch es doch einfach. Es kann nichts passieren«, forderte Gregor sie auf.

»Ich will nicht, okay! Das ist alles … etwas zu viel auf einmal. Was hat es mit dieser Schnur auf sich?«

»Sie ist die Verbindung zwischen Seele und Körper. Wenn sie durchtrennt wird, stirbt die Hülle.«

Heike Kamp riss die Augen weit auf. »Was? Wenn ich sie jetzt fallen lassen würde, wäre ich tot? Und das sagen Sie mir jetzt erst! Ich wollte es grad schon versuchen!«

»Versuch es ruhig. Es wird dir nicht gelingen. Diese Schnur wird man nicht so einfach los.«

»Nein! Nein, das will ich auch nicht. Ich will jetzt einfach wieder zurück in meinen Körper. Bitte!«

Gregor maß sie mit einem langen, prufenden Blick.

»Du glaubst mir?«

»Fragen Sie mich bloß nicht! Mehr als meinen Namen kriege ich im Moment nicht zusammen. Alles, was ich will, ist zurück in meinen Körper. *Danach* können wir uns darüber unterhalten, an was ich glaube.«

Der Bote nickte. Seine Hand ruhte immer noch auf ihrer Schulter, und er gab ihr einen leichten Schubs, auf den sie nicht vorbereitet war. Sie hatte das Gefühl zu stürzen und verlor für einen Moment die Orientierung. Im nächsten Moment fand sie sich in ihrem Körper wieder und kämpfte mit ihrem Gleichgewicht, als wäre sie direkt nach dem Moment des Erwachens aus dem Bett gesprungen. Gregor war schon wieder neben ihr und stützte sie.

»Danke, geht schon wieder ... Sie hätten mich vorwarnen können!«, keifte sie.

»Entschuldigung. Was hältst du jetzt davon, wenn wir uns setzen?«

Sie nickte verwirrt und ließ sich widerstandslos von ihm zur Sitzgruppe führen.

»Das war ... beeindruckend!«, stammelte sie.

»Alles in Ordnung bei dir?«

»Ja, schon okay. Bin nur noch etwas zittrig. Ich könnte jetzt eine Zigarette vertragen.«

»Da zieh ich mit!«

Beide entzündeten sich eine Zigarette und sogen schweigend die ersten Züge in sich hinein. Gregor war mit sich zufrieden. Er hatte gerade ein paar Regeln gebrochen, aber wenigstens hatten sie ihn an sein Ziel gebracht. Die junge Frau saß unbefangen neben ihm und schien ihre Vorbehalte überwunden zu haben. Die Chancen, dass sie ihm jetzt endlich glaubte, waren exponentiell gestiegen!

Gregor sah zu Kamp, der das bunte Treiben regungs- und sprachlos beobachtet hatte. Er wirkte sogar noch mitgenommener als seine Schwester.

»Sie haben meinen Bruder nach seinem Tod gesehen?«, sagte sie mehr zu sich selbst als zu dem Boten. »Geht es ihm gut? Ich meine ... blöde Frage, schon klar, aber ... also abgesehen davon, dass er tot ist.«

Gregor sah erneut zu Kamp, der immer noch keine Anstalten machte, irgendetwas zu tun oder zu sagen.

»Ich glaube, er ist sehr zufrieden.«

Heike Kamp versuchte, sich selbst zu beschreiben, wie sie sich gerade fühlte, was sich als unmöglich herausstellte. Ein kleiner Rest Skepsis hielt sich hartnäckig an ihren Gedanken fest. Wenn all das, was sie in den letzten Minuten gehört und gesehen hatte, wirklich die Realität war, würde das ihr ganzes Leben verändern. Zu *wissen*, dass es eine höhere Macht gab, an die man glauben konnte – dass es ein Leben nach dem Tode gab – stellte einfach alles auf den Kopf.

All die Jahre hatte sie fast mitleidig auf jene Menschen geschaut, die ihr Leben an ihrem Glauben ausrichteten. Sie glaubten, dass es jemanden gab, der ihnen zuhörte und ihre Geschicke lenkte. Heike Kamp hielt das für einen grotesken Akt der Selbsttäuschung.

Und nun trat dieser Mann in ihr Leben, erzählte ihr all diese unheimlichen Dinge vom Jenseits, dem Leben nach dem Tod, Engeln, die keine waren, und trennte zu allem Überfluss, nur um ihre atheistische Starrköpfigkeit zu überwinden, ihre Seele von ihrem Körper. Wer war jetzt der bemitleidenswerte Mensch, der sich über viele Jahre selbst getäuscht hatte?

Sie hatte all die Jahre keinen Beweis für die Existenz einer höheren Macht gehabt. Den hatten wohl die wenigsten. Andersherum hatte sie aber auch keinen Beweis, der ihre Ungläubigkeit rechtfertigte. Jetzt saß sie, überwältigt von ungewohnter Demut, mit ihren Tränen kämpfend in ihrem Wohnzimmer und fragte sich, wie sie nur so selbstgerecht sein konnte.

»Mein Vater lebt noch?«

Gregor lächelte. »Er lebt in Köln. Er ist nicht mehr der Mann, der er mal war, aber es geht ihm relativ gut – vielleicht auch gerade deswegen.«

Heike fuhr sich mit den Händen durchs Gesicht.

»Und mein Bruder wurde tatsächlich umgebracht? Wer war es?«

Mist! Das musste ja passieren. Er wusste es, hatte aber noch immer keine Ahnung, wie er diese eine Frage befriedigend beantworten konnte.

»Ein … Verrückter. Die Polizei sucht bereits nach ihm. Aber ich kenne seinen Namen nicht, tut mir leid.«

Das war nicht nur dünn, das war hanebüchen! Wenn er in den letzten Minuten eines über diese Frau gelernt hatte, dann dass sie nicht gerade leicht zu überzeugen war.

Und wie zur Bestätigung seiner Befürchtung, bedachte sie ihn mit einem skeptischen Blick.

Kamp trippelte zu ihr, sprang ihr auf den Schoß und leckte ihre Hand.

Gregor sucht Streit

Gregor war sauer! Auf sich selbst, auf Kamp und auf all diese blöden Vorschriften, die ihm manchmal furchtbar unnütz vorkamen – vor allem dann, wenn er sich mal wieder an ihnen vergangen hatte.

Sie waren noch einige Stunden bei Heike geblieben. Gregor hatte versucht, so aalglatt wie möglich ihre Fragen zu beantworten, wovon sie eine ganze Kiste voll zu haben schien, während Kamp sich auf ihrem Schoß einigelte. Nachdem es ihm endlich gelungen war, seinen Klienten von dem Schoß seiner Schwester zu amputieren, ihren für Stunden paralysierten Freund zu reanimieren und sich widerstandslos von genau diesem Arschloch rausschmeißen zu lassen, fuhr er, eines echten Kölners ebenbürtig und mit genau der richtigen Mischung aus Aggression und Gleichgültigkeit gegenüber den Rechten anderer, zurück zur Niederlassung.

Er war wirklich sauer! Die linke Tour seines Klienten hatte er immer noch nicht verwunden, und seine eigene Inkonsequenz ging ihm ebenfalls auf den Keks. Ihr all die Dinge über das Jenseits zu erzählen und sich selbst als Bote zu erkennen zu geben war ganz allein auf seinem Mist gewachsen. Natürlich wäre er nie in diese Verlegenheit geraten, wenn Kamp ihn nicht so mies in die Pflicht genommen hätte, womit er wieder bei dem ausgemachten Hauptschuldigen an dieser ganzen Misere war. Die ganze Aktion war für die Tonne, und er musste jetzt irgendwohin, wo er seinen Frust abbauen konnte – ohne Kamp!

Der staunte nicht schlecht, als Gregor ihn praktisch wie eine Paketsendung in der Niederlassung ablieferte und sich, ohne Angabe irgendwelcher Zielkoordinaten, direkt wieder auf den Weg machte.

Es war nicht so, dass er kein Verständnis für Kamp hatte, aber zur Abwechslung war er es jetzt mal, der Verständnis einforderte. Nach allem, was er bisher gehört hatte, gab es einen Ort, an dem man mit so einer Verstimmung bestens aufgehoben war und seinen Frust nach Herzenslust abreagieren konnte. Er würde an diesem Abend das »Cave« mit seiner Gegenwart beehren und dort vielleicht ein wenig Streit anfangen. Vielleicht war ja auch dieser Musiol da, mit dem er ohnehin noch ein Hühnchen zu rupfen hatte.

Überhaupt – Musiol. Das war auch so ein Reizthema. Im Grunde war er immer noch davon überzeugt, dass dieser Kerl den besten, weil plausibelsten Schuldigen abgegeben hätte. Die Drogen, uneingeschränkter Zugang zu den Räumlichkeiten der AWB, seine kaum verhohlene Abneigung gegen Kamp – er war perfekt! Ganz im Gegensatz zu Kamps Vater. Der Mann war verrückt und ein Wrack noch obendrein. Es erschien ihm falsch.

Aber was wusste er schon?

Nach einem kurzen Fußmarsch – den Wagen hatte er mit voller Absicht, aber ohne große Befriedigung, auf einem Behindertenparkplatz abgestellt – erblickte er ein gelbes Schild mit der grünen Aufschrift »CAVE«. Darunter war eine E-Gitarre samt Verstärker abgebildet, ein erster dezenter Hinweis auf was man sich einließ, wenn man diese spezielle Kneipe betrat.

Gregor drückte die Tür auf, und sofort drang das Getöse aus den Lautsprecherboxen in seine Ohren. Gregor hasste Rockmusik, seit die Menschen sie erfunden hatten. Sie versetzte ihn immer wieder in eine gefährlich aggressive Stimmung und kitzelte seine Nebennieren! So wie er das sah, würden die armen Schweine, die diesen Abend in seiner Gesellschaft verbringen durften – wie lange es auch immer dauern würde – schon sehen, was sie davon hatten, dass sie ein Faible für diese Form akustischen Abfalls hatten.

Er ließ die Tür hinter sich zufallen und ging durch einen etwa fünfzehn Meter langen Gang. Nachdem er zwei Stufen erklommen hatte, stand er vor dem Tresen, mitten in der Kneipe. Die Musik peitschte in seine Ohren, und ein Nebel aus blauem Dunst, vermengt mit den Gerüchen von Eau de Toilette und verschüttetem Bier, stürzte auf ihn ein.

Einige Gäste des bereits gut gefüllten »Cave« unterbrachen ihre Gespräche und sahen kurz zu dem Neuankömmling hinüber. Sie durchstöberten ihre Erinnerungen, ob dieses Gesicht dort bereits abgelegt war. Auch wenn dies nicht der Fall war, war sein Eintreffen offenkundig nichts Besonderes. Sein derzeitiges Erscheinungsbild war grobschlächtig und ungepflegt, eine Beschreibung, die auch auf andere Gäste des »Cave« zutraf. Interessanter wäre es geworden, wenn er als schmalbrüstiger Schönling in Anzug und Krawatte in diese Gesellschaft geplatzt wäre.

Der Mangel an erregter Aufmerksamkeit stellte ein weiteres Ärgernis auf Gregors Komm-mir-lieber-nicht-dumm-Liste dar. Er blieb für einige Minuten direkt im Eingang stehen, zündete sich in aller Ruhe eine Zigarette an und ließ seinen Blick schweifen.

Decke und Wände waren mit Postern von Metal-Bands verziert. Vereinzelt entdeckte er sogar ein paar echte Gitarren. Dort, wo keine Poster oder Gitarren hingen, waren große Spiegel und kleine grüne Täfelchen installiert, auf denen der Besitzer des »Cave« die Getränkekarte verewigt hatte.

Das Publikum war gemischt, Männer und Frauen gleichermaßen, in einer Altersspanne von Anfang zwanzig bis Ende dreißig – so zumindest schätzte der Bote. Die meisten trugen T-Shirts mit dummen Sprüchen, Logos und Bildern, die Gregor samt und sonders nichts sagten. Einige Männer trugen Jeanskutten, die mit jeder Menge Aufnäher übersät waren.

Nur Musiol war nirgends zu sehen!

Der Einzige, der dem Boten nähere Aufmerksamkeit schenkte, war der – nach optischen Maßstäben – Ex-Sträfling hinter der Theke. Er übertraf Gregor an körperlicher Ausdehnung und wusste offenbar, wie man ein furchteinflößendes Gesicht macht. Das keltische Tattoo auf seinem kahl rasierten Schädel sah nicht mal schlecht aus, wie Gregor sich eingestehen musste. Angst schien er keine zu kennen. Er erwiderte den Blick des Boten gelassen und hielt ihm, ohne zu blinzeln, stand.

Gregor ging langsam zum Tresen, schob zwei Gäste beiseite und nahm den neu geschaffenen Platz mit seiner ganzen Breite ein. Die verständnislosen und ärgerlichen Kommentare der beiden zur Seite geschobenen Gäste erstickte er mit zwei kurzen Seitenblicken im Keim und sah, provokant lächelnd, zum Barkeeper.

»Wat willste trinken?«, fragte der, betont uncharmant.

Gregor sah dem Mann für ein paar Sekunden schweigend in die Augen.

»Ein großes, sauberes Glas kühles Wasser, wenn es keine Umstände macht.«

Der Barkeeper verdrehte genervt die Augen. »Beim Italiener um die Ecke steht immer ein Blechnapf mit Wasser für seine blöden Köter im Hinterhof. Wennde Wasser saufen willst, geh dahin.«

Begleitet von Gitarrengeschrammel sang ein Mann von Nikotin, Valium, Kukident, Marihuana, Ecstasy und Alkohol.

»Das würde dir gefallen, oder? Pass auf, du Vogel, ich bin bereit, die miese Luft hier drinnen, den Mist, der da aus deinen Boxen tropft, und deine Hackfresse zu ertragen, nur um den Inhalt deiner Kasse um den Gegenwert eines Glases Wasser zu bereichern. Sei jetzt nicht so dämlich, mir zu sagen, dass ich mich verziehen soll.«

Die Augen des Barkeepers weiteten sich vor Entsetzen. »Der *Mist*, der aus meinen Boxen tropft? Das sind die verdammten Queens! Die kannste nicht einfach Mist nennen!«

Ein interessanter Aspekt. Der Mann hatte kein Problem damit, eine Hackfresse zu haben. Wahrscheinlich hätte Gregor sogar ein paar unzweideutig schlüpfrige Bemerkungen über dessen Mutter machen können, ohne sich in Gefahr zu begeben. Aber die Queens zu beleidigen, wer oder was immer das sein mochte, wurde ihm angekreidet. Gregor zuckte gleichgültig mit den Schultern.

»Für mich klingt es beschissen. Krieg ich jetzt mein Wasser, oder was?«

Der Mann machte sich kopfschüttelnd daran, ein Glas mit Wasser zu füllen, und knallte es, immer noch fassungslos angesichts dieser Blasphemie, vor Gregor auf den Tresen.

»Wat hörs du denn für Musik? Magste Rock und Metal generell nich oder einfach nur kein Stoner?«

»Rock ist scheiße. Der Lärm da nennt sich Stoner?«, fragte Gregor gelangweilt.

Glatze nickte langsam.

»Dann find ich Stoner auch scheiße. Kommt das von stoned?«

Ganz langsam sank Glatzes Unterkiefer nach unten.

»Ich gebe dir jetz 'n guten Rat, bevor du ernste Schwierigkeiten bekommst. Wennde diese Art Musik nich magst, trink ganz schnell dein Wasser aus und verschwinde! Glaub mir, das wird den ganzen Abend nicht besser. Es gibt hier jede Menge Kneipen, in denen du ganz entspannt Jazzgedudel oder Popscheiße hören und Wasser trinken kannst, ohne von Typen wie mir wat aufs Maul zu kriegen. Haste mich verstanden?«

»Das lass mal meine Sorge sein, trotzdem danke. Und jetzt lass mich in Ruhe! Ich rufe dich, wenn ich etwas brauche«, speiste Gregor Glatze ab.

»Oh Mann! Ganz wiede meinst, Arschloch. Is deine Gesundheit«, erwiderte er und ging kopfschüttelnd zu ein paar Bier trinkenden Artgenossen.

Zumindest war es Gregor jetzt gelungen, Aufmerksamkeit zu erregen. Er hatte sich mit dem Barkeeper angelegt, und das konnten zumindest die Stammgäste nicht einfach ignorieren. Der Bote spürte mehrere böse Blicke auf sich ruhen, und so langsam begann ihm der Abend Spaß zu machen.

Etwa eine Viertelstunde lang stand Gregor einfach nur am Tresen und begnügte sich damit, kalt lächelnd in ein paar verärgerte Gesichter zu sehen, an seinem Wasser zu nippen und jedes neue Lied lautstark mit einer abfälligen Bemerkung zu kommentieren, womit er die allgemeine Gewaltbereitschaft sprunghaft steigen ließ.

Als ein Sänger, begleitet von einem unangenehm dröhnenden Bass, behauptete, der »Demon Cleaner« zu sein, und Gregor gegenüber niemand Speziellem schwor, dass er in seinem ganzen Leben noch nie so ein schlechtes Lied gehört habe, platzte ein paar bei der Glatze am Ende des Tresens stehenden Metal-Jüngern der Kragen. Nur mit Mühe gelang es Glatze, die Männer davon zu überzeugen, jetzt lieber nicht die Luft aus diesem Störenfried herauszulassen.

Aufgebracht kam er zu Gregors Platz.

»Wat *soll* dat? Suchste Streit? Den wirste gleich haben, und zwar mehr, alsde vertragen kanns. Dein Wasser geht aufs Haus, aber verschwinde jetzt endlich! Wir können nix dafür, dass dir der Laden nit gefällt. Keiner zwingt dich, hier zu bleiben.«

»Wie kommst du nur darauf, dass es mir hier nicht gefällt?«, fragte Gregor mit gespielter Überraschung. »Ich finde es *toll* hier ... na ja, abgesehen vielleicht von der Rotze, die ihr Musik nennt. Ach, und mein Wasser ist alle. Sei so gut und bring mir ein neues.«

An Glatzes muskulösem Hals sah man ein paar Äderchen anschwellen.

»Junge, ich schwör dir, wennde so weitermachst, überlebste das hier nit.«

Der Bote wollte gerade noch ein Fass Öl ins Feuer gießen, als er zwischen zwei brachialen Bassakkorden die Treppenstufen knarren hörte. Er drehte sich schwerfällig um und sah eine ihm bekannte Gestalt hereinkommen. Ihr erster Blick suchte nach dem vertrauten Gesicht des Barkeepers und traf, auf dem Weg dorthin, auf Gregors berechnenden Blick.

Wie angewurzelt blieb die Gestalt stehen.

Gregors Mundwinkel zogen sich ein paar Millimeter nach oben. Er beugte sich leicht nach vorn und hielt Ausschau nach einem noch unbesetzten Tisch.

Er entdeckte einen, zeigte stumm auf Musiol und von dort zu dem Tisch.

»Dat darf ja wohl nich wahr sein. Du kenns Andi? Biste hier, um dich mit ihm zu treffen?«, fragte der Barkeeper.

»Das weißt *du* doch nicht! Bring mir mein Wasser an den Tisch da drüben«, erwiderte Gregor herablassend und setzte sich in Bewegung.

Musiol setzte einen Hilfe suchenden Blick in Richtung Barkeeper ab und folgte Gregor, wie ein Lamm, das zur Schlachtbank geführt wurde, an den Tisch.

»Schönen guten Abend, Herr Musiol. Das ist ja mal eine Überraschung! Setzen Sie sich doch bitte! Möchten Sie was trinken? Ich lad Sie ein. Das Wasser hier ist der Wahnsinn!«, schleimte Gregor ihn mit aufgesetzter Höflichkeit voll.

»Woher wussten Sie, dass Sie mich hier finden würden?«, knurrte der zurück.

»Intuition, göttliche Fügung, Zufall, suchen Sie sich was aus.«

»Hören Sie, dies ist nicht der geeignete Ort, um unser Gespräch von neulich fortzusetzen. Können wir das nicht verschieben?«

»Och nö, warum? Ich finde es hier sehr gemütlich. Und wenn Sie mir wieder an den Kragen wollen, sind hier auch gleich jede Menge Kumpels, die Ihnen beistehen können. Beistand werden Sie dann nämlich brauchen!«

Musiol zögerte kurz angesichts dieser offenen Drohung.

»Sie sind letztens zu einem sehr ungünstigen Zeitpunkt aufgetaucht. Ich hatte mich gerade mit meiner Ex-Freundin in der Wolle, und dann kommen Sie und verdächtigen mich, etwas mit dem Tod von diesem Blödmann zu tun zu haben. Nur weil er seiner Schwester irgendwelche Schauermärchen über mich erzählt hat.«

»War das gerade eine Entschuldigung?«

»Nein! ... Ja ... Ach denken Sie, was Sie wollen. Aber lassen Sie mich bitte mit diesem Schwachsinn in Ruhe. Ich hatte damit nichts zu tun! Punkt.«

Glatze kam und stellte Gregor ein Wasser vor die Nase. Er bedachte die beiden mit einem prüfenden Blick.

»Is dat 'n Freund von dir, Andi?«

»Nein!«, sagte Musiol.

»Wenn der Kerl dich belästigt, sag nur Bescheid. Da hinten stehn 'n paar Männer, die schon ganz heiß drauf sind, ihm in den Arsch zu treten.«

Musiol schüttelte den Kopf. »Ist schon okay, wir haben nur kurz was zu bereden. Er geht gleich wieder«, versuchte er zu beschwichtigen.

»Sagen Sie diesen Männern, sie sollen schon mal Nummern ziehen«, sagte Gregor belustigt. »Und bringen Sie meinem alten Freund Andreas ein Bier auf meine Rechnung.«

»Wirklich, alles in Ordnung, Ben. Ein Kölsch, wie immer«, sagte Musiol zu Glatze.

Der Barkeeper versuchte dem Boten, zu dessen wachsendem Vergnügen, einen warnenden Blick zukommen zu lassen, und ging zurück in seinen Wirkungsbereich.

»Ben also, hä? Netter Kerl. Wie lange hat er gesessen?«

»Hören Sie doch bitte mit diesem Unsinn auf! Warum tun Sie das?«, stöhnte Musiol.

Gregor nippte an seinem Wasser, lächelte süffisant und fasste, einer spontanen Eingebung folgend, einen Entschluss.

»Tja, wissen Sie, heute ist mir irgendwie nach Streit zumute. In erster Linie will ich Sie aber entnerven, einschüchtern und zu einem Geständnis verleiten.«

»Was soll ich gestehen?«, platzte es aus Musiol heraus. »Dass ich Thore Kamp umgebracht habe? Warum ich? Nur weil seine Schwester einen Furz quer sitzen hat, treten Sie in mein Leben und verdächtigen mich? Einfach so?«

»Au contraire. Ich verdächtige Sie nicht. Ich *beschuldige* Sie«, korrigierte Gregor ihn schulmeisterlich.

»Warum? Weil ich ab und zu mal einen Joint rauche? Irgendein Spinner stirbt mit dem Arsch voller Drogen, und ich bin es gewesen? Als wäre ich der einzige Mensch auf der Welt, der sich gerne mal 'ne Tüte dreht.«

Ben, die Glatze, kehrte mit einem Glas Kölsch zurück und legte Musiol die Hand auf die Schulter. Gregor lächelte. Er fand, dass die beiden ein hübsches Paar abgeben würden. Musiol wäre natürlich die Frau.

»Schon gut, Ben, alles in Ordnung. Das wird sich hier gleich erledigt haben. Ich erzähl dir nachher alles.«

Musiol sah dem Barkeeper nach und setzte seine Verteidigung mit gesenkter Stimme fort.

»Ja, ich konnte den Kerl nicht leiden. Er war mir unsympathisch. Er war …«

»Hochnäsig, arrogant und karrieregeil, ja, ich weiß. Das haben Sie vorgestern bereits erwähnt. Wollen Sie mich mit derartigen Äußerungen etwa davon überzeugen, dass Sie es nicht gewesen sind? Da hätten Sie grad lieber nicht sagen sollen, dass ich

Sie neulich wegen irgendetwas beschuldigt hätte. Das war nämlich nicht der Fall. So wie ich das sehe, reiten Sie sich immer weiter rein«, unterbrach ihn Gregor.

Gregor bemerkte, dass Musiols Hetze gegen Kamp ihn irgendwie persönlich berührte. So oder ähnlich musste es sich anfühlen, wenn Außenstehende den eigenen Vater oder den Bruder beleidigten, und er war nicht bereit, dies einfach hinzunehmen.

»Oh bitte, lassen wir doch diesen Unsinn. Sie sollten mich nicht für dumm halten, nur weil ich Gras rauche und Rockmusik höre. Ich unterstelle Ihnen ja auch nicht, ein alkoholkranker gescheiterter Ex-Polizist mit zerrütteten Familienverhältnissen zu sein, nur weil Sie als Privatdetektiv Ihre Brötchen verdienen. Das nennt man ein Klischee!«

»Das stünde Ihnen auch als einem der Letzten zu und wäre meilenweit an den Tatsachen vorbeigetippt!«, wies Gregor ihn zurecht.

Trotzdem sah er sich genötigt, diesem nach wie vor unsympathischen Mann zumindest einen halben Punkt gutzuschreiben. Sein Argument traf ohne Zweifel ins Schwarze.

»Wie auch immer. Das interessiert mich überhaupt nicht. Meinetwegen können Sie sich Tag für Tag bis zum Pupillenstillstand die Hucke vollsaufen. Ist mir egal. Aber wenn Sie mir einen Mord in die Schuhe schieben wollen, nur weil ich jemanden nicht leiden konnte, ist mir das nicht egal. Das geht eindeutig zu weit. Ich müsste doch schön bescheuert sein, überhaupt zuzugeben, ihn nicht gemocht zu haben, wenn ich wirklich das getan hätte, was Sie mir unterstellen«, redete Musiol sich in Fahrt.

»Ach, wissen Sie, es wäre wirklich nicht das erste Mal, dass ich so etwas erlebe. Man nennt das Flucht nach vorn. Mit dem Argument kommen Sie nicht von meiner Liste runter! Sie waren einer der wenigen Menschen, mit denen sich Herr Kamp in einer Art offenem Konflikt befand. Sie haben erwiesenermaßen Zugang zu und Umgang mit Drogen. Sie haben die Möglichkeit, das Firmengebäude zu jeder Tages- und Nachtzeit zu betreten. Sie verhalten sich, seit ich Sie zum ersten Mal gesehen habe, auffällig und sind damit mein ganz klarer, weil einziger, Hauptverdächtiger!«

Der letzte Satz war ziemlich dick aufgetragen und gefiel Gregor daher ausgesprochen gut, zumal die wachsende Verzweiflung im Gesicht des Mannes inspirierend auf ihn wirkte. Eigentlich waren Musiols Argumente durchaus überzeugend, und er brachte sie wirklich glaubhaft rüber. Aber es machte ihm einen Heidenspaß, nur so, aus Jux und Dollerei, auf den Busch zu klopfen. Seine Laune hatte sich bereits deutlich gebessert.

»Wenn Sie so ein intelligentes Kerlchen sind, wie Sie sagen, müssen Sie doch zugeben, dass diese Indizien meine Theorie bekräftigen?«

»Ich *bin* intelligent, ob Sie das glauben oder nicht. Mein IQ wurde gemessen und liegt im Hochbegabtenbereich. Dass Ihnen meine direkte Art nicht gefällt, würde ich persönliches Pech nennen. Ich mag Sie auch nicht, aber ich renne deswegen nicht gleich zur Polizei und scheiß Sie wegen irgendwas an. Dass ich Kamp nicht mochte, bleibt unbestritten, aber ich kenne noch einige andere, übrigens ebenfalls Arbeitskollegen von ihm und mir, die ihn auch nicht leiden konnten, größtenteils aus den gleichen Gründen wie ich. Von denen wusste er es nur nicht, weil sie zu feige waren, mit offenem Visier zu kämpfen. Diese Personen, wie alle anderen Mitarbeiter auch, waren ebenfalls jederzeit zutrittsberechtigt zu unserem Firmengebäude.«

Musiol atmete tief durch, setzte sein Kölsch an und trank es in einem Zug leer. »Und dann die Sache mit den Drogen. Was für Drogen hatte er überhaupt genommen?«

Gregor schüttelte den Kopf. »Weiß ich leider selbst nicht. Nicht mal Frau Kamp hat man das mitgeteilt.«

Musiol überlegte kurz und zuckte schließlich mit den Schultern. »Ist im Prinzip auch egal. Um ihn umzubringen, muss es schon was richtig Hartes gewesen sein, Heroin oder Crack oder so was. Ich rauche Gras, und das bringt einen nicht um! Da müsste man das Zeug schon pfundweise in sich reinstopfen. Mit anderen Drogen hatte ich nie zu tun. Wenn mich das zum Hauptverdächtigen machen soll, gäbe es da noch jemanden aus seinem Umfeld, an den ich den Ball locker weiterspielen kann. Ich wette, dem sind Sie noch nicht auf die Pelle gerückt.«

»Entschuldigung, was haben Sie da gerade gesagt?«

»Dass ich Gras rauche, und dass es einen nicht um ...«

»Nein, nein. Das habe ich schon verstanden. Aber der letzte Teil, der andere aus seinem Umfeld, wie haben Sie das gemeint?«

Musiol grummelte abfällig und nahm mit einiger Theatralik seine Ellenbogen vom Tisch, um sich kerzengerade in seinem Stuhl aufzurichten.

»Ja klar! War ja wohl nicht anders zu erwarten. Mit dem verstand Kamp sich ja auch viel besser. Wenn der sich 'ne Tüte dreht, ist das was ganz anderes, als wenn so ein abgeschmackter Asozialer wie dieser widerliche Andreas Musiol es macht! Wollen Sie diesen Fall eigentlich wirklich aufklären, oder wollen Sie nur die gemäß Mehrheitsbeschluss unsympathischste Person in die Pfanne hauen? Eine Art Wunschergebnis herbeiführen?«

Gregor kniff die Augen zusammen und hob die Hände.

»Einen Moment, ganz ruhig jetzt! Von wem haben Sie gerade gesprochen?«

Musiol nannte den Namen. Der Bote blinzelte und trommelte mit Zeige- und Mittelfinger der rechten Hand auf dem Tisch.

»Sie wollen mir erzählen, dass *er* ebenfalls Drogen konsumiert? Wie kommen Sie darauf?«

Mit einer weiteren theatralischen Geste hob Musiol die Arme und ließ seinen Blick durch das »Cave« kreisen.

»Weil er genau hier, in diesen heiligen Hallen, zu mir kam und mich fragte, ob ich ihm nicht ein bisschen Gras besorgen könnte. Ist noch gar nicht so lange her. Hat mir 'nen Hunderter in die Hand gedrückt und gesagt ›Bring mit‹. Tja, das haben Sie wohl nicht gewusst? Ich wette, nicht mal dieser Möchtegern-Asket Kamp wusste darüber Bescheid. Diese Art Menschenmüll hätte er in seinem näheren Umfeld sicher nicht geduldet.« Er unterbrach sich mit einem zynischen Lachen. »Mann, ist das alles lächerlich!«

Gregor schossen mehrere Gedanken gleichzeitig durch den Kopf. Ergab das einen Sinn? Durfte er diesem Musiol glauben? Wie würde Kamp darauf reagieren?

Der Bote horchte in sich hinein. Eines stand fest, diese Lösung war um Längen besser, als Kamps Vater oder Stefan Bindernagel es je sein konnten. Musiol wäre ihm natürlich noch lieber gewesen, einfach weil er ihn nicht mochte, aber das war nun wahrlich nicht das ausschlaggebende Kriterium.

Die Information war spektakulär!

Plötzlich machte alles Sinn. Wenn Kamp nicht darauf bestanden hätte, noch zu seiner Schwester zu gehen, wären sie wohl längst wieder auf Wolke sieben und würden getrennte Wege gehen – womöglich ohne den wahren Schuldigen ausfindig gemacht zu haben.

Das war ein verdammtes Zeichen!

»Versuchen Sie jetzt gerade, mich zu verunsichern, oder warum starren Sie wie ein Irrer den Tisch an?«, fragte Musiol gereizt.

»Hä?«

»Erde an Arschloch. Sind Ihnen die dummen Sprüche ausgegangen?«

»Oh, Entschuldigung. Wo waren wir stehen geblieben?«, fragte Gregor mit unterdrückter Aufregung.

»Ich habe Ihnen gerade erzählt, wer noch so alles auf bunte Farben steht.«

»Richtig, richtig. Also Herr Musiol, diesen Schwachsinn können Sie gerne Ihrer werten Frau Großmutter erzählen, aber nicht mir. Ich glaube, dass Sie nur versuchen, den sich immer weiter erhärtenden Verdacht von Ihrer Person abzulenken. Aber ich *durchschaue* Sie und frage jetzt zum ersten und letzten Mal: Haben Sie Thore Kamp ermordet, ja oder nein?«

»Scheiße, nein! Wegen so einem unwichtigen Schnösel riskieren, in den Knast zu gehen? Sie können mich noch hundertmal fragen, Sie werden immer wieder …«

»*Danke*, Herr Musiol, das hat mich überzeugt«, sagte Gregor eilig. »Ach ja, und wenn Sie mich noch mal Arschloch nennen, werde ich Sie von dort ausgehend auf links drehen.«

Er zupfte einen Zwanzig-Euro-Schein aus seiner Jackentasche, warf ihn auf den Tisch und stand auf.

»Trinken Sie ruhig noch einen auf meine Rechung. Der Rest ist für Ihren Mann Ben. Ich werde mich wieder bei Ihnen melden, wenn ich noch Fragen habe. Einen schönen Abend noch.«

Musiol war fassungslos. Mit offenem Mund starrte er dem

Boten hinterher, wie er, einen Finger an die Stirn legend, dem Barkeeper einen Abschiedsgruß zukommen ließ.

»Hey, wo wollen Sie hin? Auf einmal sind wir fertig? Glauben Sie mir jetzt, oder was?«, rief Musiol ihm ein wenig beleidigt hinterher.

Gregor reagierte nicht und verließ das »Cave« auf Nimmerwiedersehen.

Regelbruch

Der Moment, in dem Gregor in Begleitung einer Sterblichen die Niederlassung betrat, war an Situationskomik schwer zu überbieten. Dem Boten dritten Ranges war es eindeutig mehr als unangenehm und ausgesprochen peinlich.

Die anderen Boten hatten im Laufe ihres langen Lebens, wenn man es denn so nennen konnte, gelernt, mit so ziemlich allem zu rechnen. Die Situation, mit der sie der ranghöhere Bote jetzt aber konfrontierte, stand offensichtlich nicht auf dieser Liste. Zu unglaublich war das, was sich gerade ereignete.

Zu verboten!

Kamp, der sich in der Gesellschaft der drei Boten befand, war nicht minder überrascht und vergaß für den Moment, dass er sich trotz Hundegestalt durchaus verständlich machen konnte.

Gregor war vom »Cave« auf direktem Wege zurück zu Kamps Schwester gerast und ließ ihr, aufgeregt wie er war, weder Zeit noch Raum, um etwas zu erwidern, geschweige denn Fragen zu stellen. Er verbot sich kritische Gedanken über das, was er gerade tat, denn es war noch viel verbotener als seine kleine Demonstration vom Nachmittag.

Er wusste nur, dass er ihr vorhin eine Antwort schuldig geblieben war und dass sie kurz davor etwas erwähnt hatte, was ihnen noch von Nutzen sein konnte, wenn sie sich zusammen mit Kamp auf den Weg zu dem neuen Hauptverdächtigen Nummer drei machen würden.

Drei stark übergewichtige Männer, die gerade daran arbeiteten, dieses Übergewicht zu halten, und ein kleiner Hund starrten mit offenen Mündern auf die unerwartete Begleiterin des Hauptboten. Einem der Boten fiel sogar ein Stück zerkauter Masse aus seinem Mund, ohne dass er es zu bemerken schien.

Heike beanspruchte, ohne es zu wollen, die volle Aufmerksamkeit aller Anwesenden und genoss die ihr dargebotenen, herrlich entsetzten Mienen.

Gregor schien nicht übertrieben zu haben, wenn ihre bloße Anwesenheit die drei Schwergewichte vor Fassungslosigkeit neutralisierte. Während der Fahrt zur Niederlassung hatte er versucht ihr zu erklären, wie ausdrücklich verboten das war, was er gerade zu tun im Begriff war.

Die Niederlassung war eine Art Zweigstelle des Jenseits, wo nur Bedienstete des Jenseits arbeiteten und Zutritt hatten. Menschen durften das auf keinen Fall, denn sie durften gern glauben, aber auf keinen Fall wissen.

Da Gregor aber schon früher am Tage die Hosen runtergelassen hatte, war es jetzt im Prinzip auch egal.

Keiner der vier Bediensteten des Jenseits machte Anstalten, die entsetzte Stille zu brechen. So sah Heike sich genötigt, diesen Part zu übernehmen, und blickte zu einem Höllenqualen leidenden Gregor.

»Dann bin ich wohl wirklich der erste Mensch, der hier hinein darf?«, sagte sie mit gespielter Unschuld und verpasste Gregor damit einen weiteren schweren Körpertreffer.

»Äh ... ja.«

Gregor nahm allen Mut zusammen und wagte es, in die Gesichter seiner Kollegen zu sehen, wo keinerlei Regung feststellbar war. Ihr Blick blieb starr an der jungen Frau haften, während sie dem Speisebrei in ihrem Mund noch etwas frische Luft gönnten, bevor er die lange Reise in den Verdauungstrakt antreten musste.

Es galt jetzt unter allen Umständen den Eindruck zu erwecken, dass er genau wusste, was er tat, und die Situation voll im Griff hatte.

»Also Jungs, das ist Heike Kamp. Die Schwester von Thore.«

Der mittlere Bote hob, als Zeichen zum Gruß, ganz langsam eine Hand. Sein Kollege zog sie beiläufig und ohne die junge Frau aus den Augen zu lassen, wieder runter.

Der dritte Bote begann, ebenfalls ganz langsam, die Kaubewegungen fortzusetzen.

»Du hast eine Sterbliche hierher gebracht!«, stellte der dritte Bote ungläubig fest.

»Weiß sie, wer ... weiß sie Bescheid?«

In seinem Tonfall lag so etwas wie ein Rest Hoffnung, dass der Noch-Hauptbote Gregor wenigstens nicht so dämlich gewesen war, ihr zu erzählen, in was für eine Art Gebäude sie da gerade geführt wurde und mit wem sie es zu tun hatte.

»Ja, natürlich weiß sie das«, erwiderte Gregor, als wäre dies eine Selbstverständlichkeit.

Die drei Münder öffneten sich wieder, und die visuelle Aufmerksamkeit der Boten verlagerte sich synchron von der jungen Frau zu Gregor.

»Sie weiß, was wir sind?«, erklang es im Chor.

»So ist es.«

Gregor fragte sich, wem er gerade etwas vorspielte. Seinen Kollegen oder sich selbst. Er kaufte sich seine zur Schau getragene Unbeirrbarkeit selbst nicht ab und verfluchte sich inzwischen dafür, Kamps Schwester an diesen Ort gebracht zu haben.

»Du hättest uns darüber informieren müssen. Das ist ein gewaltiger Regelverstoß! *Er* wird dich dafür degradieren!«, sagte ein Bote.

»Wenn es *gut* für dich läuft!«, ergänzte ein anderer.

Gregor schüttelte gereizt den Kopf. »Lasst das meine Sorge sein! Ich habe meine Gründe. Für etwaige Konsequenzen übernehme ich die Verantwortung. Rumunken nützt jetzt ohnehin nichts mehr. Sie weiß Bescheid, und sie ist hier, basta!«

Die erheblichen Zweifel in den Gesichtern der Boten waren nicht zu übersehen, und Gregor wusste, dass sie recht hatten. Wenn er mit einer Degradierung davonkam, konnte er wirklich von Glück reden.

Wie hatten die Dinge nur so eine fatale Eigendynamik entwickeln können?

Es gab einen Haufen Regeln, die ein Bote des Jenseits bei der Ausübung seiner Pflichten zu beachten hatte. Viele waren unsinnig, und an den meisten konnte man sich ohne Probleme auch schon mal vergehen. Er brach gerade ausgerechnet eine von den Regeln, bei denen die Reaktion über ein gleichgültiges Schulterzucken mit großer Sicherheit hinausgehen würde. Er fragte sich, ob es das wirklich wert war, doch diese Überlegung kam eindeutig zu spät. Er hatte eine Entscheidung getroffen und würde jetzt nicht alles noch schlimmer machen, indem er kleinlaut den Schwanz einzog. Wenn er schon unterging, dann mit erhobenem Haupt, schließlich hatte er sich etwas dabei gedacht.

Mit Gewalt unterdrückte Gregor den Gedanken, dass *ihm* seine guten Vorsätze wahrscheinlich herzlich egal sein würden.

»Ich nehme an, es ist jetzt an der Zeit, eine weitere Katze aus dem Sack zu lassen«, behauptete er, ohne jedoch den Eindruck zu machen, von seinen eigenen Worten wirklich überzeugt zu sein.

Er wandte sich Heike zu.

»Es gibt da noch etwas, worüber du nicht Bescheid weißt.«

Heike sah ihn neugierig an.

»Ich mach's kurz. Siehst du den Hund da?«

Heike nickte, und Kamp stellte sich wie auf Kommando zwischen die beiden.

»Natürlich.«

»Dein Bruder Thore«, sagte Gregor trocken.

Sie starrte den Boten an. Sie sah zu den anderen drei Boten, die synchron mit den Köpfen nickten und dabei die Augen verdrehten.

»Das … aber … er ist ein Hund?!«

Gregor nickte zustimmend und nahm zufrieden zur Kenntnis, dass sie sich trotzdem hinhockte und ihn liebevoll streichelte.

»Ja. Lange Geschichte, aber leider keine Zeit. Fakt ist, das ist Thore. Thore, sag Hallo zu deiner Schwester.«

Kamp gehorchte.

»Aber … er bellt!«, stellte Heike fest.

»Natürlich! Er ist ein Hund, die machen so was. Das ist auch eine lange Geschichte, und wir werden dir das demnächst alles erklären, aber jetzt haben wir Wichtigeres zu tun. Wir müssen einen Weg finden, seinen Mörder zu überführen.«

Kamps Kopf schnellte zu dem Boten. »Was?!«

Gregor seufzte. »Das ist eine *noch viel längere* Geschichte. Ich gebe dir die Kurzfassung mit den wichtigsten Eckdaten. Dein

Vater ist unschuldig. Wir haben ihm nicht richtig zugehört beziehungsweise die falschen Fragen gestellt. Dein Mörder heißt Peter Tibbe! Und bevor hier jetzt noch irgendjemand ›was‹ oder ›wieso‹ schreit, sage ich: Schluck es runter, wir klären das später!«

Die Kamp-Geschwister sahen sich an und nickten entschlossen.

Konfrontationskurs

»Du siehst gar nicht gut aus. Bist du sicher, dass ich nicht deinen Arzt anrufen soll?«

»Nein, glaub mir doch. Es geht mir wirklich gut. Das Schlimmste habe ich schon hinter mir. Ich bin nur noch ein wenig klapprig. Das ist aber normal, wenn man eine Grippe hat.«

Marita sah Tibbe mit unverhohlener Skepsis in die Augen, ein Blick, dem er nicht standhalten konnte. Wie sie das nur machte? Sie hatte seine Wohnung betreten und praktisch sofort bemerkt, dass etwas nicht in Ordnung war. Irgendwie hatte sie einen siebten Sinn, eine Art Radar, der auf innere Aufgewühltheit bei ihren Mitmenschen ansprach.

Seit einer Viertelstunde war sie jetzt da und versuchte unbeirrt, ihm aus der Nase zu ziehen, was nicht mit ihm stimmte. Jeden seiner Versuche, sie vom Thema abzulenken, wischte sie mit einer Konsequenz beiseite, die ihn so langsam an den Rand der Verzweiflung brachte. Warum konnte sie sich nicht einfach mit seiner Erklärung zufriedengeben? Es war zum Verrücktwerden, zumal er spürte, wie sein Widerstand an seine Grenzen geriet.

»Ich glaube, es wäre besser, wenn ich mich noch etwas hinlege. Hab die Nacht auch nicht so gut geschlafen, weil ich ständig die Nase zu hatte.«

»Schmeißt du mich gerade raus? Ich muss eh gleich los. Wenn ich dir auf die Nerven gehe, reicht ein kurzer Hinweis!«

»Nein, um Himmels willen. Bleib, so lange du willst. Ich finde es ja schön, dass du dir Sorgen um mich machst. Das lässt mich hoffen!«

Er versuchte, anzüglich zu grinsen, aber ihre unverändert ernste Miene ließ ihn seinen Misserfolg schon im Ansatz erkennen. Sie würde nicht locker lassen.

»Wenn deine Hoffnungen irgendwann einmal von Erfolg gekrönt werden sollen, wirst du lernen müssen, offen zu mir zu sein. Ich kann es nicht leiden, wenn man etwas vor mir verbirgt, und genau das tust du gerade, Peter Tibbe!«

Er seufzte. Das war eine weitere Eigenart, die Marita bis zur Perfektion entwickelt hatte. Sie konnte einem meisterhaft die Pistole auf die Brust setzen. Eigentlich fand er ihr Friss-oder-stirb-Gebaren ziemlich faszinierend. Im Moment war es allerdings eher lästig.

»Versteh doch bitte! Wir sind ja noch nicht mal richtig zusammen. Da will ich dich einfach nicht mit meinen Problemchen belasten.«

Mit ihrer Hand machte sie eine Geste, die ihm signalisieren sollte, dass jedes weitere Wort dieser Art überflüssig war.

»Zerbrich dir nicht meinen Kopf! Ich kann allein entscheiden, was ich verkrafte und was nicht. Ich mag dich. Und wenn du möchtest, dass es dabei bleibt und mehr daraus wird, musst du mit offenen Karten spielen. Nichts ist schlimmer als ein Partner, der sich nicht öffnen kann! Und ich merke, dass dich etwas belastet. Sagt dir der Begriff Vertrauen etwas?«

Davon hatte er schon mal gehört. Tibbe ließ für ein paar Sekunden verzweifelt den Kopf hängen. Schließlich hob er ihn wieder, als hätte er ein enormes Gewicht, und sah sie an.

»Also schön. Wenn du darauf bestehst … aber wage es nicht, mir hinterher Vorwürfe zu machen! Thores Schwester war gestern hier.«

Mit einiger Befriedigung sah er, wie sie zusammenzuckte.

»Oh! … Was wollte sie?«

»Mit mir reden. Sie glaubt, Thore hatte keinen Unfall, sondern wurde ermordet. Und jetzt verdächtigt sie jemanden, den ich auch kenne.«

»Das ist ja furchtbar!« Sie verschränkte ihre zitternden Hände ineinander. »Glaubst du, sie hat recht?«

»Nein, eigentlich nicht. Die Polizei hätte sicher was bemerkt, wenn es Anzeichen für eine Fremdeinwirkung gegeben hätte. Ich habe versucht, es ihr auszureden, aber sie ist ganz besessen von der Idee. Keine Chance!«

»Und was genau wollte sie jetzt von dir?«

Tibbe rieb sich das Gesicht und atmete tief durch.

»Wenn der Typ hier bei mir auftauchen sollte, will sie, dass ich ihr Bescheid sage. Keine Ahnung, was sie dann vorhat. Ob sie ihn vernehmen will und sich tatsächlich einbildet, ihm ein Geständnis entlocken zu können? Wie gesagt, keine Ahnung.«

Marita machte ein entsetztes Gesicht und hielt sich beide Hände an die Wangen.

»Warum glaubt sie, dass Thores Mörder ausgerechnet hier auftauchen sollte?«, fragte sie mit unverhohlener Angst in der Stimme.

Für ein paar Sekunden starrten die beiden sich schweigend an.

Abrupt riss Marita ihren Blick los und sah auf ihre Uhr.

»Scheiße, ich muss los! Hör zu, sobald ich Feierabend machen kann, komme ich wieder. Du musst mir alles erzählen! Wen sie verdächtigt, warum sie ihn verdächtigt, warum sie glaubt, er kommt zu dir, und so weiter. Ich will alles wissen! Und lass dir schon mal 'ne gute Ausrede einfallen, warum du mir nichts davon erzählen wolltest.«

Eilig kramte sie ihre sieben Sachen zusammen.

Latente Eifersucht trat seinem Bewusstsein vors Schienbein. Es war vollkommen normal, nach circa zwei Wochen noch nicht über den Verlust eines lieb gewonnenen Menschen hinweg zu sein, und er wusste, dass er gut beraten war, sie in dieser Hinsicht nicht unter Druck zu setzen oder ihr gar von seiner Eifersucht zu erzählen. Zu viel Offenheit konnte durchaus schädlich sein. Dennoch war es ihm ganz eindeutig nicht recht, dass sie dieser Angelegenheit noch so viel Interesse entgegenbrachte.

»Leg dich hin und ruh dich noch ein wenig aus. Nachher wirst du alle Kraft zum Erzählen brauchen«, sagte sie mit einem verschmitzten Lächeln.

»Bis nachher.«

Kurz bevor sie die Haustür erreichte, erklang der Türgong, und sie kam zurück zu Tibbe ins Wohnzimmer gelaufen.

»Erwartest du jemanden?«, flüsterte sie.

»Eigentlich nicht.«

»Ob er es ist?«

Tibbe erhob sich seufzend von seinem Sofa und schlurfte in Richtung Tür.

»Es gibt da einen Weg, das herauszufinden.«

Der Vergeltungsbote dritten Ranges Gregor, der einstweilige Norwich Terrier und Neumitglied der großen Jenseitsgemeinschaft Thore Kamp sowie dessen unspektakulär normale Schwester Heike Kamp hatten sich darauf geeinigt, gleich am nächsten Morgen zu dem designierten Mörder zu fahren, und die Köpfe zusammengesteckt, wie man dem Mann am geschicktesten beikommen konnte. Gregor fiel dabei die Rolle des Chefstrategen und des konsekutiven Übersetzers von Hundisch ins Deutsche zu, was die Sache für ihn nicht unbedingt einfacher machte. Speziell in Sachen Strategie versprach die Angelegenheit knifflig zu werden.

Tibbe in die Enge zu treiben würde nicht das Problem sein. Es gab zumindest einen wirklich guten Ansatzpunkt, mit dem man ihn kriegen konnte. Aber um wirklich für Gerechtigkeit zu sorgen und seinem Klienten Satisfaktion zu verschaffen, musste Gregor Tibbe irgendwie dazu bringen, sich den Behörden zu stellen.

Kamp, der von seiner Schwester während ihres Kriegsrates fest in den Armen gehalten wurde, bemerkte, dass der Bote keine wirklich ausgereifte Vorstellung davon hatte, wie er ihren neuesten Verdächtigen dazu bringen sollte, ein Geständnis bei der Polizei abzulegen, und war beunruhigt.

Heike Kamp war in der Nacht auch noch die Ehre zuteil geworden, die erste Sterbliche zu sein, die in einer Niederlassung des Jenseits übernachten durfte – eine Ehre, auf die sie sich, angesichts des nur als mangelhaft zu bezeichnenden Qualitätsstandards der Schlafquartiere, nicht allzu viel einbildete. An Schlaf war allerdings ohnehin nicht zu denken gewesen. Alle drei hatten die Nacht mit Gedanken an den folgenden Morgen verbracht und waren immer wieder alle möglichen Szenarien durchgegangen.

Der entscheidende Morgen hatte mit einer Katzenwäsche und einem kargen Frühstück begonnen. Es war nicht so, dass nicht ausreichend Lebensmittel vorhanden gewesen wären, aber die Aufregung machte ihnen einen Strich durch die Rechnung.

Selbst Gregor, für den Situationen wie diese im Prinzip nichts Neues waren, konnte keinen nennenswerten Appetit aufbringen. Er wusste um die Instabilität ihres gemeinsam ausgearbeiteten Planes, in dem noch zu viele Fragezeichen für Unsicherheit sorgten. Eigentlich war auch Improvisation nichts, was ihn schreckte, aber dann war da ja auch noch sein Gefühl – und das drohte in diesem Falle auf unbestimmte Weise mit Ungemach.

Vor der Wohnung ihrer Zielperson angekommen, ließ sich Gregor die Handynummer von Heike Kamp geben. Gregor hatte entschieden, dass sie vorerst nicht mit nach oben gehen, sondern so lange im Wagen warten würde, bis Gregor ihr eine Nachricht zukommen ließ.

Zu den Gründen für diese Vorgehensweise schwieg der Bote sich – sehr zum Missfallen der jungen Frau – beharrlich aus.

»Kann es losgehen? Du weißt, was du zu tun hast?«, fragte er die junge Frau.

»Eigentlich nicht. Ich begreife noch immer nicht, warum ich hier warten soll. Und was ist, wenn er mich anruft? Wir sind so verblieben, dass er mich benachrichtigt, wenn Sie bei ihm aufkreuzen.«

»Ich glaube nicht, dass er das tun wird. Wenn er wirklich der Täter ist, kann er kein Interesse daran haben, dich ins Boot zu holen. Er wird als Erstes herausfinden wollen, warum ich mich für ihn ausgegeben habe, als ich das erste Mal bei dir war. Dich zu verständigen wird für ihn keine Priorität haben.«

Das zumindest hoffte der Vergeltungsbote. Sollte Tibbe wider Erwarten doch zum Hörer greifen, um die Schwester seines verstorbenen Freundes zu alarmieren, wäre es unwahrscheinlich, dass er wirklich etwas mit Kamps Tod zu tun hatte, und sie müssten mit eingekniffenem Schwanz abziehen.

»Also, einfach warten, bis ich mich melde. Wir werden sehen, wie weit wir kommen.« Vor allem *wie* wir weiterkommen, fügte er in Gedanken hinzu. Er klemmte sich Kamp unter den Arm und hastete der gerade von einem anderen Bewohner des Mietshauses geöffneten Tür entgegen, bevor sie wieder ins Schloss fallen würde.

»Es gibt da ein paar Erkenntnisse, von denen ich euch noch nichts erzählt habe. Hab ich diesem Musiol gestern Abend aus dem Kreuz geleiert. Wunder dich also nicht, wenn du mich gleich Dinge sagen hörst, die dir merkwürdig vorkommen, okay?«

»Wuff!«, ließ sich Kamp vernehmen.

»Was hast du gesagt?«

»Nichts. Ich habe einfach nur gebellt.«

»Du bist sehr sprachbegabt!«

»Danke.«

Sie standen vor Tibbes Wohnungstür, und der Bote drückte den Klingelknopf. Zu ihrer Verwunderung hörten sie Schritte, die sich von der Tür entfernten.

Kurze Zeit später näherten sich die Schrittgeräusche wieder. Diesmal schienen sie von zwei Personen zu stammen. Tibbe war nicht allein.

Die Tür öffnete sich, und Peter Tibbes gleichermaßen blasses wie überraschtes Gesicht kam zum Vorschein. Hinter ihm erkannte der Bote eine gut aussehende Frau, die vor dem Garderobenspiegel gerade den Kragen ihres Mantels richtete und ihre langen Haare aus dem um ihren Hals geschlungenen Schal zog.

»Oh, ich störe wohl gerade?«, fragte Gregor höflich.

»Nein, ist schon gut. Sie war eh gerade auf dem Sprung. Wie sind Sie reingekommen?«

Die Frau warf Tibbe nervös einen fragenden Blick zu. Als der darauf mit einem fast unmerklichen Nicken reagierte, starrte sie Gregor mit einer Mischung aus Angst und Abscheu an. Sie versuchte die Form zu wahren und zwang sich zu einem Lächeln, aber der Bote erkannte sofort, wie schwer es ihr fiel.

»Gerade, als ich klingeln wollte, kam jemand heraus. Hab die Gelegenheit beim Schopfe gepackt«, antwortete Gregor mit einem Lächeln.

Als Tibbe zur Seite trat, um die Frau herauszulassen, war es auch Kamp möglich, einen Blick auf sie zu werfen. Abrupt zuckte er im Arm des Boten zusammen und versteifte sich, sodass

Gregor ihn fast fallen ließ. Im letzten Moment gelang es ihm mit seinem anderen Arm, Kamps Fall zu verhindern.

»Marita!«, stieß Kamp hervor. »Das ist Marita! Die Frau, mit der ich fast zusammen gekommen wäre. Was macht *sie* hier?«

Tibbe und die Frau, die Kamp gerade als seine Fast-Ex-Freundin identifiziert hatte, starrten den kleinen, aus Leibeskräften bellenden Hund an.

»Mag er etwa keine Frauen?«, fragte Tibbe.

»Doch. Und wie! Verstehen Sie sein Bellen nicht falsch. So bellt er nur, wenn er sich freut. Er hat nichts gegen Ihre Freundin. Oder Ihre Frau?«, fragte Gregor unschuldig und war sich seiner Sache schon ein ganzes Stück sicherer.

Tibbe warf ihr unsicher einen flüchtigen Seitenblick zu. »Äh … nein. Freundin passt. Wir sind nicht verheiratet.«

»Ich muss jetzt wirklich los. Bis nachher«, sagte sie gehetzt, drängte sich an den beiden Männern vorbei und eilte, ohne sich noch mal umzudrehen, als wäre sie auf der Flucht vor jemandem, zur Treppe und verschwand.

Nur mit Mühe gelang es Gregor zu verhindern, dass Kamp sich aus seinem Griff befreite. Immer wieder rief er ihren Namen.

»Sie hatte doch keine Angst vor Rufus? Sie wirkte irgendwie panisch«, hakte Gregor nach.

»Ach nein. Sie hat es nur eilig, weil sie die Zeit vertrödelt hat und jetzt Gefahr läuft, zu spät zu kommen. Welcher Chef sieht das schon gerne? Kommen Sie doch rein.«

Gregor folgte der Aufforderung und zischte Kamp zu, er möge sich jetzt bitte ruhig verhalten.

»Es trifft sich übrigens gut, dass Sie hier sind. Es gibt da Sie betreffend eine Sache, die mir etwas im Magen liegt«, brummelte Tibbe.

»Da sind wir schon zu dritt, du verdammter Mistkerl! Was hatte meine Freundin hier zu suchen?«, bellte Kamp ihn an.

Tibbe nahm das Bellen mit einem verwunderten Blick zu Kenntnis.

»Letztes Mal wirkte Ihr Hund irgendwie aufgeräumter als heute. Hat er einen schlechten Tag?«

»Nein, bisher war er eigentlich sehr zufrieden. Der beruhigt sich schon wieder«, antwortete Gregor und sah Kamp fest in die Augen. »Hörst du Rufus? Du beruhigst dich wieder! Herrchen will doch mit dem Mann hier reden.«

Widerwillig gehorchte Kamp.

»Geht doch. Nun zu Ihnen. Sie sagten, ich liege Ihnen im Magen?«

»Ganz recht. Wissen Sie, es bedrückt mich doch sehr, dass ich Thores Schwester nicht helfen konnte. Ich wollte mich bei ihr persönlich dafür entschuldigen und sie fragen, ob ich ihr auf irgendeinem anderen Weg helfen könnte. Als bester Freund ihres Bruders ist das wohl das Mindeste, was ich tun kann. Also hab ich sie gestern Abend angerufen.«

Tibbe sprach nicht weiter und hielt Ausschau nach etwaigen Reaktionen des Boten. Außer einem völlig gelassenen, unverbindlichen Lächeln war jedoch nichts zu erkennen.

»Und jetzt raten Sie mal, was ich da erfahren habe«, sagte Tibbe theatralisch.

»Tja. Keine Ahnung. Was haben Sie erfahren?«

Tibbe wirkte jetzt verärgert und atmete tief durch.

»Mein lieber Herr Schröder … wenn das Ihr richtiger Name ist. Spielen Sie bitte keine Spielchen mit mir. Sie wissen doch ganz genau, wovon ich spreche.«

Gregor reizte seine mimischen Fähigkeiten aus und verwandelte sein gelassenes Lächeln in ein kaltes. »Sie mögen also keine Spielchen? Das ist jetzt eine echte Überraschung für mich. Bisher hatte ich den Eindruck, das wäre genau Ihr Ding.«

»Wie meinen Sie das?«

»Schön, dass Sie fragen! Wo fange ich an? Ah, diese bildhübsche Frau gerade eben. Sind Sie schon lange mit ihr zusammen?«

»Das geht Sie nichts an!«, schnappte Tibbe nach kurzem verblüfftem Zögern.

»Oh, geht mich nichts an? Zu dumm. Ich hoffe, es stört Sie dann nicht weiter, dass ich trotzdem weiß, wer bis vor zwei Wochen noch ihr Freund war?«

Tibbe wich sämtliche Farbe aus dem Gesicht. Abrupt drehte er sich um und ging auf einen Schrank zu. Während er hektisch dessen Schubladen nach etwas durchsuchte, sagte er: »Ich kenne sie schon genauso lange, wie Thore sie kannte. Sie ist einfach nur eine Freundin«, und kehrte mit einem Paket Taschentücher zurück, ohne jedoch eines zu entnehmen.

»Das klang gerade aber noch ganz anders«, stellte Gregor fest.

»Ihre Interpretationen sind Ihr Problem. Sie ist eine gute Freundin, die sich um mich kümmert, weil ich krank bin. Ob Sie mir das glauben, spielt keine Rolle, zumal es Sie, wie schon gesagt, nichts angeht. War das alles, was Sie zu bieten haben?«

»Nicht doch! Noch lange nicht«, sagte der Bote ruhig und streichelte seinem Hund gemächlich über den Rücken. »Ich habe Sie doch gestern auf Herrn Musiol angesprochen. Wenn ich mich richtig erinnere, haben Sie mir versichert, nichts über ein mögliches Drogenproblem bei diesem Mann zu wissen?«

Die Farbe kehrte in Form von hektischen Flecken in das Gesicht des Delinquenten zurück. »Ja! Und?«

»Nun, das war eine Lüge! Sie wussten nur zu gut darüber Bescheid. Sie hatten mehrere Gespräche mit Herrn Kamp über genau dieses Thema. Der Drogenkonsum von Herrn Musiol war einer der Gründe, warum die beiden nicht miteinander zurechtkamen.«

»Ich nehme an, das hat Herr Musiol Ihnen erzählt? Da hat er Sie verarscht. Ich weiß nichts darüber. Ob es Thore bekannt war, kann ich nicht sagen. Zumindest war es nie Gegenstand eines Gespräches zwischen uns beiden«, sagte Tibbe trotzig.

»Du dreckiger Lügner!«, knurrte Kamp.

Gregor grinste breit. »So wie es aussieht, glaubt Ihnen nicht mal mein Hund. Da geht es ihm übrigens so wie mir. Ich weiß aus einer äußerst zuverlässigen Quelle, dass dieses Thema das ein oder andere Mal zwischen ihnen zur Sprache kam. Nun stellt sich mir die Frage, warum Sie mich angelogen haben.«

Tibbe wurde wütend. Unbewusst zerknautschte er das Paket Taschentücher in seiner Hand. Er drückte so fest zu, dass seine Knöchel weiß anliefen.

»Worauf läuft das hier eigentlich hinaus? Wollen Sie mir irgendetwas unterstellen?«

Gregor schüttelte gelassen den Kopf. »Vorerst nur, dass Sie mich in Bezug auf Musiol angelogen haben.«

»Wer behauptet das denn?«, platzte es aus Tibbe heraus. »Bringen Sie mir den Lügner, der das behauptet, und ich werde Ihnen beweisen, dass es nicht stimmt!«

Gregor frohlockte. Das lief ja viel besser, als er zu hoffen gewagt hatte. Er nickte langsam und griff sich in die Innentasche seiner alten, speckigen Lederjacke, um sein Handy hervorzuholen.

»Das ist gar keine schlechte Idee. Möchten Sie noch jemanden anrufen?«, fragte er mit gespielter Unschuld.

»Was? Wen sollte ich anrufen wollen?«

»Ach, schon gut. Vergessen Sie's. War nur so eine Frage«, antwortete Gregor gelangweilt, tippte etwas in das Handy und steckte es zurück an seinen alten Platz. »Wollen Sie vielleicht schon mal die Tür öffnen?«

»Was sind das für blöde Fragen, die Sie mir hier stellen? Warum sollte ich jetzt die Tür ...«

Das Klingeln seiner Haustür unterbrach Tibbe mitten im Satz. Er sah den Boten mit einem dicken Fragzeichen im Gesicht an und fühlte sich nicht nur wegen der Grippe unwohl in seiner Haut.

»Wer ist das?«, wollte er wissen.

»Machen Sie auf, dann werden Sie es sehen. Ich erfülle heute Wünsche!«, entgegnete Gregor fröhlich und mit einem breiten Grinsen im Gesicht.

Unbeholfen schlich Tibbe zur Wohnungstür. Gregor hörte, wie er sie öffnete. Er hörte auch, wie es Tibbe angesichts seines neuen Besuchers den Atem verschlug, und grinste immer breiter. Er sah zu Kamp und nickte langsam.

»Du?«, hörte er Tibbe sagen. »Was machst du denn hier?«

»Lassen Sie die junge Dame doch bitte eintreten, Herr Tibbe. Sie wird uns bei der Klärung einiger Fragen von großer Hilfe sein«, rief Gregor seinem Gastgeber zu.

Die Tür wurde wieder geschlossen, und wenige Augenblicke später betrat eine unsicher dreinblickende Heike Kamp das Wohnzimmer.

Die junge Frau setzte sich sofort neben Gregor auf das große

Sofa. Nur Tibbe schien es unter den gegebenen Umständen vorzuziehen, einen Stehplatz zu belegen.

»Auch wenn Sie sich bereits kennen, möchte ich sie Ihnen trotzdem noch mal vorstellen. Sie ist der Lügner, der behauptet, Sie wussten von Musiols Drogenkonsum«, sagte Gregor mit einigem Zynismus zu Tibbe.

Kamps Blick schnellte zum Boten. »Weiß sie denn Bescheid?«, raunte er ihm zu.

Gregor machte nur eine beruhigende Handbewegung in seine Richtung und ließ den immer verwirrter erscheinenden Tibbe nicht aus den Augen.

»So, Herr Tibbe. Jetzt wieder Sie. Beweisen Sie mir, dass es nicht stimmt.«

Hektisch sah Tibbe von dem Mann zu Heike und wieder zurück.

Von ihm wusste sie das nicht, da war er sicher. Aber es war durchaus möglich, dass Thore ihr mal von Musiol erzählt hatte. Vielleicht hatte er sie am Abend vor seinem Tod doch noch telefonisch erreicht. Immerhin hatte Thore das in seinem typischen Großer-Bruder-Gehabe angekündigt. Dann war es auch möglich, dass sein Name mit ins Spiel kam. Immerhin hatte Thore nie begriffen, warum er in dieser Beziehung so viel Verständnis für Musiol aufbrachte. Verdammt! Mit fahrigen Bewegungen kratzte er sich am Kopf, rieb seine Hände und knüllte weiter an dem Taschentuchpaket herum.

»Herrgott, ja. Okay! Ich wusste, dass Musiol Drogen nahm. Hätte ich ihn einfach so anscheißen sollen? Es geht hier schließlich um Mord! Ich wollte ihn nicht in die Pfanne hauen, alles klar? Ist schließlich ein Kollege von mir.«

»Selbst vor dem Hintergrund, dass er möglicherweise Ihren besten Freund auf dem Gewissen hat? Das ist schwer zu glauben!«, gab der Mann zu bedenken. Er lächelte zuversichtlich.

»Wie ist das eigentlich mit Ihnen, Herr Tibbe. Nehmen Sie auch Drogen?«, wollte er schließlich wissen.

»Was? Natürlich nicht! Wollen Sie mir das auch noch unterstellen?«

Tibbe schüttelte verzweifelt den Kopf und fuhr sich nervös mit beiden Händen über den Kopf. Er sah zu Heike Kamp hin.

»Ich verstehe das alles nicht. Warum bist du hier? Zusammen mit ihm!« Er zeigte mit dem Finger auf den Mann. »Gestern hast du ihn noch für Thores *Mörder* gehalten! Und jetzt sitzt ihr zwei wie ein verdammtes altes Ehepaar in meinem Wohnzimmer und wollt mich fertigmachen?«

»Moment! Ganz ruhig, Herr Tibbe. Von Fertigmachen kann keine Rede sein. Wir wollen nur ein paar Antworten von Ihnen. Ganz unverbindlich und in aller Freundschaft«, sagte sein Besucher im Plauderton.

Peter Tibbe war am Rande der Verzweiflung. In seinem gehetzten Blick lag etwas Wahnsinniges und Gefährliches, wie bei einem wilden Tier, das man verwundet und in eine Ecke getrieben hatte.

Heike sah ihn ängstlich an und brachte keinen Ton heraus.

»Ha! Antworten! Ich werde gar nichts mehr sagen. Glauben Sie, ich weiß nicht, worauf das hier hinausläuft? Sie denken, ich habe Thore auf dem Gewissen! Weiß der Teufel, was diese falsche Schlange Ihnen alles erzählt hat. Vielleicht ist sie es ja gewesen und versucht, mich jetzt dafür büßen zu lassen. Vielleicht stecken Sie auch beide unter einer Decke! Ja, genau! Ihr beiden habt euch gegen mich verschworen und glaubt, in mir einen geeigneten Sündenbock gefunden zu haben. Sie und dieses billige Flittchen, das für jeden dahergelaufenen Heckenpenner die Beine breit gemacht hat, nur um ihrem Bruder eins auszuwischen!«, keifte Tibbe hysterisch.

»Du mieses Schwein! Wage es nicht noch einmal, meine Schwester zu beleidigen!«, erklang eine bis dato ungehörte Stimme.

Absolute Stille schloss sich an. Drei Augenpaare klebten an einem kleinen braunen Norwich Terrier, der so viel geballte Aufmerksamkeit nicht erwartet hatte. Schließlich bellte er schon die ganze Zeit, ohne dass es ihn in den Mittelpunkt des Interesses beförderte. Er sah verwirrt zum Boten.

»Warum glotzt ihr mich so an?«

Gregor machte ein Gesicht, wie Kamp es noch nie bei ihm gesehen hatte. Hätte er es beschreiben müssen, wäre »als hätte man ihm einen Finger in den Hintern gesteckt« sein absoluter Favorit gewesen.

Tibbe hob wie in Zeitlupe die Hand und deutete mit einem auffallend zitternden Zeigefinger auf Kamp.

»Hat ... kann ... Ihr Hund ... er hat gesprochen?!«, brachte er mit Mühe hervor.

»Niemanden überrascht das mehr als mich«, sagte Gregor ganz langsam. »Und das ist die reine Wahrheit.«

»Was soll das heißen? Ich habe gesprochen? Ihr habt mich verstanden? Also, ihr alle, meine ich?«, fragte Kamp den Boten.

»Jedes Wort in gestochener Schärfe und perfektem Hochdeutsch.«

»Das ist ja toll! Versteht ihr mich jetzt auch noch?«

Gregor zog eine Augenbraue hoch. »Nein, jetzt bellst du wieder, so wie es sein sollte.«

»Verrückt! Wie kann das angehen? Und was machen wir jetzt?«

»Da bin ich selber ausgesprochen neugierig! Ich erwarte Großes, um ehrlich zu sein.«

»Großes? Inwief...«

Kamp klappten die Beine weg, und er sank regungslos auf dem Fußboden zusammen.

im pavillon

Eigentlich fühlte es sich nicht so an, als ob sich etwas Ungewöhnliches ereignet hätte. Kamp befand sich einfach nur von einem Moment auf den anderen an einem Ort, den er vorher noch nie gesehen hatte. Das Wohnzimmer seines ehemals besten Freundes und mutmaßlichen Mörders war verschwunden, inklusive der Personen, die sich darin befanden und gerade aufeinander einschossen.

Seine Sicht auf die neue Umgebung war von erfreulich exponierter Position. Er blickte an sich hinunter, und tatsächlich. Er hatte wieder menschliche Gestalt. Was auch immer ihn jetzt erwarten mochte, er würde sich damit wenigstens nicht als Hund auseinandersetzen müssen.

Der Raum, in dem er sich befand, hatte die Größe eines Tanzsaals und war auch ähnlich üppig möbliert. Er war kreisrund und strahlend weiß. Ein paar Holzbänke, an der Wand in regelmäßigen Abständen verteilt, waren alles, was er an Einrichtung zu bieten hatte. In seiner Mitte, direkt zu Kamps Rechten, stand eine Zypresse von enormen Ausmaßen und verströmte einen eigentümlichen Geruch.

Kamp sah sich neugierig um und fragte sich, was ihn wohl erwarten würde, ohne jedoch übermäßig aufgeregt zu sein. Seine Existenz wies seit kurzer Zeit einen erheblichen Mangel an Normalität auf, sodass es inzwischen schwerer Geschütze bedurfte, ihn nervös zu machen. Er hatte lediglich das Gefühl, als wäre ihm irgendein wichtiges Detail durch die Lappen gegangen, aber er kam partout nicht darauf, was es war.

Er hörte, wie hinter ihm eine Tür geöffnet wurde – was eigentlich nicht sein konnte, da seine neugierigen Blicke keine Türen registriert hatten –, und drehte sich um. Durch eine weit geöffnete, sehr alt und schwer aussehende Holztür, betraten drei

Boten den Raum. Sie hatten die üblichen Overalls an. Die als Rangabzeichen angebrachten Flügel auf den Oberarmen waren dunkelrot! Kamp erinnerte sich, dass Gregor ihm erzählt hatte, die Farbe der Domestiken sei Rot. Dies würde also sein erstes Zusammentreffen mit den ranghöchsten Boten des Jenseits werden. Welcher Anlass dem zugrunde lag, konnte er sich denken.

Die drei Domestiken musterten ihn mit einem unverbindlichen Blick. Zwei von ihnen gingen direkt zum gegenüberliegen Ende des Raumes, während der dritte bei Kamp stehen blieb und ihm sanft eine Hand auf die Schulter legte.

»Wenn du uns bitte begleiten würdest«, forderte der Domestik ihn auf.

Kamp gehorchte, ohne zu murren. Er hielt es für unangebracht, Fragen zu stellen, immerhin waren das Domestiken. Kamp hatte schon immer einen natürlichen Respekt vor wirklich hochrangigen Persönlichkeiten. Vor den Domestiken, die vorgegangen waren, öffnete sich eine weitere Tür, die vorher nicht da gewesen war. Sie schritten hindurch, und die Tür verschwand wieder, direkt vor den Nasen von Kamp und dem dritten Domestiken.

Kamp bedachte ihn mit einem fragenden Blick.

»Nur noch einen Moment Geduld. *Er* wird dich gleich empfangen.«

Was hatte der Kerl da gerade gesagt? War das ein normales ›er‹ oder meinte er ›*er*‹? Was sollte *er* von ihm wollen?

»Äh, Entschuldigung. Wer wird mich gleich empfangen?«

»*Er*«, sagte der Domestik kurz angebunden, aber auch in aller Deutlichkeit und richtete seinen Blick auf die Stelle, an der jeden Moment wieder die Tür erscheinen musste.

Ganz langsam drehte sich Kamps Kopf wie von selbst zu einem der großen Fenster, die einen herrlichen Blick auf einen wunderschönen Park offenbarten.

Er kannte diesen Park!

Das war das Detail, das ihm gerade durch die Lappen gegangen war. Der Park war der Innenhof der großen Anmeldung im Jenseits, und es sprach einiges dafür, dass er sich gerade in dem Pavillon befand, der das Zentrum dieses Innenhofes bildete.

Er war in *seinem* Domizil!

Okay, das war ein schweres Geschütz! Nicht einfach nur eine hochgestellte Persönlichkeit, sondern *die* Persönlichkeit schlechthin. Plötzlich war Kamp ganz eindeutig sehr aufgeregt und hätte einiges dafür gegeben, wieder als Hund verkleidet in dem von Grippeviren verseuchten Wohnzimmer seines neuerdings größten Feindes zu stehen. Auf diese Weise bestand wenigstens die Chance, ihm in seinen Verräterarsch beißen zu können, wenn die Zeit gekommen war.

Jetzt stand ihm eine Audienz bei dem wohl mächtigsten Wesen des Universums bevor. Wo waren die verdammten Löcher, wenn man sie brauchte?

Ohne das geringste Geräusch zu verursachen, erschien die Tür wieder und wurde von einem der Domestiken geöffnet.

»Tretet bitte ein«, sagte er, ohne Kamp und seine Ein-Mann-Eskorte anzusehen.

Der Domestik schob Kamp mit sanftem Druck vor sich her, und sie gelangten in einen fast identisch aussehenden Raum. Nur waren seine Ausmaße um einiges kleiner, womit er aber immer noch weit über die Dimensionen eines handelsüblichen Konzernchefbüros hinausreichte. Kamp bemerkte, dass in dem Raum keine Bänke an der Wand standen. Stattdessen befand sich ihm gegenüber ein relativ kleiner, viereckiger und sehr schlichter Holztisch. Dahinter sah er einen überdimensionierten, mit weißem Leder bezogenen Drehstuhl, dessen Rückseite ihm zugewandt war.

Er war enttäuscht. Sollte das mächtigste Geschöpf des Universums tatsächlich auf einen dermaßen billigen Effekt setzen, um ihn zu beeindrucken? Zu viele schlecht produzierte Filme auf Erden enthielten mindestens eine solche Szene.

»Lasst uns allein!«, sagte eine beeindruckende Stimme.

Sie klang nach einem jungen, großen und kräftigen Mann, in etwa mehrere tausend Jahre alt und daran gewöhnt, keine Widerworte zu hören.

Die Domestiken warfen sich gegenseitig überraschte Blicke zu und zögerten, dieser Anweisung zu folgen.

»Es ist in Ordnung. Geht!«

Die Domestiken zuckten mit den Schultern und verließen

den Raum. Kamp sah ihnen nach, und als sich die Tür hinter ihnen schloss und verschwand, hatte er das Gefühl, in einer Falle zu sitzen.

Langsam drehte sich der Drehstuhl ihm zu und gab den Blick frei auf ... einen jungen, großen und kräftigen Mann, mit Augen, die Weisheit und Erfahrung von in etwa mehreren tausend Jahren enthielten. Hätten Blicke ein Gewicht, die Last seines Blickes hätte Kamp wie einen Käfer unter dem Plattfuß eines Sumo-Ringers zerquetscht.

Er kam sich jetzt albern vor, weil er noch vor wenigen Tagen gedacht hatte, dass Gregors Blicke manchmal unheimlich waren. Gegen das hier waren sie nur ein Silberblick in absoluter Finsternis.

»Wer bist du?«

»Trre ...« Kamp räusperte sich ausgiebig, um die Froschherde von seinen Stimmbändern zu verscheuchen. »Thore Kamp.«

»*Was* bist du?«

Kamp fragte sich, ob das sein Ernst war, oder ob hier gerade eine Art Test stattfand.

»Öh ... eine Seele, denke ich ... Ja, eine Seele.«

Das Gesicht seines Gegenübers machte keinen sonderlich überzeugten Eindruck. Dennoch sagte er: »Die Antwort war richtig! Gut gemacht.«

Langsam erhob er sich aus seinem Drehstuhl und ging auf Thore zu. Er umrundete und musterte ihn aufmerksam von oben bist unten.

»Mir ist nicht verborgen geblieben, was du gerade getan hast. Ich beobachte dich seit deinem Eintreffen hier bei uns im Jenseits. Sag mir, junge Seele, woher hattest du die Macht dazu?«

Kamp stemmte eine Hand in die Hüfte und kratzte sich mit der anderen am Kopf.

»Ehrlich gesagt, bin ich mir nicht ganz sicher, was Sie meinen. Geht es eventuell um ...«

»Der Vergeltungsbote namens Gregor hat dich in Gestalt eines Hundes mit auf die Erde genommen. Vor wenigen Augenblicken hast du aber wie ein Mensch gesprochen. Als

Hund sollte es dir unmöglich sein, dies zu tun! Die Ausbildung und Erfahrung eines Boten ist dazu nötig. *Meine* Macht ist dazu nötig! Jemand muss sie dir verliehen haben. Jemand muss es dich gelehrt haben.«

Kamp blinzelte. »Hab's mir fast gedacht«, sagte er langsam und schüttelte den Kopf. »Das war keine Absicht. Keine Ahnung, wie es passieren konnte. Ich war einfach nur wütend. Sehr wütend!«

Gott drehte eine weitere Runde um Kamp und sagte, mit dem Äquivalent seiner Stimme zu einem normalen Plauderton: »Du würdest mich doch nicht anlügen? Auch nicht, um jemanden zu schützen, dem deine Sympathien gehören?«

Kamp dachte ernsthaft über diese Frage nach. Er fragte sich, ob man ihn überhaupt anlügen konnte, ohne dass er es bemerken würde. Außerdem fragte er sich, wie dumm es auf einer Skala von eins bis zehn war, wenn man es auf einen Versuch ankommen ließ.

Ungefähr sechzehn.

»Gregor hatte nichts damit zu tun. Wenn es nach ihm gegangen wäre, hätte ich die Erde in Gestalt eines Diktiergerätes betreten. Er hat mir sehr ausführlich erklärt, wie wichtig es ist, eine einfache Seele nicht in das Leben der Menschen eingreifen zu lassen. So wie ich ihn kenne, würde er nie leichtfertig eine Regel verletzen! ... Wir reden hier immerhin über den Schüler von Roberto.«

Für den Bruchteil eines Augenblicks schlich der Schatten eines Schmunzelns über das Gesicht des höchsten und mächtigsten aller Wesen. Die uralten und unglaublich klugen Augen schienen Kamps Gedanken mühelos zu durchdringen.

»Ich glaube dir. Du magst diesen Boten, das ist leicht zu sehen. Du wärst gerne wie er ... und trägst das Potenzial zu etwas Großem in dir, aber das weißt du ja bereits.«

Jetzt lächelte er Kamp ganz offen an. Es war ein Lächeln, mit dem man Polkappen zum Schmelzen bringen und die trübsten Gedanken in einen nicht enden wollenden Höhenflug verwandeln konnte. Kamp hätte gern etwas erwidert, aber er mochte sich nicht von dem inneren Frieden trennen, den dieses Lächeln in ihm erzeugte.

»Dieser Bote mag dich ebenfalls. Er hat viele Unannehmlichkeiten für dich in Kauf genommen und Schuld auf sich geladen, nur zu deinem Wohle! Ich hoffe, du wirst zur gegebenen Zeit deine Dankbarkeit zu zeigen wissen?«

»Äh, das hoffe ich ebenfalls!«

Gott nickte, scheinbar zufrieden mit dieser Antwort, deren Mangel an Intelligenz Kamp im Moment des Aussprechens schmerzhaft bewusst wurde.

»Ich muss dich auffordern, kein weiteres Wort in menschlicher Sprache zu sprechen, solange du in der von dir gewählten Gestalt unter den Menschen bist. Einen weiteren Regelverstoß würde ich nicht dulden! Hast du das verstanden?«

Kamp nickte ehrfürchtig.

»Du wirst erst lernen müssen, mit deinen Fähigkeiten zielgerichtet umzugehen. Die Zeit dazu wird kommen, das kann ich sehen.«

»Äh … gut!«

Wieder dieses Lächeln. Kamp wünschte sich, dieses wunderbare Gefühl über die Ewigkeit retten zu können. Es überdeckte sogar die Scham angesichts seiner eigenen Einsilbigkeit.

»Möchtest du vielleicht noch eine Frage an mich richten? Diese Gelegenheit bekommst du so schnell nicht wieder, also denke gut nach!«

Es gab nur eine einzige, alles beherrschende Frage, die Kamp seit seinem Eintreffen im Jenseits umtrieb, und sie kam wie aus der Pistole geschossen.

»Wer hat mich umgebracht? Sind wir auf der richtigen Spur? War es wirklich mein bester Freund?«

Gott lächelte und machte eine beschwichtigende Geste.

»Nun, junge Seele, ich habe *drei* Fragen gezählt. Du bist sehr ungestüm. Lerne, deine Energien *besser* zu verwalten!«

Er bemerkte den unbefriedigten Blick von Kamp und grinste verschmitzt.

»Die Zeit deiner Ungewissheit ist schon sehr bald vorbei. Und nun gehe zurück zu jenen, denen du am Herzen liegst. Wir werden uns schon sehr bald wiedersehen.«

showdown

Ohne dass Kamp etwas erwidern konnte, ohne dass er überhaupt richtig überlegen konnte, was für Worte er zum Abschied von *ihm* wählen sollte, veränderte sich die Umgebung wieder auf jene fast übergangslose Weise, wie schon bei der Ankunft in *seinem* Domizil.

Kamp spürte, dass er auf der Seite lag, und hob den Kopf. Der besorgte Blick seiner Schwester, der neutrale, wenn nicht gar gelangweilte Blick Gregors sowie Tibbes entsetztes Starren ruhten auf ihm.

Gregor schien offenbar genau zu wissen, was passiert war. Zumindest konnte er es sich wohl denken.

»Alles klar mit dir?«, fragte er Kamp.

»Alles bestens!«, erwiderte der und rappelte sich auf. »Wie lange war ich weg?«

Der Bote zuckte mit den Schultern. »Schwer zu sagen. Hab nicht auf die Uhr geschaut. Zehn, höchstens fünfzehn.«

»Fünfzehn Minuten? Donnerwetter! Kam mir mindestens wie eine halbe Stunde vor.«

Gregor grinste breit. »Sekunden, mein Freund! Sekunden.«

»Ist alles in Ordnung mit ihm?«, hörte Kamp die besorgte Stimme seiner Schwester zum Boten sagen.

Der Bote nickte ihr beruhigend zu. »Deinem Bruder geht es hervorragend, kein Grund zur Sorge. Er … musste nur mal kurz weg.«

»SCHLUSS JETZT!«, brüllte Tibbe und brachte es damit fertig, die anderen drei ernsthaft zu erschrecken. Aufrichtig überrascht starrten sie ihn an, und jeder von ihnen bemerkte sofort, dass es inzwischen nicht mehr allzu gut um die geistige Verfassung dieses Mannes bestellt war.

Blutunterlaufene Augen und ein irrer Blick entstellten Tibbes Gesicht zu einer entsetzten Fratze. Tränen liefen ihm aus den Augenwinkeln, und er atmete schwer durch einen ununterbrochen offen stehenden Mund. Verzweifelt versuchte er sein Zittern zu kontrollieren. Die Tatsache, dass es ihm nicht gelang, ließ ihn nur noch verzweifelter werden.

»Wer sind Sie?«, fragte er den Mann, jedes Wort betonend. Erneut richtete er seine stark zitternde Hand in Richtung Kamp. »Und was hat es mit diesem Hund auf sich? Nicht nur, dass er gerade gesprochen hat, jetzt tun Sie auch noch so, als wäre er ...«

Sein Blick traf den des vermeintlichen Hundes, und es verschlug ihm die Sprache. Bisher hatte er Tieren nie viel Beachtung geschenkt. Sie waren ihm egal, interessierten ihn nicht. Die Vorstellung, ein eigenes Haustier zu haben, erschien ihm absurd. Warum sollte man sich einen solchen Klotz ans Bein binden? Außerdem waren ihm Tiere zutiefst suspekt. Was bewog zum Beispiel Katzen dazu, ausgerechnet denjenigen um die Beine zu schnurren, die sich selbst als überzeugte Katzenhasser bezeichneten? Das war doch nicht normal!

Trotz seines Desinteresses in Bezug auf Tiere war er jedoch hundertprozentig sicher, dass es den meisten Spezies nicht möglich war, zu lächeln oder sonstige mimische Kunststücke zu vollführen. Sie wedelten mit dem Schwanz oder schnurrten, aber die Fähigkeit, Emotionen nur mit mimischen Mitteln darzustellen, war allein den Menschen vorbehalten, vielleicht auch noch den Affen.

Aber ein bösartig lächelnder Hund?

Das durfte es eigentlich nicht geben! Irgendjemand sollte das dringend dieser kleinen braunen Töle erzählen, die es vor ein paar Sekunden bereits gewagt hatte, ebenfalls wider ihre Natur, zwei ganze Sätze zu sprechen.

Fast wünschte Tibbe sich, dass er einfach nur den Verstand verlor oder zumindest Opfer eines erneuten Fieberschubes war. Er rieb sich die Augen, schüttelte den Kopf und versuchte sich zu beruhigen. Leider vergeblich.

Die hässliche kleine Töle saß da und lächelte ihn eiskalt an.

»Ihr Hund, er ... macht mir Angst. Sie machen mir ebenfalls

Angst. Ich werde gleich die Polizei rufen, wenn Sie nicht freiwillig verschwinden!«

»Warum wollen Sie die Polizei rufen, Herr Tibbe? Um ein Geständnis abzulegen?«

Tibbe ballte beide Hände zu Fäusten und hielt sie, der grausamen Welt im Allgemeinen drohend, vor seine Brust.

»Ich habe nichts zu gestehen, verdammte Scheiße! Nehmen Sie Ihre Wahnvorstellungen, Ihren Hund und diese kleine Schlampe, und verpissen Sie sich endlich! Lassen Sie mich in Ruhe!«

»Sie werfen uns raus?«, fragte der Mann mit gespielter Enttäuschung.

»Verlassen Sie sich drauf!«, schrie Tibbe ihn an.

»Na, das ist doch …« Der Mann sah zu seinen beiden Begleitern und tat, als wäre er von der Unhöflichkeit seines Gastgebers ernsthaft brüskiert.

»Aber bevor wir gehen, muss ich Ihnen noch eine Frage stellen. Die ist sehr wichtig für mich, übrigens auch für den kleinen Hund hier.« Er legte sich einen Zeigefinger auf den Mund und grinste. »Davor möchte ich Ihnen aber noch etwas erzählen. Das werden Sie bestimmt mögen!« Er beugte sich vor, hob den Hund auf seinen Schoß und streichelte ihm beiläufig den Kopf. »Wissen Sie, mein Hund hier … also der gehört mir eigentlich gar nicht. Genau genommen ist er nicht mal ein richtiger Hund … technisch gesehen … irgendwie … egal. Und sein Name ist auch nicht Rufus.«

Tibbe verkürzte den Abstand zum Wahnsinn und starrte den Boten feindselig an. Vorübergehend vergaß er sogar zu atmen.

Der Mann setzte eine verschwörerische Miene auf und sagte mit gesenkter Stimme: »Sein richtiger Name ist Thore. Er hat sogar einen Nachnamen. Wollen Sie mal raten? Ich gebe Ihnen drei Versuche, das ist, glaub ich, der Standard.«

Tibbe geriet ins Wanken. Gerade noch gelang es ihm, sich auf einer Stuhllehne abzustützen, bevor er krachend zu Boden gefallen wäre. Langsam und schwerfällig nahm er auf dem Stuhl Platz und brachte ein entkräftetes, kaum hörbares »Raus!« hervor.

»Ich wusste, dass Ihnen das gefallen würde!«, frohlockte sein Besucher.

»Sie sind verrückt ... krank. Warum lassen Sie mich nicht endlich mit diesem Wahnsinn in Frieden? Ich habe Ihnen doch nichts getan!«

»Nein, da haben sie recht. Mir haben Sie nichts getan. Mein Hund allerdings ... ach, halten wir uns doch einfach an die Tatsachen und sagen, Thore sieht das ein klein wenig anders. Er hat gewisse Vorbehalte gegen Sie, die ich durchaus nachvollziehbar finde. Da er so, wie er hier auf meinem Schoß sitzt, nicht sprechen kann ... darf ... egal, hat er mich gebeten, als eine Art Sprachrohr für ihn zu fungieren.«

Mit gesenktem Kopf starrte Tibbe den kleinen Hund an und atmete flach. Sein Blick signalisierte, dass er endlich die Eingangstür in die große, bunte Welt des Wahnsinns gefunden hatte und der Versuchung, sie zu öffnen, nicht mehr lange widerstehen konnte.

Gregor nahm es zufrieden zur Kenntnis. Die Dinge entwickelten sich genauso, wie er es gehofft hatte.

»Kommen wir also, bevor wir uns gleich vielleicht wirklich von Ihnen rausschmeißen lassen, zu der bereits erwähnten Frage, die es da noch zu klären gäbe. Bereit, Herr Tibbe?«

Tibbe saß zusammengesunken auf seinem Stuhl und starrte den Hund namens Thore an. Auf seine Frage erhielt Gregor keine Reaktion.

»Ihr Schweigen deute ich als Zustimmung. Warum also, lieber Herr Tibbe, haben Sie, vor etwas mehr als zwei Wochen, in der Rockkneipe ›Cave‹ einhundert Gramm feinsten schwarzen Afghanen von Ihrem Arbeitskollegen Andreas Musiol erworben? Wenn es stimmt, was Sie vorhin gesagt haben, dürfte eigentlich kein Eigenbedarf bestehen. Was fängt also jemand, der sich gar keine Joints reinzieht, mit einhundert Gramm Haschisch an?«

Tibbe regte und rührte sich nicht. Versuchsweise fuchtelte der Bote mit der Hand vor den Augen des Delinquenten, ohne dass sich etwas tat.

»Ich glaube, der hat sich zurückgezogen«, sagte er.

»Nein!«, rief Kamp, der immer noch den Blick seines ehemals besten Freundes erwiderte. »Nein, der bekommt noch alles mit. Glaub mir, ich kann es sehen. Ich spüre es! Mach weiter!«

Gregor sah von Kamp zu Tibbe und nickte.

»Also schön, machen wir Nägel mit Köpfen. Ich habe natürlich eine Theorie, wofür Sie das Zeug gebraucht haben. So wie ich das sehe, haben Sie sich einen Nachmittag lang die Arbeit gemacht, ein paar Teebeutel mit eben jenem Kraut zu präparieren. Fein säuberlich haben Sie jeden Teebeutel auseinandergepflückt, eine gewisse Menge Tee entnommen und die entsprechende Menge Haschisch wieder hinzugefügt. Sie, als Thores bester Freund und Arbeitskollege, wussten, dass es auf Ihrer Etage nur einen Menschen gab, der schwarzen Tee zu trinken pflegte. Dass er jeden Morgen früher als alle anderen an seinem Arbeitsplatz war, um sich in Ruhe eine Tasse frischen, heißen Tee zu genehmigen, während er sich auf den Arbeitstag vorbereitete, wussten Sie genauso gut wie jeder andere auch. Aber Sie haben dafür gesorgt, dass er an dem besagten Morgen einen Teebeutel Marke Tibbe Spezial mit heißem Wasser übergießen würde. So weit alles richtig?«

Keine Reaktion.

»Gut! Was passiert also, wenn ein Diabetiker, der sein ganzes Leben lang Drogen verachtet und dementsprechend nie welche konsumiert hat, ohne es zu wissen, einen frisch gebrühten Haschtee trinkt? Er verliert, wie die meisten, die sich zum ersten Mal in ihrem Leben einer solchen Dröhnung aussetzen, die Kontrolle über sich und dreht einen lustigen kleinen Film, den nur er sehen kann. Ob dieser Mensch, dieser *Diabetiker*, sich dann wohl Gedanken machen würde, woran das liegen könnte? Würde er womöglich in Erwägung ziehen, einen Zuckerschock zu haben? Herr Tibbe?«

Keine Reaktion. Nicht mal ein Blinzeln.

»Gehen wir mal davon aus, er tut es. Was kann er in einer solchen Situation machen? In einem menschenleeren Gebäude, mit schwindender Kontrolle über sich selbst? Um Hilfe rufen, wäre albern. Er könnte versuchen, per Telefon Hilfe zu holen, aber ob er daran denkt? Würde dieser arme Kerl nicht viel eher versuchen, mit letzter Kraft noch schnell eine Dosis Insulin nachzuspritzen? Auch auf die Gefahr hin, nicht die korrekte Dosis aufzuziehen? Was meinen Sie, Herr Tibbe?«

Gregor fragte sich, ob er mit einem gezielten Faustschlag in Tibbes Verbrechervisage eine Reaktion provozieren sollte.

»Thore hat es getan! Da können Sie stolz auf sich sein, denn genau das war es, was Sie erreichen wollten. Aber Sie waren schlampig bei Ihren Vorbereitungen. Hätten Sie sich richtig informiert, hätten Sie gewusst, dass eine Überdosis Insulin nicht tödlich ist. Vorerst führt sie in der Regel nur dazu, dass der Betroffene in ein sogenanntes hypoglykämisches Koma fällt. Genau das ist Ihrem Freund passiert. Danach kam Glück ins Spiel. Glück für Sie wohlgemerkt!«

Er wandte sich Kamp zu und sagte in entschuldigendem Tonfall: »Tut mir leid, du weißt, wie das gemeint ist. Mir fällt kein besserer Ausdruck ein.« Er sah wieder zu dem immer noch regungslosen Tibbe.

»Er verlor das Bewusstsein. Das muss nicht mal an der Überdosis Insulin gelegen haben. Es ist durchaus möglich, dass ihn die ungewohnte Zufuhr von Betäubungsmitteln von den Beinen geholt hat. Vielleicht war es auch die Kombination von beiden, wir werden es wohl nie erfahren. Jedenfalls wich jegliche Spannung aus seinem Körper, und er fiel so unglücklich, dass er mit seinem Kopf auf den Schreibtisch prallte und sich das Genick brach! Sie hatten Ihr Ziel erreicht, auf Umwegen zwar, aber Thore war tot. Das war es, was Sie erreichen wollten. Alle Welt würde es für einen Unfall halten. Jeder würde heimlich, still und leise den Kopf schütteln und sich denken, dass es sicherlich bessere Wege gibt, um sich von dieser Welt zu verabschieden. Die wenigen Eingeweihten würden sich vielleicht sogar fragen, wie man nur so dämlich sein konnte, sich erst einen Haschtee zu gönnen, um anschließend noch eine Extraportion Insulin draufzulegen. Aber der Gedanke, dass jemand anders dabei seine Finger im Spiel gehabt haben könnte, würde mit großer Wahrscheinlichkeit niemandem so schnell kommen.«

Gregor atmete tief durch und rieb sich die Oberschenkel.

»Nun, Herr Tibbe, wie finden Sie meine Theorie. Kommt Ihnen etwas davon bekannt vor?«

Es herrschte perfekte Stille. Nicht mal Atemgeräusche waren zu vernehmen. Selbst von draußen schienen keine akustischen Reize, wie zum Beispiel Straßenlärm, in die gespannte Lautlosigkeit von Tibbes Wohnzimmer vordringen zu können.

Ohne sichtbare Regung und mit ruhiger Stimme sagte Tibbe: »Sie dürften Probleme haben, das zu beweisen.«

»Meinen Sie?«, antwortete Gregor, innerlich froh darüber, dass seine Geschichte den richtigen Abnehmer gefunden hatte.

»Meine ich! Nehmen wir mal an, Ihre Geschichte stimmt. Musiol wird nie zugeben, mir Drogen verkauft zu haben, zumindest nicht vor der Polizei. Damit würde er sich selbst in Schwierigkeiten bringen, und die meidet er wie der Teufel das Weihwasser. Dem ist alles wurscht, wenn er nur seine Ruhe hat! Die restlichen Teebeutel hätte ich dann natürlich entsorgt. Und den, den Thore benutzt hatte, hätte ich an mich genommen. Ich hätte sogar einen originalen Teebeutel vorbereitet, um keinen Verdacht aufkommen zu lassen, was den Beweis Ihres kleinen Märchens zusätzlich erschweren dürfte. Hinzu kommt, dass ich sein bester Freund war. Was für einen Grund sollte ich haben, ihn zu beseitigen?«

»Tja ...«, Gregor zuckte mit den Schultern, »... da fallen mir zumindest zwei ein. Fangen wir mit der jungen Frau von gerade eben an. Es lief für sie doch wohl auf eine Beziehung mit Herrn Kamp hinaus? Jetzt ist er weg, und der Weg zu ihrem Herzen ist frei für Peter Tibbe. Dann wäre da noch die Nachfolge des in Bälde ausscheidenden Leiters Ihrer Abteilung. Wer wird wohl dessen Nachfolger sein, jetzt, wo der bisherige Anwärter auf diesen Posten sich überraschend zurückgezogen hat? Ich gebe zu, eigentlich sind das keine guten Gründe, um jemanden zu ermorden. Es dürfte schwer sein, überhaupt gute Gründe für so eine Tat zu finden. Aber von allen schlechten Gründen, sind dies noch mit die schlechtesten. Man muss schon ein ziemlich armseliger Mistkerl sein, um dafür jemanden über die Klinge gehen zu lassen!«

Langsam kehrte Leben in den Körper von Tibbe zurück. Er richtete sich etwas gerader auf, dehnte und streckte sich vorsichtig und holte tief Luft.

»Ihre Versuche, mich zu beleidigen, können Sie sich sparen. Was Sie von mir halten, ist mir egal. Aber ganz unter uns, Sie haben natürlich recht. Ich lebe noch. Ich werde der neue Abteilungsleiter mit besserem Gehalt sein, und ich werde auch derjenige sein, der in den Genuss kommt, die bildschöne Marita Rubin irgendwann flachzulegen. Wohlgemerkt, *vor* dem guten, alten, leider etwas altmodischen Thore Kamp, der so überraschend von uns gegangen ist, bevor er die Gelegenheit dazu hatte. Sie nennen es Mord und liegen damit vielleicht sogar richtig. Das geht mich aber nichts an. Ich nenne es Fügung des Schicksals. Genauso sollte es kommen.«

Tibbe grinste, jetzt wieder sehr lebendig wirkend, verwegen von Gregor zu Heike Kamp und zu dem kleinen Hund. Er wähnte sich schon am Ende, aber hey! Das war kein Polizist, der da vor ihm saß. Das war nur ein versiffter Kerl, der behauptete, Privatschnüffler zu sein. Okay, dumm war er nicht. Er hatte so ziemlich alles aufgedeckt. Aber er konnte es nicht beweisen! Hätte er sonst den Trick mit dem sprechenden Hund, der angeblich sein alter Freund sein sollte, nötig gehabt? Wohl kaum.

Nein, er war nicht am Ende. Dieser komische Kauz dafür umso mehr. Er hatte hoch und gut gepokert, aber Tibbe würde den Pott nicht rausrücken. Weil er wusste, dass die Karten von dem Kerl nichts taugten.

»Wissen Sie, ich glaube an das Schicksal. Wenn Gott gewollt hätte, dass es anders kommt, hätte er diesen, wie Sie gerade sagten, schlecht vorbereiteten und von wem auch immer erdachten Plan doch sicher scheitern lassen. Hat er aber nicht! Ich sitze hier, bin immer noch Peter Tibbe. Aber du, mein lieber Thore …«, er sah wieder in Kamps Augen, »bist … wie auch immer, im Körper eines blöden, kleinen Köters gelandet.«

Er sah herablassend zu dem Schnüffler. »Wenn das nicht doch alles nur ein billiger Trick ist, um mich zu verunsichern, was ich für weitaus wahrscheinlicher halte. Sprechende Hunde! Was wollt ihr mich glauben machen? Ein Mordopfer kommt in Gestalt eines Hundes zurück, um an seinem Mörder Rache zu nehmen? Welche Rolle hatten Sie sich zugedacht? Die des Racheengels?«

Tibbe redete sich warm. Er glaubte an das, was er sagte, und spürte wieder Rückenwind. Kaum zu glauben, dass er schon drauf und dran war, das wirre Gefasel dieser Privatermittler-Imitation zu kaufen. Das erschreckend breite, leider kein bisschen verunsichert wirkende Grinsen des Schnüfflers verpasste diesem vermeintlichen Aufschwung einen empfindlichen Dämpfer.

»Bis gerade eben haben Sie es mir immerhin abgekauft. Das mit dem Racheengel gefällt mir übrigens«, sagte Gregor im Plauderton.

»Na, das freut mich aber!«, gab Tibbe bissig zurück und erhob sich von seinem Stuhl.

»Wie dem auch sei, Sie werden jetzt endlich meine Wohnung verlassen! Ich habe genug von dieser Farce!«

Der Schnüffler sagte leise etwas zu dem Hund, ohne dass Tibbe es verstehen konnte. Der Köter reagierte darauf mit ein paar artgerechten Lauten, und der Mann sagte, ohne Tibbe anzusehen: »Auf einer Ihrer ersten gemeinsamen Feiern haben Sie sich so betrunken, dass Sie am nächsten Morgen dreihundert Kilometer entfernt in den Armen einer Prostituierten fortgeschrittenen Alters erwachten, ohne jede Erinnerung, wie Sie dorthin gekommen sind. Der Zuhälter der alten Dame hat Ihnen vierhundert Mark aus dem Kreuz geleiert, bevor er Sie gehen ließ.«

Tibbe zuckte zusammen und starrte den kleinen Hund an, der erneut ein paar Geräusche von sich gab.

»Und das hat er auch noch zugegeben?«, fragte der Schnüffler den Hund.

»Wuff!«

Kopfschüttelnd sah er zu Tibbe.

»Sie sind ja ein noch viel ärmeres Schwein, als ich dachte. Sie haben mal versucht, sich Ihre Ex-Freundin mit Alkohol derart gefügig zu machen, dass Sie an ihr sexuelle Praktiken ausüben konnten, die sie Ihnen bisher immer verweigert hatte. Das von Ihnen begehrte Körperteil, Ihrer wehr- und willenlosen Freundin …«

Der Schnüffler sah verlegen zu Heike Kamp. Offenbar war es ihm unangenehm, darüber in Gegenwart einer Frau zu reden.

»… hatte sich genau diesen Moment ausgesucht, um seinen originären Aufgaben nachzukommen. Ihr Verlangen verschwand so schnell, wie es gekommen war. Das anschließende Saubermachen empfanden Sie als zu harte Strafe.«

Tibbe öffnete den Mund, um etwas zu erwidern, aber sein Unterkiefer schlackerte nur wie aus den Angeln gehoben auf und ab, ohne dass ein Ton über seine Lippen kam.

Der Hund kläffte und knurrte dem Schnüffler ein weiteres Detail zu.

»Thore sagt, dass Sie ihn auf Ihre Freundschaft schwören ließen, niemandem sonst davon zu erzählen. Er glaubt, dass es außer ihm wohl niemanden gibt, dem Sie davon berichtet haben könnten … weil er Ihr einzig wahrer und bester Freund war.«

Tibbe geriet wieder auf bedenkliche Weise ins Schwanken. Irgendein Blödmann hatte mitten in die Luft eine ungekennzeichnete, massive Steinmauer gebaut, und er prallte während seines Höhenfluges mit voller Geschwindigkeit dagegen.

»Das habe ich sonst niemandem erzählt!«, stammelte er mehr zu sich selbst als zu dem Schnüffler.

»Sie waren wie ein Bruder für ihn. Er hat Sie so sehr gemocht, regelrecht geliebt. Wie konnten Sie das nur fertigbringen? Haben Sie ihm all die Jahre etwas vorgespielt?«

Die letzte Frage holte Tibbe endgültig auf den Boden zurück.

»Wer will das wissen? Er oder Sie?«

»Ich könnte mir vorstellen, dass es ihn auch interessiert, aber originär kommt die Frage von mir. Wissen Sie, mir liegt wirklich etwas an ihm!«, schnauzte der Schnüffler ihn an.

Tibbe lachte humorlos auf. »Halleluja und Amen! Wenn das so weitergeht, kommen mir gleich noch die Tränen!«

Es sollte sarkastisch klingen, was es auch durchaus tat. Tibbes Mimik jedoch, speziell seine Augen, sagten etwas anderes. Er kämpfte mit den Tränen.

»Warum sollte ich Ihnen etwas über meine Beweggründe erzählen? Sie würden es nicht verstehen, zumal es Sie auch nicht das Geringste angeht. Letztlich habe ich getan, was ich für richtig hielt. Ja, ich habe ihn beseitigt, mir den Weg frei geräumt, ein lästiges Hindernis entfernt! Ich habe mir die Entscheidung nicht leicht gemacht, und die Durchführung war es auch nicht, das dürfen Sie mir glauben! Und jetzt will ich kein weiteres Wort mehr darüber verlieren. Sie werden es mir nie beweisen können, zumal ich Sie noch nie gesehen habe. Sie waren nie hier, genau deswegen werden Sie jetzt auch endlich verschwinden! Gehen Sie von mir aus direkt zur Polizei und erzählen Sie denen, dass Thore Kamp in dem Körper dieser kleinen Töle weiterlebt und Ihnen erzählt hat, dass ich ihn auf dem Gewissen habe. Da käme ich fast in Versuchung, dabei sein zu wollen. Ich fürchte nur, ich werde dann doch etwas Besseres zu tun haben. Meine Fußnägel schneiden zum Beispiel!«

Gregor sah mit belustigter Faszination zu Kamp und sagte: »Was für ein Arschloch!«

»Das ist leider wahr. Stellt sich nur die Frage, was wir jetzt machen? Es stimmt, was er sagt, bei der Polizei haben wir mit der Story einen schweren Stand. So kriegen wir ihn nicht!«, entgegnete Kamp besorgt.

Gregor musterte Tibbe mit einem nachdenklichen Blick. Schließlich nickte er und spitzte die Lippen. »Ich denke, du hast recht. Wir werden wohl nachhelfen müssen. *Ich* werde nachhelfen müssen!«

»Was flüstern Sie da mit ihm?«, fuhr Tibbe dazwischen und ging zwei Schritte auf sie zu, bevor er gegen Gregors Blick prallte.

Gregor erhob sich und ging seinerseits auf Tibbe zu. Keine dreißig Zentimeter vor ihm blieb er stehen und sah ihm tief in die Augen.

»Noch haben Sie die Möglichkeit, Ihren Teil zur Gerechtigkeit beizutragen und Ihr Gewissen zu erleichtern. Wenn Sie sich freiwillig den Behörden stellen und den Mord zugeben, wird man das positiv für Sie auslegen, da bin ich mir sicher. Übrigens nicht nur hier.«

Tibbe zeigte sich wenig beeindruckt. »Pah, ich bin doch nicht bescheuert! Ich habe meinen besten Freund nicht umgebracht, um mir anschließend all die Vorteile, die sich durch seinen Tod für mich ergeben, durch die Lappen gehen zu lassen! Meine verbesserten

Lebensumstände wiegen eindeutig schwerer als sein Verlust oder mein schlechtes Gewissen, also kommen Sie mir nicht so. Wer sind Sie überhaupt, dass Sie sich einbilden, mir irgendwelche mildernden Umstände versichern zu können? Von der Polizei sind Sie nicht, so viel dürfte mal feststehen. Und das mit dem Detektiv glaube ich Ihnen auch schon lange nicht mehr!«

»Was bist du doch für ein dreckiger, kleiner Egoist! Nein, ich bin nicht von der Polizei. So viel Glück hättest du auch nicht verdient! Du hast dich mit einem viel schlimmeren Gegner angelegt, jemandem, dem du nicht gewachsen bist, du kleiner Wurm! Bleibt es dabei, dass du dich nicht stellst?«

Nun trat eine Veränderung bei Gregor ein. Kamp und seine Schwester spürten es. Sie sahen es sogar – zumindest einen Bruchteil davon.

Die Luft schien sich zu verändern. Sie wurde dicker und schien zu flackern, wie Luft, die von dem heißen Asphalt einer Wüstenstraße aufsteigt. Die Lichtwellen um ihn herum fingen an, sich zu brechen und veränderten den für das menschliche Auge wahrnehmbaren Farbton, als würde seine Aura sichtbar werden.

Der Einzige, der davon noch nichts wahrzunehmen schien, war ein sichtbar genervter, aber auch entschlossen wirkender Peter Tibbe, der versuchte, einen möglichst gelassenen Eindruck zu machen.

»Selbstverständlich bleibt es dabei! Warum sollte ich meine Meinung ändern? Weil Sie hier den dicken Max markieren? Mich beeindruckt das nicht sonderlich. Es wäre wirklich besser, wenn Sie nicht weiter Ihre und vor allem meine Zeit verschwendeten und endlich gingen. Sonst rufe ich nämlich wirklich noch die Polizei und bekomme Sie wegen Hausfriedensbruch dran! Was halten Sie davon?«

Tibbe sah an Gregor vorbei zu Kamp.

»Und dir, alter Knabe, wünsche ich noch viel Spaß in deinem neuen Leben als Flohzirkus. Nichts für ungut, aber ich musste das tun. Und jetzt raus hier!«

Tibbe machte Anstalten, das Wohnzimmer zu verlassen, um für seine ungebetenen Gäste die Haustür zu öffnen. Mit einer knappen Handbewegung ließ Gregor ihn in der Bewegung verharren und ging seinerseits langsam zwei Schritte zurück.

»Du gehst nirgendwo hin!«

Tibbe hatte einen simplen Plan.

Er wollte zur Haustür gehen und sie öffnen. Eine ganz einfache Sache. Ein Kinderspiel! Auf die Handbewegung des mysteriösen Mannes verweigerte ihm sein Körper jedoch den Gehorsam und blieb einfach stehen. Mit größter Anstrengung konzentrierte er sich darauf, seinen Weg zur Tür fortzusetzen und sie zu öffnen, aber sein Körper gehörte ihm nicht mehr.

Er spürte einen neuerlichen Anflug von Verzweiflung, versuchte sich aber an dem Gedanken aufzurichten, dass diese Nervensäge seinen Willen nie würde brechen können.

Seine Verzweiflung wuchs sprunghaft, als er die stark veränderte Stimme des Mannes wahrnahm. Sie schien aus allen Richtungen gleichzeitig zu kommen, speiste sich mit Schallwellen nichtirdischer Herkunft und stieß ihn in eine vorgegebene Richtung, markiert von einer unpassierbaren linken und rechten Grenze, an der Tibbe sich zu orientieren hatte.

Sie sog ihm seinen eigenen Willen aus!

Er wollte tatsächlich nirgendwo anders hingehen. Da, wo er gerade stand, war es toll! Der letzte Rest von ihm, zurückgedrängt in eine winzig kleine Ecke seines Bewusstseins, gab zu bedenken, dass das alles nicht so der wahre Jakob, weil furcht bar unlogisch war. Aber gegen diese Stimme zu rebellieren war eindeutig keine besonders gute Idee, erschien geradezu absurd!

Als wäre das nicht alles schon bizarr genug, war er auch noch neugierig, wartete regelrecht ungeduldig auf das, was ihm die Stimme als Nächstes befehlen würde. Zu seiner Neugierde gesellte sich Entsetzen, als er sich den Mann genauer ansah. Zuerst hielt er es für eine optische Täuschung, möglicherweise ausgelöst durch den Stress der Auseinandersetzung mit diesem Kerl. Bei genauerem Hinsehen musste er sich aber eingestehen, dass die einsetzenden Veränderungen erschreckend realistisch waren.

Er begann die Veränderungen der Luft um den Mann herum wahrzunehmen. Sie fing an zu wabern. Viele kleine violette, gleißend helle Strahlen bündelten sich zu etwas Ganzem und umhüllten den Körper des Mannes auf gespenstische Weise. Die Aura illuminierte wie eine externe Lichtquelle die Konturen des Mannes und warf unheimlich aussehende Schatten, die sich zu Tibbes wachsendem Entsetzen veränderten.

Die Wangen- und Stirnknochen deformierten sich. Der Mann bekam ein komplett anderes Gesicht, mit feineren, fast edlen Zügen. Lange, blonde Locken lösten das schüttere und ungepflegt wirkende Haupthaar ab. War er vorher schon ein gutes Stück größer als Tibbe, so legte er jetzt noch einige Zentimeter zu, bis er ihn um fast zwei Köpfe überragte. Gut, dass seine Altbauhütte so eine hohe Decke hatte!

Die beeindruckendste Veränderung an ihm betraf jedoch die Augen. Die Pupillen weiteten sich, bis sie schließlich auch den Platz einnahmen, der vorher der Iris vorbehalten war. Das umgebende Weiß nahm einen goldenen Ton an und begann zu leuchten.

Abgesehen davon, dass eine solche, live miterlebte Veränderung eines Menschen nach normalen Maßstäben unvorstellbar und somit ziemlich erschreckend war, hatte das neue Erscheinungsbild durchaus Vorteile. Der Mann sah fast zum Verlieben schön aus und wirkte eigentlich nicht mal bedrohlich.

Tibbe war auf dem besten Wege, sich von diesem betörenden Äußeren einlullen zu lassen, als eine weitere Veränderung eintrat. Irritiert hörte er ein Geräusch, als würde ein Stück Stoff reißen. Einen Wimpernschlag später entdeckte er die Ursache dafür.

Oft hatte er im Fernsehen Naturdokumentationen gesehen, in denen man mit einer Zeitrafferkamera das Wachstum einer Pflanze fotografiert hatte, um diesen Stunden und Tage dauernden Vorgang innerhalb weniger Sekunden darstellen zu können. Die Art, wie zwei Gebilde, die er vorerst nicht einordnen konnte, sich langsam über die Schultern des Mannes erhoben, erinnerte ihn an eben jene Zeitrafferaufnahmen. Mit einer Mischung aus Faszination und Entsetzen beobachtete er, wie sie immer größer wurden, bis sie schließlich ihre endgültige Form angenommen hatten.

Die Gebilde sahen aus wie zwei überdimensionale Flügel, die man gestutzt hatte. An ihrem Ende war eine Art Narbengewebe zu sehen, dass sich schon vor langer Zeit gebildet hatte – als hätte man sie einst verstümmelt!

Für den Moment war der kleine, eingepferchte Rest von Tibbe froh, keine eigenen Gedanken fassen zu können. Ansonsten hätte er nämlich garantiert darüber nachgedacht, womit er es gerade zu tun hatte, und das Ergebnis einer solchen Überlegung konnte nur unerfreulich sein!

Die Metamorphose schien abgeschlossen zu sein. Wie eine Raupe irgendwann zu einem Schmetterling wurde, war der Mann zu einer Art gefallenem Engel geworden und lächelte Tibbe böse an.

Am Rande nahm Tibbe, unfähig wenigstens ein kleines bisschen darüber verwundert zu sein, wahr, dass die Verwandlung dieses Mannes für Kamp und seine Schwester offensichtlich keine große Sache war. Relativ gelassen saßen sie nebeneinander auf einem Sofa, welches einmal seines gewesen sein mochte, und beobachteten ausschließlich ihn.

Das schrecklich schöne Wesen, welches in Schlagdistanz vor ihm stand, schien sie nicht mal ansatzweise zu interessieren.

Zu Tibbes wachsender Verzweiflung hatte das Wesen ebenfalls nur Interesse an ihm. Es schien zu bemerken, wie Tibbes Aufmerksamkeit sich ihm ein wenig entzog, und mit einer weiteren simplen Handbewegung brachte es ihn wieder komplett in seine Gewalt. Tibbe musste zusehen, wie es eine Hand vorstreckte und sich ein riesiges, doppelschneidiges und von der Spitze bis zum Schaft komplett aus Metall bestehendes Schwert in ihr materialisierte. Das Schwert war rotglühend, und aus der Hand des Wesens stiegen Dampf und der Geruch von verbranntem Fleisch auf.

Entsetzen weitete Tibbes Augen. Das Wesen öffnete den Mund, legte den Kopf in den Nacken und fing an zu lachen. Dabei gab sein weit geöffneter Schlund den Blick auf ein seltsames Licht frei, welches in seinem Inneren zu leuchten schien.

Das Lachen selbst hatte nichts Fröhliches an sich. Es klang einfach nur grauenhaft und war dazu geeignet, menschliches Hirn in eine instabile Grütze zu verwandeln.

»Habe ich deine Aufmerksamkeit?«

»Jaaahhrgg ...«, brachte Tibbe hervor. Die Stimme berührte jede noch so kleine Nervenfaser in ihm und fühlte sich heiß an.

»Erinnerst du dich noch an deine Mutmaßung, ich könnte mich für einen Racheengel halten? Das war nicht halb so absurd, wie es von dir gemeint war!«

Tibbe kniff zitternd die Augen zusammen und presste ein paar Tränen heraus.

»Wie dem auch sei, du bist ein feiger kleiner Mörder, und du wirst für deine Tat büßen, ich lasse dir keine andere Wahl! Noch heute begibst du dich zur Polizei und gestehst alles!«

Das Wesen näherte sich Tibbe bis auf wenige Zentimeter. Er konnte den heißen Atem spüren.

»Wage es nicht, dich meiner Anweisung zu widersetzen! Ich werde dich immer und überall finden. Nichts könnte mich davon abhalten! Verweigere dich, und ich werde dich zu den Pforten der Hölle schleifen, um dich dort festzuketten! Dann gehörst du mir! Hast du mich verstanden?«

Tibbe versuchte zu nicken. Es erwies sich als schwierig, da sein ganzer Körper in einer Intensität schlotterte, die ihn, aus einem rein physikalischen Blickwinkel betrachtet, von den Beinen hätte holen müssen. Einzig die fremde Präsenz in ihm verhinderte dies.

Peter Tibbe verspürte die grauenhafteste Angst seines Lebens. Er schluchzte und war sich zu seiner Schande bewusst, dass er, ohne es bemerkt zu haben, vor wenigen Augenblicken seine Blase entleert haben musste. Er spürte, wie ihm warmer Urin an den Beinen hinunterlief.

Heike Kamp blieb nicht verborgen, dass mit Tibbe etwas nicht stimmte, und man musste kein Genie sein, um sich denken zu können, dass dieser Kerl aus dem Jenseits etwas damit zu tun hatte. Sie war natürlich ebenfalls der Meinung, dass Tibbe bestraft werden musste. Immerhin hatte er ihren Bruder auf dem Gewissen.

Aber im Moment schien er große Qualen zu erleiden, auch wenn sie nicht nachvollziehen konnte, woran das lag. Sie sah nur sein schmerzverzerrtes Gesicht, Tränen, die ihm über die Wangen rannen, und einen sich immer weiter ausbreitenden, dunklen Fleck in seinem Schritt.

Gregor stand, scheinbar regungslos, mit einer schwach sichtbaren Aura vor Tibbe und sah ihn ruhig an. Im Prinzip schien kein großes Unheil von ihm auszugehen. Aber irgendwie wusste sie, dass das nichts heißen musste.

Sie gab sich einen Ruck, stand auf und stellte sich neben den Boten. Nach einem letzten, mitleidigen Blick auf Tibbe, brachte sie ihren Mund direkt vor sein Ohr und sagte: »Was zum Teufel machst du nur mit ihm?! Er leidet!«

Tibbe sah aus den Augenwinkeln, wie die kleine Schlampe sich näherte. Sein komprimiertes, unterdrücktes Selbst fragte sich vorsichtig, ob er von ihr wohl so etwas wie Hilfe zu erwarten hatte, auch wenn er nicht genau wusste, wobei eigentlich, geschweige denn, womit er sich die verdient haben könnte.

Sie bezog neben seinem Peiniger Stellung und sah mit traurigen Augen kurz zu ihm, bevor sie in das Ohr des Wesens sprach.

Das war der Moment, auf den Tibbe kaum zu hoffen gewagt hatte. Die Aura des Wesens verblasste ein wenig, und er spürte, wie die fremde Präsenz in ihm ihren Klammergriff ein wenig lockerte. Er spürte, dass er die Kontrolle über seinen Körper wenigstens kurzzeitig zurückerobern konnte, und war in der Lage, einen eigenen, vollständigen Gedanken zu denken.

Das war alles, was er brauchte!

Auch wenn es unerwartet kam, er würde es zu seinem Vorteil nutzen. Der Weg zur Tür war versperrt. An dem unheimlichen Mann vorbeizukommen erschien völlig unmöglich. Es gab nur einen Weg, dieser Situation und seinem Peiniger zu entkommen.

In dem Bruchteil einer Sekunde traf er eine Entscheidung fürs Leben. Mit aller Gewalt riss er sich los und stürzte steifbeinig zur Balkontür. Hinter sich hörte er einen unnatürlichen Schrei und spürte, wie die Präsenz ihre psychokinetischen Fangleinen nach ihm auswarf, um ihn wieder an sich zu fesseln.

Das durfte auf keinen Fall geschehen!

Mit letzter Kraft gelang es ihm, hastig und zitternd, die Balkontür zu öffnen. Er stolperte hindurch, prallte im Fall gegen das Balkongeländer, zog sich daran hoch und schwang unbeholfen sein linkes Bein auf dessen Kante. Mit einem letzten Blick zurück, der ihm die Richtigkeit seiner Entscheidung bestätigte, brachte er seinen Schwerpunkt langsam auf den Rand des Geländers … und schließlich drüber hinweg.

Heike stand neben einem irritierten Gregor und hielt ihn am Arm fest. Sie hatte ihm gerade etwas ins Ohr gebrüllt. Zwar verstand er nicht, was, aber es war ihr gelungen, seine Konzentration auf Tibbe zu stören! Er sah sie verständnislos an und hob, ohne etwas zu sagen, fragend die Augenbrauen. Bevor sie ihre Frage wiederholen konnte, weiteten sich seine Augen, und ruckartig drehte er den Kopf zurück in Tibbes Richtung, der gerade Fersengeld gab, Gregors kurzfristige Unaufmerksamkeit mit dem Mut der Verzweiflung ausnutzend.

Gregor wollte ihm folgen, aber Heike hielt ihn am Arm fest, schüttelte den Kopf und schien erneut etwas zu sagen. Gregor schleuderte ihr zur Belohnung einen überirdisch zornigen Blick zu und kramte in seinem menschlichen Sprachschatz nach den passenden Worten, mit denen er sie für ihr unerwünschtes Eingreifen gleich furchtbar zusammenscheißen würde! Ihr entsetzter Blick Richtung Tibbe hielt ihn jedoch davon ab.

Fassungslos beobachteten beide, wie Tibbe auf beinahe komisch ungeschickte Weise das Balkongeländer erreichte, sich langsam auf dessen Scheitelpunkt bugsierte und schließlich fiel.

»Oh mein Gott!«, stieß die junge Frau hervor, ließ Gregors Arm los und rannte auf den Balkon.

Gregor war ein wenig desorientiert und versuchte, sich zu sammeln.

Kamp saß die ganze Zeit, erstarrt vor Spannung, auf dem Sofa und beobachtete die Ereignisse mit atemlosem Interesse. Jetzt sah er, wie Gregors Aura verschwand, bis er wieder ganz normal wirkte.

»Das war so … nicht geplant!«, sagte Gregor langsam und ging der jungen Frau hinterher.

Er stellte sich neben sie ans Geländer, und sie sahen beide

nach unten. Tibbe lag mit verdrehten Gliedmaßen auf dem Betonboden des Innenhofes und rührte sich nicht. Neben seinem ebenfalls grotesk verdrehten Kopf dehnte sich langsam, aber beständig eine Blutlache aus.

Nur Gregor sah die ihm allzu gut bekannte Tür, die neben dem Leichnam stand. Kamp hätte sie ebenfalls sehen können, zog es aber vor, sich den Anblick seines einstigen Freundes zu ersparen, und blieb ruhig und irgendwie erleichtert auf dem Sofa sitzen.

»Ist er tot? Vielleicht hat er den Sturz ja überlebt! Ich habe schon von Menschen gehört, die Stürze aus größeren Höhen überlebt haben. Wir sollten nach ihm sehen!«, plapperte die junge Frau aufgeregt.

Der Bote legte ihr eine Hand auf die Schulter, drehte sie mit sanftem Druck zu sich um und schüttelte den Kopf.

»Das wird nicht nötig sein. Er ist tot, das ist sicher.«

»Das können Sie doch gar nicht wissen! Vielleicht ...«

»Ich weiß es!«, sagte der Bote ernst.

»Oh mein Gott!«, wisperte die junge Frau. »Und was machen wir jetzt?«

Gregor drehte sich um und ging zurück in die Wohnung.

»Wir sollten sehen, dass wir von hier verschwinden. Es ist nicht in unserem Interesse, mit seinem Tod in Verbindung gebracht zu werden, zumal Sie die einzig greifbare Person wären, die von den Behörden in die Zange genommen werden könnte«, sagte der Bote und blickte sich zu Kamp um.

»Ist er tot?«, fragte der.

»Ja.«

»War das der Plan?«

»Nein! Ich wollte, dass er sich den Behörden stellt. Deine Schwester ist mir leider in die Quere gekommen, aber ich schätze, so sollte es sein. Zumindest hoffe ich das. Wir werden es wissen, wenn wir uns sein geplantes Todesdatum ansehen«, sagte Gregor.

Nur wer ihn etwas besser kannte, konnte den leicht beleidigten Unterton vernehmen. Kamp konnte und empfand Verständnis für ihn.

»Ist er schon weg?«, fragte er den Boten, um ein wenig abzulenken.

»Du meinst …?«

Kamp nickte. Gregor ging zurück auf den Balkon und kam kurz danach wieder.

»Ja. Die Tür ist verschwunden.«

»Das ist gut!«, sagte Kamp und nickte. »Wir sollten jetzt auch gehen! Ich will nicht, dass auch noch meine Schwester wegen ihm leiden muss.«

Unbeobachtet verließen sie Tibbes Wohnung und fuhren schweigend zurück zur Niederlassung.

Es dauerte zwei Stunden, bevor man bemerkte, dass in dem Innenhof einer Wohnung in der Innenstadt ein toter Mann lag, der sich offenbar vom Balkon gestürzt hatte.

Aufwaerts

Zurück in der Niederlassung saßen Gregor, Kamp und seine Schwester noch eine ganze Weile bei den anderen drei Boten. Sie ließen sich von ihnen mit Kaffee und Tee versorgen und halfen ihnen dabei, ihren prall gefüllten Vorratsschränken und -schubladen ein wenig vom Innendruck zu nehmen.

Man unterhielt sich, zumindest im übertragenen Sinne, über Gott und die Welt, Dinge von hohem Unterhaltungswert und geringer Bedeutung, als wäre das gerade Erlebte nie passiert. Herrlich einfach, wohltuend unverfänglich und einen Aufschub gewährend, für die Auseinandersetzung mit den jüngsten Ereignissen. Außerdem war zumindest zweien der Anwesenden schmerzhaft bewusst, dass ein Abschied für relativ lange Zeit kurz bevorstand. Es konnte sicher nicht schaden, dies noch für ein paar Stunden hinauszuzögern.

Das Unausweichliche zu verhindern war jedoch unmöglich, und als der Vorrat an Belanglosigkeiten aufgebraucht war, hieß es Farbe bekennen. Gregor machte schweren Herzens den Anfang.

»Es wird langsam Zeit, Thore. Dein Fall ist geklärt … Wir müssen zurück!«, sagte er zu Kamp.

»Ich habe befürchtet, dass du das irgendwann sagen würdest«, seufzte Kamp und sah traurig zu seiner Schwester.

»Ich hab mich nicht mal mehr richtig mit ihr unterhalten können. Ohne Dolmetscher meine ich.«

Der Bote nickte. »Mir ist schon klar, was du meinst. Aber ich hätte da eine Idee …«

Nachdem Kamp den drei Boten Lebewohl gesagt hatte – aus irgendeinem Grund bestanden sie auf »bis bald« –, ging er zusammen mit Gregor und seiner Schwester zum Fahrstuhl.

»Mit diesem Fahrstuhl gelangt man also tatsächlich direkt ins Jenseits?«, fragte sie fasziniert.

»Ja, so ist es. Man muss allerdings luzide sein, um ihn benutzen zu können«, antwortete der Bote.

»Verrückt!«

Sie sah nach unten zu ihrem Bruder, der direkt neben ihren Füßen stand und schwanzwedelnd ihren Blick erwiderte.

»Und, äh … was kommt jetzt?«, stammelte sie. Große Unsicherheit und Angst ließen ihre Stimme vibrieren.

Gregor öffnete den Fahrstuhl.

»Entschuldige uns für einen Moment«, sagte er zu der jungen Frau.

Er betrat ihn und bedeutete Kamp, ihm zu folgen. Nicht mal eine Minute später kam er allein wieder heraus, ging zu Heike und hielt ihr die Hand hin.

»Es war mir ein außerordentliches Vergnügen, dich kennengelernt zu haben, Heike Kamp.«

Sie ignorierte seine Hand und fiel ihm in die Arme.

»Ich werde dich nie vergessen. Danke für alles!«

Sie schniefte und ließ den überrumpelten Gregor wieder los.

»Ich hoffe nur, ich habe dir nicht allzu große Schwierigkeiten eingebrockt. Wird man dich bestrafen?«, fragte sie aufrichtig besorgt.

»Na ja, man wird es nicht einfach unter den Tisch fallen lassen. Dafür ist zu viel passiert. Aber ich werde es überleben«, sagte er, lachte verlegen und wartete vergeblich auf eine Reaktion von ihr.

»Verstehen Sie? Ich werde überleben. Ich, ein Bote des … na ist auch egal.«

Sie hatte den Witz nicht verstanden und lächelte verwirrt, aber höflich.

»Was aber dein Eingreifen vorhin in Tibbes Wohnung betrifft, wenn du je wieder mit einem Vergeltungsboten des Jenseits unterwegs bist und zu einem Einsatz mitgenommen wirst, tu nichts, worum man dich nicht ausdrücklich gebeten hat!«

Sie lief rot an und wollte etwas erwidern, aber er kam ihr zuvor.

»Nein, schon in Ordnung. Was geschehen ist, können wir nicht mehr ändern. Ich musste das nur loswerden. Nichts für ungut.«

Sie sah verlegen zu Boden. »Dann heißt es jetzt Abschied nehmen? Wir werden uns wohl so schnell nicht wieder sehen?«

»Was sind schon ein paar Jahre?«, sagte er lächelnd, gab ihr einen Kuss auf die Stirn und zeigte zum Fahrstuhl.

»Da drinnen wartet jemand auf dich. Leb wohl.«

Ihre tränenfeuchten Augen wurden groß. Mit einem stummen Ausdruck größten Erstaunens warf sie einen dankbaren Blick zum Vergeltungsboten und stürzte sich förmlich in den Fahrstuhl.

»Seid ihr alles losgeworden, was euch noch auf dem Herzen lag?«

»Ja, sind wir. Schade nur, dass wir uns nicht noch mal in den Arm nehmen konnten. Sie hat es gleich versucht und ins Leere gegriffen. Trotzdem danke ich dir, dass du uns das ermöglicht hast!«

»Dafür brauchst du mir nicht zu danken, hab ich gern getan«, erwiderte Gregor jovial.

»Geh ich recht in der Annahme, dass es sich dabei um einen weiteren eklatanten Verstoß gegen die Vorschriften gehandelt hat?«, fragte Kamp vorsichtig.

Gregor überlegte kurz. »Ich sage es mal so: Die Vorschriften sehen vor, dass kein Sterblicher jemals eine unserer Niederlassungen betreten darf. Von daher hat man wohl keine Notwendigkeit gesehen, noch ein paar extra Verbote für den Fall zu verfassen, dass es jemanden geben könnte, der es, so wie ich, wagen sollte, sich nicht daran zu halten. Ich glaube, wir befinden uns da in einer Art rechtsfreiem Raum«, parlierte der Bote gelassen.

Kamp nickte und lehnte sich mit verschränkten Armen gegen die Fahrstuhlwand. Seit ein paar Minuten waren sie, nachdem Gregor sich ebenfalls von den Boten der Niederlassung verabschiedet hatte, wieder unterwegs in Richtung Jenseits.

Erst jetzt realisierte Gregor in vollem Umfang, wie sehr Kamp die Ungewissheit über seine Todesumstände beschäftigt und zugesetzt hatte. So entspannt, glücklich und ausgeglichen hatte er ihn in der kurzen Zeit ihrer Bekanntschaft noch nicht erlebt. Selbst als Hund merkte man ihm seinen inneren Aufruhr an.

Gregor zog seine eigene Bilanz und kam einmal mehr zu dem Ergebnis, dass sich jeder einzelne Regelverstoß, vor dem Hintergrund dieses Erfolges, gelohnt hatte. Es warteten sicherlich ein paar ernste Einzelgespräche auf ihn, aber er konnte ihnen mit einem reinen Gewissen begegnen. Die Freude und Zufriedenheit darüber, einer Seele, die ihm etwas bedeutete, geholfen zu haben, überwog alle möglichen negativen Konsequenzen. Manchmal musste man eben ein paar Grenzen überschreiten.

»Sag mal, wie hast du ihn eigentlich dazu gebracht, so auszurasten? Sein Gesichtsausdruck hat mich stark an das Paar im Restaurant und den Typen im Bus erinnert«, fragte Kamp.

»Das stimmt! Ich habe eine kleine Privatvorstellung gegeben. Weißt du, als Bote lernt man unter anderem, sich auf die individuelle Wahrnehmung eines Menschen einzustellen und sie zu manipulieren. Bei dem Besoffenen im Bus und diesem arroganten Ehepaar im Restaurant habe ich das ganz ähnlich gemacht, nur nicht so intensiv wie bei ihm.«

Kamp starrte den Boten neugierig an. »Was genau hat er denn nun zu sehen bekommen?«

Der Bote zögerte und blickte auf den Boden.

»Etwas, womit sein Verstand nicht fertig geworden ist. Ich glaube, ich habe die Dosis für deinen Freund etwas zu hoch angesetzt«, antwortete er nachdenklich.

»Ex-Freund bitte! Ich kann ihn beim besten Willen nicht mehr als meinen Freund bezeichnen. Selbst in den Erinnerungen an die guten Zeiten mit ihm kann ich das nicht mehr. Ich weiß ja nicht, was davon ernst und was vorgegaukelt war.«

In seine Gedanken versunken schüttelte Kamp den Kopf. »Dass ich nie etwas bemerkt habe! Bin ich vielleicht zu naiv?«

»Naiv würde ich es nicht nennen. Unbedarft passt besser. Aber mit jeder Gelegenheit, bei der man auf die Schnauze fällt, wird es besser, glaube mir.«

Ein paar Minuten standen sich Kamp und Gregor schweigend gegenüber und versuchten, Ordnung in all die Eindrücke und Erfahrungen zu bringen, die ihre Gedanken belagerten. Wenn sich ihre flüchtigen Blicke zufällig trafen, lächelten sie einander freundschaftlich verlegen an.

»Wie seid ihr eigentlich verblieben?«, fragte der Bote.

»Heike und ich? Na ja, ich hab ihr erzählt, dass einem Wiedersehen zwischen uns nichts im Wege steht ... *nach* ihrem Tod.« Kamp lachte kurz auf. »Sie hat mich gefragt, ob sie bei uns Schwierigkeiten bekommen wird, weil sie mit ihrem Glauben bisher auf Kriegsfuß stand, und ob es was bringen würde, wenn sie jetzt noch damit anfängt. Sie meinte, es würde ihr nun viel leichter fallen, weil sie weiß, dass es dort wirklich etwas gibt.«

Gregor musste ebenfalls lachen. »Und? Was hast du ihr geantwortet?«

»Dass es vollkommen ausreicht, wenn sie bleibt, was sie ist. Ein guter Mensch, der niemandem den Schädel einschlägt.«

»Gut gemacht!«, sagte der Bote und nickte.

Sie schwiegen wieder für eine Weile. Gregor suchte schon seit ihrem Aufbruch nach den richtigen Worten für eine Frage, die er Kamp unbedingt stellen musste. Es gestaltete sich in diesem Fall schwieriger, als er gedacht hätte. Alle gedanklichen Entwürfe schienen ungeeignet, aus Gründen, die wohl nur er nachvollziehen konnte. Da es aber nicht mehr lange dauern würde, bis sie im Jenseits eintrafen, wurde die Zeit langsam knapp, und er wollte es auf jeden Fall loswerden, bevor sich ihre Wege wieder trennen würden.

Manchmal war es einfacher einen Mörder zu überführen, als einem Freund eine simple Frage zu stellen.

»Was ich dich noch fragen wollte, weißt du schon ... ähm ... hast du schon Pläne für die Zeit danach? Also quasi für jetzt?«

Kamp machte ein ernstes Gesicht und nickte. »Ja, hab ich. Ich werde mich an der Botenakademie einschreiben lassen, oder wie auch immer man das im Jenseits nennt. Es sieht ja wohl so aus, dass genau das von mir erwartet wird, und die Vorstellung gefällt mir! Jedenfalls werde ich meine Zeit nicht untätig in einer der Städte verbringen. Dafür bin ich mir selbst zu schade. Und eine Reinkarnation kann ich mir zurzeit überhaupt nicht vorstellen!«

Gregor versuchte, ernst zu bleiben und sich seine Aufregung nicht anmerken zu lassen.

»Gut! Das ist gut. Ich bin sicher, dass du es ohne Probleme schaffen wirst. Hast du denn schon eine Vorstellung, in welcher Richtung du dann tätig sein möchtest?«

Kamp zuckte mit den Schultern. »Ich weiß ja noch gar nicht, was für Möglichkeiten ich dann überhaupt habe. Der Gedanke, so etwas zu machen wie du, ein Vergeltungsbote zu werden, erscheint mir aber sehr reizvoll. Ich glaube, daran hätte ich Spaß.«

Für den Bruchteil einer Sekunde wog Gregor ab, ob seine Reaktion distanziert neutral ausfallen sollte, oder ob er seine Freude über diese Entscheidung, auf die er insgeheim gehofft hatte, einfach offen vor sich her tragen sollte. Er entschied sich für ein gesundes Mittelmaß.

»Ich verrate dir jetzt ein Geheimnis. Es gibt nichts Besseres! Es wäre mir eine Freude und Ehre, dich nach deiner Ausbildung als Partner bei mir aufzunehmen. Vorausgesetzt, du bist daran interessiert?«

Kamp grinste ihn verschmitzt an und gab ihm einen freundschaftlichen Klaps auf den Oberarm.

»Ich dachte schon, du würdest nie fragen.«

An einem sonnigen Frühlingsmorgen, in der Mitte einer kleinen Lichtung in einem großen Wald, reckte sich ein junger, frischer Sprössling durch die Bodenkrume der Sonne entgegen, die ein paar Lichtsäulen in die noch dunstige Morgenluft zauberte.

Die Vögel zwitscherten um die Wette, ein paar Karnickel verrichteten ihre Morgentoilette, und ein Rudel Eichhörnchen turnte übermütig von Baum zu Baum. Eine Szene wie aus einem Märchen.

Dieses traumhafte Bild abrundend, betrat ein junges Reh, für den Moment der Aufmerksamkeit seiner gestrengen Mutter entronnen, die Lichtung, wackelte verspielt mit den Ohren und sah sich neugierig um. Es war noch nicht lange auf der Welt und fand das Leben großartig! Jeden Tag, ja, jede Minute in jeder Stunde gab es etwas Neues zu entdecken und zu lernen.

Eines der ersten Dinge, die es lernte, war die Gestaltung des eigenen Speiseplanes. So ein großer Wald hielt eine Vielfalt an gleichermaßen nahrhaften wie schmackhaften Speisen bereit. Die liebe Frau Mutter konnte einem mit ihren Reglementierungen und ihrer Strenge schon ziemlich auf die Nerven gehen, aber was das Aufspüren der leckersten Gewächse in der sie umgebenden Flora betraf, war sie der beste Lehrer, den man sich nur wünschen konnte.

Das junge Reh war bestrebt, das erlernte Wissen bei jeder sich bietenden Gelegenheit anzuwenden. Zielsicher fiel sein Blick auf den jungen Sprössling, der da so keck seine jungen Triebe nach den Sonnenstrahlen ausstreckte.

Das versprach eine echte Delikatesse auf der Menükarte des Tages zu werden!

Das Reh sah sich vorsichtig um und konnte sein Glück kaum fassen. Kein Konkurrent in Sicht- oder Hörweite. Eines Tages würde es vielleicht noch lernen zu teilen, aber für den Moment war daran nicht zu denken.

Das Reh hatte keine Ahnung, dass aus diesem jungen Sprössling eines Tages, wenn man ihm die nötige Zeit einräumen würde und es vermied, unnötig darauf herumzutrampeln oder ihn gar zu fressen, eine stattliche Eiche werden würde.

Selbst wenn es diese Kenntnis gehabt hätte, es wäre ihm wohl herzlich egal gewesen! Es hatte einen nie versiegenden Appetit und war nun mal nur ein Reh und kein Förster.

Gemächlich näherte es sich seiner Beute, bis es schließlich direkt darüber stand. Ein letztes, zartes Schnuppern, um den Appetit zusätzlich zu stimulieren und die Mahlzeit nach allen Regeln der Kunst auszukosten. Langsam öffnete es das Maul, bereit, die gestellte Beute zu reißen.

»Mach, dass du hier wegkommst!«

Das Reh erschrak, und für den Bruchteil einer Sekunde erstarrte es mit geöffnetem Maul, bevor es unverrichteter Dinge die Flucht vor der unheimlichen Stimme antrat. Sein Geruchssinn sagte ihm, dass eigentlich niemand da war, dem die Stimme gehören konnte, aber diesem Paradoxon auf den Grund zu gehen kam ihm nicht mal in den Sinn.

So rannte es, so schnell es konnte, in die Richtung, in der es den Aufenthaltsort seiner Mutter vermutete, und hoffte, nicht versehentlich auf den Eigentümer der Stimme zu treffen. Die Möglichkeit bestand durchaus, denn sie schien aus keiner bestimmten Richtung zu kommen. Sie war überall!

Letztlich hatte es aber das erhoffte Glück und entkam unbehelligt in die sichere Obhut seiner Mutter. Für den Rest seines Lebens würde es nie wieder diese Lichtung betreten!

Tibbe war außer sich vor Angst. Das grauenhafte Maul dieses Monsterrehs hatte sich fast um ihn geschlossen. Er konnte schon den gierigen Atem des Ungeheuers spüren!

Er fragte sich, ob die Stimme immer da sein würde, um ihn vor drohendem Ungemach dieser Art zu beschützen. Er hasste seine neue Existenz, aber sie auf diese Weise zu beenden … nein. Er konnte hervorragend darauf verzichten, herauszufinden, wie es sich anfühlen würde, gefressen zu werden. Das versprachen die längsten Jahre seines Lebens zu werden.

Langsam floss ein Tropfen, der Morgentau gewesen sein mochte, an ihm herunter und seilte sich zum Boden hin ab, während Tibbe sich fragte, wie alt Eichen eigentlich werden konnten.